한국학술진흥재단 학술명저번역총서

● 서양편 ●

한국학술진흥재단 학술명저번역총서

서양편 ● 54 ●

일탈의 미학

오스카 와일드 문학예술 비평선

오스카 와일드 지음 | 원유경 · 최경도 옮김

한길사

Impressions of America

The American Man

Two Biographies of Sir Philip Sidney

The Portrait of Mr. W. H.

The Truth of Masks

The Soul of Man under Socialism

The Critic as Artist

by Oscar Fingal O'Flahertie Wills Wilde

Published by Hangilsa Publishing Co., Ltd., Korea, 2008.

이 도서의 국립중앙도서관 출판시도서목록(CIP)은
e-CIP 홈페이지(http://www.nl.go.kr/cip.php)에서 이용하실 수 있습니다.
(CIP제어번호: CIP2008003619)

더블린의 메리온 스퀘어에 자리한 오스카 와일드의 조각상

훤칠한 키의 와일드는 옥스퍼드에서 사물의 순수한 아름다움이 삶의 질을 향상시킨다고 주장하면서 자신도 하나의 예술작품으로 여기고 격자 무늬 재킷에 실크셔츠를 입고 다녔으며, 자신의 방을 청자 도자기와 공작 깃털, 해바라기, 흰 백합과 붉은 장미 등으로 장식했다.

비어즐리가 그린 오스카 와일드 초상(1893)

유미주의는 1850년대 라파엘 전파 화가들에서 시작하여 단테 가브리엘 로제티, 에드워드 번 존스, 월터 페이터, 오스카 와일드, 오브리 빈센트 비어즐리에게 계승되었다.

『살로메』의 삽화(비어즐리, 1894, 목판화)

1894년에 출간된 영어판 『살로메』의 삽화는 비어즐리가 그렸다. 오스카 와일드는 비어즐리를 자신의 작품을 가장 잘 이해하고 표현하는 화가로 추켜세웠다.

오스카 와일드에게 많은 영감을 준 윌리엄 셰익스피어(1564~1616)

이 책에 실린 「가면의 진리」와 「W.H. 씨의 초상화」는 연극과 셰익스피어에 대한 오스카 와일드의 해박하면서도 독창적인 이해를 보여준다. 특히 「W.H. 씨의 초상화」에서는 셰익스피어의 소네트에 자주 등장하는 '윌'(Will)과 '휴즈'(Hues)라는 표현이 소년배우인 윌리 휴즈(Willie Hughes)를 위한 사랑의 헌사였다는 상상 아래 소설가다운 활달하며 과감한 상상력을 발휘했다. 이는 매우 현대적인 소설적 비평 또는 비평적 소설이라 부를 만하다.

일탈의 미학

오스카 와일드 문학예술 비평선

오스카 와일드의 생애와 비평세계

원유경 세명대학교 영문과 교수
최경도 영남대학교 영문과 교수

와일드는 어떤 인물인가?

오스카 핑갈 오플레어티 윌즈 와일드(Oscar Fingal O'Flahertie Wills Wilde)는 1854년 10월 16일 더블린의 한 우아한 저택에서 유명한 의사였던 윌리엄 와일드(Sir William Robert Wills Wilde)와 여류시인이었던 제인 와일드(Jane Francesca Wilde)의 둘째 아들로 출생했다. 그의 부친은 왕실의 주치의로서 의학뿐 아니라 역사와 고고학에도 조예가 깊은 신사였으며, 스페란자(Speranza)라는 필명으로 혁명적 시를 쓰던 그의 모친은 켈트 문화를 연상시키는 화려한 차림으로 집안에 문학 살롱을 차려 문학가나 지성인들의 사교 모임을 주도하던 여성이었다.

와일드는 더블린의 트리니티 칼리지(Trinity College)를 졸업한 후 옥스퍼드대학으로 건너가 맥덜린 칼리지(Magdalen College)에서 수학했다. 와일드는 트리니티 칼리지에서 그리스 문학을 가르치던 마하피(John Pentland Mahaffy)의 영향으로 그리스와 헬레니즘에 관심을 갖게 되고, 옥스퍼드에서는 예술과 도덕의 밀접한 관계를 주장한 러스킨(John Ruskin)과 감각적 쾌락의 추구를 선포하며 예술지상주의를 선포한 페이터(Walter Pater)의 영향으로 심미주의에 심취했다.[1] 1850년대부터 유행하기 시작한 심미주의는 개인의 주관적 인상을 중시하고 미를 동경하며 무엇보다 예술의 독립된 영역을 강조했으며, 나아가 예술의 내용보다 형식을 강조하고, 색채와 구성, 조화 등의 예술적 형상화에 주안점을 두었으며, 장식예술, 여성의 옷차림에까지 영향을 주게 된다. 훤칠한 키의 와일드는 옥스퍼드에서 사물의 순수한 아름다움이 삶의 질을 향상시킨다고 주장하면서 자신도 하나의 예술작품으로 여기고 격자무늬 재킷에 실크셔츠를 입고 다녔으며, 자신의 방을 청자 도자기와 공작 깃털, 해바라기, 흰 백합과 붉은 장미 등으로 장식했다.

옥스퍼드를 졸업한 후 런던으로 간 와일드는 화가인 마일즈(Frank Miles)와 함께 지내며 유명화가인 휘슬러(James Abbott McNeill Whistler) 등과 알게 되고 사교계에 유명해지기 시작한다. 와일드는 1880년 첫 희곡 작품인 『베라』(*Vera*)를 발표하고 이어서 1881년 61편의 시를 묶어 출간하지만 작가로서 이름을 내진 못했다. 와일드는 "소문이 나도는 것보다 더 나쁜 것은 아무도 관심을 갖지 않는 것"이라고 하며 사교계에서 인정받고자 노력했다. 그러던 중에 길버트와 설리번이 심미주의를 풍자하는 연극을 무대에 올렸고, 이 공연이 미국에서 성공을 거두게 되자 아이러니하게도 풍자의 대상이었던 와일드는 미국의 초청을 받게 되었다. 1882년 27세의 나이에 와일드는 미국으로 떠나 순회강연을 하게 된다. 미국 세관을 통과할 때 신고할 것이 있느냐는 질문에

1) 영국 빅토리아 사회에 지배적이던 실용주의와 합리주의, 중산층의 속물근성에 대한 반발로 제기되었으며, 아름다움을 최고의 가치로 여기고 예술은 오로지 예술 자체를 위해 존재한다고 주장하는 사조로 탐미주의, 유미주의라고도 한다. 1850년대 라파엘 전파에 속하는 화가들에게서 시작하여, 이상적인 아름다움에 대한 갈망을 표현한 단테 가브리엘 로제티와 에드워드 번 존스, 앨저넌 찰스 스윈번 등을 거쳐 감각적 향락주의자 월터 페이터, 오스카 와일드로 이어졌다.

자신의 천재성밖에 신고할 것이 없다고 말한 것은 유명하다. 와일드는 승마바지에 망토를 걸치고 흰 장갑에 상아지팡이를 들고 서부의 탄광 지역까지 다니며 1년 동안 심미주의에 대해 열정적인 강의를 했으며 좋은 반응을 얻었다. 북미순회 강연은 와일드를 국제적인 유명인사로 만들었다.

와일드는 이후 런던에서 사회 명사로 자리 잡고 정장차림에 꽃을 꽂고 다니며 문예계의 주요 인사들과 사귄다. 더블린으로 가서 로이드(Constance Lloyd)를 만나 1884년 결혼을 한 뒤 사랑하는 아들 시릴(Cyril)과 비비안(Vivian)이 태어나자 전형적인 가장으로 자리 잡게 된다. 와일드는 이율배반적인 인물이라고 지적되곤 하는데, 그 이유는 예술지상주의를 표방하면서 꾸준히 상류층의 문을 두드리며 활동범위를 넓히는 한편 한 가정의 가장으로서 경제적 부양을 위해 여성잡지 편집을 맡는 등 영리를 추구하고, 또 대중을 경멸하고 귀족적 취향을 강조하면서도 문학 시장의 주요 고객인 중산층 대중의 취향에 영합하기도 했기 때문이다.

작가로서 성공의 길을 걷던 와일드는 옥스퍼드 대학생이던 16세 연하의 젊은 알프레드 더글러스 경(Lord Alfred Bruce Douglas)을 만나게 되는데, 이로 인해 그의 삶은 완전히 와해되고 만다. 와일드는 편지에서 더글러스를 우아하고 아름다운 나르시서스, 히아신스에 비유하며 파괴적이고 충동적인 더글러스와 향락적이고 퇴폐적인 삶을 이끌게 된다. 두 사람이 가까이 지내던 1892년부터 몇 년간은 작가로서 와일드가 가장 왕성하게 창작을 하던 시기이다. 이 시기에 와일드는 『윈더미어 부인의 부채』(*Lady Windermere's Fan*), 『진지함의 중요성』(*The Importance of Being Earnest*), 『하찮은 여인』(*A Woman of No Importance*), 『이상적인 남편』(*An Ideal Husband*) 같은 4편의 희곡 작품을 발표했는데 영국 빅토리아 사회의 상류층을 풍자한 이 작품들이 공연에 성공함으로써 최고의 갈채를 받게 되고 많은 돈을 벌게 된다.

와일드는 빅토리아 사회의 점잖은 보수적 계층을 독특한 옷차림과 재담과 기지가 넘치는 대화로 즐겁게 했지만, 한편 그 위선을 날카롭게 풍자함으로써 이들의 미움을 사고 있었다. 와일드는 더글러스와의 관계를 공공연하게 드러내 보였는데 이에 분노한 더글라스의 부친 퀸즈베리 후작은 "남색질을 그만두라"는 비방의 글을 클럽에 남기게 되고, 와일드가 이를 명예훼손으로 고소함으로써 두 사람은 1895년 재판정에 서게 되었다. 와일드는 승소할 것을 자신하고 재판에 임했으나, 보수적인 영국 사회는 그에게 유죄 판결과 함께 중형을 언도할 준비를 갖추고 있었다. 외설 행위로 체포되고 재판이 진행되는 동안 와일드는 대중에게 조롱받으며 사회적으로 매장되어 철저히 몰락의 길을 걷게 된다. 결국 두 번에 걸친 재판 끝에 와일드는 2년의 강제 노동형이라는 유죄 판결을 받게 된다. 아름다움을 추구하는 심미주의자로서 와일드는 좁고 불결한 감방에서 쉽게 무너지고 말았던 것으로 보인다.

1890년경부터 재판 무렵까지 와일드는 비평 에세이와 아울러 사회 풍속극으로 상당한 성공을 거두고 있었고, 특히 1891년에는 주요 작품들이 한꺼번에 출판되고 일련의 희극 작품들이 런던에서 성황리에 공연되고 있었다. 그러나 재판과 감금 이후 연극 공연의 취소와 작품의 판매가 중지되었으며 가족은 이름을 홀랜드(Holland)로 바꾼 채 떠나버렸고 경제적으로 파산에 이르게 됨으로써 와일드의 인생도 끝나고 말았다. 감옥에서 강제노동, 독방, 불충분한 식사, 딱딱한 침상, 불결한 환경 등에 고통받던 와일드는 나중에 필기도구가 주어지자 영국 감옥의 해악에 대한 편지를 쓰기도 했다. 레딩 감옥의 생활은 굶주림과 추위에 시달리고 불편하고 불쾌한 환경 속에서 인간다운 삶을 유지할 수 없는 굴욕적인 것이었다. 와일드는 레딩 감옥에서 슬픔과 절망의 나락에 빠져 더글러스에게 분노에 찬 편지를 쓰곤 했는데 이는 사후에 『심연으로부터』(*De Profundis*)라는 제목으로 출간되었다. 1897년 출옥한 후 쓴 비인간적 형벌체계에의 분노를 담은 『레딩 감옥의 노래』(*The Ballad of Reading Gaol*)는 1898년에 출간되었다. 와일드는 나폴리에서 더글라스와 다시 만나기 시작하고 이에 분노한 가족에게서 용돈도 끊기고 완전히 버림받게 되자 폐인처럼 지내다가 1900년 11월 30일 파리의 알자스 호텔에서 사망했다. 와일드는 어떤 인물이라고 한마디로 요약하기 힘든 인물이다. 아마 손자인 멀린 홀랜드의 말처럼 다양하고 재기가 번뜩거리는 불우한 천재였다고 말하는 것이 가장 적절할 것이다.

와일드의 비평세계

와일드는 초기에 시를 썼으나 곧 산문으로 전향했고, 결혼 직후 동화를 발표했으며 여성독자를 대상으로 하는 대중 잡지의 편집장을 거친 후 희극 작품을 발표해 성공을 거두는 한편 비평 에세이를 꾸준히 발표했다. 그의 문학 작품은 크게 동화, 소설, 희곡, 비평으로 나누어 볼 수 있다. 작품 전체에 걸쳐 역설과 기지가 두드러지며, 후기작으로 감옥에서 쓴 두 작품이 있다.

와일드는 『행복한 왕자』(*The Happy Prince and Other Tales*) 같은 동화, 『살로메』(*Salome*) 같은 매혹적이고 상징적인 희곡, 영원한 젊음을 위해 악마에게 영혼을 파는 고딕적 요소와 퇴폐주의의 분위기로 영국의 점잖은 독자층에 불쾌감과 충격을 안겨주었던 장편소설 『도리언 그레이의 초상』(*The Picture of Dorian Gray*), 『진지함의 중요성』 같은 영국 상류 사회의 위선적이고 까다로운 인습을 정면으로 풍자하는 희극 작품, 「거짓말의 쇠퇴」(The Decay of Lying) 같은 독창적이고 역설적인 예술 비평 등 다양한 장르에 걸쳐 문학사적으로 가치 있는 작품들을 남긴 작가다.

와일드는 생애뿐 아니라 문학작품 자체도 산발적이고 모순과 역설로 가득한 작가였다. 와일드 사후 10년간 그의 명성은 완전히 외설의 늪에 빠져 있었으며, 아직까지도 와일드의 삶과 작품에 대한 논란은 계속되고 있다. 특히 와일드가 과연 가벼운 대중적 작품을 쓴 그저 지나가는 사회문화적 한 현상에 불과한지, 아니면 19세기와 20세기를 연결하는 현대적 사상가이며 기민한 비평가인지 등의 논란은 계속되고 있다.

와일드가 전기 작가를 문학에 있어 시체 도굴꾼이라고 혹평했지만 1970년대까지 와일드에 대한 연구는 주로 평전이 발표되었다. 그 후 와일드의 문학작품에 대한 진지한 작품 분석이 시작되었지만, 진지한 미학의 이론가로는 제대로 평가되지 못하고 있었다. 다행히 20세기 후반 그의 비평적 유산이 갖는 문학사적 의의가 긍정적으로 재평가되기 시작했다. 비평가로서 와일드의 위상이 무엇인가에 대해서는 와일드의 방대한 전기를 쓰고, 그의 비평집을 출판한 엘먼(Richard Ellman)이 와일드를 프라이(Northrop Frye) 또는 롤랑 바르트(Roland Barthes)와 연계시킨 것을 비롯하여, 최근 긍정적 평가가 계속 이루어지고 있다. 엘먼은 와일드가 비평은 창조 과정에 있어 중요한 역할을 하며 문학의 한 독립된 영역이라고 주장함으로써 비평을 한 예술분야로 격상시키는 데 기여했다고 말한다.

이 책에는 짧은 여행기 「미국 인상」(Impressions of America, 1883), 「미국 남성」(The American Man, 1887), 서평 「필립 시드니 경의 전기 두 편」(Two Biographies of Sir Philip Sidney, 1886), 셰익스피어를 독특한 시각에서 조망한 「W. H. 씨의 초상화」(The Portrait of Mr. W.

H., 1889)와 「가면의 진리」(The Truth of Masks, 1891), 개인주의 예찬인 「사회주의에서의 인간의 영혼」(The Soul of Man under Socialism, 1891), 그리고 와일드의 미학 이론을 집대성했다고 볼 수 있는 「예술가로서의 비평가」(The Critic as Artist, 1890) 일곱 편의 에세이가 실려 있다. 이 작품들이 오스카 와일드의 비평세계 전체를 보여주지는 못하겠지만, 그의 독창적이고 역설적이고 해박한 미학이론을 감상하고, 그의 이론의 문학사적 의의와 현대 사회에서 갖는 의미를 명상해보는 계기는 될 수 있을 것이다.

「미국 인상」과 「미국 남성」

「미국 인상」과 「미국 남성」은 와일드가 27세 생일이 지난 1881년 12월 24일 애리조나 호를 타고 미국으로 건너가 약 1년 동안 문학과 예술에 대한 강연을 하며 보낸 체험에서 나온 일종의 여행기다. 와일드 특유의 재치와 솜씨로 표현된 이 글들은 그 당시 미국 사회에 대한 관찰로 나름의 가치를 지니고 있다. 와일드는 당시 영국에서 일어나고 있던 미학운동을 자신이 대표한다고 간주하고, 남북전쟁 이후 부흥기에 산업화에 주력하고 있는 미국 땅에 미의 가치를 심어주려고 했기 때문에, 이 여행은 미학주의자로서 그의 명성을 전파하는 셈이 되었다. 1882년 1월 2일 와일드가 탄 배가 뉴욕 항에 도착하자마자 그의 명성을 전해 들은 신문기자들은 이 흥미로운 작가이자 재담가에게서 기사거리를 작성하기 위해 그곳에 대기했고, 와일드는 이들에게 자신이 미를 전파하기 위해 왔노라고 소리쳤다.

와일드의 여행은 유미주의자인 그를 조롱했던 희극 『인내심』(*Patience*)이 1881년 9월 뉴욕에서 상연되어 그가 이미 미국에서까지 유명하게 되었다는 상황과 결부시킬 수 있다. 이 연극은 미학운동을 조롱하는 가운데, 후리후리한 키와 긴 머리카락에, 양복에 꽃을 달고 런던 거리를 누비던 와일드의 모습을 희화함으로써 와일드의 명성을 바다 건너 미국에까지 알려준 결과를 가져왔다. 와일드는 비록 대중들의 마음을 사로잡는 뛰어난 웅변가는 아니었지만, 그의 강연은 미국에서 많은 사람들에게 큰 즐거움을 주었다. 그는 재치 있는 말과 행동으로 청중에게 대중적 흥미를 넘은 지적 충족감과 통찰을 함께 제시했던 것이다. 결국 3개월로 예정되었던 그의 미국 여행은 잇따른 강연 요청과 청중들의 열띤 반응 덕에 10개월로 연장되었다. 와일드는 미국의 북동부, 중서부, 남부, 서부는 물론 캐나다까지 찾아가 강연했으며, 미국에서는 뉴욕, 필라델피아, 워싱턴, 샌프란시스코 같은 도시 외에도 로키 산중에 있는 광산까지 방문하여 청중을 즐겁게 만들었다.

미국 강연에서 와일드가 기쁨을 느낀 건 명망 있는 부류가 아닌 보통 사람들을 만날 때였고, 그가 특히 인상을 받았던 곳은 콜로라도 주 고원에 있는 리드빌 부근의 광산이었다. 여기서 그가 광부들을 위해 16세기 이탈리아 예술가였던 첼리니(Benvenuto Cellini)의 자서전을 읽어주자 그들은 이 예술가를 데려오지 않았다고 불평했고, 첼리니가 죽었다고 말하자 그들은 누가 총으로 쐈는지 물었다고 한다. 언뜻 익살스럽게 들리는 이 에피소드는 미의 사도로서 와일드의 언행과 그것에 대한 대중의 반응을 상징적으로 보여주는 사례가 된다. 와일드가 만난 미국인들 가운데는 당대의 대표적 작가였던 휘트먼(Walt Whitman)과 제임스(Henry James)가 있었다. 자신의 집에서 와일드를 만난 휘트먼은 그가 가식이 없는 정직한 인물이라고 평했지만, 제임스는 그를 세련되지 못한 괴짜로 보았다. 1882년이 저물어갈 무렵 와일드는 미국에서 여행을 마치고 영국으로 돌아왔고, 다음 해부터 영국 청중들을 위해 미국에서 받았던 인상을 간헐적인 강연 형태로 전달했다.

「필립 시드니 경의 전기 두 편」

와일드는 1885년부터 『팰 맬 가제트』(*Pall Mall Gazette*)지에 익명으로 서평을 싣고 있었는데, 1886년 11월에 발표된 이 글은 우연히 비슷한 시기에 영국 르네상스를 대표하는 시드니 경에 대한 시먼즈(J. A. Symmons)의 단행본과 고스(Edmond Gosse)의 에세이가 발표되자 이 두 글을 비교하여 쓴 와일드의 서평이다. 와일드는 영국 르네상스를 대표하는 시드니 경에 대해 고스가 쓴 글이 부정확하고 성의 없이 씌어졌음을 점잖지만 날카로운 어조로 공격하고, 시먼즈의 글은 성의 있고 정확하지만 그의 사상이나 문학적 의의보다 시대의 사실적 묘사에 치중하고 있다고 아쉬워한다. 이 서평은 와일드의 예리한 비평안을 보여주는 한편, 와일드 자신이 시인이자 정치가로서의 시드니 경의 역량을 부러워하며 그를 귀감으로 삼고 있음을 드러낸다.

「가면의 진리」

와일드의 「가면의 진리」는 1891년에 출간된 비평집 『의도』(*Intentions*)에 수록된 네 편의 글 가운데 마지막 글로서 원래 「셰익스피어와 무대의상」(Shakespeare and Stage Costume)이라는 제목으로 1885년 5월 잡지 『19세기』(*Nineteenth Century*)에 처음 발표되었다. 이 글은 원래 1884년 12월 리턴 경(Lord Lytton)이 셰익스피어가 자신의 배우들이 입는 의상에 별로 관심을 기울이지 않았다고 주장한 평론에 대한 반론으로, 와일드는 리턴 경과 대조적인 의견을 내세웠다. 와일드에 따르면, 의상이나 외모와 가면은 개인은 물론, 예술가가 세상과 직면하는 데 극히 중요하다는 것이다. 이러한 생각은 예술에서 형식이 갖는 중요성을 말하고 있지만, 와일드는 예술에서 절대적 진리란 존재하지 않고, 진리는 단지 누구의 주장이 정당한지에 따라 결정된다는 생각을 고수해왔다.

「가면의 진리」는 비평집 『의도』에 수록된 다른 글들에서 보이는 유려한 문장과 현란한 경구는 부족하지만, 의상에 대한 셰익스피어의 관심을 구체적인 작품을 근거로 놀랄 만큼 상세히 설명하고 있다는 점에서 극작가로서의 와일드의 해박한 지식과 통찰을 극명히 드러내고 있다. 와일드는 셰익스피어 극에서 의상을 충실히 재현하려는 시도는 극의 해석에 부적합하다는 리턴 경의 주장이 예술이 갖는 아름다움을 거부하는 것이라고 지적하며, 셰익스피어 극에서 가면과 춤의 사용은 단지 시각적 즐거움뿐만 아니라, 극적 효과를 창출하여 사실상 예술의 사실성을 드높이는 수단이 된다는 점에서 중요하다고 말한다. 와일드는 극작가이자 무대 운영자로서 셰익스피어가 사용했던 메타포(은유)가 의상에서 표현되는 경우가 매우 많았기 때문에, 셰익스피어의 극 자체가 『의상 철학』(*Sartor Resartus*)을 쓴 철학자 칼라일(Thomas Carlyle)이 말했던 '의복의 철학'을 구체적으로 보여주는 사례가 된다고 보았다. 이 글의 후반부는 예술에 대한 와일드의 생각을 좀더 강조하는 내용을 담고 있다. 예술지상주의 또는 유미주의자로서 와일드는 예술이란 자체의 완전성 이외에 어떤 목적도 갖지 않고, 단지 자체의 법으로만 움직인다고 간주했다. 따라서 진정한 예술가라면 자신의 작품에서 삶의 형태를 한 예술이 아니라, 예술이 요구하는 조건을 충족시키는 삶을 제시해야 된다고 주장하고 있다.

「W. H. 씨의 초상화」

와일드의 「W. H. 씨의 초상화」는 셰익스피어가 자신이 쓴 소네트들을 헌정했다고 간주된 W. H. 씨의 정체를 밝히려는 일종의 단편 추리소설이다. 이 소설의 근거는 셰익스피어가 운영한 극단에서 여성인물의 역할을 전문적으로 했던 윌리 휴즈(Willie Hughes)라는 이름의 소년배우가 있었고, 이 소년배우를 사랑했던 셰익스피어가 자신의 소네트를 그에게 헌정했다는 가설에서 출발하고 있다. 이러한 가설의 증거로는 셰익스피어가 쓴 많은 소네트에 '윌'(Will)과 '휴즈'(Hues)라는 표현이 나온다는 데 있다. 이 단편에 등장하는 시릴 그레이엄(Cyril Graham)이란 인물은 이른바 '윌리 휴즈 이론'에 강한 확신을 품고, 자신의 친구인 어스킨(Erskine)을 설득하려고 하지만 윌리 휴즈라는 인물이 실제로 존재했다는 역사적 증거가 없기 때문에 좌절하게 된다. 그레이엄은 자신의 이론을 정당화하기 위한 시도가 거듭 실패하자, 셰익스피어의 헌사가 나타난 책에 손을 얹고 있는 휴즈의 초상화를 위조하여 어스킨으로 하여금 그의 주장을 믿게 했지만, 어스킨은 이 초상화가 가짜임을 알게 된다. 하지만 자신이 세운 이론을 여전히 포기하지 않던 그레이엄은 그것을 입증하기 위해 마침내 총으로 목숨을 끊는다.

어스킨은 이러한 이야기를 이 작품에 등장하는 익명의 화자(話者)에게 들려준다. 그레이엄이 세운 이론에 깊은 인상을 받은 화자는 셰익스피어의 소네트를 세밀히 분석하고, 스스로 연구를 진행하여 마침내 그레이엄의 견해가 옳았다는 결론에 도달한다. 화자는 자신의 결론을 어스킨에게 밝혀 휴즈의 존재를 믿도록 했지만, 역설적이게도 그는 이 이론에 진력이 나고 만다. 한편 화자를 통하여 부각된 '윌리 휴즈 이론'에 새로운 믿음을 갖게 된 어스킨은 휴즈의 존재에 대한 역사적 흔적을 추적하려고 하지만, 결국 그레이엄처럼 아무것도 발견하지 못한 채 절망한다. 어스킨은 화자에게 보낸 편지를 통해 비록 증거는 없지만 휴즈라는 인물이 실존했다는 사실은 분명하므로, 자신의 믿음에 대한 증거로 그도 그레이엄처럼 자살하겠다고 통보한다. 어스킨이 스스로 목숨을 끊었을지도 모른다고 생각한 화자는 프랑스 칸으로 내려가 그의 죽음을 확인하지만, 그곳에 있던 의사는 어스킨의 죽음이 자살이 아니라 폐병 때문이었다고 말한다. 어스킨은 W. H. 씨의 초상화를 남겨놓았고, 그 초상화는 이제 화자의 서재에 걸려 많은 사람들의 주목을 받게 되었지만, 그는 그림의 내력에 대해 어떤 말도 하지 않는다.

이상의 스토리는 셰익스피어의 소네트가 많은 사람들의 주장대로 펨브로크 경(Lord Pembroke)이나 사우샘프턴 경(Lord Southampton) 같은 귀족들에게 헌정된 것이 아니라, 셰익스피어가 사랑했던 한 젊은 배우를 위해 씌어졌다는 생각을 전제로 한다. 이를 위해 와일드는 휴즈라는 가상의 인물을 탄생시켜 자신의 주장을 뒷받침하고 있다. 이 작품은 와일드가 동성애 혐의로 기소되어 투옥되기 전인 1889년에 나온 것으로, 동성애로 인한 그의 곤경을 미리 암시하는 듯하다. 많은 비평가들은 휴즈라는 가상의 인물을 통해 셰익스피어의 소네트를 동성애적인 모티프로 접근한 와일드의 이야기가 소네트에 대한 진정한 해석으로 현실적 근거와 역사적 사실이 미약하기 때문에 큰 의미를 부여하지 않고, 이 작품은 하나의 문학적 추리에 지나지 않다고 간주했다. 그런데도 셰익스피어 소네트에 대한 와일드의 문학적 해석은 독자들에게 소네트에 등장하는 신비의 인물에 대한 호기심을 환기시킬 뿐만 아니라, 문학적 상상력의 활용이 문학작품의 해석을 한층 다양화할 수 있다는 점을 보여준다.

이 작품은 스토리 전개에서 다층적 방식을 사용하고 있다. 작품에 등장하는 익명의 화자는 맨 처음 '윌리 휴즈 이론'을 어스킨에게서 전해 들었고, 어스킨은 그 이론을 친구였던 그레이엄에게서 듣게 되었는데, 그레이엄은 자신이 세운 가설을 입증하지 못해 스스로 목숨을 끊었다. 이러한 스토리 전개 방식은 하나의 추리소설로서 이 작품에 대한 독자들의 흥미를 북돋우는 효과를 가지게 된다. 다시 말해 휴즈라는 불가사의한 인물에 대한 규명은 화자를 포함한 여러 인물들에 의해 시도되지만, 그의 실체는 끝내 밝혀지지 않는다. 모두 5장으로 이루어진 이 스토리는 1장과 5장을 제외한 중간 부분에서 '윌리 휴즈 이론'을 바탕으로 셰익스피어 소네트를 구체적으로 분석하고 있다. 여기서 소네트를 분석하는 익명의 화자는 위대한 극작가인 셰익스피어와 신비로운 소년배우 사이에 생긴 사랑의 고통과 열정을 부각시켜 어린 배우를 사랑의 이상으로 제시한다. 셰익스피어의 소네트와 연관된 미스터리를 추적하는 이 스토리의 구조는 일차적으로 휴즈의 존재 여부에 초점이 모아지고 있지만, 또 다른 면으로는 와일드 자신의 생애와 깊이 연관된 동성애에 대한 견해를 내포하고 있다. 왜냐하면 이 작품은 셰익스피어의 소네트를 해석하는 가운데, 셰익스피어와 휴즈의 관계를 통해 은유적이고 암시적인 방법으로 동성애를 옹호하고 있기 때문이다. 와일드는 특히 피치노(Marsilio Ficino), 미켈란젤로(Michelangelo), 빙켈만(Johann Winckelmann) 등과 같은 위대한 예술가들이 가졌던 동성애적 사랑과 열정은 육체를 부정하지 않으면서도, 육체를 초월하는 이상적 사랑의 형태라고 주장하며, 이러한 사랑이야말로 이들이 성취한 예술적 업적의 원동력이라고 말한다.

이와 함께 와일드는 16세기 셰익스피어와 휴즈의 관계를 통해 이상적으로 이루어졌던 동성애가 19세기에는 부도덕한 범죄 행위가 된 데 통탄하며, 동성애를 통한 영혼의 결합이 인간이 만든 규범보다 우위에 있다는 점을 부각시키려고 한다. 그렇다면 「W. H. 씨의 초상화」는 합법적인 사랑을 통한 일상의 안정보다, 인간사회의 규범이나 제도를 초월한 동성애적 사랑에 의한 영적 조화가 더 가치 있다는 와일드의 생각을 교묘히 그리고 지속적으로 전개하고 있는 작품이 된다.

「사회주의에서의 인간의 영혼」

와일드는 「사회주의에서의 인간의 영혼」에서 사유재산 제도의 폐지를 통해 개인의 영혼을 해방시킬 것을 촉구한다. 와일드는 천하고 끝없는 노동이 수반되고 사회를 이기적이고 실용주의적인 물질주의로 이끄는 사유재산 제도가 사라지게 되면, 인간은 아름답고 건강한 개인주의를 누리게 될 것이라고 말한다. 와일드에게 사회주의는 곧 개인주의를 의미한다. 이러한 사회주의 아래서 인간은 개성을 자유로이 표현할 수 있으며, 삶에서 기쁨을 느끼고 완성을 향해 나아갈 수 있다. 와일드는 사회주의야말로 인간의 내면에 있는 경이롭고 매혹적이고 즐거운 것을 자유로이 발전시키고 진정한 쾌락과 살아가는 기쁨을 추구할 수 있게 해주는 것이라고 설명한다. 여기에서 와일드가 말하는 사회주의는 마르크스와 달리 계급투쟁이 아닌 저항과 불복종을 통한 개성적 존재의 실현이다.

와일드는 이 글에서 그리스도에 대한 새로운 해석을 내린다. 와일드는 그리스도를 놀라운 영혼을 지닌 거지, 신성한 영혼을 가진 나병환자, 고통을 통해 자신의 완성을 실현하는 신으로 묘사한다. 그리고 그리스도가 "그대에 깃들어 있는 개성을 발전시켜라. 그대 자신이 되라. 외부의 사물을 축적하거나 소유하는 데서 그대의 완성이 이루어진다고 상상하지 마라. 그대의 완성은 그대의 내부에서 이루어진다"라고 말한 점을 들어, 그리스도가 말하는 부자는 개성을 발전시키지 못한 사람들이며, 그가 말하는 가난한 사람들은 개성을 지닌 사람들이라고 주장한다. 그런데 와일드는 그리스도의 개인주의는 기쁨이 아니라 고독과 고통을 통해 실현된다고 아쉬워한다. 와일드는 고통의 신으로서 그리스도는 중세 예술에 잘 표현되어 있으며, 아름다운 존재가 아니라 불구가 되고 훼손된 존재로 묘사되기 때문에 겉으로 보기에 별로 유쾌한 존재가 아니라고 말한다.

와일드는 당대 사회가 지향하던 인도주의와 이타주의가 개인주의에 역행한다고 비판한다. 그에게 가난한 사람들은 빈곤, 추함, 기아에 둘러싸여 문화, 교양, 세련된 쾌락, 삶의 기쁨의 기회를 박탈당한 비참한 존재들이다. 그리고 사회의 이타주의자들은 가난의 문제를 해결하기 위해 자선을 베푸는데 이는 해결이 아니라 오히려 사회의 발전을 가로막는 해악이다. 이들의 자선을 고마워하는 이른바 착한 가난한 사람들은 아주 사소한 대가를 받고 자신의 천부적 권리를 팔아버린 어리석은 존재일 뿐이다. 또 와일드는 다른 사람에게 자기 방식을 따르라고 요구하는 것은 이기적 행위이며, 다른 사람들의 삶을 간섭하지 않고 그대로 놔두어야 한다고 주장한다. 그는 주변에 획일적인 유형을 만들어내고자 하는 것은 이기적 행위이며, 다양한 유형들을 기쁨을 주는 것으로 받아들이고 그 다양성을 즐겨야 한다고 주장한다. 따라서 개인주의 아래서 인간은 매우 자연스럽고 서로를 이해하며 자유로이 공감을 나눌 수 있게 될 것이라는 것이다.

와일드의 개인주의는 예술의 자율성과 예술가의 자유, 그리고 대중에 대한 경멸로 이어진다. 대중은 세상에서 가장 강렬하게 표현된 개인주의의 한 양식인 예술을 끊임없이 간섭하려고 한다. 대중은 예술이 대중적일 것을 요구하며 훌륭한 예술 작품에 '부도덕한,' '난해한,' '이국적인,' '불건전한' 같은 단어들을 부여한다. 와일드는 사실상, 대중이 건전하다고 말하는 대중소설은 불건전한 작품이었으며, 대중이 불건전한 소설이라고 말한 것은 늘 아름답고 건전한 예술 작품이었다고 주장한다. 대중의 여론은 기형적이고 무지하므로 진정한 예술가는 대중에 대해 전혀 신경을 쓰지 말아야 한다. 와일드는 대중의 여론은 주로 저널리스트들에 의해 조장된다고 말하며 저널리스트들을 비판한다. 이 글은 저널리스트들을 비판하고 인류가 자본주의 시장의 한 구성요소로 종속되어 가는 것, 산업혁명 아래 인간의 재능이 도구화 · 합리화되는 것을 비판하며 무정부주의적인 개인주의 사상을 제시하는 점에서 정치적 함의가 다분하다. 그러나 사유재산 제도를 폐기하여 개인에게 완전한 자유를 갖게 하자는 이 글은 사실 추상적인 유토피아를 추구할 뿐, 역사와 무관하고 빈곤층이 아닌 상류층에 관심을 보이는 모순적인 글이라는 비판을 받기도 한다.

「예술가로서의 비평가」

와일드는 『의도』에 실린 일련의 에세이를 통해 비평의 의미를 재정립한다. 와일드는 아름다움과 창조적 환상이 요구되는 문학이 조야한 상업정신과 물질주의, 저속하고 지루하고 속물적인 것에 의해 점차 파괴되고 있다고 주장한다. 와일드는 「거짓말의 쇠퇴」에서 예술의 목표는 거짓말인데, 사실과 현실의 추구로 인해 그 창조적 환상이 점차 몰락하고 있다고 한탄하고, 『펜, 연필 그리고 독약』(*Pen, Pencil and Poison*)에서는 기존의 선악의 개념을 전복시켜 사악함이란 것은 빅토리아 사회의 우둔한 이른바 선한 자들이 남들의 기민한 두뇌나 묘한 매력에 대해 시기심을 느껴 만들어낸 신화이며, 죄야말로 강렬한 개성을 낳는 것으로 인류의 진보에 기여한다고 주장한다.

「예술가로서의 비평가」에서 와일드는 당대의 비평이 예술 작품의 도덕성 여부에 대한 논란을 선정적으로 보도하고 기록하는 역할에 그치고 마는 것에 대해 경멸과 분노를 금치 못하며, 비평의 가치와 의의를 재정립하려고 한다. 이 글은 진지한 어니스트(Earnest)가 기존의 이론을 그대로 답습하면 길버트(Gilbert)가 그 오류를 시정하는 대화 형식으로 이루어져 있다. 이 글은 논리적으로 치밀한 이론을 전개하기보다는 경구와 재치에 의존한다. 따라서 일관성이 부족하고 논리적 모순도 보이지만, 간헐적으로 기존 관념을 전복하는 놀라운 통찰력과 예지가 돋보인다. 이 글에 제시된 독특한 예술관은 예술의 무용론(All art is entirely useless), 예술의 자율성(Art never expresses anything but itself), 미의 감각이 선악 의식보다 중요하다는 도덕 폐기론, 스타일의 중요성, 형식이 내용보다 우선한다는 주장(Form determines content, not content form), 인생이 예술을 모방한다는 역설(Life imitates art rather than art life), 예술이 시대를 결정짓고 시대를 이끈다는 주장(The age does not determine what its art should be, rather it is art which gives the age its character)으로 요약될 수 있다.

「예술가로서의 비평가」는 원제가 "비평의 진정한 기능과 가치: 무위(無爲)의 중요성에 관한 몇 마디 말과 함께"(The True Function and Value of Criticism: With Some Remarks on the Importance of Doing Nothing)라는 데서 알 수 있듯이, 아널드(Matthew Arnold)가 1864년에 발표한 『우리 시대의 비평의 기능』(*The Function of Criticism at the Present Time*)의 연장선에 놓여 있다. 아널드는 독일이나 프랑스와 비교할 때, 유독 영국만이 자유로운 사고와 무관한 실용적 정신에 물들어 있고 정치적 성향이 강한 것을 개탄하며, 영국에서 사심 없는 호기심, 즉 사물에 대한 자유로운 정신의 유희가 필요하다고 주장한 바 있다. 아널드는 사심 없는 호기심의 실천인 비평은, 세상에 알려지고 숙고된 최상의 것을 섭렵하여 그것을 널리 알리고 퍼뜨려 진정한 새로운 사상의 흐름을 조성하는 것이라고 설명하며, 비평은 실용적 가치를 따지지 않고 "대상을 실제의 모습 그대로 파악"(to see the object as in itself it really is)해야만 한다고 주장했다.

와일드는 옥스퍼드 시절 월터 페이터의 영향을 많이 받은 것으로 알려져 있다. 1873년 페이터는 『르네상스 역사 연구』(*Studies in the History of the Renaissance*)의 서문에서 아널드의 비평의 정의에 주관적 인상의 중요성을 덧붙여, "대상을 실제의 모습 그대로 파악한다는 것은 개인의 주관적 인상을 있는 그대로 파악하는 것"(seeing one's object as it really is, is to know one's impression as it really is)이라 주장했다. 아널드에서 페이터로 이어지면서 대상 자체의 객관적 의미보다는 대상을 바라보는 사람의 주관적인 감각으로 초점이 바뀌고 있음을 볼 수 있는데, 1891년 와일드에 이르면 비평의 정의가 "대상을 실제의 모습이 아닌 것으로 보는 것"(to see the object as in itself it really is not)으로 바뀌게 된다. 와일드는 예술 작품은 비평의 새로운 창조를 위한 출발점에 불과하다고 말함으로써 비평을 창작보다 우위에 둔다. 와일드는 아널드가 무정부 상태를 우려한 것과 달리, 최고의 비평이란 한 개인의 영혼의 기록이라고 말함으로써 개인주의를 강조하고 종교와 정부 등 모든 권위를 거부한다.

와일드는 고대 그리스와 헬레니즘 문화에서 비평 정신을 배울 필요가 있다는 말로 이 글을 시작한다. 비평은 창조적인 동시에 독자적인 예술이다. 최상의 비평은 자기 자신의 영혼의 기록이므로 외부의 어떤 기준에 의존하지 않고 그 자체로 존재의 이유가 되고 또 목적이 된다. 예술 작품에 무수한 의미를 부여하고 훌륭한 것으로 만들고 그 작품을 우리의 삶의 활력소가 되게 하는 것은 그것을 바라보는 사람, 즉 비평가이다. 따라서 최고의 비평은 창작품보다 더 창조적이고, 비평가의 최우선 목표는 대상을 실제의 모습이 아닌 것으로 보는 것이다.

와일드는 기존의 선악 개념을 전복시킨다. 와일드는 죄가 진보의 본질적인 요소라고 주장한다. 죄가 없다면 세상은 침체되고 노화되고 무채색이 되어버린다. 죄는 그 호기심으로 인류의 경험을 배가시키는 것이고, 시류를 따르지 않음으로써 좀더 높은 윤리와 하나가 된다. 반면에 미덕과 자선은 사회의 악을 조장하는 것이며 양심은 성숙하지 못한 정신의 증거일 뿐이다. 따라서 와일드에게 미학은 윤리학보다 훨씬 우월한 것이다. 사물의 아름다움을 파악하는 미학은 인간이 도달할 수 있는 최고의 단계다. 윤리학은 자연도태처럼 생존을 가능하게 해주는 것이고, 미학은 성적 도태처럼 삶을 사랑스럽고 멋진 것으로 만들고 새로운 형식으로 채워주며 진보와 다양성과 변화를 가져오는 것이다.

와일드는 예술은 부도덕하고, 비실용적인 것이라고 주장한다. 와일드는 실용성은 사심 없는 지적인 판단을 불가능하게 하는 것인데 영국인들은 스스로를 쓸모 있게 만들려고 애써왔으며, 그 결과 영국 사회는 사고가 퇴행하여 버렸고, 따라서 작금의 영국 사회에 비실용적인 사람들이 절실히 필요하다고 역설한다. 와일드는 인류의 발전은 자기수양(自己修養)에서 나오는 개인의 발전에 의존한다고 주장하며, 인간을 기계의 위치로 분류하는 실용주의 범주를 벗어나 관조와 명상의 삶을 권하는 동양 철학자 장자(莊者)의 이론을 따르자고 권한다. 명상이야말로 인간 고유의 본령이며, 전혀 아무 일도 하지 않고 명상하는 것이 세상에서 가장 어렵고 가장 지적인 것이다. 와일드의 이러한 주장은 실용주의 시대에 실용성을 거부하고 무용성을 역설하는 그의 독특한 전복적 논리를 잘 보여준다.

비평가는 가장 힘들고 지적인 체험인 무위(無爲)와 명상을 통해, 즉 아무 일도 하지 않고 자기수양에 몰두하는 것을 통해, 진리 그 자체를 사랑하는 차분한 철학적 심성을 갖게 된다. 와일드는 조야하고 미성숙한 영국 사회의 정신을 정화시키려면 비평적 본능을 키우는 길밖에 없다고 강조한다. 비평 정신은 인류에게 평온한 철학적 기질을 줌으로써 인류에게 자신이 어디에 와 있는지 의식할 수 있게 해주며, 인간에 대한 이해를 통해 인종적 편견도 없앨 수 있게 해줄 것이다. 와일드는 비평이 그 어떤 경제적 힘이나 감상주의적 구호보다 유럽을 하나로 묶어주게 될 것이므로, 곧 세계정신이라고 예찬한다.

와일드의 심미주의는 빅토리아 사회의 유용성 · 합리성 · 사실주의에 대한 항의다. 와일드는 당대의 저급한 상업적 분위기, 위선적이고 잘난 체하는 속물적 중산층을 경멸하며, 그 대안으로 고대 그리스 시대의 예술적 분위기에 향수를 느끼고 사회주의에 토대를 둔 개인주의적 유토피아를 꿈꾼다. 심미주의자로서 와일드는 표층적 형식의 아름다움을 중시하는 가운데 예술의 체험이 형식과 표층에 있다고 강조하기도 한다. 또한 그는 삶이란 기본적으로 혼돈 상태에 있으므로, 예술이 삶에 형태를 부여하여 생경한 물질을 영속적 아름다움으로 바꾸어 놓으며, 삶과 자연에 대한 파악과 개념이 예술에 의해 형성되는 바 크다고 주장한다. 이러한 와일드의 주장은 저자의 의도와 무관한 예술 작품의 의의, 내용과 무관한 형식의 중요성을 강조함으로써 최근의 저자의 죽음, 자유로운 기호의 유희 같은 이론과 자연스럽게 연결된다. 동시대 평론가들에게 와일드의 역설 · 기지 · 과장 · 경구 등의 언어 게임은 경박한 자만심이나 독자들에게 충격을 던져 이름을 알리려는 상업적인 의도로 파악되었지만, 최근 학자들은 와일드의 이론에서 진지한 의미를 읽어내기도 한다.

와일드는 영국의 청교도 정신은 자기성찰을 막고 사회 안정을 위한 대중의 어리석음을 생산하는 세력이며, 영국인은 천재를 싫어하고 평범한 것을 선호하며, 저널리즘은 이에 부합하여 사회에 저속함과 무지를 퍼뜨린다고 비판했다. 그는 이러한 타락한 영국 사회에 창조적이고 비평적인 정신활동을 통해 질서와 조화, 성숙한 영혼을 상징하는 새로운 헬레니즘을 가져와야 한다고 소리 높여 주장했던 것이다. 와일드는 세기말의 퇴폐적인 심미주의자라기보다는 어지러운 시대에 예술이 비평을 매개로 철학과 종교의 기능을 행할 필요가 있다고 주장하면서 개인과 사회에 대한 유토피아적 비전을 제시한 사상가였다고 말할 수 있다.

일탈의 미학

오스카 와일드 문학예술 비평선

일러두기

1. 이 책에 실린 일곱 편의 글은 여러 분야에 걸쳐 있는 오스카 와일드의 비평 중에서 독자들의 이해를 도울 만한 대표적인 것을 옮긴이가 선별하여 번역한 것임을 밝힌다.

2. 각주는 독자의 이해를 돕기 위해 옮긴이가 넣은 것이다.

3. 원서에서 이탤릭체로 쓴 것은 고딕체로 표기했다.

미국 인상[1)]

일반적인 관점에서 볼 때, 내가 미국에 관해 알고 있는 적은 지식으로는 미국을 완전한 이상향으로 묘사해내는 것이 아무래도 불가능하다. 미국의 위도나 경도는 물론, 그 나라의 직물의 가치를 제대로 계산하는 것도 어렵고, 그 나라의 정치에 대해서도 잘 알고 있지도 않다. 이런 얘기들은 여러분뿐만 아니라 내게도 그다지 흥미로운 주제가 아니다.

미국에 도착한 후 내가 처음 강렬한 인상을 받은 것은 바로 미국인들의 옷차림이다. 그들은 이 세상에서 가장 옷을 잘 입는 사람들은 아니지만, 가장 편안하게 입는 사람들일 것이다. 미국 남성들은 무서울 정도로 많이 실크모자를 쓰고 다니는데, 모자를 쓰지 않고 다니는 남자는 거의 없다. 남자들은 아주 강렬한 인상을 풍기는 연미복 코트 차림인데, 이런 코트를 입지 않은 사람은 거의 찾아볼 수 없었다. 사람들의 외모에서 풍기는 이런 편안한 느낌은 누더기를 걸친 사람들이 많은 이 나라에서 흔히 보일 듯한 분위기와 확실히 대조를 이룬다.

다음으로 특히 눈에 띄는 것은 모두가 급히 기차를 타려는 듯 서두른다는 점이다. 이런 상태는 시나 로맨스를 만들어내기에 적합한 분위기

---

1) 이 글은 와일드가 1883년 미국 여행에서 돌아온 뒤에 강연한 내용이다.

가 아니다. 만약 로미오나 줄리엣이 기차시간에 쫓겨 끊임없이 불안한 상태에 있었다거나 왕복표 문제로 마음이 초조했더라면, 셰익스피어가 그린 시와 비애로 가득 찬 그토록 아름다운 발코니 장면은 불가능했을 것이다.

미국은 현존하는 나라들 가운데 가장 소음이 심한 국가다. 미국인들은 아침에 나이팅게일의 노랫소리가 아니라 증기기관차의 기적소리에 눈을 뜬다. 소음에 대해서 실용적인 감각을 가진 미국인들이 이처럼 참을 수 없을 정도의 소음을 줄이지 않고 그대로 둔다는 점이 놀랄 만하다. 예술은 정교하고 섬세한 감정에 의존하기 때문에, 이런 지속적인 소란은 결국에는 틀림없이 음악적 재능을 파괴하는 결과를 낳게 될 것이다.

미국의 도시에는 아름다운 시절의 멋진 유물을 간직하고 있는 옥스퍼드나 케임브리지, 솔즈베리[2] 또는 윈체스터[3] 같은 도시에서 볼 수 있는 종류의 아름다움이 없다. 그러나 가끔은 미국인들이 굳이 만들어내려고 노력하지 않은 것에서 많은 아름다움을 발견하기도 한다. 미국인들은 미를 만들어내려고 애썼지만, 결국에는 분명히 실패해왔다. 미국인들의 두드러진 특징 가운데 한 가지는 현대생활에 과학을 적용시킨 방식이다.

이것은 뉴욕을 그냥 한 번 대충 걸어 다녀보아도 분명히 알 수 있다. 영국에선 발명가가 거의 미친 사람 취급을 받고, 많은 경우 발명을 하다가 낙담하거나 가난에 허덕이게 된다. 그러나 미국에서 발명가는 존경의 대상이며, 여러 가지 도움을 받기도 쉽고, 창의력을 발휘하거나 인간이 하는 작업에 과학을 적용시키는 것이 부에 이르는 가장 빠른 지름길

---

2) 영국에서 가장 높은 첨탑의 솔즈베리 대성당을 중심으로, 13세기부터 형성된 옛 건물과 현대의 건물이 조화를 이루고 있는 도시.

3) 영국 잉글랜드 햄프셔에 있는 도시. 에식스의 옛 수도였으며 역사적으로 유명한 고도(古都)다. 햄프셔의 중심지며, 양모의 집산지로 번성했다.

이 된다. 미국은 세상에서 기계가 가장 사랑받는 나라인 것이다.

나는 힘의 선(線)과 미의 선이 언제나 하나라고 믿고 싶었는데, 이런 나의 소망이 미국의 기계들을 통해 실현되었다. 내가 기계의 경이로움을 실감한 것은 시카고에서 수도시설을 보고 난 이후였다. 철막대들이 솟아올랐다가 내려가는 모습과, 거대한 바퀴들이 대칭을 이루며 작동하는 모습은 내가 본 것 중에서 가장 아름다운 율동이었다. 미국에서는 물건들의 지나친 크기가 강한 인상을 남기지만, 항상 좋은 쪽은 아니었다. 미국은 강한 인상을 남기는 거대한 크기를 통해 다른 사람들이 자신의 힘을 믿도록 강요하는 것 같았기 때문이다.

나이애가라 폭포는 나에게 실망을 안겨주었고, 사실 대부분의 사람들도 실망한다. 미국 신부들은 모두 나이애가라 폭포로 신혼여행을 가는데, 그 거대한 폭포를 보는 것이 결혼생활에서 가장 실망스러운 사건은 아니더라도, 가장 일찍 느끼게 되는 실망일 수 있다. 사람들은 폭포에서 너무 멀리 떨어져 있어서 물의 광휘를 볼 수 없는, 그다지 좋지 않은 시점에서 폭포를 본다. 제대로 나이애가라 폭포를 감상하려면 폭포 아래서 봐야 한다. 그러려면 아무도 입으려고 하지 않는, 고무를 씌운 방수포 외투같이 못생긴 노란색 방수용 우의를 입어야 하는데, 베른하르트 부인(Madame Bernhardt)[4] 같은 훌륭한 예술가도 그 노란색의 흉측한 옷을 입은 것은 물론이고, 그 옷을 입고 사진까지 찍은 사실을 알게 되면 조금은 위안이 될 것이다.

미국에서 가장 아름다운 지역은 아마도 서부일 것이다. 하지만 서부에 가려면 못난 주석주전자 같은 증기기관차에 갇혀 6일 동안 기차를 타고 줄곧 질주해야 한다. 이 여행 동안 하찮긴 하지만 내게 위안이 된

4) 19세기 후반에 활동한 프랑스의 유명 여배우.

사건이 있었다. 차에서 먹을 수 있는 것은 물론이고 불량식품까지도 가리지 않고 파는 남자아이들이 압지(壓紙)에 볼품없이 인쇄되어 있는 내 시집들을 10센트밖에 안 되는 낮은 가격으로 팔고 있었던 것이다. 나는 이 아이들을 한쪽으로 불러, 시인들은 유명해지고 싶은 욕망과 함께 보수를 받고 싶은 열망이 있다는 것과, 내게 이득도 되지 않으면서 내 시집을 파는 것이 문학계에 큰 타격이 된다는 것과, 이것이 결국 저술활동에 종사하기를 바라는 사람에겐 엄청난 재난이 된다는 것을 말해주었다. 그랬더니 내 말을 들은 아이들의 대답이 모두 한결같았다. 그들은 이 장사로 돈을 벌고 있으며, 그들에게 중요한 것은 단지 이 사실 하나뿐이라고 대답했던 것이다.

미국인들이 관광객을 모두 한결같이 '이방인'으로 부른다는 것은 틀린 생각이다. 난 한 번도 '이방인'으로 불린 적이 없다. 텍사스를 방문했을 때 사람들은 나를 '대위'라고 불렀고, 미국 중부에선 '대령'으로, 멕시코 접경에서는 '장군'이라고 불렀다. 하지만 옛날 영어식 호칭에 해당하는 '선생님'(Sir)이 가장 흔히 불린 호칭이었다.

많은 이들이 미국 특유의 어법이라고 일컫는 것이 사실은 고대 영어에서 사용되었던 표현이며, 미국에는 남아 있으나 영국에서는 더 이상 사용되지 않는 어법이라는 점은 언급할 가치가 있다. 미국인들이 흔히 일상적으로 사용하는 "내 생각에는"(I guess)이라는 표현이 순전히 미국식 표현이라고 생각하는 사람들이 많다. 그러나 사실은 로크(John Locke)[5]가 그의 작품 「이해」(The Understanding)에서 "내 생각으론"(I think)이라는 의미로 그 표현을 이미 사용했던 것이다.

---

5) 17세기 영국의 철학자이자 정치사상가. 계몽철학과 경험철학의 원조로 일컬어진다.

과거에 우리의 삶이 어떠했는지는 본국이 아닌 미국 식민지에서 찾아볼 수 있다. 누군가가 영국 청교도에 대해서 명확히 알고자 한다면—최악이 아니라 최상의 상태에 있다고 하더라도 그다지 좋지는 않겠지만—영국에선 청교도에 관해서 알아낼 만한 것이 그다지 많지 않은 반면, 보스턴과 매사추세츠에서는 많은 걸 알 수 있다. 그것이 덧없는 호기심에 지나지 않겠지만, 우리나라에서는 청교도 전통이 없어진 지 오래지만 미국은 여전히 그 전통을 지키고 있었다.

샌프란시스코는 정말로 아름다운 도시다. 중국인 노동자들이 거주하는 차이나타운은 내가 우연히 방문한 도시 중 가장 예술적인 곳이었다. 많은 이들이 흔히 이상하고 침울하게 생각하는 가난한 동양인들은, 아름답지 않은 것은 주변에 두지 않으려고 결심한 것처럼 보인다. 중국 식당에서 저녁을 먹기 위해 만난 인부 두 사람은 장미꽃잎처럼 섬세하게 만들어진 사기잔으로 차를 마셨는데, 이와 반대로 화려해 보이는 호텔에서 내가 사용한 네덜란드제 잔은 두께가 3.8센티미터나 되었다. 중국 식당에서 내놓은 계산서 종이는 궐련지(卷煙紙)[6]고, 식사비용을 그 위에 인디언 잉크를 사용해서 썼는데, 그것은 마치 화가가 부채 위에 작은 새를 음각으로 새긴 것처럼 멋있게 보였다.

솔트레이크시티[7]에는 유명한 건물이 두 개밖에 없었는데, 그 가운데 태버나클[8]은 수프냄비 모양의 건물로서 그곳 출신의 화가가 장식을 맡았다. 그는 초기 피렌체파 화가들의 소박한 정신을 바탕으로 종교적인

---

6) 담배를 마는 데 쓰이는 얇은 종이.

7) 미국 유타 주의 주도(州都). 1847년 브리검 영이 모르몬교의 본거지로서 건설했으며, 독자적인 시정(市政)을 시행하여 '뉴 예루살렘' 또는 '성인(聖人)의 도시'라고 했다.

8) 태버나클(Tabernacle): 솔트레이크시티 모르몬 사원 내에 있는 6천 석 규모의 예배당으로, 뛰어난 음향의 대형 오르간으로 유명하다.

주제들을 다룬 화가였다. 그는 또한 현대식 의상을 입은 우리 시대의 사람들을 로맨틱한 의상을 걸친 성경 속의 인물들과 나란히 함께 그려놓았다.

다음으로 중요한 건물은 영(Brigham Young)[9]의 아내들 가운데 한 명을 기념하여 지어진 아멜리아 궁전[10]이다. 영이 죽을 때, 그 당시 모르몬교도의 지도자가 태버나클에서 아멜리아 궁전을 지으라는 계시를 받았는데, 그 문제에 관해 더 이상 어떤 계시도 없을 것이라고 말했다.

사람들은 솔트레이크시티에서 콜로라도 대평원을 가로질러 로키 산맥 위로 여행을 간다. 산맥의 정상에는 이 세상에서 가장 부유한 도시 가운데 하나인 리드빌[11]이 있다. 리드빌은 또한 가장 험한 곳이라는 평판을 듣기도 하는데, 그래서인지 그곳 사람들은 모두 권총을 소지하고 있었다. 사람들은 내가 거기에 간다면, 그들이 틀림없이 나에게든 내 여행 안내원에게든 총을 쏠 것이라고 말했다. 그래서 나는 여행 안내원에게 무슨 짓을 하더라도 내가 겁먹지 않을 것임을 편지로 알렸다. 그들은 금속에 둘러싸여 일하는 광부들이었으며, 나는 그들에게 예술윤리학 강의를 했다. 내가 그들에게 첼리니[12]의 자서전에 나오는 구절들을 읽어주었을 때 그들은 무척 기뻐하는 듯이 보였고, 심지어는 첼리니를 데리고 오지 않았다고 내게 잔소리를 해대기도 했다. 그래서 그가 이미 죽었다고 말해주었더니, 그들은 "누가 죽였소?"라는 질문을 계속 던졌다. 나

---

9) 미국 모르몬교의 지도자.

10) 아멜리아 궁전(Amelia Palace): 일부다처주의자였던 영의 아내 가운데 한 명을 기념해서 지은 건축물.

11) 콜로라도 주의 중앙부에 있는 도시로서 미국에서 가장 유명한 광산지대의 하나다.

12) 첼리니(Benvenuto Cellini, 1500~71): 르네상스 시대에 미켈란젤로와 어깨를 나란히 했던 조각가, 전기작가 및 모험가.

중에 그들이 나를 댄스홀로 데리고 갔을 때, 나는 거기서 이때까지 본 것 중에서 가장 합리적인 예술비평 방법을 보았다. 피아노 위에는 이런 게시문이 붙어 있었다.

피아노 연주자를 쏘지 마십시오. 그는 지금 최선을 다하고 있습니다.

그곳 피아노 연주자들의 사망률은 놀라웠다. 그 후 그들이 저녁을 대접하겠다고 하자, 나는 저녁 초대에 응하기 위해 우아한 모습으로는 타기가 거의 불가능한 낡은 자동차를 타고 광산을 내려왔다. 산의 심장부로 깊숙이 들어가서 저녁을 먹었는데, 처음 나온 것도 위스키였고, 두 번째, 세 번째도 위스키였다.

강연을 하러 극장에 갔을 때, 내가 도착하기 바로 전에 두 남자가 살인을 저질러 붙잡혔다는 소식을 들었다. 그날 밤 8시에 그 두 남자는 극장 무대 위로 끌려왔으며, 곧 그 자리에서 재판을 받고 군중이 보는 앞에서 처형되었다. 하지만 나는 이 광부들이 매력적이며, 전혀 난폭한 사람들이 아니라는 사실을 알게 되었다.

나이가 지긋한 남부지방 주민들 사이에서는 모든 중요한 일들의 날짜를 옛날 전쟁을 기준으로 파악하는 우울한 경향이 있었다. 한 번은 내 옆에 서 있는 어떤 신사에게 "오늘 밤 달이 참으로 아름답소"라고 했더니, "그렇소만, 당신은 전쟁 전에 저 달이 어땠는지 봤어야 했는데"라고 대답했다.

로키 산맥 서쪽에서는 예술에 관한 지식은 거의 찾아보기 어려울 정도로 미미했다. 한 예로 젊을 때 광부 일을 한 예술후원자 한 사람이 철도회사를 상대로 손해배상 소송을 제기했는데, 자신이 파리에서 구입해

온 밀로의 비너스상 석고주형이 팔 없이 배달되었다는 것이 이유였다. 더욱 놀라운 사실은 그가 이 소송에서 이긴데다 손해배상까지 받았다는 점이다.

바위투성이 협곡과 삼림풍경이 있는 펜실베이니아는 스위스에 온 듯한 느낌을 주었고, 대초원은 압지(壓紙)를 생각나게 만들었다.

스페인 사람들과 프랑스인들이 미국에서 물러가면서 아름다운 이름에 어울리는 여러 기념비들을 남겨두었는데, 그래서인지 아름다운 도시 이름은 모두 스페인어나 프랑스어에서 온 것이었다. 영국인들은 장소에 매우 못난 이름들을 붙였고, 어떤 곳은 이름이 너무나 불쾌해서 나는 그곳에서의 강연을 거부한 적도 있었다. 그곳은 그릭스빌[13]이라는 곳이었는데, 거기에 내가 "초기 그릭스빌"(Early Grigsville)이라는 예술학교라도 세웠다고 가정해보자. "그릭스빌 르네상스"를 가르치는 예술학교라니!

오후의 댄스 이후에 옷을 갈아입은 젊은 여자 한 명이 "뒤꿈치 차기 후에 자신의 주간 물품을 바꿨다"라고 말하는 것을 들은 적이 있기는 하지만 그다지 많은 속어가 사용되는 것처럼 보이지는 않았다.

미국 청년들은 맥없이 보이고 조숙하거나 혈색이 나쁘고 거만한 반면, 숙녀들은 예쁘고 매력이 있었다. 이것은 거대한 실용적 상식의 사막에 존재하는 아름다운 불합리성이 가져온 작은 오아시스 같았다.

미국 숙녀들은 모두 자신들에게 헌신적인 열두 명의 남성을 거느릴 권리가 부여되어 있었고, 자신들의 노예가 된 남성들을 매력이 섞인 냉담함으로 지배했다.

---

13) 그릭스빌(Grigsville): 캔자스 주에 있는 마을. 와일드는 이곳에서 미학에 대한 강연요청을 받았으나, 마을 이름이 마음에 들지 않아 거절했다.

남성들은 모두 직업에 열성적이었다. 그들 말처럼 그들의 뇌는 머리 앞쪽에 있다. 그들은 새로운 사고를 열렬히 수용하고, 그들의 교육은 실용적이다. 우리는 철저히 책에 바탕을 두고 어린이들을 교육시키지만, 그들에게 마음을 가르치려면 우선 마음을 줘야 한다. 어린이들은 자연적으로 책에 대한 반감을 가질 수 있으므로, 손으로 하는 일이 교육의 기초가 되어야 한다. 여자아이와 남자아이들이 손을 이용해서 뭔가 만들어낼 수 있도록 교육을 받는다면 그들은 조금 덜 파괴적이 될 테고, 훨씬 더 의젓해질 수 있으리라.

미국에 가본 사람들은 가난이 문명의 필수적인 부산물이 아니라는 것을 알게 된다. 겉치레나 멋진 행렬 그리고 화려한 의식 따위가 없는 나라도 존재한다. 의식을 치르는 행렬을 본 건 두 번뿐이다. 하나는 소방대에 이어 경찰들이 행진하는 것이었고, 또 하나는 경찰들에 이어 소방대가 행진하는 것이었다.

미국에서는 스물한 살이 된 사람은 누구나 투표권을 부여받기 때문에, 그 과정에서 정치적인 교육이 이루어진다. 미국인들은 세계에서 정치적으로 가장 잘 교육된 사람들이다. 자유(Freedom)라는 단어의 아름다움과 해방(Liberty)이라는 것의 가치를 우리에게 가르쳐줄 수 있는 나라는 분명히 여행해볼 만한 가치가 있는 것이다.

미국 남성[1)]

언젠가 무척 아름다운 공작부인 한 사람이 유명한 여행전문가에게 과연 미국 남성이란 것이 존재하는지 물었다. 자신은 매력적인 미국 여성들은 많이 알지만 매력적인 미국인 아버지, 할아버지, 삼촌, 형, 남편, 사촌 또는 실제 남자 친척 따위는 한 번도 만난 적이 없기 때문에 질문을 한다고 그녀가 설명했다.

공작부인이 제대로 들은 답변은 유용하고 정확한 정보가 흔히 취하기 쉬운 그다지 흥미롭지 못한 실망스런 형식을 띠었기에 여기서 기록할 가치는 없다. 그러나 사교적인 측면에서 볼 때, 미국식의 침범이 순전히 여성적인 특성을 띠고 있다는 흥미로운 사실을 지적한다는 점에서는 이 주제가 흥미로울지도 모른다. 방문하는 곳마다 환영을 받는 저명인사인 미국 장관과 보스턴이나 태평양 연안지역에서 이따금씩 찾아오는 사자(lion)를 제외하면, 런던사회에서 그 존재를 인정받는 미국 남성은 없다. 반면 멋진 의상과 훌륭한 대화술을 갖춘 미국 여성들은 모임에서 화려한 빛을 발하며 만찬파티를 즐겁게 만든다. 근위병들은 미국 여성들

---

1) 지은이가 서명하지 않은 채 1887년 4월 『법정과 사회 평론』(*Court and Society Review*)에 실린 글이다.

의 눈부신 얼굴색에 매료되며, 영국의 미녀들은 그들의 뛰어난 재치를 부러워한다. 그러나 불운한 미국 남성들은 여성들의 영원한 배경에 머무르며 관광객 수준을 넘어서지 못한다. 때때로 그들은 광택이 나는 긴 검은 프록코트에, 실용적인 중절모자를 쓴 다소 괴이한 모습으로 런던의 중심가에 모습을 드러내기도 한다. 하지만 그들이 흔히 즐겨 찾는 곳은 스트랜드 가[2]며, 미국인의 환전소가 있는 곳은 그들 나름의 천국에 해당한다. 그들이 흔들의자에 앉아 시가를 피우며 빈둥거리지 않을 때는 커다란 여행용 가방을 들고 거리를 어슬렁거리며 우리가 만든 생산품의 품질을 진지하게 조사하는데, 아마도 그들은 가게 진열장을 통해 유럽을 이해할 수 있다고 생각할지 모른다. 미국 남성은 르낭 씨[3]가 말하는 "쾌락적 수단을 가진 인간"이며, 아널드 씨[4]가 말하는 중산계층의 속물들이다. 전화는 그들의 문명을 시험하는 수단이며, 이상국 건설에 대한 이상은 고가철도와 전화를 발명하는 것과 같은 실리적인 차원을 넘어서지 못한다. 그들의 가장 큰 즐거움은 의심을 품지 않는 손님이나 인정 있는 시골 사람을 붙잡고 '비교하기'라는 국민적 게임에 빠지는 것이다. 매력적일 정도로 솔직하고도 태연하게, 성 제임스 궁전[5]을 시카고에 있는 웅장한 중앙역과 비교하고, 웨스트민스터 대성당을 나이애가라 폭포와 진지하게 비교한다. 그들에게 아름다움의 표준은 부피고, 탁월함의 기준은 크기다. 그들에게 한 나라의 거대함이란 그 나라 안에 있는 모든 평방마일의 숫자일 뿐, 더 이상의 의미는 없다. 그들은 텍사스

2) 템스 강변에 있는 런던의 거리.
3) 르낭(Ernest Renan, 1832~92): 19세기 프랑스의 철학자 · 역사가 · 종교학자.
4) 아널드(Matthew Arnold): 19세기 후반 영국의 시인이자 비평가로서 빅토리아 시대의 대표적 문인.
5) 1532년 헨리 8세가 세운 궁전으로 1698년부터 빅토리아 여왕이 버킹엄으로 이사하기 전인 1837년까지 왕실 주거지로 사용했다.

주의 크기가 프랑스와 독일을 합친 것보다 더 크다는 사실을 호텔 웨이터들에게 질리지도 않고 말해댄다.

그래도 그들은 대체로 유럽의 다른 어떤 곳보다 런던에 있을 때 더 행복해한다. 런던에서는 언제든지 사람들을 사귈 수 있고, 영어를 사용할 수도 있기 때문이다. 해외에 나갔을 때 미국 남성은 어쩔 줄 몰라한다. 아는 사람이나 이해할 수 있는 것이 없는 상태에서, 그들은 우울하게 헤매고 다니면서 구세계를 브로드웨이 상점처럼, 개별도시는 싸구려 물건을 실험하는 계산대로 생각한다. 그들에게 예술은 경이로운 것이 아니고, 아름다움도 아무 의미가 없으며, 과거는 어떤 메시지도 전해주지 않는다. 문명은 증기엔진과 함께 시작되었고, 집에 온수장치가 갖추어지지 않던 시대에 경멸의 시선을 던진다. 세월의 몰락과 쇠퇴는 그들의 눈에 비애로 보이지 않는다. 그는 거리에 풀이 자란다는 이유로 라벤나[6]는 보려고도 하지 않으며, 베로나[7]의 아름다움은 그곳 발코니에 슬어 있는 녹 때문에 보이지도 않는다. 그들이 바라는 건 전 유럽을 완전히 수리하는 것뿐이다. 그들은 콜로세움[8]을 유리지붕으로 덮지 않았다는 사실과, 그것을 잡화창고로 활용하지 않는다고 현대 로마인들을 매섭게 비난한다. 한마디로 미국 남성은 너무나 실리를 추구한 나머지 전혀 실용적이지 못하게 된, 그저 그런 상식을 지닌 돈키호테다. 미국 남성은 길동무로는 그다지 매력적인 대상이 아니다. 언제나 장소에 어울리지 않을 뿐만 아니라 의기소침한 상태인 듯이 보이기 때문이다. 사실 끊임

6) 이탈리아 라벤나 현(縣)의 도시. 로마 시대에 아드리아 해의 북부 해역을 감시하는 해군기지였으며, 비잔틴제국 시대에는 동서교역의 중심지로서 경제적 번영을 이루었다.

7) 이탈리아 베네토 주의 베로나 현에 있는 도시. 예로부터 교통의 요지며 상업의 중심지로서 발달했다.

8) 로마에 있는 투기장으로, 제정로마 시대에는 시민의 오락시설로 사용되었다.

없이 월 스트리트와 전신통신을 하지 않는다면 그들은 권태로움을 이기지 못해 죽을 것처럼 보인다. 화랑에서 하루를 소비하면서 그들에게 위안을 줄 수 있는 유일한 것은 뉴욕 헤럴드나 보스턴 타임스 한 부며, 결국 모든 것을 다 보았지만 아무것도 보지 않은 것과 똑같은 상태로 본국으로 돌아가게 된다.

본국에서 그들은 유쾌하다. 미국 문화의 이상한 점이란 바로 미국 여성들은 미국을 떠나 있을 때 매우 매력적인 반면, 남성들은 미국에 있을 때 가장 매력적이라는 것이다.

국내에서 미국 남성들은 손님을 극진히 맞이하는 주인이며, 최고의 동료역할을 할 수 있다. 특히 아름답고 밝게 빛나는 두 눈과 지칠 줄 모르는 힘 그리고 놀라운 민첩성을 지닌 젊은 남성들의 유쾌함이 두드러진다. 미국 남성들은 우리보다 훨씬 더 일찍 삶에 대해 이해하고 있는 듯하다. 우리가 이튼이나 옥스퍼드에서 아직 소년기를 보낼 시기에 그들은 중요한 전문기술을 익히고 복잡한 일을 해서 돈을 번다. 그들은 우리에 비해 너무나 일찍 현실에 눈을 뜨기 때문에 허드슨 강[9]과 라인 강을 어떻게 비교할 수 있는가라는 문제나, 브루클린 다리[10]가 세인트폴 대성당[11]의 돔보다 도무지 인상적이지 않은 게 아닐까 같은 질문을 던질 때를 제외하면 결코 어색해하거나 부끄러워하지 않으며, 더욱이 바보같이 철없는 말은 꺼내지도 않는다. 그들이 받는 교육은 영국의 교육과 상당한 차이가 있다. 책보다는 인간을 더 잘 알고, 문학작품보다는

---

9) 미국 뉴욕 주 동부를 흐르는 강.

10) 맨해튼 섬 남단에서 이스트 강을 건너 브루클린에 이르는 다리로서 중앙 부분은 현수교로 되어 있다.

11) 런던의 대사원. 높이 120미터의 원형 돔이 솟아 있는 고딕양식과 르네상스양식을 융합한 건물로서 1710년에 완공되었다.

실제 인생이 그들에게는 더욱 흥미로운 것이다. 그들에게는 공부하는 데 투자할 시간이란 주식시장에 관해 알 수 있을 만큼의 시간이면 충분하고, 여가시간 역시 신문을 읽을 정도의 시간이면 충분하다. 사실 미국에서 여가시간이라는 것을 가질 수 있는 사람은 여성들뿐이다. 따라서 이런 신기한 상태의 필연적인 결과로, 지금부터 한 세기 내에 신세계의 모든 문화가 여성화되리라는 건 의심의 여지가 없다. 하지만 이들 멋진 젊은 모험가들이 우리가 생각하는 의미의 교양, 즉 세상에서 생각되고 말해지는 최고의 것들에 관한 지식을 다 소유하고 있지는 않더라도 결코 바보라고 할 수는 없다. 멍청한 미국인이라는 것은 존재하지 않는 법이니까. 영국인들과 마찬가지로 미국인들 역시 끔찍한 성격에 품위 없이 주제넘게 나서는 무례한 이들이 많다. 그렇지만 어리석음이 국민적인 결함이 될 정도는 아니다. 사실 미국에는 바보를 위해 열려 있는 것은 아무것도 없다. 그들은 심지어 구두닦이들에게도 지능을 기대하고, 구두닦이들 역시 스스로가 지능을 갖고 있다는 사실을 보여준다.

결혼은 그들에게 가장 인기 있는 제도 가운데 하나다. 미국 남성들은 일찍 결혼하고, 여성들은 자주 결혼하지만, 그들의 결혼생활은 매우 순조롭다. 어린 시절부터 미국의 남편들은 대단히 공을 들인, '잡일을 하는 제도'에서 훈육되며, 여성에 대한 존중이 엄격한 기사도 정신의 기미를 띤다. 반면에 아내들은 여성적인 주장에 근거를 두면서도 여성다운 매력이 깃든 절대적인 독재를 행사한다. 전반적으로 미국에서의 결혼생활이 성공적일 수 있는 이유는 부분적으로는 미국 남성이 결코 나태하지 않다는 데 있으며, 다른 한편으로 미국 아내들이 남편의 저녁 식사의 질에 대해 전혀 책임질 필요가 없다는 사실에 있다. 미국에서는 가정생활의 참사가 거의 알려져 있지 않다. 수프를 먹다가 싸우는 일도 없고, 앙트레를 먹으며 말다툼을 벌이지도 않는다. 혼인계약서에 써넣은 조항에 따라서 남편은 셔츠단추 대신에 셔츠의 장식단추를 사용해야 하는 규칙을 지키려고 애쓴다. 이런 과정에서 평범한 중산층 가정에서 일어나는 불화의 원인 가운데 하나가 사라지게 된다. 그리고 이들에게 존재하는 호텔과 하숙집에서 거주하는 습관은 약혼한 남녀에겐 달콤한 꿈같이 보이겠지만, 결혼한 남자들에게는 절망적일 수밖에 없는 지루한 밀담을 굳이 할 필요도 없게 만든다. 거기서 제공되는 식사가 아무리 형편없다고 하더라도, 베네딕투스[12]가 재치를 상실하고 베아트리체[13]는 아름다움을 잃어버렸을 무렵 자주 빠져들곤 했던, 청구서나 아이에 관한 끊임없는 대화보다는 나을 것이다. 여러 면에서 미심쩍긴 하지만, 이혼의 자유는 적어도 결혼생활에 낭만적인 불확실성이라는 새로운 요소를 불어넣는 장점이 있다. 사람들이 결혼해서 평생을 서로에게 묶이게 되면 예절은 불필요하게 되고, 친절 역시 전혀 중요하지 않은 것으로 여겨질 수 있다. 하지만 연분이 끊어지기 쉬운 곳에선 바로 그 깨어지기 쉬운 허약함이 둘 사이의 유대를 더욱 튼튼하게 만들어, 결과적으로 남편들에게는 항상 아내의 호감을 사도록 노력해야 한다는 것과 함께 아내들에게는 결코 매력을 잃어서는 안 된다는 점을 상기시켜준다.

이렇게 자유로운 행동의 결과로, 또는 그런 자유로운 행동에도 불구하고, 미국에선 스캔들이 극히 드물다. 만약 스캔들이 일어난다고 해도 사회에서 여성의 영향력이 매우 강해 결코 용서받지 못하는 쪽은 남성이 된다. 세상에서 돈 후안(Don Juan)[14]은 인정하지 않으면서 당댕[15]

---

12) 베네딕투스(Benedictus von Nursia): 6세기 가톨릭교의 베네딕투스 수도회의 창설자.

13) 이탈리아의 시성(詩聖) 단테의 생애를 통해 사랑과 시혼(詩魂)의 원천이 되었던 여성.

14) 14세기 스페인의 세비야에 살았던 난봉꾼.

15) 17세기 프랑스의 극작가 몰리에르(Molière)의 희극 『조르주 당댕』(*Georges*

에게 동정심을 보내는 유일한 나라가 바로 미국이다.

전반적으로 미국 남성은 미국 안에선 매우 훌륭하다. 미국 남성에게서 실망스러운 점은 하나뿐이다. 미국인의 유머는 여행자들이 해대는 이야기처럼 허풍이 심하고, 유머라는 것이 실제로 존재하는 것 같지도 않다. 사실 미국 남성처럼 유머가 없어, 비정상적으로 심각하게 보일 정도의 사람들은 여태 없었던 것 같다. 그들은 유럽이 늙어서 구식이라고 말하지만, 미국 남성이야말로 한 번도 젊었던 적이 없었다. 그들은 책임감을 느낄 필요가 없는 유쾌한 소년시절을 보내지도 못했기에 태평스러운 생기발랄함이 없다. 언제나 신중하고, 실용적이며, 아무런 실수도 저지르지 않았던 것에 대해서 과다한 대가를 지불하고 있는 것이다. 미국 남성이 무엇이든 과장할 수 있다는 것이 틀린 이야기는 아니겠지만, 그 과장된 말들조차도 합리적 근거를 갖고 있다. 그의 과장된 말은 재치나 환상에 뿌리를 둔 것이 아니며, 시적인 상상력에서 솟아 나오는 것도 아니다. 그것은 단지 그 나라의 거대한 외형적 규모에 보조를 맞추려는 진솔한 언어의 노력의 일부라고 할 수 있다. 단 하나의 교구를 가로질러 가는 데 하루가 걸리고, 다른 주에서 있을 저녁약속을 지키려고 7일 동안 계속 열차로 여행을 해야 하는 곳에서, 일반적인 언어표현들은 전달과정에서 맛을 잃게 된다. 그러므로 이를 대신할 수 있는, 믿을 만한 묘사방법으로 새로운 언어형태를 발명해야 했지만, 이것은 단지 거대한 지리적 환경이 형용사에 미친 치명적인 효과에 지나지 않는다. 왜냐하면 미국 남성은 타고난 유머감각이 없기 때문이다. 우리가 유럽에서 미국 남성을 만나면, 그의 이야기를 듣고 계속 웃게 되는 건 사실이지만, 이것은 그들의 생각이 유럽의 상황과 완전히 모순되기 때문이다. 그 자

Dandin)의 주인공.

신의 환경, 즉 스스로 일으켜 세운 문명과 자신의 손으로 일구어온 인생 가운데 그를 놓고 똑같이 관찰해보면, 그는 미소조차 자아내게 하지 못한다. 그들의 생각은 평범하게 자명한 이치나 상식적인 대화수준으로 가라앉게 된다. 런던에서라면 역설처럼 들렸을 말들이 밀워키[16]에서는 평범한 말로 들린 것이다.

미국은 유럽이 역사적으로 좀더 일찍 발견되었다는 점 때문에 유럽을 한 번도 완전히 용서하지 않았다. 하지만 유럽으로부터 얼마나 큰 은혜를 입고 있으며, 빚진 것은 또 얼마나 많은가! 미국 남성들이 유머가 있다는 평판을 얻으려면 런던으로 가야 하며, 여성이 몸단장을 잘 한다고 알려지려면 적어도 파리에서 쇼핑을 해야 한다.

그래도 미국 남성이 유머가 없을지는 모르지만 확실히 인정은 있다. 인간이 많은 본성을 지니고 있다는 사실을 잘 알고 있기 때문에, 자신의 땅에 발을 디딘 이방인 누구에게나 상냥하게 대하려고 노력한다. 그는 시대에 뒤지는 모든 편견으로부터 자유로우며, 처음 만나 나누는 소개를 어리석은 중세식 예의의 유물쯤으로 여긴다. 또한 우연히 찾아온 방문객 모두에게 그들이 위대한 나라의 소중한 손님이라고 느끼게 하려고 최선을 다한다. 만약 영국 여성이 미국 남성을 만나게 되면 그와 결혼할 테고, 결혼을 한다면 행복해질 것이다. 그들의 매너는 거칠고, 로맨스를 이어줄 화려한 위선적인 행동 또한 서툴겠지만, 항상 친절하고 사려가 깊어 자신의 나라를 여성들의 낙원으로 바꿔놓을 것이다.

그러나 이브가 그랬던 것처럼, 바로 이런 것들 때문에 여성들은 미국이란 낙원에서 빠져나오기를 열망하는지 모르리라.

---

16) 미국 중서부 위스콘신 주의 도시.

필립 시드니 경의 전기(傳記) 두 편[1]

고스 씨[2]는 지난달 『당대의 서평』(*Contemporary Review*)지에 기고한 시드니 경[3]에 관한 글에서 "시먼즈 씨[4]가 온화하고 박학한 문체"로 써낼 시드니 경에 대한 책자를 기쁜 마음으로 기다리고 있다고 말했다. 이 책자가 이제 몰리 씨가 주관하는 영국 문인 시리즈의 하나로 출판되었는데, 시먼즈 씨의 문체를 '온화하다'라고 묘사하는 건 별로 적절해

1) 와일드는 1885년부터 『팰 맬 가제트』(*Pall Mall Gazettle*)지에 서평을 싣고 있었는데, 1886년 12월에 실린 이 글은 영국 르네상스를 대표하는 시인이자 정치가 시드니 경에 대한 시먼즈의 단행본과 고스의 에세이에 대해 쓴 서평이다.
2) 고스 경(Sir Edmund Gosse, 1849~1928): 시인이자 번역가. 입센과 지드를 영국에 처음 소개하였으며 스티븐슨(R. L. Stevenson), 제임스(Henry James), 하디(Thomas Hardy)와 친분이 두터웠고, 나중에는 영국 의회의 사서로서 문학계에 상당한 영향력을 행사했다.
3) 시드니 경(Sir Philip Sidney, 1554~86): 펜스허스트 플레이스에서 아일랜드 부총독이었던 헨리 시드니 경의 장남으로 출생, 옥스퍼드의 크라이스트처치에서 수학한 후 베니스에 오래 거주하며 역사와 윤리 등을 연구했다. 1577년 비엔나에서 외교관으로 활동한 후 별다른 공식적 활동이 없다가 1585년 플러싱의 총독으로 임명되었으며, 그 기간에 『아르카디아』(*Arcadia*, 1590), 『시의 옹호』(*Defence of Poetry*, 1595), 『아스트로펠과 스텔라』(*Astrophel and Stella*, 1591) 등을 집필했다. 『아르카디아』는 펨브로크 백작부인(The Countess of Pembroke)인 여동생과 윌튼에 머무는 동안 완성되었는데 바실리오스라는 아

보이지 않지만, 그가 '박학하다'는 사실만큼은 분명히 드러나 있다. 하지만 이 '온화하다'라는 표현은 바로 시먼즈 씨가 예전에 고스 씨에게 사용했던 표현이니, 고스 씨가 이 표현을 쓰는 건 얼마든지 납득이 간다. 이런 문제에서는 상호관계가 중요하니 말이다. 이제 시먼즈 씨가 '박학한' 고스 씨에 대해 애기하면, 서로의 손익계산은 끝나는 셈이 될 것이다.

엘리자베스 시대의 위대한 인물에 대한 전기를 쓴 작가 가운데 가장 최근 인물인 두 사람은 시드니에 대해 설명하는 데서 많은 유사점을 보이고 있다. 두 사람 모두 시드니가 "얼굴이 여드름투성이에 다혈질이고 길쭉하여 용모 면에서 별로 호감을 주지 못하는 인물"이라는 벤 존슨의 묘사를 일축하는 점에서 의견이 일치한다. 고스 씨는 그가 "소녀 같은 홍조를 띤 하얀 얼굴"을 지녔다고 묘사하고, 시먼즈 씨도 시드니의 아름다움에 대해 길게 묘사한 바 있다. 그리고 두 사람 모두 셸리[5]의 멋진

르카디아의 통치자가 신탁을 피하고자 아내와 두 딸 파멜라(Pamela)와 필로클레아(Philoclea)를 유폐시켜 벌어지는 애증의 로맨스로 후세 문학에 많은 영향을 주었다. 문학 후원에 열성이어서 스펜서(Edmund Spencer) 등의 작품을 헌정받았다. 말년은 네덜란드에서 보내면서 모리스 백작과 연합으로 공략한 악셀 지역에서 군사적 명성을 남기기도 했다. 1586년 주트펜에 군수물자를 수송하는 스페인 군대와의 접전에서 총상을 입고 그 후유증으로 3주 후 사망했다. 그레빌에 따르면 부상으로 운송되면서도 자신의 물병을 바라보며 죽어가는 군인에게 "그대의 갈증이 나보다 심하군"이라며 물을 건넸다고 전해진다.

4) 시먼즈(John Addington Symonds, 1840~93): 19세기 후반 영국의 시인이자 비평가. 옥스퍼드의 밸리올에서 수학한 후 맥덜린의 교수가 되었다. 결핵으로 고생하며 상당 기간을 이탈리아와 스위스에서 보냈다. 그는 르네상스의 헬레니즘에 매료되었으며 남성의 아름다움, 플라토닉 러브를 보여주는 시와 산문을 남겼다. 그의 방대한 『이탈리아의 르네상스』(*Renaissance in Italy*, 1875~86)는 불필요한 일화와 사소한 이야기로 장황하지만 그 시대에 관한 귀중한 정보로 남아 있다.

찬양의 글에 대해서는 항의하고 있다.

> 시드니는, 전투를 할 때도
> 쓰러질 때도, 살아남아 사랑할 때도,
> 숭고할 정도로 부드럽고, 결함이 없는 영혼……

시먼즈 씨는 아스트로펠이 스텔라[6]와의 관계에서 결코 결함이 없는 인물이 되지 못했음을 지적하고 있으며, 고스 씨는 그 시행이 "지나치게 감상적"(namby-pamby)이기까지 하다고 말하면서 매우 솔직하게 "나는 '숭고할 정도로 부드럽고'(sublimely mild)라는 표현이 마음에 들지 않는다"라고 잘라 말한다. 이러한 고스 씨의 말은 결정적인 것으로, "셸리가 그 표현을 좀더 명료하고 기분 좋은 표현인 '다정하면서 요지부동인'(benignantly unperturbed)이라는 의미로 사용했다 하더라도" 그런 수식어는 쓰지 말아야 한다고 경고까지 한다.

그들은 시드니가 실제 업적보다 지나치게 명성이 과장된 인물로 보는 점에서도 의견이 일치한다. 그러나 시먼즈 씨는 고스 씨에 비해 자신이 평하는 인물에 대해 상당히 많이 알고 있다는 장점이 있다. 예를 들어 고스 씨가 시드니는 "신분도 좋지 못한데……"라고 (잘못) 말할 때, 시

---

5) 셸리(Percy Bysshe Shelley, 1792~1822): 19세기 초 영국의 대표적 낭만파 시인으로 이튼, 옥스퍼드 등에서 수학했다. 반항적 기질로 '미친 셸리', '이튼의 무신론자' 등으로 불리기도 했다. 『프로메테우스의 해방』(*Prometheus Unbound*)과 서정시 「종달새에게」(To a Skylark), 「서풍의 노래」(Ode to the West Wind) 등을 남겼다.

6) 시드니 경의 소네트 연작시 『아스트로펠과 스텔라』에 나오는 아스트로펠의 순결한 연인. 리치 부인(Lady Penelope Rich, 결혼 전 성은 데베루Devereux)이 그 모델이라고 알려져 있다.

먼즈 씨는 시드니가 특히 어머니 쪽으로 훌륭한 가문 출신이라는 사실을 알고 있다. 시먼즈 씨는 시드니가 진지하고 열의 있는 정치가며 당대의 가장 주목할 만한 행정가라는 사실, 시드니가 스페인의 물질적 세력과 로마의 정신적 독재의 결탁이 자유와 문명의 명분에 몰고 올 끔찍한 결과를 예견하고 있었다는 사실, 그리고 시드니가 튜튼족의 "기독교 동맹"[7]을 옹호하는 한편 스페인 제국이 무너질 수 있는 것은 식민지들을 통해서라는 것, 구세계의 문제점들의 해결책을 찾을 수 있는 것은 바로 신세계라는 점을 인식하고 있었다는 사실도 알고 있다. 또한 그는 시드니가 영국은 해군을 통해 패권을 유지하는 것이 필연적이라는 것을 충분히 의식하고 그 목적에 흔들리지 않고 임했다는 사실, 시드니가 하원에서 의원 자격으로 버지니아의 플랜테이션 문제에 대해 롤리[8]에게 중요한 도움을 주었다는 것도 알고 있다. 그리고 그는 시드니가 지금 보면 거의 예언처럼 들리는 말로, 영국인들에게 미국을 "도피자들의 망명지, 도적들의 '해적선' 또는 그 같은 사람들의 천한 '후손들'로 만들지 말고, 미덕이든 상업이든 이를 선호하거나 표방하는 모든 나라들이 합류하는 무역중심지"로 만들 것을 호소함으로써, 미국의 미래를 예언한 것과 다름없다는 사실도 알고 있다. 하지만 고스 씨는 조용히 "그는 정치에 전혀 관심을 가졌던 것 같지 않다"라고 말하는데, 이는 시드니에 대해 나

---

7) 라틴어 Foedus Evangelicum는 스페인과 로마 가톨릭에 저항하는 세력으로서 북유럽의 '기독교 동맹'(Protestant Alliance)을 의미하는 것으로 보인다.

8) 롤리 경(Sir Walter Raleigh, 1554~1618): 16세기 말 영국의 모험가, 아메리카 식민지 개척자. 옥스퍼드에서 수학 중 프랑스의 위그노 세력에 지원군으로 가담하여 전쟁에 참전한 이후, 탐험가이자 식민정복자로서의 긴 생애를 시작했다. 엘리자베스 여왕의 총애를 받고자 현재의 베네수엘라인 기아나(Guiana)로 금을 찾는 여행을 떠났고, 여왕 사후 제임스 1세 때 반역으로 투옥되었다가 20년 전 기아나에서 발견했다는 금광을 찾도록 석방되었다. 항해는 실패했으며 금광은 날조된 이야기로 단정되고 다시 반역자라는 죄목으로 처형되었다.

온 발언 가운데 가장 당혹스러운 것이다.

시먼즈 씨는 읽지도 않은 저자들과 알지도 못하는 작품들에 대해 "잘 알고 있는 척하는 가증스런 악습"도 갖고 있지 않다. 그는 그레빌[9]이 시드니에 대해 쓴 회고록을 면밀히 연구했으며 길게 인용하기도 한다. 반면 고스 씨는——풀크(Fulke)의 이름을 늘 Fulk로 오기(誤記)하면서 그레빌을 너무 무성의하게 연구한 결과, 시드니를 그 당시 스페인의 총독에게 파견된 영국의 사절로 묘사함으로써 브루크 경이 오스트리아의 돈 후안[10]에 대해 했던 매력적인 이야기의 요점을 완전히 망쳐놓고 있으며, 그밖의 다른 면에서도 그 책을 되는 대로 무성의하게 읽었음을 드러내고 있다. 시먼즈 씨는 엘리자베스 시대 문학에 대해 상당한 권위자다. 반면 고스 씨가 "엄격한 도덕가"라고 묘사한 인물이 영국의 아레티노[11]이자 가차 없는 풍자가인 내시[12]를 말한다는 사실을 알아차릴 사람이 과연 있을까? 또 로이든[13]이 시드니에게 바치는 만가(輓歌)를 읽어본 사람 중에 그 시에 대한 고스 씨의 엉뚱한 해석을 보고 경멸 어린 웃음을 웃지 않을 사람이 있을까? 마지막으로 시먼즈 씨는 스펜서[14]가 한

---

9) 그레빌(Fulke Greville, 1554~1628): 시드니와 함께 수학했으며, 1560년 중반부터 법조계에 입문하여 1621년 제임스 1세에게서 워릭 성(Warwick Castle)을 하사받았다. 시드니 사후 그의 시를 출판했다.

10) 돈 후안(Don John of Austria, 1547~78): 신성로마제국의 황제 카를 5세의 사생아로 1571년 레판토에서 터키 함대를 패배시켰다.

11) 아레티노(Pietro Aretino, 1492~1556): 이탈리아의 아레초 출신으로, 희극 다섯 편과 비극 한 편 그리고 풍자 및 선정적이고 음탕한 인물을 다룬 작품을 남겼다.

12) 내시(Thomas Nash, 1567~1601): 당대 문학의 어리석음을 고찰한 작품 『메나폰』(*Menaphon*)의 출판을 시작으로 격렬한 논쟁을 발표하고 많은 풍자시를 썼다.

13) 로이든(Mathew Roydon): 시드니 경 사후에 헌정된 시 가운데 스펜서와 로이든의 시가 유명하다.

목가적 만가에서 시드니를 찬양한 연유를 너무나 잘 파악하고 있으며 목가적 만가 형식의 문학적 의의를 충분히 이해하고 있었던 반면, 고스 씨는 이 문제를 충분히 연구하지 않았던 게 아닌지 우려된다. 왜냐하면 그는 시드니가 결코 평생에 한 번도 명랑한 목동 노릇을 한 적이 없었으니 "역사를 왜곡"한 것이라는 주장 아래 스펜서의 운문을 심하게 비난하면서 "이보다 더 통탄할 만큼 비잔틴적인[15] 취향은 없다"라고 주장함으로써, 시드니의 시에 대해 매우 부정확하고 부주의한 결론을 내리고 있다. 이 저명한 영문학 교수께서는 비잔틴이라는 형용사를 알렉산드리안[16]과 같은 것으로 혼동하고 계신 모양이다!

이쯤 되면 우리는 고스의 글보다는 산만하고 불완전해서 결코 완벽하다고 할 수는 없어도 시먼즈의 전기를 선호하게 된다. 그런데 이 100쪽 정도의 책자라면 시드니의 삶과 작품에 대한 충분한 설명을 유려하게 담아낼 수 있었을 텐데, 시먼즈 씨는 지나치게 가볍고 거침없이 글을 써 내려가다보니 자신이 무엇을 하고 있는지 망각하고, 또 배경을 생생하

---

14) 스펜서(Edmund Spenser, 1552?~99): 16세기 영국의 시인으로 우화시 『선녀왕』(*The Faerie Queene*)으로 유명하다. 이 작품은 가상의 이야기를 통해 개신교와 청교도 정신을 옹호하고, 영국과 엘리자베스 여왕을 찬양한 작품이다. 시드니 경에게 『양치기의 달력』(*Shepheardes Calender*)을 바쳤으며 그의 사후 만가 「아스트로펠」을 썼다.

15) 비잔틴은 476년부터 1453년까지 존속된 동로마제국에서 발전한 예술양식, 특히 건축양식을 가리킨다. 동로마제국은 비잔티움이라고 알려진 현재의 콘스탄티노플이 1453년 터키군에 의해 함락되면서 멸망했다. 비잔틴 양식은 둥근 아치, 십자가, 원형, 돔, 화려한 모자이크 장식으로 유명하다.

16) 알렉산드리아는 기원전 336년부터 323년까지 마케도니아의 왕인 알렉산드로스가 창건한 이집트 북부의 도시. 알렉산드리안은 현학적이라는 의미가 있으며, 스펜서가 즐겨 마지막 행에 사용한 6음보의 약강조의 운율을 가리키는데, 알렉산드로스 대왕을 기리는 12~13세기의 프랑스 시가 이 운율을 사용함으로써 알렉산드리안으로 불리게 되었다.

게 부각시키는 데 열중하다보니 중심인물의 세부사항을 상당히 빠뜨리고 있다. 진정 위대한 예술가는 늘 자신의 예술의 한계를 가치 있는 특성으로 변형시킬 수 있지만, 시먼즈 씨는 그 한계를 극복하여 응축적이고 직접적인 문체를 이루어내는 데 실패했다. 우리는 시먼즈 씨가 엘리자베스 시대에 대해 쓴 아기자기한 사회묘사를 읽는 것보다 차라리 시드니가 동생[17]과 주고받은 역사연구에 관한 편지, 랑게[18]와 시드니가 주고받은 편지 또는 시드니의 희극관에 대한 적절한 해설 같은 것들을 읽으려고 할 것이다. 고스 씨는 심각한 어조로 시드니가 "말로와 셰익스피어"의 선구자로 호평을 받고 있다고 말한다. 하지만 시드니는, 심리적으로 무척 흥미로운 일인데, 예술철학에서 낭만적 형식의 가능성을 전혀 의식하지 못하고 있었다. 시드니는 탁월한 웅변과 신랄한 재치로 의(擬)고전주의 학파를 지지했으며, 삼일치의 법칙을 고집하고, 세네카를 비극작가의 모범으로 간주하며, 희극과 비극의 융합이나 왕들과 촌부들이 함께 등장하는 것을 반대했고, 재현보다는 내레이션을, 행위보다는 묘사를 선호했으며, 무대에서 삶 자체의 경이로움을 그 생생한 대조, 그 열정의 유희, 그 움직임의 멋진 자유로움과 함께 추방하고자 했던 장본인이다. 정말이지, 문학에 너무나 다행스럽게도 말로와 셰익스피어의 낭만적 형식이 승리했으며, 『시의 옹호』[19]와 이를 지지하는 학파가 저

17) 로버트 시드니 경(Sir Robert Sidney, 1563~1626): 형의 뒤를 이어 플러싱 총독에 임명된 후 20년간 통치했다. 형과 유사한 길을 걸었으며 소네트와 전원시, 서정시 등을 남겼다.

18) 랑게(Hubert Languet): 16세기 프랑스의 외교관 겸 개혁가. 시드니는 젊은 시절 베니스에 오래 거주하며 역사 및 윤리 등을 연구했는데, 이 시기 프로테스탄트 정치가인 노년의 랑게와 편지를 자주 나누었다고 한다.

19) 『시의 옹호』는 1579~80년에 집필되고 시드니 사후 1595년에 출판된 에세이다. 이 글에서 시드니는 인간에게 덕목을 가르치는 데는 철학이나 역사보다

향했지만 진정한 엘리자베스 시대의 극이 탄생하게 되었다.

그러나 시먼즈 씨는 시드니의 미학에서 시사하는 바가 상당하고 역사적으로도 매우 귀중한 이러한 측면을 모두 한 쪽도 채 안 되는 분량으로 처리해버려, 우리는 그가 진정한 예술적 균형감각을 보여주지 못한다고 생각할 수밖에 없다. 그리고 몇몇 표기상의 오류 또한 2판에서는 수정되어야 한다. 예를 들면, 160쪽에서 'genius'를 'genus'로 잘못 표기한 것, 122쪽에서 셸리의 시를 잘못 인용한 것, 그리고 셰익스피어의 소네트를 "결구의 2행시로 마무리 지어진 네 개의 4행시"로 구성되어 있다고 묘사한 것들은 수정해야 한다. 또한 시먼즈 씨가 90쪽에서 불멸의 예술작품을 만드는 것은 "해학"과 "인간에 관한 꼼꼼한 리얼리즘"이라고 말하는 것도 납득이 안 되는 부분이다. 밀턴이 여전히 널리 읽히고 있는 것이나 셸리가 위대한 시인으로서 한자리를 차지하고 있는 것은 이러한 특성들 때문이 아니지 않은가.

그러나 많은 점에서 시먼즈 씨의 책은 현대문학에 상당히 유익한 것이다. 시드니 경의 생애에 대한 잘된 대중적 연구가 늘 아쉬웠는데, 시먼즈 씨가 그 부족을 어느 정도 채워주고 있다. 그의 문체는 종종 비판을 받곤 하지만 최소한 허세와 가장(假裝)은 없다. 대체로 그는 문인다운 자연스러운 문체로 글을 쓰며, 독자를 납득시키지 못할 때도 늘 재미는 있다. 그리고 시드니는 글쓰기에 얼마나 좋은 주제인가! 시먼즈 씨가 직접 지적했듯이, 영국은 정말 운 좋게도 같은 시기에 종교개혁과 르네상스를 한꺼번에 겪었으며, 시드니는 종교개혁에서는 차분한 정신 같은 것과 고귀한 독립된 사고를 취하고, 르네상스에서는 교양, 기사도,

---

시가 우월한 수단임을 강조하고, 초서 이후 현재 영시가 약화되었으나 미래에 출중한 영어로 씌인 작품이 나올 것이라고 예언했다.

정치적 수완, 세련된 예의범절을 취한, 이 두 흐름의 가장 훌륭하고 고상한 모든 것들을 체현(體現)한 인물이라 해도 과언이 아니다. 시드니는 소네트와 서정시를 쓴 우아한 시인이며 섬세하고 세련된 산문의 대가였지만, 그레빌이 말하듯이, "글을 쓰는 동안에도 그의 목표는 글쓰기가 아니었다." 그의 생애의 전체적인 경향은 "자신이 갈고닦은 교양을 유익한 공적인 행위에 종속시키는" 결의를 보여주는 그런 것이다. 그리고 그의 모든 시 가운데 가장 완벽한 것은 시드니 자신의 삶이었다. 그가 아른헴(Arnheim)에서 죽은 지 3세기가 지났지만, 우리는 여전히 그의 우아한 성품에 매혹되며, 만인으로 하여금 그를 사랑하게 만든 매력 같은 것을 여전히 느낄 수 있다. 우리 앞에 새로운 이상들이 나타났을 것이며, 우리의 삶은 시드니 시대에 비해 훨씬 복잡하고 어려울지 모르지만, 우리는 세련된 엘리자베스 시대의 영웅, 스텔라에게 소네트를 바친 시인, 주트펜에서 부상당한 군인에게 물 한잔을 건넨 기독교인 신사 시드니를 계속 기억하는 것이 좋겠다.

가면의 진리

환상에 관한 주석

최근 영국에서는 셰익스피어의 부활을 보여주는 찬란한 글들이 나오고 있다. 그러한 글 가운데 상당수는 조금 거친 공격으로 셰익스피어가 자신의 배우들의 의상에 다소 무관심했으며, 그가 랑트리 부인[1]이 출연한 『안토니와 클레오파트라』(*Antony and Cleopatra*)[2]를 보았다면, 중요한 건 극 자체뿐이고 나머지는 중요하지 않다고 여겼을 것이라고 넌지시 말한다. 리턴 경[3]은 『19세기』(*The Nineteenth Century*)[4]라는 잡지에 실린 글에서 의복에서 역사적 정확성을 염두에 두는 것은 일종의 예술적 독단이며, 셰익스피어 극의 재현에서 이러한 고고학적 접근

---

1) 랑트리(Lillie Langtry): 19세기 영국의 유명 여배우.

2) 셰익스피어의 1607년경 작품으로 1623년에 출간되었다. 『플루타르크 영웅전』(*Plutarch's Lives*)에서 소재를 따서 기원전 40년부터 기원전 30년까지의 사실(史實)을 다루고 있다.

3) 리턴 경(Lord Edward George Bulwer-Lytton): 19세기 중엽 영국의 소설가 겸 극작가.

4) 1877년 놀스(J. T. Knowles)가 창간한 월간지로 와일드는 이 잡지에 글을 쓰곤 했다.

은 전혀 어울리지 않을 뿐만 아니라, 그렇게 하려는 시도 자체를 현학적인 데 얽매인 학자들의 미련한 행위로 간주했다.

나중에 리턴 경의 주장을 조사해보겠지만, 셰익스피어가 무대의상에 관해 그다지 신경을 쓰지 않았다는 이론에 관해선 논란의 여지가 있다. 셰익스피어의 방식을 연구하기 좋아하는 사람들은 누구든 프랑스와 영국 또는 아테네의 무대를 통틀어 배우들의 의상에 미치는 환상적인 효과에 대해 셰익스피어 자신보다 더 관심을 가진 극작가가 절대로 없었다는 것을 알게 된다.

예술가적 기질이 항상 의상의 아름다움에 매료되는 것을 잘 알고 있었기 때문에, 단지 시각적 즐거움을 위해 셰익스피어는 끊임없이 자신의 극 속에 마스크와 무용을 도입했다. 그리고 『헨리 8세』(*Henry the Eighth*)[5]에 나오는 세 가지 장대한 행렬에 관한 그의 무대 지시사항에서, 우리는 S. S. 칼라[6]와 앤 볼린(Anne Boleyn)[7]의 머리에 장식된 진주를 묘사하는, 놀라울 만큼 세밀하고 정교한 항목을 아직도 갖고 있다. 현대의 감독이라면 셰익스피어가 디자인한 것과 똑같이 이 행렬을 재현하는 것이 사실 무척 쉬운 작업일 수도 있다. 셰익스피어 묘사의 정확성으로 말하자면, 글로브 극장[8]에서 마지막 공연을 본 당대의 궁정관리 한 명이 친구에게 보낸 편지에서, 등장인물의 사실성에 관해 실제로 불

5) 영국 역사로 눈을 돌린 셰익스피어의 만년의 작품으로 새로운 시대정신에 입각해서 영국사의 새로운 지평을 연 작품이다.

6) S자로 이은 수장(首章). 런던 시장이나 고등법원장이 주로 패용했다.

7) 엘리자베스 1세의 어머니이자 헨리 8세의 둘째 아내로, 남편에게 참수당한 비운의 여자였다.

8) 1599년 버비지 형제(James & Richard Burbage)가 템스 강 남쪽 기슭의 사우스워크에 세운 8각형의 극장으로 셰익스피어가 속한 극단 '체임벌린스 멘 극단'(Lord Chamberlain's Men)의 본거지가 되어 셰익스피어의 명작들을 공연했다.

평을 했을 정도였다. 특히 서열을 보여주는 의상과 가터 훈장을 수여하는 무대 모습은 너무나 정확한 나머지 실제 의식을 비웃으려는 의도가 있다고 생각할 정도였다. 이것은 얼마 전 프랑스 정부가 어느 대령을 풍자하는 것이 군대의 영광에 흠집을 낸다는 탄원을 받아들여, 유쾌한 배우였던 크리스티안(M. Christian)이 군복을 입고 등장하는 것을 금지한 사실과 같은 맥락에서 이해할 수 있다. 현대의 비평가들은 셰익스피어의 영향을 받고 있는 영국무대의 특징인 화려한 의상을 도처에서 공격한다. 그러나 이러한 비평은 리얼리즘이라는 민주적 경향에서 비롯된 규칙이 아니라, 미적 감각이 결여된 사람들이 언제나 최후의 도피처로 삼는 도덕적 근거에 바탕을 두고 있는 것이다.

하지만 내가 강조하고 싶은 건 셰익스피어가 작품에 그림 같은 사실성을 더하기 위해 아름다운 의상의 가치에 탐닉한 것이 아니라, 어떤 극적인 효과를 만들어내는 수단으로서 의상의 중요성을 인식했다는 점이다. 그의 많은 희곡들, 『자에는 자로』(*Measure for Measure*),[9] 『십이야』(*Twelfth Night*),[10] 『베로나의 두 신사』(*The Two Gentlemen of Verona*),[11] 『끝이 좋으면 다 좋다』(*All's Well That Ends Well*),[12] 『심

---

9) 셰익스피어가 새롭게 구축한 비희극(tragicomedy) 작품 가운데 하나다. 창작연대는 정확하지 않으나 1604년 무렵으로 추정되며, 1604년 12월 26일 런던 화이트홀에서 초연되었다.

10) 1600년에 나온 셰익스피어의 작품. '십이야'란 크리스마스로부터 12일째에 해당하는 1월 6일을 의미하는데, 이 희곡은 1601년 1월 6일 이탈리아의 오시노(Orsino) 공작을 환영하기 위해 엘리자베스 여왕 궁정에서 초연된 것으로 추측되고 있다.

11) 셰익스피어의 작품으로 창작연대는 정확하지 않으나 1592~93년에 씌어진 것으로 추정된다. 장르는 낭만적 희극에 속하며 전형적인 이탈리아식 애정극으로 분류된다.

12) 1604~1605년에 발표된 셰익스피어의 희곡.

벨린』(*Cymbeline*)[13]과 그밖의 다른 작품들이 갖는 환상은 남녀 주인공들이 입었던 다양한 의상의 특징에서 나온다고 볼 수 있다. 『헨리 6세』(*Henry the Sixth*)[14] 중에서 신앙을 통해 병이 낫는 현대의 기적 같은 장면에서, 등장인물 글로스터(Gloster)가 검은색과 주홍색 옷을 입지 않았더라면 그 유쾌한 장면은 빛을 잃게 될 것이다. 그리고 『윈저의 즐거운 아내들』(*The Merry Wives of Windsor*)[15]의 대단원도 등장인물인 페이지(Anne Page)의 가운 색깔에 따라 결정된다. 셰익스피어가 이러한 용도로 위장한 사례는 거의 헤아릴 수 없을 정도로 많다. 포츄머스(Posthumous)[16]는 자신의 열정을 농부의상 아래 감추고, 에드가[17]는 바보 같은 누더기 아래 자존심을 숨긴다. 포샤(Portia)[18]는 변호사의 의상을 입고 등장하며, 로잘린드(Rosalind)[19]는 "아예 남자처럼" 차려입는다. 피사니오(Pisanio)[20]의 망토가방은 이모겐[21]을 젊은 피델르

13) 1610~11년에 쓰어진 셰익스피어의 희곡. 후기에 로맨스 극이라는 새로운 양식을 실험했던 작품 가운데 하나다.

14) 셰익스피어의 작품으로 1부는 1592~93년, 2부는 1591~92년에 발표되었다.

15) 셰익스피어의 작품으로 1597~99년에 집필하여 윈저 궁전에서 초연된 것으로 추정된다. 초판은 1602년판이다. 셰익스피어의 『헨리 4세』(*Henry the Fourth*)에 등장하는 호색한 폴스타프(Falstaff)가 사랑에 번민하는 모습을 보고 싶다는 엘리자베스 여왕의 분부에 따라 쓰어진 것이라고 한다.

16) 셰익스피어의 희곡 『심벨린』에서 영국 국왕 심벨린의 딸 이모겐(Imogen)이 사랑하게 되는 빈털터리 신사.

17) 에드가(Edgar): 셰익스피어의 『리어 왕』(*King Lear*)에 등장하는 인물.

18) 셰익스피어의 희곡 『베니스의 상인』(*The Merchant of Venice*)의 등장인물. 뜻하지 않은 상선의 침몰로 돈을 갚을 수 없게 되자 안토니오(Antonio)는 법정에서 0.5킬로그램의 살을 잘라야 하는 위기에 처하게 된다. 이때 바사니오(Bassanio)의 아내가 된 포샤의 총명한 기지로 생명을 구한다.

19) 셰익스피어의 희곡 『뜻대로 하세요』(*As You Like It*)에 등장하는 올란도(Orlando)의 연인. 추방당한 공작의 딸.

20) 『심벨린』에 등장하는 포츄머스의 충직한 하인.

(Fidele)[22]로 바꿔놓는다. 제시카(Jessica)[23]는 소년복장으로 아버지의 집에서 도망가고, 줄리아(Julia)[24]는 자신의 노랑머리를 환상적인 사랑의 매듭으로 엮으며 긴 양말에다 더블릿[25]을 입는다. 헨리 8세는 양치기의 복장으로, 로미오(Romeo)[26]는 순례자의 복장으로 구혼한다. 할 왕자(Prince Hal)[27]와 포인(Poins)[28]은 처음에 아마포 정장을 한 노상강도로 나타났다가, 나중에는 하얀 앞치마와 가죽조끼를 입은 선술집 웨이터로 등장한다. 게다가 폴스타프(Falstaff)[29]로 말하자면 그가 강도, 늙은 여자, 사냥꾼 헌(Herne)[30]뿐만 아니라 세탁소로 가야 할 것처럼 나타나지 않았던가?

극적 상황을 강렬하게 하는 양식으로 의상을 사용한 예도 적지 않다. 던컨(Duncan)[31]을 살해한 후, 맥베스(Macbeth)[32]는 마치 잠에서 깬

---

21) 『심벨린』에서 영국 왕 심벨린은 두 아들을 유괴당한 뒤 남은 딸 이모겐을 애지중지 키운다. 심벨린은 그녀를 상속자로 정하고 성대한 결혼식을 계획하지만 아름다운 이모겐은 포츄머스를 사랑한다.

22) 『심벨린』에서 이모겐이 남자로 변장했을 때의 이름.

23) 『베니스의 상인』에서 샤일록(Shylock)의 딸이자 로렌조(Lorenzo)의 연인.

24) 『베로나의 두 신사』에서 줄리아는 남장을 하고 프로테우스(Proteus)를 따라 궁정에 들어가게 되나, 그는 실비아(Silvia)와 사랑에 빠진다.

25) 르네상스기에 유행한, 몸에 밀착하는 남자용 웃옷.

26) 『로미오와 줄리엣』(*Romeo and Juliet*)에 등장하는 인물.

27) 셰익스피어의 희곡 『헨리 4세』에 등장하는 인물로서, 이상적이고 민중과 친숙한 지배자로 뒤에 헨리 5세가 되는 왕자다.

28) 『헨리 4세』에 등장하는 왕자 할의 친구.

29) 폴스타프라는 인물은 인물화 과정에서 여러 전통이 결합된 모습을 보여준다. 셰익스피어는 『헨리 4세』에서 폴스타프라는 인물을 통해 희극적인 면과 사실적인 면을 동시에 표현하려고 했다.

30) 영국 민간신화에서 사냥꾼 헌은 버크셔 지방의 윈저 숲과 관련된 유령기사다.

31) 셰익스피어의 희곡 『맥베스』(*Macbeth*)의 등장인물. 맥베스는 마녀들의 예언이 실현될 것으로 믿고 왕이 될 꿈을 꾼다. 남편의 편지로 예언을 전해들은 맥베스 부인은 왕을 죽이기로 결심한 다음, 맥베스를 부추겨 던컨 왕을 죽인다.

듯 잠옷차림으로 등장한다. 티몬(Timon)[33]은 화려한 의상으로 시작했던 연극을 누더기를 입은 채 끝낸다. 리처드(Richard)[34]는 초라하고 볼품없는 갑옷을 입고 런던의 시민들에게 아첨을 해대지만, 피로 점철되어 왕위에 오른 후 곧 왕관과 훈장을 달고 거리를 행진한다. 『폭풍우』(*The Tempest*)[35]의 절정은 프로스페로(Prospero)[36]가 마법사의 옷을 벗어던지고, 아리엘(Ariel)[37]에게 그의 모자와 가느다란 칼을 가져오게 해서 자신이 위대한 이탈리아의 공작이라는 것을 밝히는 장면이다. 『햄릿』(*Hamlet*)[38]의 유령이 입고 있던 신비스러운 의상은 다른 효과들을 얻기 위해 바뀐다. 그리고 줄리엣(Juliet)[39]에 대해 보면, 현대의 극작가라면 수의까지 입혀 장면에 공포를 불어넣을지도 모른다. 그러나 셰익스피어는 줄리엣의 사랑스러움이 지하를 "빛으로 가득 찬 축제의 장"으로 바꿔놓도록 그녀를 화려하게 치장해서 무덤을 신부의 방처럼 바꿔놓고, 죽음을 초월하는 미의 승리에 관한 로미오의 웅변에 동기와 실마리를 부여한다.

---

32) 권력의 야망에 이끌린 무장(武將). 작품에서는 그의 왕위찬탈과 그것이 초래하는 비극적 결말을 볼 수 있다. 정치적 욕망의 경위가 아니라 인간의 양심과 영혼의 붕괴라는 명제가 중점적으로 다루어진다.

33) 셰익스피어의 희곡 『아테네의 티몬』(*Timon of Athens*)의 주인공으로 인정 많은 아테네의 귀족.

34) 셰익스피어의 희곡 『리처드 2세』(*Richard the Second*)의 등장인물.

35) 셰익스피어의 마지막 작품으로 가면극적 요소들을 내포한다. 집필연대에 대해서는 이견이 많은데 일반적으로 1611년쯤으로 알려져 있다.

36) 『폭풍우』에서 음모 때문에 섬으로 추방당한 왕국의 충신으로 무인도에서 마법의 신비를 터득한다.

37) 『폭풍우』에서 프로스페로와 함께 살고 있는 요정.

38) 1601년경에 나온 셰익스피어의 작품. 1603년에 해적판이 나왔으나, 이듬해 정판본(正版本)이 간행되었다.

39) 『로미오와 줄리엣』에 등장하는 로미오의 연인.

심지어 드레스의 작은 부분, 예컨대 집사의 양말 색상, 아내의 손수건 무늬, 젊은 군인의 소매 그리고 최신 유행의 여성 보닛과 같은 것들이 실제 셰익스피어의 손에서 극적인 중요성을 띠며, 문제가 되는 극의 행위가 여기에 완전히 지배된다. 다른 극작가들도 등장인물들이 무대에 나타나는 순간 그의 성격을 관객에게 직접 표현하는 수단으로 의상을 사용하지만, 셰익스피어가 멋쟁이 파롤즈(Parolles)[40]를 소개할 때처럼 정교하게 해낸 극작가는 거의 없었다. 파롤즈의 옷은 단지 고고학자만이 이해할 수 있었던 것이다. 관객들 앞에서 주인과 하인이 외투를 바꿔 입거나, 난파선의 선원들이 좋은 옷들을 두고 싸워대거나, 귀족처럼 차려입은 땜쟁이들이 술에 취한 장면 등에서 볼 수 있는 재미는 아리스토파네스(Aristophanes)[41] 시대부터 길버트 씨[42]에 이르기까지 희극에서 언제나 의상이 담당해왔던 찬란한 역할의 일부로 여겨질 수 있다. 그러나 의상과 장식품에 대한 세세한 설명만으로, 셰익스피어가 했듯이 대조의 아이러니와 즉각적이고 비극적인 효과, 연민과 애상을 이끌어낸 사람은 아무도 없었다. 덴마크의 모든 일이 잘못 되어가고 있기 때문에 죽은 왕은 머리에서 발끝까지 무장한 채 엘시노어[43] 성벽 위를 걸어 다닌다. 샤일록[44]의 유대인 옷은 그의 치욕의 일부며, 그 의상 아래 상처

---

40) 『끝이 좋으면 다 좋다』에 등장하는 버트램(Bertram)의 비겁한 수행원.

41) 아테네 출생으로 페리클레스(Pericles, 기원전 495경~기원전 429) 치하 전성기에 태어났다. 작품의 대부분을 펠로폰네소스 전쟁 중에 썼다. 신식 철학, 소피스트, 신식 교육, 전쟁과 선동 정치의 반대자로서 시사 문제를 풍자했다.

42) 길버트 경(Sir William Schwenck Gilbert): 19세기 후반 영국의 시인이자 극작가, 연출가로 활동하기도 했다.

43) 덴마크 동부해협에 면한 항구도시. 『햄릿』의 무대인 엘시노어(Elsinore) 성의 모델이 된다.

44) 『베니스의 상인』에 등장하는 탐욕스러운 고리대금업자로 안토니오의 살을 자르려다 포샤의 총명한 기지로 실패하게 된다.

입은 쓰라린 본성이 몸부림을 친다. 목숨을 구걸하는 아서(Arthur)[45]는 그가 휴버트(Hubert)[46]에게 건네주었던 손수건보다 더 좋은 변명을 떠올리지 못한다.

그대는 심장을 가졌는가! 그대의 머리가 아파올 때
난 그대의 눈언저리에 내 손수건을 눌러요,
(그건 어떤 공주가 내게 준 것으로, 내가 가진 것
가운데는 최고랍니다)
그리고 난 다시 그대에게 묻지 않았어요.

그리고 올란도의 핏자국이 밴 냅킨은 아름다운 전원시에서 처음으로 음침한 색조를 띠며, 우리에게 로잘린드의 공상적인 위트와 고집스러운 익살 아래 놓인 감정의 깊이를 보여준다.

지난밤 그것이 내 팔에 끼워져 키스를 했다네.
바라건대 그 사람이 아닌 내가 키스를 했다고
내 주인님께 말하지 말아주게.

남편의 신뢰를 상실하게 만들 팔찌가 이미 로마로 향하고 있는 상황에서, 이모겐은 잃어버린 팔찌에 대해 익살을 떤다. 런던탑을 지나가고

---

45) 셰익스피어의 희곡 『존 왕』(*King John*)에 등장하는 왕의 조카이자 희생자. 극 초반에 왕은 아서의 왕좌를 빼앗는다.

46) 존 왕의 수행원이자 아서의 후견인. 아서가 전투에서 포로로 잡혔을 때 그를 죽이라는 왕의 명령을 받지만 아서의 순수함에 매료되어 그를 숨기고는 거짓 보고를 한다.

있는 어린 왕자는 그의 삼촌의 허리춤에 있는 단도로 장난을 친다. 던컨은 자신이 죽게 되는 날 밤에 맥베스 부인에게 반지를 보내고, 포샤의 반지는 상인의 비극을 아내의 희극으로 바꿔놓는다. 위대한 반역자 요크(York)[47]는 머리에 종이 왕관을 쓰고 죽는다. 햄릿의 검은 정장은 『시드』(*Cid*)[48]에 등장하는 시메(Chimène)[49]의 비탄처럼 일종의 색상 모티프이며, 안토니(Antony)가 한 연설의 클라이맥스는 카이사르(Caesar)가 입은 외투에 관한 언급이다.

카이사르가 처음 그것을 입었을 때를 기억하시오.
그건 어느 여름 저녁, 자신의 천막 안에서였소.
그날은 그가 너르비족(the Nervii)[50]을 굴복시킨
날이었소
보시오, 카시우스(Cassius)[51]의 단검이 그곳을 관통했어요.
질투심 많은 카스카(Casca)[52]가 초래한 분열을 보시오.
총애를 받던 브루투스가 이 단검을 휘둘렀어요……
다정한 영혼들이여, 우리의 카이사르 의복이 피로 물든 걸
볼 때 어찌 울지 않으리오?

---

47) 『리처드 2세』에 등장하는 인물로서 리처드 2세의 삼촌. 사라져가는 중세의 정치적 · 사회적 위계질서를 대표하는 인물.
48) 12세기 중엽 기독교의 옹호자로서 무어인들과 싸운 스페인의 전설적인 영웅 로드리고 디아스(Rodrigo Diaz de Bivar)에게 부여된 칭호. 이 작품은 그의 공훈을 노래한 것이다.
49) 시드의 아내로서 종교적 차원으로 남편을 사랑했던 여인.
50) 고대 로마제국에 예속되었던 갈리아의 주 가운데 하나인 벨기카에 살던 민족. 로마제국에 항거하다 기원전 57년 카이사르에 의해 평정되었다.
51) 브루투스(Brutus)와 함께 카이사르를 죽이는 공모에 가담한 로마 정치가.
52) 카이사르의 암살 인물 가운데 하나.

오필리아(Ophelia)[53]가 광기 상태에서 들고 있던 꽃은 무덤에서 핀 제비꽃만큼 애처롭다. 황야에서 배회하는 리어 왕이 보여주는 효과는 그의 훌륭한 의상을 통해 이루 말할 수 없을 만큼 강렬해진다. 그리고 여동생이 그녀의 남편 옷을 비웃은 데 상처를 입은 클로텐(Cloten)[54]이 본때를 보여주려고 남편 복장으로 성장할 때, 우리는 현대 프랑스 리얼리즘 전체에서도 공포의 명작인 『테레즈 라캥』(*Thérèse Raquin*)[55]마저도 끔찍하고 비극적 의미에서 『심벨린』에 나오는 이 기괴한 장면과 비교할 수 없다고 본다.

실제 대사에서도 가장 생기 있는 단락은 의상으로 표현된다. 로잘린드의 대사에서,

> 내가 남자처럼 차려입을지언정, 그대는 내가 기질적으로 더블릿과 긴 양말을 걸쳤다고 생각하나요?

콘스탄스(Constance)[56]의 대화에서도,

> 슬픔이 내 아이의 빈자리를 채우고,
> 텅 빈 의복을 아이의 모습으로 채우나니.

---

53) 『햄릿』의 등장인물. 햄릿이 사랑했던 여인이지만 햄릿은 자신의 속마음을 숨기기 위해 미친 시늉을 하면서 오필리아에 대한 사랑을 부정한다. 햄릿이 오필리아의 아버지를 죽인 후 그녀는 실성하여 물에 빠져 죽는다.

54) 『심벨린』의 등장인물로 왕비와 전 남편 사이에서 태어난 아들. 왕의 아들이 실종되자 왕비는 클로텐을 이모겐과 혼인시켜 권력을 잡을 계획을 세우고 포츄머스를 로마로 추방하지만, 이모겐은 클로텐의 구애에도 불구하고 포츄머스를 기다린다.

55) 1867년에 출간된 졸라(Émile Zola)의 세 번째 소설.

56) 『존 왕』에 등장하는 아서의 어머니.

그리고 엘리자베스(Elizabeth)의 빠르고 날카로운 외침은,

오! 레이스를 모조리 잘라버려라!

이런 대사는 누군가 인용한 수많은 예문 가운데 몇 가지가 될 뿐이다. 내가 이제까지 무대에서 본 가장 탁월한 효과 가운데 하나는, 『리어 왕』[57]의 마지막 장에서 살비니(Salvini)[58]가 켄트(Kent)[59]의 모자에서 깃털을 떼어내 코델리아(Cordelia)[60]의 입술에 대면서 다음의 대사를 읊을 때이다.

깃이 펄럭인다. 그녀가 살아난다!

리어 왕의 고귀한 열정의 특성을 잘 보여준 부스(Booth) 씨[61]는 똑같은 효과를 내기 위해 고고학적으로는 부정확했지만, 흰 족제비털을 뽑았던 것으로 기억한다. 그러나 살비니의 연기가 둘 중에서 좀더 나은 효과와 사실감을 보여주었다. 그리고 『리처드 3세』(*Richard the Third*)[62]의 마지막 장에서 어빙 씨[63]의 공연을 본 관객들은 그가 보여

---

57) 셰익스피어의 희곡으로 1605년에 쓴 것으로 추정된다.

58) 이탈리아의 배우로 주요 작품으로는 『오레스테』(*Oreste*), 『맥베스』 『리어 왕』 등이 있다.

59) 『리어 왕』에 등장하는 왕의 충복.

60) 『리어 왕』에 등장하는 리어 왕의 막내딸.

61) 와일드 당대의 연극배우로 추정된다.

62) 이 극에서 셰익스피어는 맥베스와 더불어 그가 창조한 대표적 악인으로 리처드 3세를 그리고 있다.

63) 어빙 경(Sir Henry Irving, 1838~1905): 영국의 배우 겸 극장운영자로서 셰익스피어 배우로 명성을 얻었다. 그는 빅토리아 시대에 셰익스피어 작품의 공

준 꿈의 고통과 공포가 꿈꾸기 이전의 대조적인 고요와 평온함으로 말미암아 얼마나 더 강렬해졌는지 잊지 못할 것이다. 그러한 강렬함은 다음과 같이 관객들에게 이중의 의미를 가진 대사들을 전달한다.

> 정말 내 모피 모자가 이전보다 손에 넣기 쉬워졌단 말인가?
> 게다가 나의 모든 병기가 텐트 속에 놓였다고?
> 나의 장대가 단단하긴 하지만 육중하지 않은 걸 보게?

보즈워스[64]를 향해 행진하는 리처드의 등 뒤로 던진 그의 어머니의 최후의 말을 기억해보면 알게 된다.

> 그렇다면 나의 가장 슬픈 저주를 가져가시오,
> 그건 전투에서 그대가 완전 무장한 갑옷보다
> 더 지치게 할 것이오.

셰익스피어가 사용할 수 있었던 자원을 고려해보건대, 거대한 역사극을 연출하기에 무대가 너무 작다거나, 수많은 야외사건들을 효과적으로 그릴 수 있는 풍경이 부족하다고 불평하곤 했지만, 그는 언제나 가장 정교한 연극의상들을 마음대로 사용할 수 있었고, 극작가로서 무대화장에 수고를 아끼지 않았던 배우들에 의존하여 작품을 썼다는 건 주목할 만

연으로 유명한 지적인 배우였으며, 라이시엄 시어터(The Lyceum Theartre)를 운영하면서 셰익스피어에 대한 대중의 관심을 일깨우는 데 기여했다.

64) 헨리 튜더(Henry Tudor)는 군대를 이끌고 밀퍼드 헤이번에 상륙한 뒤 진격하다가 보즈워스 평야에서 리처드가 이끄는 군대와 대치하게 되었다. 여기서 충돌한 양군의 전쟁이 장미 문양을 가진 두 왕실 사이의 격돌이었다.

하다. 심지어 『실수의 희극』(*The Comedy of Errors*)[65] 같은 연극은 지금도 공연하기 어렵고, 『십이야』가 제대로 공연될 수 있었던 것은 테리(Ellen Terry) 양[66]의 남동생이 우연히 그녀와 꼭 닮았기 때문이었다. 정말로 어떤 셰익스피어 극이라도 연출하기 위해서는 그가 절대적으로 원했던 대로 훌륭한 소도구 담당자, 솜씨 좋은 가발업자, 색상 감각과 옷감에 대한 지식을 구비한 의상담당자, 숙련된 분장사, 펜싱지도자, 댄스지도자 그리고 연출 전체를 개인적으로 지도하는 예술가의 노고가 필요하다. 왜냐하면 셰익스피어가 묘사에서 가장 중점을 둔 것이 바로 각 인물의 의상과 외모였기 때문이다. 바케리(Auguste Vacquerie)[67]는 어디선가 이렇게 말한다. "라신[68]은 리얼리티를 싫어하며, 의상에 관해 걱정하는 것을 경멸한다. 당신이 시인이 직접 묘사한 것을 참조해본다면 아가멤논(Agamemnon)[69]은 왕의 홀(笏)을, 아킬레우스(Achilleus)[70]는 검을 들고 나올 것이다." 하지만 셰익스피어의 경우는 무척 다르다. 그는 우리에게 퍼디타(Perdita),[71] 플로리첼(Florizel),[72] 오토리커스

65) 1592년에 발표된 셰익스피어의 희곡. 이러한 소극의 특징은 개성적인 인물이 등장하지 않거나 인물들의 묘사가 일차원적이고 희극적인 경험이라는 것이며, 잘 짜인 혼란에 바탕을 두고 극을 전개한다.

66) 와일드 당대의 명배우.

67) 1850년대에 사진을 자극적인 도락으로 생각했던 작가.

68) 라신(Jean-Baptiste Racine): 17세기 프랑스 신고전주의의 대표적 극작가. 그는 비평적인 실패에 좌절한 나머지 38세의 나이에 극작을 중단하고 전기작가가 되었다.

69) 미케네 왕으로, 트로이 전쟁에서 연합군 총사령관이었고, 승리 후 본국에 돌아가지만 아내와 정부의 손에 죽는다.

70) 호메로스(Homeros)의 서사시 『일리아스』(*Ilias*)의 중심인물. 바다의 여신이었던 어머니가 그를 불사신으로 만들려고 강물에 몸을 담갔는데, 이때 발뒤꿈치만 물에 젖지 않아 나중에 치명적인 급소가 되고 말았다.

71) 셰익스피어의 희곡 『겨울 이야기』(*The Winter's Tale*)의 등장인물로 질투심

(Autolycus),[73) 『맥베스』의 마녀들, 『로미오와 줄리엣』[74)의 약제사가 입고 나오는 의상들에 관한 지시사항을 보여주었고, 몸집이 비대한 기사에 대한 여러 가지 정교한 묘사와, 페트루치오(Petruchio)[75)가 결혼할 때 입을 독특한 의상에 대한 상세한 설명도 곁들인다. 그는 우리에게 로잘린(Rosaline)[76)이 키가 크며, 창과 작은 단도를 품고 있다는 것과, 셀리아(Celia)[77)는 작은 편이고, 햇볕에 그을린 얼굴을 갈색으로 해야 한다고 말한다. 윈저 숲의 요정역할을 하는 아이들은 흰색과 초록색 옷을 입는데, 그것은 이런 색을 좋아하는 엘리자베스 여왕에 대한 존경의 표시가 된다. 그리고 천사는 흰색 옷에다 초록색 화환과 금박을 입힌 복면을 하고 킴볼턴(Kimbolton)[78)의 캐서린[79)에게 오도록 한다. 바텀(Bottom)[80)은 손으로 짠 나사옷을 입었고, 라이샌더(Lysander)[81)는

에 찬 왕의 의심으로 감옥에 갇힌 왕비가 옥중에서 출산한 딸. 남편은 그 딸을 불륜의 결과라고 단정하여 들판에 버리라고 명령한다.

72) 『겨울 이야기』에 등장하는 보헤미아의 왕자. 양치기 손에 양육된 퍼디타는 비천한 가정에서 성장했으나 타고난 기품과 아름다움을 갖춘 여인으로 플로리첼과 사랑에 빠지게 된다.

73) 『겨울 이야기』의 후반부에서 희극적 분위기를 주도하는 인물. 시실리에서 폴리나(Paulina)가 했던 것처럼 보헤미아에서 희극적 분위기를 조성하는 가운데 결과적으로 선하고 유쾌한 자유인이 된다.

74) 셰익스피어의 작품으로 창작연도는 1595년경으로 추정되며, 초판은 1597년에 나왔다. 작가의 낭만적 비극으로는 최초의 작품이며, 이탈리아의 소설가 반델로(Matteo Bandello)의 작품을 소재로 한 것으로 추정된다.

75) 1623년에 나온 셰익스피어의 희곡 『말괄량이 길들이기』(*The Taming of the Shrew*)의 등장인물. 괴짜에다 특이한 성격으로 갖가지 말썽을 부린다.

76) 『로미오와 줄리엣』에서 언급되는 인물로, 로미오의 오랜 구애에도 그를 받아주지 않았던 여성.

77) 『뜻대로 하세요』에 등장하는 로잘린드의 사촌 여자친구. 프레드릭 공작(Duke Prederick)의 딸.

78) 『헨리 8세』의 무대로 캐서린(Katherine)이 추방되어 살았던 성(城).

79) 헨리 8세의 부인으로 왕자를 낳지 못해 이혼을 당하고 추방된다.

아테네식 드레스를 입었기에 오베론(Oberon)[82]과 구별되며, 론스(Launce)[83]의 부츠에는 구멍이 나 있다. 글로스터 공작부인(Duchess of Gloucester)[84]은 수의를 입은 채 슬퍼하는 남편 곁에 하얀 천을 걸치고 서 있다. 광대의 얼룩덜룩한 옷과 추기경의 진홍빛 의관(衣冠) 그리고 영국 망토에 장식된 프랑스 백합은 모두 대화에서 농담이나 비웃음을 위해 고안된 것이다. 우리는 도핀[85]의 갑옷과 푸셀[86]의 칼 문양, 워릭(Warwick)[87]의 헬멧 위의 깃장식과 함께 바돌프(Bardolph)[88]의 코 색깔도 알고 있다. 포샤는 금발, 피비(Phoebe)[89]는 검은 머리, 올란도는 밤색 곱슬머리고, 아게치크 경(Sir Andrew Aguecheek)[90]의 머리는 담황색의 실패처럼 매달려 곱슬곱슬해지는 법이 없다. 등장인물 가운데 몇몇은 몸집이 비대하고, 어떤 이는 여위었으며, 몇몇은 쭉 뻗었고, 어떤 이는 곱사등인데, 잘생긴 사람도 있었다. 얼굴이 검은 사람이 있었고, 몇몇은 얼굴을 검게 만들었다. 리어 왕은 흰 수염을, 햄릿의 아버지는 반백의 수염을 가졌으며, 베네디크(Benedick)[91]는 극이 진행되

---

80) 1595~96년에 나온 셰익스피어의 희곡 『한여름밤의 꿈』(*A Midsummer Night's Dream*)에 등장하는 인물.

81) 『한여름밤의 꿈』에서 허미아(Hermia)를 사랑하는 젊은 조신.

82) 『한여름밤의 꿈』에 등장하는 요정들의 왕.

83) 『베로나의 두 신사』에 등장하는 광대.

84) 『헨리 4세』에 등장하는 인물.

85) 『헨리 6세』에 등장하는 인물로 프랑스의 찰스 7세(Charles VII)가 된다. 도핀(Dauphin)은 프랑스의 왕위를 계승할 왕자에게 붙여지는 칭호이다.

86) 푸셀(John La Pucelle): 『헨리 4세』에 등장하는 인물로 백년전쟁에서 프랑스 군대의 지도자.

87) 『헨리 4세』에서 왕과 왕자를 보호하는 신하.

88) 『헨리 4세』에 등장하는 폴스타프의 시동.

89) 『뜻대로 하세요』에서 실비우스(Silvius)의 사랑을 받는 양치기 소녀.

90) 『십이야』에 등장하는 토비 경(Sir Toby)의 친구.

는 가운데 수염을 깎는다. 무대 수염에 관해서라면 셰익스피어보다 더 정교하게 표현한 사람은 없었다. 그는 사용할 수 있는 많은 수염의 색깔들을 우리에게 이야기하며, 배우들에게 항상 자신의 수염이 바르게 묶여 있는지 살펴보도록 암시한다. 호밀 모자를 쓴 농부의 춤과 반인반수의 괴물처럼 털이 많은 외투를 걸친 시골뜨기의 춤이 있다. 아마존 전사의 마스크, 러시아 사람들의 마스크, 고전적인 마스크와 함께 당나귀 머리를 한 직공을 두고 벌어지는 부도덕한 장면들, 런던 시장이 평정해야 했던 외투 색깔 때문에 발생한 폭동, 그리고 소매를 자른 것에 격분한 남편과 그의 아내가 구입하는 부인용 모자를 판매하는 상인 사이에 벌어지는 장면 따위가 있다.

셰익스피어가 옷차림에서 이끌어낸 비유와 그것을 바탕으로 한 경구는 당시의 의상, 특히 우스꽝스런 크기의 숙녀용 보닛을 겨냥한 것이다. 여성의 세계에 관한 수많은 묘사는 『겨울 이야기』[92]에 나오는 오토리커스의 노래로부터 『헛소동』[93]에서 밀란 공작부인(Duchess of Milan)[94]의 가운에 관한 설명에 이르기까지 이루 열거할 수 없을 정도로 다양하다. 비록 의상철학 전체를 리어 왕이 에드가와 함께 있는 장면——이 대목은 『의상철학』(*Sartor Resartus*)[95]에서 보는 기괴한 지혜나 다소 연

---

91) 『헛소동』(*Much Ado about Nothing*)의 등장인물로 총각으로 자처하며 오만한 숙녀 베아트리체에게 구혼을 한다.

92) 5막 14장으로 된 이 희곡은 1610~11년경에 집필하여 1611년 궁정에서 초연되었다.

93) 1598년에 운문과 산문으로 씌어져 1600년에 초연된 희극이다. 클라우디오(Claudio)와 헤라(Hera)를 둘러싼 줄거리의 모티프는 반델로(Matteo Bandello)의 『이야기』(*Novelle*, 1554)에서 얻었다고 한다.

94) 『베로나의 두 신사』에 등장하는 인물.

95) 19세기 영국의 역사비평가이자 사상가인 칼라일(Thomas Carlyle)의 자서전적 저서. 1831년에 집필하여 1833~34년 잡지에 연재되었다.

설조의 형이상학을 뛰어넘은 간결함과 스타일의 이점을 가졌지만——에서 찾아야 한다는 것을 사람들에게 상기시킬 가치가 있는지는 모르겠지만 말이다. 하지만 나는 위에서 이미 언급한 내용에서, 셰익스피어가 의상에 무척 흥미를 가졌다는 것이 의심할 나위가 없다고 생각한다. 나는 사람들의 행동이나 수선화에 관해 셰익스피어가 보여주는 지식을 통해, 그가 엘리자베스 시대의 블랙스톤[96]이나 팩스턴[97]이었다고 성급히 결론을 내리려는 게 아니다. 하지만 그는 관객에게 어떤 효과를 던지거나 등장인물의 어떤 유형을 표현하는 가운데, 의상이 진정한 환상가가 자유롭게 사용하는 수단의 핵심적 요소가 된다는 점을 알고 있었다. 정말 셰익스피어에게는 리처드의 일그러진 모습이 줄리엣의 사랑스러움과 동일한 가치가 있다. 그는 지배자의 비단 옆에 급진론자의 원형 서지[98]를 놓고, 여기서 얻게 되는 무대 효과들을 감상한다. 그는 아리엘에게서 느끼는 것과 흡사한 즐거움을 칼리반(Caliban)[99]에게 이끌어내며, 황금옷과 마찬가지로 넝마조각에서도 기쁨을 찾고, 추함 속에서 예술적 아름다움을 깨달았던 것이다.

『오셀로』(*Othello*)[100]를 번역하면서 뒤시스(Ducis)[101]가 느꼈던 어

---

96) 블랙스톤 경(Sir William Blackstone): 18세기 후반 옥스퍼드대학의 법학교수. 1765~69년도에 나온 『영국법 주석』(*Commentaries on the Laws of England*)은 당대 법에 관한 최고의 역사적 기록으로 평가된다.

97) 팩스턴 경(Sir Joseph Paxton): 19세기 전반 영국의 설계사 겸 건축가. 1851년 런던에서 열린 박람회 장소가 된 크리스털 궁전을 설계했고, 후에 영국의 회의 의원이 되었다.

98) 능직의 모직물.

99) 『폭풍우』에서 프로스페로에게 도전하며 반역을 꾀하는 섬의 원주민. 프로스페로는 아무리 가르쳐도 천성이 고쳐지지 않는 야만인으로 규정된다.

100) 셰익스피어의 희곡으로 원제는 『베니스의 무어인, 오셀로의 비극』(*The Tragedy Of Othello: The Moor of Venice*)이다. 질투에 눈이 멀어 사랑하는

려움은 손수건처럼 하찮게 보이는 물건에서 나온 결과의 중요성이다. 무어인이 외친 "그 베일! 그 베일!"을 되풀이하게 하여 그 비속함을 완화시켜보려는 노력은 철학적 비극과 실제 삶의 드라마 차이의 사례로 이해할 수 있다. 그리고 프랑스 극단에서 손수건이라는 단어가 처음 소개된 건 위고[102]에서 시작해서 깜찍한 졸라[103]로 이어진 낭만적 사실주의 운동이 일어났던 시대였고, 이것은 더 이상 분칠을 한 가발을 쓰고 그리스 영웅을 연기하기를 거부했던 탈마[104]에 의해 그 세기 초반에 고전주의가 강조되었던 것과 유사하다. 그런 가발은 우리 시대 유명 배우들의 특징이었던, 의상에서 고고학적 정확성을 추구하려는 욕망에서 비롯된 많은 본보기 가운데 하나였다.

『인간 희극』(*La Comédie Humaine*)[105]에서 돈에 부여된 중요성을

아내를 죽이고 나서 모든 사실이 부하의 계략에 의한 것임이 밝혀지자 죄책감에 목숨을 끊는 오셀로의 비극을 그린 작품이다.

101) 뒤시스(Jean-François Ducis): 18세기 말 프랑스의 극작가로 『오셀로』를 프랑스어로 번역했다.

102) 위고(Victor-Marie Hugo): 19세기 프랑스의 낭만주의를 대표하는 작가로 프랑스 최고의 작가로 불린다. 소설 『레 미제라블』(*Les Misérables*)과 『노트르담의 꼽추』(*Notre-Dame de Paris*)는 그의 최고 작품으로 간주된다.

103) 졸라(Emile Zola): 19세기에 생물학적 방법을 소설에 적용시킨 프랑스의 자연주의 작가. 엑상 프로방스에서 태어나 어린 시절을 보냈고, 파리로 올라가 자신이 겪은 체험을 문학의 소재로 삼았다.

104) 탈마(François-Joseph Talma): 1763년에 파리에서 태어난 배우로 비극에 뛰어났으며 연극의 사실성을 높였다. 1787년 코메디 프랑세즈 극단에 데뷔하여 정식단원이 되었으며, 당통의 후원으로 독립극단을 조직하고 셰익스피어 극을 상연했다.

105) 프랑스의 작가 발자크가 1842년 자신의 소설에 붙인 제목으로 오늘날의 대하소설 또는 연쇄소설이라 불릴 만한 것이다. 강렬한 개성을 지닌 작중인물들이 시간적 · 공간적으로 서로 관련되어 하나의 세계를 형성하며, 그것을 완결시키면 '각 소설이 한 시대를 나타낼 하나의 완전한 역사'가 된다.

비판하면서, 고티에[106]는 발자크[107]가 물질적인 영웅(le héros métallique)으로 소설의 새로운 영웅을 창조할지 모른다고 말한다. 셰익스피어를 두고 말한다면, 그는 더블릿의 극적 가치를 처음으로 알고, 클라이맥스가 크리놀린[108]에 예속된다는 것을 안 인물이었다.

글로브 극장의 화재——셰익스피어의 무대 운영을 돋보이게 만든 환상의 열정에서 비롯된 사건이었다——는 불행히도 중요한 많은 문서를 우리에게서 빼앗아갔다. 그러나 아직도 존재하는, 셰익스피어 당시 런던 극장의 의상담당자의 목록에는 추기경, 양치기, 왕, 익살꾼, 수도사, 바보 들을 위한 의상들이 특별히 언급되어 있다. 또한 로빈 후드(Robin Hood)[109]의 부하들을 위한 초록 외투와 하녀 마리안(Maid Marian)[110]의 초록색 가운은 물론, 헨리 5세를 위한 흰색과 금색의 더블릿, 롱생스(Longshanks)[111]의 예복이 있다. 게다가 성직자가 입는 소매가 넓은 옷, 성직자의 외투, 다마스크 직물 가운, 금색과 은색 천 가운, 호박단

106) 고티에(Théophile Gautier): 19세기 프랑스 작가로 '예술을 위한 예술'의 주창자로 유명하다. 시인으로서는 처음에 낭만파의 색채가 농후했으나 차츰 감정의 시가에서 벗어나 지적이며 냉철한 시가로 넘어갔으며, 고전파 공격에 앞장섰다. 19세기 프랑스 문인으로 와일드와 휘슬러를 포함하여 많은 시인과 화가에게 깊은 영향을 주었다.

107) 발자크(Honoré de Balzac, 1799~1850): 19세기 초 프랑스의 소설가 및 극작가로 투르에서 출생했다. 플로베르(Gustave Flaubert)와 함께 유럽 사실주의 문학의 창시자로 불린다.

108) 옛날 스커트를 부풀게 하기 위해 쓰던 말총 등으로 짠 딱딱한 천.

109) 중세 영국의 전설적 인물. 문학상으로는 14세기 후반 랭글런드(William Langland)의 장편시 『농부 피어스의 환상』(*The Vision of Piers the Plowman*)에 나타난 것이 가장 오래되었다. 14세기 초반부터 유명해졌고 15세기 후반 이후 서민의 사랑을 받아온 문학상의 인물이다.

110) 로빈 후드의 여성 동반자.

111) 영국 왕 에드워드 1세(Edward I)를 일컫는 말로, 부왕 헨리 8세의 서거 후 왕위에 올라 웨일스를 정복하고 스코틀랜드를 영국의 지배 아래 두었다.

가운, 옥양목 가운, 벨벳 코트, 공단 코트, 프리즈 코트, 황색과 검정 가죽조끼, 빨간 정장, 회색 정장, 프랑스 피에로 정장, 3파운드 10실링 정도로 "속이 훤히 보이는" 싸구려 의상 그리고 다른 것과 견줄 데도 없는 네 개의 스커트 버팀 등이 모두 등장인물에게 적합한 옷을 입히려는 열정을 보여준다. 터키 왕의 근위보병과 로마의 상원의원, 올림포스의 모든 신과 여신들의 복장뿐만 아니라 스페인, 무어인 그리고 덴마크인의 복장과 헬멧, 창, 그림이 그려진 방패, 황제의 왕관, 교황의 삼중관(三重冠)에 관한 기록도 있는데, 이 모든 것은 극장운영자의 편에서 볼 때 상당한 분량의 고고학적 연구의 증거라고 할 수 있다. 이브(Eve)의 보디스[112]에 관한 언급이 있기는 하지만, 극의 모티프는 아마 원죄에 의한 인류의 타락 이후로 짐작된다.

정말로 셰익스피어 시대를 조사하겠다고 생각하는 사람이라면 고고학이 유별한 특징 가운데 하나였음을 알게 된다. 르네상스의 특징을 이루었던 고전적 형태의 건축이 부활한 다음, 베니스와 그리스 라틴 문학의 걸작들이 나온 곳에서 출판업은 자연스럽게도 고대세계의 장식과 의상에 흥미를 가졌다. 예술가들이 이러한 것을 연구하는 까닭은 그들이 얻게 되는 지식이라기보다, 이것을 통해 창조해낼 수 있는 미에 대한 사랑 때문이었다. 발굴 작업으로 끊임없이 빛을 보게 된 진기한 물건들은 냉담한 큐레이터의 사색거리나 범죄가 없어 따분한 경찰관의 권태를 위해 박물관의 주조자 손에 넘겨진 건 아니었다. 그것은 단지 아름다울 뿐만 아니라 신기하기도 했던 새로운 예술을 만들어내는 동기가 되었다.

인페수라[113]는 1485년 아피아 가도(Appian Way)[114]를 파던 한 무리

---

112) 장식이 달린 베스트로 여성복의 일종.

113) 인페수라(Stefano Infessura): 15세기 이탈리아의 휴머니스트 역사가 및 변호사로서 오랜 기간 로마 의회에서 일했다. 로마에서 발생한 사건의 연대기

의 노동자들이 "클라우디우스[115]의 딸 줄리아"라는 이름이 새겨진 오래된 로마 석관을 우연히 발견했다고 전한다. 그들이 관을 열어보니 대리석 자궁에, 시간이 지나도 부패되지 않게 방부 처리가 되어 있는 15세가량의 아리따운 소녀의 시신이 들어 있었다. 소녀의 눈은 반쯤 열려 있었고, 곱슬곱슬한 금발머리가 잔물결을 이루고 있으며, 활짝 만발한 아름다운 처녀의 입술과 볼은 생전의 아름다움을 그대로 보여주었다. 주피터 신전으로 옮겨진 그녀는 곧장 새로운 숭배의식의 중심이 되었다. 그리고 이교도의 무덤에서 아름다움의 비밀을 찾아낸 사람들이 유대지방의 거친 바위를 절단하여 만든 묘에 있는 비밀을 잊어버릴까 염려한 로마 교황이 밤새 시신을 옮겨 비밀리에 매장할 때까지, 경이로운 신전에 경배하기 위해 시내 곳곳에서 순례자들이 모여들었다. 비록 전설일 수도 있지만 이 이야기는 우리에게 고대세계를 바라보는 르네상스의 태도를 보여주기에 가치가 있다. 그들에게 고고학은 골동품을 연구하는 단순한 학문이 아니다. 고고학은 삶의 아름다움과 숨결 속으로 고대의 마른 먼지를 휘날리게 하는 수단이었고, 낡고 진부해져 닳아질 수도 있을 형태에 낭만주의라는 새로운 와인을 채워 넣을 도구이기도 했다. 피사노[116]가 만든 설교단에서 만테냐[117]의 작품 「카이사르의 승리」와 프랑수아 왕(King Francis)[118]을 위해 마련된 첼리니의 작품에 이르기까지

인 『로마 일기』(*Diary of the City of Rome*)가 유명하다.

114) 기원전 312년에 건설된 로마에서 나폴리 북쪽의 카푸아에 이르는 도로이며, 로마로 통하는 모든 길의 초석이 되었다.

115) 기원전 4세기 로마 집정관 아피우스 카이쿠스(Apius Claudius Kaecus)로, 아피아 가도와 수로를 건설했다.

116) 피사노(Nicola Pisano): 13세기 이탈리아의 조각가로 현대조각의 창시자로 간주된다.

117) 만테냐(Andrea Mantegna): 15세기 이탈리아 르네상스 시대의 화가로 고대 로마의 기념비를 열정적으로 그렸다.

낭만주의의 영향은 지속되었다. 이것은 움직이지 않는 예술에만 영향력이 한정된 것이 아니라, 그 시대의 화려한 궁정이 지속적으로 즐겼던 오락인 위대한 그리스-로마의 가면무도회나, 상업이 발달한 대도시 시민들이 우연히 들른 왕자들을 맞이하는 방식이었던, 많은 사람들이 참여하는 화려한 축하와 행렬에서도 발견된다. 화려한 행렬은 그것에 관한 인쇄물이 상당히 많이 출간될 정도로 중요하게 여겨졌으며, 이러한 사실은 일반인들이 화려한 행렬에 상당히 큰 관심을 갖고 있었음을 보여준다.

고지식하게 학자연 체하는 태도를 보이는 것과 거리가 먼 공연에서 고고학을 사용하는 것은 모든 면에서 합법적일 뿐만 아니라 아름답기까지 하다. 무대란 모든 예술이 만나는 장소는 물론, 예술이 생활로 돌아가는 장소가 되기 때문이다. 고고학적인 소설에서 기묘하고도 진부한 용어의 사용이 기호의 이면에 있는 리얼리티를 숨기는 것처럼 보일 때도 있다. 『노트르담의 꼽추』[119]를 읽은 수많은 독자는 "솜을 넣어 부풀린 소매가 있는 튜닉, 미늘창을 든 남자들, 잉크로 얼룩진 연필통, 큰 범선의 선원들" 같은 표현의 의미를 파악하는 데 무척 골머리를 앓았겠지만, 무대에서는 전혀 다를 수 있다. 완벽한 즐거움을 위해 사전이나 백과사전에 의지하지 않으면서도 고대세계는 우리 눈앞에서 잠에서 깨어나고, 역사는 지나가는 행렬처럼 움직인다. 일반 대중이 어떤 작품을 이해하려고 권위 있는 지식을 갖출 필요는 전혀 없다. 이를테면 테오도시

118) 16세기 초 프랑스의 국왕 프랑수아 1세를 말한다. 프랑스 최초의 문예부흥 군주.

119) 위고의 장편소설. 15세기 노트르담 성당을 중심으로 한 파리 광경이 잘 묘사되어 있고 등장인물도 온갖 계급에 걸쳐 있다. 위고의 대표작인 동시에 프랑스 낭만주의 문학의 걸작 가운데 하나다.

우스[120]의 원반처럼 많은 사람들에게 생소한 소재로부터 영국에서 금세기 가장 뛰어난 예술가로 꼽히는 고드윈 씨[121]는『클라우디언』(*Claudian*)[122] 1막에 나온 경이로운 사랑을 만들어냈다. 그는 지루한 강연과 때 묻은 주철 세트, 설명을 위해 굳이 용어사전이 필요한 소설을 통해서가 아니라 찬란한 도시의 모든 영광을 시각적으로 펼쳐 4세기 비잔티움의 생활 모습을 우리에게 보여주었다. 그런데 의상은 색상과 디자인 같은 아주 세밀한 부분에까지 사실성이 강조되었지만, 그러한 미세한 점은 단편적인 강의에 반드시 따르는 불합리한 중요성을 갖지 않고, 단지 고상한 구성의 법칙과 예술적 효과의 통일성을 따를 뿐이다. 현재 햄프턴 궁전[123]에 있는 만테냐의 걸작을 언급하는 가운데 시먼즈 씨는, 예술가는 골동품 같은 모티프를 선(線)의 멜로디를 위한 주제로 전환시킨다고 했다. 고드윈 씨의 장면도 같은 의미로 이해할 수 있다. 어리석은 자들만이 그것을 현학적이라 불렀고, 자세히 보지도 귀담아 듣지도 않을 사람들만이 인위성 때문에 그 연극의 열정이 식었다고 말했다. 실상 그것은 그림같이 아름답다는 면에서 완벽한 장면이 될 뿐만 아니라, 분명히 극적인 장면이었다. 그 장면은 지루한 묘사의 필요성도 없이 단지 클라우디언과 그의 시종이 입은 의상의 색상과 특징을 통해서 그 사람의 본성과 삶──그가 어떠한 철학학파의 영향을 받았는지의 문제에서부터 경마장에서 어떤 말을 응원했는지에 이르기까지──모두

---

120) 테오도시우스 1세(Flavius Theodosius, 347~395)를 말한다. 동로마 제국의 황제로 선임되어 서고트족을 토벌했고, 그라티아누스 황제가 살해된 뒤 제국을 통치했다.

121) 고드윈(William Godwin): 19세기 초 영국의 작가 겸 예술가.

122) 클라우디언은 4세기 말 알렉산드리아에서 태어난 인물로 고전 시대의 마지막 시인으로 간주된다.

123) 런던 서쪽 교외의 템스 강변에 있는 궁전.

를 보여준 것이다.

참으로 고고학이란 예술의 형태로 스며들 때만 진정한 기쁨을 줄 수 있다. 나는 힘들게 연구하는 학자들의 노고를 폄하할 뜻은 전혀 없지만, 키츠[124]가 랑프리에[125] 사전을 사용한 방법이 뮐러(Max Müller)[126]가 같은 신화를 언어의 질병으로 다루는 것보다 훨씬 가치 있다는 느낌이 든다. 키츠의 『엔디미온』(*Endymion*)[127]은 어떤 '훌륭한' 이론보다 낫다. 그렇지 않다면 형용사들 사이에 '훌륭하지 못한' 것이라는 유행어가 난무하는 지금의 상황을 탓해야 하리라. 그리고 항아리에 관해 피라네시[128]의 책이 가진 최고의 권위가 키츠의 시 「그리스 항아리에 부치는 노래」(Ode on a Grecian Urn)[129]에 암시를 준 것이 아니라고 누가 생각하겠는가? 예술, 오직 예술만이 고고학을 아름답게 할 수 있다. 그리고 공연예술은 고고학을 가장 직접적으로 생생하게 활용할 수 있다. 왜냐하면 한 번의 정교한 공연으로 실제의 환상에 비현실적인 세계의 경이로움을 결합시킬 수 있기 때문이다. 하지만 16세기는 비트루비우스[130]의 시

---

124) 키츠(John Keats): 19세기 영국 시인. 바이런(George Gordon Byron), 셸리와 더불어 영국 낭만주의를 대표했다.

125) 랑프리에(John Lemprière): 18세기 말 영국의 고전학자로서, 1788년 신화와 고전 연구에 관한 저작 『고전 사전』(*Classical Dictionary*)을 출간했다.

126) 19세기 후반 독일의 철학자이자 동양연구가. 인도 연구의 권위자다.

127) 그리스 신화에서 발상을 얻은 키츠의 장편 서시로 그리스 신화에 나오는 달의 여신 셀레네(Selene)에게 사랑받은 미소년을 다루고 있다.

128) 피라네시(Giovanni Battista Piranesi): 1720년 메스트레 출생으로 고대 로마의 폐허와 유적에 정열을 쏟았는데 명암을 대비시켜 극적인 효과를 동판에 새겼으며, 자유분방한 구상력에 따른 건축물은 몽환적 세계를 재현했다.

129) 1819년에 발표된 키츠의 시. 그리스 고병(古甁)에 그려져 있는 목가적인 그림에 부쳐, 예술과 사랑의 불변을 노래하고 미의 영원성과 인간의 변하기 쉬운 현실을 대비했다. "미(美)는 진실이며 진실은 미다"라는 시행은 그의 예술관을 단적으로 드러내고 있다.

대일 뿐만 아니라 티치아노[131]의 시대이기도 했다. 모든 국가들이 저마다 이웃 국가의 의상에 갑자기 관심이 있는 것처럼 보였다. 유럽은 자신들의 의상을 자세하게 조사하기 시작했고, 국가의 복장을 다룬 많은 분량의 서적이 출간되었다. 16세기 초에 2,000개의 도판이 들어 있는 『뉘른베르크 연대기』(*Nuremberg Chronicle*)[132]는 5판까지 출간되었고, 이 세기가 끝나기 전에 뮌스터[133]의 『우주론』은 17판이나 출판되었다. 이외에도 콜린스(Michael Colyns),[134] 비겔(Hans Weigel),[135] 아만[136], 티치아노의 책이 출간되었다. 이 책들에는 하나같이 뛰어난 도판이 있었는데, 베첼리오의 일부 그림은 아마도 그가 직접 그린 듯하다.

이들이 획득한 지식은 단지 책과 논문에서 온 것만은 아니었다. 해외여행 관습의 발달, 국가 간의 상업적 교통의 증대, 빈번한 외교 임무 등

---

130) 비트루비우스(Marcus Vitruvius Pollio): 기원전 1세기 로마의 건축가 겸 건축이론가로 베로나에서 태어났다. 그의 이론은 건축가로서의 경험과 고대 그리스, 특히 헬레니즘의 문헌에 근거한 것이 많았다.

131) 티치아노(Tiziano Vecellio): 북이탈리아의 피에베디카도레 출생. 베네치아에 전해진 플랑드르의 유채화법을 계승하여 베네치아파의 회화적인 색채주의를 확립하고 생애 마지막까지 왕성하게 활동했다.

132) 1493년에 출간된 책으로 태초부터 1490년대까지 세계역사를 그림을 붙여 설명하고 있다. 쉬델(Dr. Hartmann Schedel)이 방대한 작업을 집대성했으며, 예술가와 후원자들의 협동으로 이루어진 최초의 저작으로 간주된다.

133) 뮌스터(Sebastian Munster): 16세기 초 독일의 지도학자 겸 우주학자. 1544년에 출간된 그의 『우주론』(*Cosmography*)은 독일에서 나온 최초의 세계기록인 동시에, 16세기 유럽에서 지리에 대한 관심을 부활시킨 저작으로 평가된다.

134) 16세기 독일의 출판업자로 추정된다.

135) 16세기 독일 바바리아 지방에서 태어나, 그림을 붙여 당시 사회의 의복에 관한 책을 출간했던 인물.

136) 아만(Jost Amman): 16세기 후반 뉘른베르크에서 활동했던 출판업자. 그가 책에 붙인 그림들은 당대에 큰 반응을 일으켰다.

은 모든 국가에게 당시의 다양한 의상 형태를 연구할 많은 기회를 제공했다. 예를 들면 러시아 황제와 술탄[137]과 모로코의 왕자가 파견한 사절들이 영국을 떠나게 되면, 헨리 8세와 그의 신하들은 방문객들이 입었던 기묘한 의상을 차려입고 여러 번의 가장무도회를 열었다. 이후에도 런던은 스페인 궁정의 어두운 호화로움과 꽤나 마주쳤을 테고, 셰익스피어가 영국 의상에 지대한 영향을 미쳤다고 말하는 복장을 입은 외교사절들이 모든 지역에서 엘리자베스 여왕을 방문했다.

그리고 관심은 단지 고전적 복식이나 외국의 복장에 한정되지 않았다. 영국 자체의 고대복장에 대해서도 상당히 연구되었는데, 특히 연극과 관련된 인물들에 의한 것이 활발했다. 셰익스피어가 자신의 희곡에 붙인 프롤로그에서 그 당시의 투구를 만들어내지 못한 데 유감을 표현했을 때, 그는 엘리자베스 여왕 시대의 시인으로서뿐만 아니라 엘리자베스 시대의 무대감독으로서 말한 것이다. 예를 들면 케임브리지에서 그가 활동하던 당시 『리처드 3세』 공연이 있었는데, 이 극에서 배우들이 입은 의상은 런던탑에 있던 방대한 역사적 의상수집품에서 가져온 실제 복장이었다. 런던탑에 있던 복장들은 이따금 감독의 필요에 따라 마음대로 살펴볼 수 있도록 항상 개방되어 있었던 것이다. 이러한 복장과 관련해서 볼 때, 젊은 수비대 군복차림의 리치먼드(Richmond)가 무척 사랑받은 건 사실이지만, 유래를 알 수 없는 의상으로 자신이 직접 등장하고, 그밖의 모든 사람은 조지 3세 시대의 복장을 입힌 개릭[138]식의 셰익스피어 연극보다 이 공연이 훨씬 예술적이었으리라고 생각할 수밖에 없다.

---

137) 이슬람교의 군주.

138) 개릭(David Garrick): 18세기 중반의 명배우로, 당시의 고전주의적인 연기 관습에 따라 전형화된 인물을 구사하는 배우들과 달리 자신의 개성을 그대로 살린 연기로 많은 논란과 감동을 불러일으켰다.

비평가들에게 괴이한 공포를 준, 무대에서 고고학이 갖는 유용성이란 연극 행위가 펼쳐지는 시대에 적합한 건축물이나 복장을 우리에게 보여주는 데 있다. 그것이 아니라면 어디서 유용성을 찾겠는가? 고고학은 우리로 하여금 그리스인처럼 옷을 입은 그리스인과, 이탈리아인처럼 옷을 입은 이탈리아인을 만나게 해줄 뿐만 아니라 베니스의 아케이드와 베로나의 발코니를 즐기도록 해준다. 그리고 연극이 우리나라 역사의 어떤 찬란한 시기라도 다룬다면, 그 시대에 적합한 의상으로 그 시기를 묘사할 수 있을 뿐만 아니라 당시 모습 그대로의 왕을 생각할 수 있을 정도가 되어야 한다. 그런데 나는 일전에 리턴 경이, 프린세스 극장[139]에서 지난 세기 고풍스런 로마인에게 꽤나 적합할 듯한 물결치는 가발에다 꽃무늬가 그려진 실내복을 입은 채, 앤 여왕(Queen Anne)식의 의자에 느긋이 앉아 쉬고 있는 그의 아버지 같은 브루투스 위로 막이 올라갔다면 무엇이라고 말했을지 궁금하다. 드라마의 태평성대기에 고고학은 무대를 괴롭히거나 비평가들을 심하게 다루지 않았고, 예술적이지 못한 우리의 조상들은 시대착오적인 답답한 분위기 속에 평화롭게 앉아, 파우더를 바르고 누더기를 걸친 이아키모(Iachimo)[140]와 주름 잡힌 레이스 옷의 리어 왕과 커다란 크리놀린을 입고 있는 맥베스 부인을 산문 시대의 특징인 느긋한 만족감으로 바라보았다. 나는 과도한 리얼리즘에 근거를 두고 고고학이 공격받는 건 이해할 수 있지만, 고고학을 현학적이라고 공격하는 것은 요점을 상당히 비켜가고 있다고 생각한다. 그러나 어떤 이유로든 고고학을 공격하는 건 어리석은 일이다. 누구든 적도(赤道)에 대해 불경하게 말할 수 있듯이 과학으로서의 고고학은 좋

139) 프린세스 극장(Princess's Theatre): 런던의 옥스퍼드 가에 있는 극장.
140) 『심벨린』에 등장하는 악당.

은 것도 나쁜 것도 아니며, 다만 사실일 뿐이다. 고고학의 가치는 전적으로 그것을 어떻게 활용하느냐에 있으며, 오직 예술가에게서 제대로 활용할 수 있다. 우리는 고고학자를 통해 자료를 얻고, 예술가에게서 방법을 찾는 것이다.

어떤 셰익스피어 극에서라도 장면과 의상을 고안할 경우, 미술가가 가장 먼저 해결해야 할 과제는 드라마에 가장 적합한 날짜를 잡는 것이다. 이것은 극 속에 발생할 수 있는 어떤 실제 역사를 참조하기보다 극의 일반 정신에 따라 결정되어야 하는 것을 말한다. 내가 보았던 『햄릿』의 대부분은 시대 설정이 지나치게 앞으로 되었다. 햄릿은 기본적으로 학문부흥(Revival of Learning) 시대의 학자다. 그리고 덴마크의 영국 침략에 대한 암시를 근거로 배경을 9세기로 잡을 경우, 펜싱 칼의 사용은 시대적 배경을 뒤쪽으로 상당히 끌어내리는 결과를 낳는다. 그러나 일단 날짜가 고정되면 고고학자는 예술가들이 극의 효과로 전환시킬 사실들을 제공한다.

연극에서의 시대착오는 셰익스피어가 역사적 정확성에 무심했음을 보여준다고 말해져왔다. 그리고 부정확한 시대착오의 대부분은 헥토르(Hector)[141]가 무분별하게 인용했던 아리스토텔레스에게서 온 것이다. 한편으로 생각한다면 시대착오는 실제 수적으로 그다지 많지도, 중요하지도 않았다. 그리고 동료 예술가가 시대착오의 문제에 셰익스피어의 관심을 기울이게 했다면, 그는 아마도 그런 것을 고쳤을 것이다. 하지만 그러한 문제들이 작품의 큰 결점은 아니라고 하더라도, 대단한 아름다움이 되지 못한다는 것도 분명한 사실이다. 적어도 그것이 아름다움이

---

141) 트로이 왕 프리아모스의 장자며, 트로이전쟁 당시 트로이군을 지휘한 인물. 아킬레우스와의 싸움에서 죽게 된다.

라면, 연극이 적절한 날짜에 정확하게 무대에 상연되지 않는다면 시대착오적인 매력은 강조될 수 없다. 그러나 셰익스피어의 연극을 전체적으로 볼 때 정말 놀라운 점은 등장인물과 플롯의 뛰어난 충실도에 있다. 그의 연극에 등장하는 수많은 인물들은 실제 존재했던 사람들이고, 관객들 중의 일부는 실제로 이들이 살아가는 모습을 보았을 수도 있다. 실상 셰익스피어 당대에 그에게 퍼부어진 가장 격렬한 공격은 그가 빚어낸 코브햄 경[142]의 캐리커처에 집중되었다. 셰익스피어의 플롯은 항상 진정한 역사에 기반을 두거나, 적어도 엘리자베스 시대의 대중에게 역사로 인식되어져, 이제는 과학적인 역사가들마저 전적으로 거짓이라고 일축하기 어려운 오래된 발라드와 전통을 바탕으로 하고 있다. 셰익스피어는 상상력으로 만든 많은 작품의 기저에 환상 대신 사실을 선택했을 뿐만 아니라, 언제나 개별연극에다 그 시대의 일반적인 인물과 사회분위기를 압축시켰다. 그는 어리석음이야말로 유럽문명 전반의 영원한 특성 가운데 하나라고 깨달은 것이다. 따라서 그는 자신이 살던 시대의 런던 군중과 이교도들이 판치던 시대의 로마 군중들 사이는 물론, 메시나[143]의 어리석은 파수꾼과 윈저 궁의 애매한 평화의 정의 사이에 아무런 차이가 없다고 보았다. 하지만 매우 탁월해서 한 시대의 유형이 될 만큼 예외적인 고귀한 인물을 다룰 때는 그 시대의 특징을 확실하게 부여했다. 줄리엣이 르네상스 시대의 낭만적 소녀로 확고하게 자리 잡은 만큼, 버질리아(Virgilia)[144]는 무덤에 "집에 머물면서 실을 짰다"라고 씌

142) 코브햄 경(Lord William Brooke Cobham): 셰익스피어와 동시대인으로 강력한 귀족정치주의자였다.

143) 이탈리아 시칠리아 섬 북동쪽에 있는 항구도시. 메시나 해협 서안에 있으며 지중해 해상교통의 요지다.

144) 로마의 역사를 소재로 하여 1623년경에 씌어진 셰익스피어의 사극 『코리올라누스』(*Coriolanus*)의 등장인물.

어 있는 로마 여인들 가운데 한 사람으로 그려졌다. 그는 심지어 민족의 특성에 대해서도 진실했다. 햄릿은 북유럽 국가들이 가진 모든 상상력과 우유부단함을 지니고 있으며, 캐서린 공주는 『이혼녀』(*Divorçons*)의 여주인공만큼 전적으로 프랑스인이다. 헨리 5세는 순수한 영국인이고, 오셀로는 진정한 무어인이다.

14세기부터 16세기에 이르는 영국 역사를 취급할 때 사실들을 완벽하게 다루며 주의를 기울이는 셰익스피어의 노력은 놀랍기만 하다. 참으로 그는 기묘할 만큼 충실하게 홀린즈헤드[145]의 방식을 따른다. 프랑스와 영국 사이의 그칠 줄 모르는 전쟁에 관한 묘사는 포위된 마을, 상륙과 승선 항구의 이름, 전쟁터와 전투 날짜, 양편의 지휘관의 직함, 사망병과 부상병의 명단에 이르기까지 정확히 묘사되어 있다. 그리고 장미전쟁의 경우, 에드워드 3세의 일곱 아들에 대한 수많은 정교한 가계도와 함께 경쟁관계인 요크(York) 가[146]와 랭커스터(Lancaster) 가의 왕위에 대한 주장을 자세하게 다룬다. 그리고 영국 귀족들이 셰익스피어를 시인으로 보지 않는다면 분명히 그를 초기 귀족작위서의 작성자로 알았을 만큼 그 방면에 지식이 많았다. 입법의원들이 보유하는 딱딱한 작위를 제외하고, 신뢰가 있든 없든 이러저러한 소상한 가족사를 곁들인 셰익스피어의 작품에 나타나지 않는 작위란 상원에서 단 하나도 없을 정도였다. 학교위원회의 학생들이 장미전쟁을 반드시 알아야 한다면, 그들은 대중 입문서를 통해 배울 내용을 셰익스피어의 작품으로 훨

---

145) 홀린즈헤드(Raphael Holinshed): 셰익스피어가 흔히 자신의 역사극을 쓰면서 출전으로 참조했던 연대기의 저자.

146) 요크 가는 플랜태저넷(Plantagenet) 왕가에서 분가하여 랭커스터 가로부터 왕위를 빼앗고, 15세기에 에드워드 4세와 에드워드 5세 그리고 리처드 3세 등 3명의 잉글랜드 왕을 배출했지만, 뒤이어 튜더(Tudor) 왕조에 패배해 왕위 계승권을 넘겨주었다.

씬 재미있게 배울 수 있다. 심지어 셰익스피어가 살았던 당시에도 그의 연극이 갖는 교육적 용도가 인정되었다. 무대에 대한 소책자에서 헤이우드[147)]는 "역사극이란 연대기에서 역사를 읽을 수 없는 사람들에게 역사를 가르친다"라고 말했지만, 나는 16세기 연대기가 19세기 입문서보다 읽기에 훨씬 흥미롭다고 말하련다.

물론 셰익스피어 극의 미학적 가치는 사실이 아니라 진실에 있고, 이 진실은 항상 마음대로 지어내거나 임의로 택할 수 있는 사실로부터 독립되어 있다. 하지만 셰익스피어가 이용했던 사실은 그의 창작방식에서 매우 흥미로운 부분으로, 무대에 대한 그의 태도와 위대한 환상의 예술의 관련성을 우리에게 보여준다. 셰익스피어의 목표는 영국을 위해 대중이 잘 알고 있는 사건들과, 국민의 기억 속에 살아 있는 영웅들을 다루어야 하는 국민적 역사극을 창작하는 것이었기 때문에, 리턴 경이 한 대로 그의 희곡을 '동화'로 분류하는 사람이라면 누구든 그가 실로 경악을 금치 못했을 것이다. 애국심은 예술에서 필요한 특성이 아니라고 말할 필요가 없다. 하지만 그것은 예술가에서 개인적 감정을 보편적인 것으로 대용하는 것이며, 일반 대중에게 가장 매력적이고 대중적인 형식으로 예술작품을 제시한다는 것을 의미할 따름이다. 셰익스피어의 최초와 최후의 성공작들이 모두 사극이었다는 사실은 주목할 가치가 있다.

그렇다면 사람들은 이것이 의상에 대한 셰익스피어의 태도와 무슨 관계가 있는가라는 질문을 던질 것이다. 나는 사실이 가지고 있는 역사적 정확성을 강조하는 극작가라면 자신의 환상적 방법에 가장 중요한 부속물로서 의상이 가진 역사적 정확성을 반긴다고 대답하겠다. 그리고 나

147) 헤이우드(John Heywood): 영국 헨리 8세의 궁정시인 겸 극작가. 도덕극의 애호가로 극중 인물에 다양한 인간성을 부여하여 영국 드라마가 엘리자베스 여왕 시대의 희극으로 개화하는 데 기여했다.

는 주저 없이 셰익스피어가 그렇게 했노라고 말한다.

아쟁쿠르[148]에서 대기를 떨게 했던 바로 그 투구,

이것이 "이름난 도깨비" 안장과 찢어진 푸른 벨벳 라이닝과 색상이 바랜 황금 백합이 그려진 움푹한 방패와 함께 웨스트민스터 사원의 어슴푸레한 어둠 속에 여전히 걸려 있는 것을 셰익스피어가 이따금 보았음이 틀림없다고 하더라도, 『헨리 5세』의 프롤로그에 나오는 시대의 투구에 대한 참조는 기발하다고 생각한다. 하지만 『헨리 6세』에서의 군용 외투는 16세기에는 사용되지 않았기 때문에 순수한 고고학의 성격을 띠며, 왕이 몸소 입은 외투는 셰익스피어 시대 윈저 궁의 성 조지 예배당의 무덤에 아직도 걸려 있다. 1645년 불행하게도 속물들이 승리하던 때까지 영국의 예배당과 성당은 고고학의 거대한 국가 박물관이었으며, 거기에는 영국 역사의 영웅들의 갑옷과 복장이 보존되었다. 물론 상당수는 런던탑에 보존되어 있었고, 심지어 엘리자베스 여왕 시대에도 여행객들은 우리나라를 찾는 관람객들이 아직도 칭송하는 브랜던[149]의 거대한 창과 같은 과거의 진기한 유물들을 보러 그곳으로 갔다. 하지만 성당과 교회가 일반적으로 역사적 유물을 보관하는 가장 적절한 사당으로 선택되었다. 캔터베리는 우리에게 흑태자(Black Prince)의 투구를, 웨스트민스터는 왕들의 의복들을 보여줄 수 있으며, 고색창연한 성 바울 성당에는 보즈워스 들판에서 휘날렸던 바로 그 깃발이 리치몬드 자신에

---

148) 헨리 5세의 아쟁쿠르(Agincourt) 전투. 백년전쟁 중인 1415년 헨리 5세가 승리했던 유명한 전투. 2만의 영국군과 9만의 프랑스군이 전투를 벌였고, 영국군이 큰 승리를 거두었다.

149) 브랜던(Charles Brandon): 영국의 궁정신하로 헨리 8세의 매형이었다.

의해 걸렸다.

실제로 셰익스피어는 자신이 거닐던 런던의 어디서나 옛날 복장과 장비들을 보았고, 그가 이런 기회를 활용했다는 건 의심의 여지가 없었다. 일례로 그의 연극에 으레 나오는 실제 전투에서 창과 방패의 사용은 당시의 군대장비가 아니라 고고학에서 온 것이다. 그리고 전투에서 그가 보여준 일반적인 무기 사용은 극에서 사용한 무기들이 화기 앞에서 급속히 사라지던 당시의 특징이 아니었다. 거듭 말하거니와 『헨리 6세』에 나오는 워릭의 깃털 투구는 깃털이 널리 사용된 15세기 극에서는 매우 정확한 소품이지만 셰익스피어가 『헨리 8세』에서 말한 대로 프랑스에서 빌린 유행인, 깃과 깃털 장식이 난무하던 당시의 극에는 어울리지 않는다. 그렇다면 역사극은 물론 내가 마찬가지라고 믿는 다른 극에서도 고고학이 사용되었다고 확신할 수 있다. 독수리를 탄 채 손에 번개를 들고 있는 주피터(Jupiter)[150]의 모습이나 공작과 함께 있는 주노(Juno),[151] 다양한 색상의 활을 보유한 이리스(Iris),[152] 아마존의 가면과 다섯 전사들(Five Worthies)의 가면은 모두 고고학적 배경을 가진 것으로 간주된다. 그리고 포츄머스가 레오나투스(Sicilius Leonatus)[153]의 감옥에서 보는 비전——"전사복장을 한 노인이 나이 지긋한 부인을 안내하는 것"——도 분명히 고고학적이다. 앞에서 말한 라이샌더는 "아테네 복장"으로 오베론과 구별되지만, 가장 뚜렷한 예로 취급된 경우는 셰익스피어

150) 고대 로마와 이탈리아의 신. 그리스 신 제우스(Zeus)와 같은 어원을 갖고 있는 주피터는 제우스와 하늘을 다스리는 신이다.

151) 로마 신화에 나오는 최고 여신이며 주피터의 아내. 그리스 신화의 헤라(Hera)와 동일시된다.

152) 그리스 신화에 나오는 무지개의 화신이자 신들의 사자(使者). 타우마스(Thaumas)와 바다의 요정 엘렉트라(Elektra)의 딸이라고 전해진다.

153) 『심벨린』에 등장하는 인물로 포츄머스의 늙은 아버지.

가 플루타르크 영웅전에서 차용한 코리올라누스(Coriolanus)[154]의 의복이다. 위대한 로마인의 삶을 다룬 그 역사가는 우리에게 마르시우스(Caius Marcius)가 머리에 썼던 참나무 화환과, 고대 유행에 따라 자신의 유권자들에게 선거유세를 다닐 때 입은 진기한 의복에 대해 우리에게 말해준다. 이 두 가지 모두에서 그는 오래된 관습의 기원과 의미를 자세히 살피면서 장문의 글을 썼다. 셰익스피어는 진정한 예술가의 정신으로 고대 사실들을 받아들였으며, 이것이 극적이고 생생한 효과를 내도록 바꿨다. 실상 셰익스피어가 "늑대의 가운"이라고 부른 굴욕의 가운이 극의 핵심이 된다. 내가 인용할 수 있는 다른 사례들도 있지만, 이 하나만으로도 의도하는 바를 충분히 설명할 수 있다. 아무튼 최고의 권위에 따라 그 시대의 정확한 의상을 갖춘 극을 무대에 올릴 때만 우리는 분명히 셰익스피어가 원하는 방식으로 극을 연출하게 된다.

설령 그렇지 않다고 하더라도, 젊은 남자가 줄리엣을 연기하지 않게 하거나 바꿀 수 있는 장면의 이점을 포기하지 말아야 하는 것처럼, 셰익스피어가 연출한 무대의 특징으로 간주되는 결함을 조금이라도 지속할 필요는 없다. 훌륭한 극작품이란 단지 배우가 가진 수단만으로 현대의 열정을 표현해야 될 뿐만 아니라, 현대 정신에 가장 적합한 형태로 우리에게 제시되어야 한다. 라신은 관객들로 가득 찬 무대에서 로마 시대 연극을 루이 14세풍의 의상으로 연출했지만, 우리는 그의 예술을 만끽하는 데 다른 조건을 요구한다. 완벽한 환상을 갖기 위해서는 우리에게 세밀한 부분까지 완벽한 정확성이 필요하며, 미세한 부분들이 중요한 위치를 찬탈하지 못한다는 것을 우리가 이해해야 한다. 상세한 부분들은

---

154) 로마의 전설적인 영웅. 코리올라누스는 로마에서 가장 강력한 군인이자 용감한 귀족을 지칭하는데, 여기서는 카이우스 마르시우스를 말한다. 셰익스피어의 희곡 『코리올라누스』(*Coriolanus*)의 주인공으로 등장한다.

항상 극의 전체적 모티프에 종속되어야 한다. 그러나 예술에서의 종속이란 진실을 무시하라는 뜻이 아니고, 어떤 효과를 얻기 위해 사실을 전환하는 가운데 상세한 부분마다 적절하고도 상대적인 가치를 부여한다는 것을 의미한다.

> 역사와 개인적인 삶의 세부사항은 조심스럽게 연구되어야 하며, 시인에 의해서만 재생산되어야 한다. 이것은 전체에 사실성을 더하고, 작품의 어두운 구석구석까지 일반적이면서도 강력한 인생을 스며들게 하는 수단으로 사용될 때만 가능하며, 이러한 과정에서 등장인물들은 더욱 현실성을 띠게 되고, 결과적으로 파국은 한층 더 통렬해진다. 그러므로 앞쪽에 나와 있는 사람뿐만 아니라 배경이 된 나머지 사람들까지 모든 것은 이 목적에 종속되어야 한다.

이 글은 무대에서 고고학을 사용했고, 그의 극이 세부 묘사에서 절대적으로 정확했는데도 현학적이 아니라 열정을——학식이 아니라 삶을——그렸기 때문에 잘 알려진, 최초의 위대한 프랑스 극작가에게서 나왔기 때문에 흥미롭다. 기묘하거나 색다른 표현을 사용하는 경우 위고가 어느 정도 양보를 했다는 것도 사실이다. 뤼 블라(Ruy Blas)[155]는 프리에고 후작(M. de Priego)[156]을 "왕의 귀족"(noble du roi)이 아닌 "왕의 인물"(sujet du roi)로 불렀고, 말리피에르(Angelo Malipieri)[157]는

155) 1838년에 나온 위고의 동명의 비극작품에 등장하는 인물로 평민의 신분으로 여왕을 사랑한다.

156) 『뤼 블라』에 등장하는 후작.

157) 1835년에 초연된 위고의 희곡 『안젤로』(*Angelo, tyran de Padoue*)에 등장하는 인물.

"시뻘건 십자가"(la croix de gueules)를 "붉은 십자가"(la croix rouge)라고 얘기한다. 하지만 이런 건 일반 대중이나 그들의 소수에 대한 양보가 된다. 위고는 어느 연극 노트에서 이렇게 말한다. "여기서 나는 지적인 관중에게 모든 사과를 바친다. 언젠가는 베네치아의 귀족들이 별 두려움 없이 자신의 갑옷에 관해 언급할 수 있는 날이 오기 바란다. 이런 진보는 곧 이루어질 테니까." 그리고 투구깃에 대한 묘사가 정확한 언어로 표현되지 않았다 하더라도, 투구깃 자체는 틀림없이 옳았다. 물론 일반 대중은 이러한 것들을 눈여겨보지 않겠지만, 예술은 스스로의 완전성 이외에 어떤 다른 목적이 없이 예술의 법칙에 따라서만 진행된다는 것과 함께, 햄릿이 보통 사람은 그 가치를 알 수 없다고 묘사했던 작품이 바로 그가 높이 평가한 연극이었다는 점을 기억해야 한다. 어쨌든 영국의 대중은 변화를 몸소 겪었으며, 이전보다 아름다움을 감상하는 일에 익숙해져 갔다. 그리고 그들에게 펼쳐지는 권위 있는 지식과 고고학적 자료에 익숙하지 않으면서도, 대중은 여전히 자신들이 바라보는 아름다움은 무엇이든 즐길 수 있게 된 것도 중요하다. 장미의 뿌리를 현미경으로 보는 것보다 장미에서 즐거움을 얻는 것이 더 낫지 않은가. 고고학적 정확성은 단지 환상적인 무대 효과의 조건일 뿐이며, 그것은 무대의 특질이 아니다. 의상의 정확성보다는 단지 아름다움을 강조한 리턴경의 제안은 무대에서 의상의 성격과 그 가치를 오해한 데서 비롯된다. 그 가치는 회화적인 것과 극적인 것의 이중적 측면에서 살펴볼 수 있다. 의상의 회화적 가치는 색상에서 극적 가치는 의상의 디자인과 특징에 달려 있다. 그러나 이 두 가지는 너무나도 긴밀하게 엮인 나머지, 우리 시대에 역사적 정확성이 무시되거나, 극에서 다양한 의상을 다른 시대에서 빌려올 때마다, 무대는 의상의 혼란으로 소용돌이치고, 시대의 캐리커처라고 할 수 있는 환상적인 의상무도회도 극적이고 현란한 효과를 미처 발휘하지 못하게 된다. 한 시대의 의상은 다른 시대의 의상과 예술적으로 조화를 이루지 못하며, 극적 가치를 염두에 둘 때 의상의 혼돈은 극을 혼란스럽게 만든다. 의상은 성장이고 진화를 나타내며, 중요한 것——아마도 가장 중요한 것——은 행동양식의 표현과 관습이자, 시대마다 다른 삶의 양식이다. 의상의 색상, 장식, 우아함 따위에 대한 청교도적 혐오감은 17세기 미에 대한 중산층의 거대한 반란의 일환이었다. 역사가가 의상을 소홀히 여긴다면 우리에게 한 시대를 가장 부정확하게 묘사할 수밖에 없고, 극작가가 의상을 스스로 이용하지 못한다면 환상적 효과를 연출하는 데 가장 활력적인 요소를 놓칠 수가 있다. 리처드 2세[158]의 집권을 특징적으로 보여준 나약한 의상은 현대 작가들에게 지속적인 주제가 된다. 200년 후에 작품을 쓰면서 셰익스피어는 존[159]의 꾸지람에서부터 3막에서 리처드 자신의 폐위에 관한 연설에 이르기까지, 왕의 유쾌한 의상과 외국의 유행에 대한 애정을 극의 핵심으로 만들었다. 그리고 셰익스피어가 웨스트민스터 사원에 있는 리처드의 묘를 자세히 조사했다는 것은 요크의 대사에서 분명히 드러난다.

> 보아라, 리처드 왕께서 납신다.
> 왕의 영광을 흐리려고 시샘 많은 구름이
> 낮게 고개 숙인 것을 알았을 때,
> 이글거리는 동녘 입구로부터 얼굴을 붉히며
> 불만을 품은 태양의 모습과도 같이.

---

158) 영국 플랜태저넷 왕조의 마지막 왕(재위 1377~99)으로 에드워드 흑태자의 아들이다. 부왕이 죽자 조부 에드워드 3세의 뒤를 이어 왕이 되었고, 숙부 랭커스터 공을 중심으로 하는 유력한 고관의 후원을 입었다.

159) 존(Gaunt John of Duke of Lancaster): 리처드 2세의 삼촌.

우리는 여전히 왕의 의상에서 그가 좋아하던 기장인, 구름 사이로 모습을 드러내는 태양을 확인할 수 있다. 사실 시대를 막론하고 사회적 상황은 의상을 통해 드러나게 마련이다. 그러므로 14세기의 복장으로 16세기 극을 연출하거나, 그 반대로 연출하는 것은 사실성을 잃게 되어 연극에서 현실성을 떨어뜨린다. 무대에서 효과의 미가 중요하더라도, 최고의 미는 절대로 정확한 세부묘사에 비유되지 않고, 실제 그것에 바탕을 두는 데 있다. 익살스런 소극이나 광상극을 제외하면 전적으로 새로운 의상을 만들어내기란 불가능에 가깝고, 서로 다른 세기의 의상을 하나로 결합하는 것도 위험한 실험이다. 이러한 혼합의상의 예술적 가치에 대한 셰익스피어의 견해는 이탈리아에서 더블릿을 입고, 독일에서 모자를 쓰며, 프랑스에서 긴 양말을 신었기 때문에 제대로 차려입었다고 생각한 엘리자베스 시대의 멋쟁이들에 대한 그의 지칠 줄 모르는 풍자에서 엿볼 수 있다. 그리고 우리의 무대에서 연출되었던 가장 사랑스런 장면은 헤이마켓 극장[160]에서 밴크로프트 부부[161]의 18세기 식 부활이나 어빙 씨의 놀라운 『헛소동』의 연출 그리고 배렛 씨[162]의 『클라우디언』같이 완벽하리만큼 정확한 특징을 갖는 장면들이었다는 사실에 주목해야 한다. 나아가 이것은 리턴 경의 이론에 대한 가장 완벽한 대답이 될 텐데, 극작가의 주요 목표가 의상이나 대사의 아름다움은 전혀 아니라는 점을 명심해야 한다. 진정한 극작가는 먼저 특징적인 것을 목표로

---

160) 런던의 왕립 헤이마켓 극장(Royal Haymarket Theatre)을 말한다. 1720년 포터(John Potter)가 설립.

161) 밴크로프트 경(Sir Squire Bancroft): 19세기 후반 영국의 배우 겸 매니저. 희곡 집필과 연출에 정교한 기법을 채택해 현대 연극의 기초를 세우는 데 공헌했다.

162) 배렛(Lawrence Barrett): 19세기 후반 미국에서 셰익스피어 극을 새롭게 해석한 배우로 주목받았다.

삼으며, 등장인물 전체가 아름다운 성격을 갖거나 아름다운 영어를 구사하기를 원치 않듯이, 아름답게 치장하는 것도 원치 않는다. 사실 진정한 극작가는 우리에게 삶의 형태로서 예술이 아닌, 예술의 조건 아래 있는 삶을 보여준다. 그리스 의상이 지금껏 세상에서 가장 나은 의상이었고, 지난 세기 영국의 의상은 꼴불견 가운데 하나였지만, 우리는 소포클레스(Sophocles)[163] 극의 의상을 셰리든[164] 극의 의상으로 사용할 수는 없다. 그 까닭은 폴로니우스(Polonius)[165]가 아들에게 들려준 훌륭한 조언──내 스스로 필히 언급할 기회를 갖게 된 것을 무척 기쁘게 여기지만──에 나타나듯이, 의상의 첫 번째 특성은 표현력에 있기 때문이다. 지난 세기에 영향을 받은 의상 스타일은 이전 세기의 영향을 받은 관습과 대화를 담은 그 사회의 자연적 특성인데, 이것은 사실주의 극작가가 가장 사소한 부분에 이르기까지 세세한 정확성에 높은 가치를 부여하고, 고고학에서만 얻을 수 있는 자료들을 중시하는 것을 말한다.

하지만 의상이 정확해야 한다는 것만으로 충분하지 않고, 배우의 신장과 외모는 물론, 극에서 필요한 행동뿐만 아니라 가상의 조건에도 적합해야 한다. 이를테면 성 제임스 극장[166]에서 헤어(Hare) 씨의 연출로 이루어진 『뜻대로 하세요』의 공연에서, 자신이 신사가 아닌 농부로 양육된 데 대한 올란도의 불평은 모두 그가 입었던 화려한 옷으로 의미가 퇴색되었고, 추방된 공작과 그 친구들이 입은 찬란한 의상은 상황에 전

163) 그리스 비극 작가로, 대표작은 『오이디푸스 왕』(*Oedipus the King*)이다.

164) 셰리든(Richard Sheridan): 18세기 후반 아일랜드 태생의 극작가 및 정치가로서 풍속희곡(Comedy of Manners)의 대가며, 대표작으로 『풍문의 학교』(*The School for Scandal*)가 있다.

165) 『햄릿』의 등장인물로 오필리아의 아버지.

166) 런던의 킹 스트리트에 있던 극장으로 1835년에 건립되어 1957년에 문을 닫았다.

혀 어울리지도 않았다. 나는 당시의 사치규제법 때문에 그럴 수밖에 없었다는 윙필드(Wingfield) 씨의 설명만으로는 부족하다고 생각한다. 숲에 숨어서 추격당하며 살아가는 범법자는 복장규제에 그다지 신경을 쓰지 않는 법이다. 극의 진행과 비교하자면, 사실인즉 이들은 로빈 후드의 부하들과 비슷한 옷차림을 했을 것이다. 그들의 의상이 부유한 귀족의 옷차림이 아니었다는 것은 올란도가 그들과 갑자기 마주쳤을 때 던진 말에서도 알 수 있다. 그들을 강도로 착각했던 올란도는 상대가 정중하고 부드러운 말로 대답하자 상당히 놀란다. 고드윈 씨의 지도 아래 콩브 우드[167]에서 똑같은 극을 캠벨 부인(Lady Archibald Campbell)이 무대에 올렸을 때, 적어도 나는 제작 면에서 훨씬 예술적으로 보았다. 공작과 친구들은 피륙 튜닉에다 가죽조끼, 높다란 부츠와 손가리개를 하고, 높은 왕관이 있는 모자에다 두건을 쓰고 있었다. 그리고 실제 숲에서 공연할 때 그들의 의상이 매우 편안했으리라고 확신한다. 극에 나오는 모든 인물들은 완벽하리만큼 적합한 의복을 갖추었고, 갈색과 초록색 의상은 그들이 돌아다니는 이끼 낀 바닥이나 누워서 쉴 수 있는 나무 그리고 목가적인 배우들을 둘러싸고 있는 아름다운 영국 풍경과 절묘한 조화를 이루었다. 이 장면이 주는 완벽한 자연스러움은 모두 그들이 입은 복장의 절대적인 정확성과 적절함에서 비롯되었다. 의상에서 고고학이 겪을 수 있는 가장 어려운 시험을 좀더 성공적으로 처리한 경우가 바로 이 무대였다. 만일 의상이 고고학적으로 부정확하고 예술적으로 적절하지 않으면, 공연 전체가 항상 비현실적이거나 부자연스럽고, 극이 인위적으로 되어버린다는 것을 단번에 보여주었던 것이다.

그러나 다시 본다면, 아름다운 색상을 가진 정확하고도 적절한 의상

167) 런던의 지명.

만이 전부인 것도 아니다. 전체적으로 무대 위에는 색상의 아름다움도 있어야 하며, 한 명의 예술가가 배경을 그리고, 다른 예술가가 독립적으로 전경의 인물을 고안하는 한, 하나의 그림으로서의 장면은 조화가 되지 않을 위험성이 있다. 개별 장면에서는 실내장식을 할 때처럼 색상의 고안을 우선적으로 설정해야 하며, 직물을 사용할 경우에도 서로의 조화를 모두 따져보고 어울리지 않는 건 제거해야 한다. 그렇다면 특별한 색상과 연관해볼 때 강렬하면서도 격렬한 빨간색을 과도하게 사용하거나, 너무 산뜻하게 보이는 의상으로 무대가 이따금 지나치게 화려해 보일 수도 있다. 현대생활의 색조에서 본다면, 하류층의 성향으로 간주되는 초라함도 나름의 예술적 가치가 있으며, 현대색상은 약간 바랜 톤을 사용하는 과정에서 더욱 향상된 경우가 많았다. 청색 역시 지나치게 많이 사용되는 색깔이다. 청색은 가스등을 켜고 입기에 위험한 색상일 뿐만 아니라, 실제 영국에서는 절묘한 청색을 구하기가 어렵다. 우리 모두가 그토록 찬탄하는 절묘한 중국 남색은 염색하는 데만 2년이 걸리며, 영국의 대중이 한 가지 색상을 그처럼 오랫동안 기다리지도 않을 것이다. 물론 청록색도 무대에서——특히 라이시엄[168]에서——그 장점을 잘 이용해왔지만, 밝은 청색이나 짙은 청색에 대한 시도는 내가 보기에 모두 실패했다. 검은색의 가치도 제대로 평가받지 못하고 있다. 어빙 씨가 『햄릿』에서 구성의 중심 요소로 검은색을 효과적으로 사용하기는 했지만, 색조를 내는 중간색으로서의 중요성은 인정되지 않았다. "우리 모두 장례식을 위해 옷을 차려입었다"라고 보들레르[169]가 말했듯이, 그 당시

---

168) 조직적인 성인교육의 초기 형태. 라이시엄(lyceum)이라는 이름은 아리스토텔레스가 고대 그리스의 젊은이들을 가르친 장소의 이름을 본딴 것이다.

169) 보들레르(Charles-Pierre Baudelaire): 19세기 중반 프랑스의 시인. 시집 『악의 꽃』(*Les Fleurs du Mal*)을 출판하여 프랑스 상징시의 선구자가 되었다.

의복의 일반적 색상을 고려할 때 이것은 흥미로운 일이다. 아마도 미래의 고고학자들은 이 시대를 검은색의 아름다움이 이해되던 시기라고 지적하겠지만, 무대공연이나 집안장식에서는 실제로 그렇지 않았다. 물론 장식적 가치에서 볼 때 검은색은 흰색이나 황금색의 가치와 동일하고, 여러 색상을 분리하고 조화하는 역할을 할 수 있다. 현대극에서 주인공이 입은 검은색 프록코트는 그 자체로 중요하고 적절한 배경을 필요로 하지만 실제로 그렇게 되지는 않는다. 사실인즉, 현대 의상에서 내가 본 것 가운데 가장 좋았던 무대배경은 랑트리 부인이 연출한 『조지 공주』 1막의 짙은 회색과 크림처럼 하얀 배경이었다. 대체로 주인공들은 골동품들과 야자수에 묻혀 있거나, 도금을 한 루이 14세풍 가구의 한가운데 빠져 있거나, 아니면 상감세공의 틈새에서 꼬마처럼 찌그러들어 있다. 반면에 배경은 항상 배경으로 머물러 있고, 색상은 효과에 종속된다. 물론 이것은 전체 상연을 감독하는 사람이 하나라도 있을 때만 가능하다. 예술의 사실은 다양하지만, 예술적 효과의 정수는 통일성에 있다. 군주제, 무정부주의, 공화주의는 각기 여러 나라를 통치하려고 서로 경쟁할 수 있지만, 극장은 교양을 갖춘 독재자의 지배 아래 있어야 한다. 일은 나눌 수 있지만, 정신은 나눌 수 없는 것이다. 어느 시대의 의상을 파악하려는 사람이라면 누구든 그 시대의 건축과 환경을 반드시 헤아리며, 그 시대의 의자에 앉아 그것이 크리놀린의 시대인지 아닌지 알아보는 건 어렵지 않다. 실제로 예술에는 어떤 전공도 없고, 참된 예술 공연은 한 거장의 흔적을 간직해야 하는 법이다. 게다가 한 명의 거장만이 모든 것을 고안하고 배열하며, 하나하나의 의상을 입는 방법까지도 완전히 통제해야 하는 것이다.

최초의 『에르나니』(*Hernani*)[170] 공연에서 마즈 양(Mademoiselle Mars)[171]은 당시 번화가에서 유행하던 멋쟁이용 토크[172]를 쓰지 않으면 절대로 자신의 애인을 "나의 사자!"(Mon Lion!)라고 부르지 않겠다고 고집했다. 그리고 우리의 무대에서 지금까지 수많은 젊은 여성이 그리스 의상을 입을 때, 의복의 섬세한 선과 주름을 모조리 망쳐가면서도 빳빳하게 풀을 먹인 페티코트를 입겠다고 하지만, 이런 좋지 못한 일을 허용해선 안 된다. 게다가 지금보다 훨씬 많은 의상 리허설을 해야 한다. 나이든 예술가는 말할 것도 없고, 로버트슨(Forbes Robertson) 씨,[173] 콘웨이(Conway) 씨,[174] 알렉산더(George Alexander) 씨[175] 같은 배우들은 어떤 시대의 옷을 입고서라도 편하고 우아하게 연기할 수 있다. 하지만 곁주머니가 없는 옷을 입으면 손을 어떻게 처리해야 될지 쩔쩔매며 항상 무대의상처럼 옷을 입는 배우들도 적지 않다. 물론 디자이너에게 그 옷은 무대의상이 되지만, 그것을 입는 사람들에게는 그냥 옷이어야 한다. 그리고 그리스인과 로마인들은 항상 모자를 쓰지 않은 채 바깥을 다녔으리라는 무대에 만연된 생각도 그만둘 때가 되었다. 이런 실수는 엘리자베스 여왕 시대의 극단 운영자들이 로마 원로원들에게 가운과 후드를 착용하게 하여 해결할 수 있었던 것이다.

배우들에게 의상의 스타일마다 적합할 뿐만 아니라, 실제로 이것에 좌우되는 몸짓과 동작형태가 있다는 사실을 설명한다면, 의상 리허설을

---

170) 1830년에 초연된 위고의 희곡으로 원제는 『에르나니, 또는 카스틸라의 명예』(*Hernani, ou l'Honneur Castillan*)다.

171) 19세기 후반 영국의 여배우.

172) 챙 없는 둥글고 작은 여성용 모자.

173) 와일드 당대의 배우로서 햄릿 역으로 호평을 받았고, 뛰어난 무대 발성법과 금욕주의 생활로도 유명했다.

174) 와일드 당대의 배우로 추정된다.

175) 1879년 노팅엄에서 데뷔한 배우로서, 와일드는 1891년 알렉산더에게 『윈더미어 부인의 부채』(*Lady Windermere's Fan*)의 초연을 맡겼다.

자주 하는 것도 유익하다. 예컨대 18세기에 현란한 무기의 사용은 커다란 발에 필요한 결과였고, 벌레이[176]의 엄숙한 위엄은 그의 이성에서만큼이나 주름깃에서 나온 것이다. 더욱이 배우란 자신이 착용하는 옷이 편안해야 편하게 연기할 수 있는 법이다.

관객 속에서 예술적인 분위기를 만들어내고, 아름다움 자체만을 위한 아름다움 속에서 즐거움을 만들어내며——이것이 없다면 위대한 예술 작품은 결코 이해되지 않겠지만——아름다운 의상이 갖는 가치는 여기서 두말할 나위가 없다. 비록 셰익스피어가 자신의 비극을 연출할 때 언제나 인공조명으로 극장에 검은색을 드리우게 해서 문제가 되는 부분을 어떻게 처리했는지 주목할 가치가 있지만 말이다. 그러나 내가 지적하려는 바는 고고학이 현학적인 방법이 아니라 예술적 환상을 표현하는 수법이며, 배우들의 의상은 굳이 설명하지 않고도 등장인물을 드러내며 극적 상황과 극적 효과를 창출하는 수단이라는 점이다. 현대극의 움직임이 어느 정도 무르익기도 전에 그토록 많은 비평가들이 스스로 이러한 현대극의 특징을 공격했다는 건 유감스러운 일이다. 그렇다고 하더라도 나는 장차 우리의 연극 비평가들로부터 자신들이 맥레디[177]를 기억한다거나 웹스터[178]를 본 적이 있는 것보다 정도가 높은 자질을 요구하게 될 거라고 확신한다. 사실 우리는 비평가들에게 미적 감각을 개발하도록 요구할 텐데, 일이란 어려울수록 더욱 보람이 있는 법이다. 그리고 모든 극작가들이 찬양하는 셰익스피어의 호응도 받아낼 수 있음직한

---

176) 벌레이 경(Lord William Cecil Burleigh): 16세기 엘리자베스 여왕의 신하. 셰리든의 극 『비평가』(*The Critic*)에서 근엄한 표정의 인물로 알려졌다.

177) 맥레디(William Charles Macready): 19세기 영국의 배우 겸 연극 제작자. 리어 왕, 햄릿, 맥베스 같은 비극인물로 출연하여 명성을 얻었다.

178) 웹스터(Benjamin Webster): 19세기 영국의 배우 겸 극작가.

이러한 움직임을 비평가들이 지지하지는 못한다 하더라도, 적어도 그러한 흐름을 거부해선 안 된다. 왜냐하면 이러한 움직임은 방법 면에서 진실의 환상을 가질 뿐만 아니라 결과에서도 미의 환상을 만들어내기 때문이다. 이 글에서 말한 모든 내용에 나는 전적으로 동의하지 않고, 완전히 견해를 달리하는 부분도 상당히 있다. 이 글은 단지 예술적 견해를 표현할 뿐이며, 미학 비평에서는 무엇보다 태도가 중요한 것이다. 예술에는 보편적 진리 같은 것이 존재하지 않는다. 예술에서의 진리는 그것과 반대되는 것도 받아들여야 한다. 단지 예술비평과 그것을 통해서만 우리가 플라톤(Platon)의 이데아 이론을 파악할 수 있듯이, 헤겔(Hegel)의 반대명제 체계를 우리가 깨닫는 것도 예술비평을 통해서만 가능하다. 형이상학의 진리는 곧 가면의 진리다.

W. H. 씨의 초상화

1

나는 버드케이지 워크[1]에 있는 꽤나 조촐한 집에서 어스킨(Erskine)[2]과 저녁을 먹고 있었다. 우리가 커피를 마시고 담배를 피우며 서재에 앉자, 대화는 우연히 문학에서의 위작 문제로 흐르게 되었다. 나는 어떻게 이처럼 다소 진기한 주제에 부딪히게 되었는지 지금은 기억할 순 없지만 맥퍼슨,[3] 아일랜드, 채터턴[4]에 대해 오랫동안 토론했다는 걸 알았다. 그리고 대화가 끝날 무렵 나는 그가 말한 이른바 위작들이 완벽한 재현을 위한 예술적 욕구의 결과일 따름이고, 예술가가 작품을 펼치기 위해 선택하는 상황을 놓고 우리가 예술가와 싸워야 할 하등의 권리도 없으며, 모든 예술이 어느 정도 행위의 형태이므로 실제 삶을 구속하는 사건과 제약에서 벗어나 상상의 나래를 펴 자신의 개성을 실현하려는

---

1) 런던의 하원 의사당을 지나 의회 광장을 돌아 뻗어 있는 거리 이름.
2) 와일드의 옥스퍼드대학 동기로 추정된다.
3) 맥퍼슨(James Macpherson): 18세기 영국의 시인 겸 번역가로 스코틀랜드의 최고 작가 가운데 하나로 꼽힌다.
4) 채터턴(Thomas Chatterton): 18세기 후반의 영국 시인으로, 자살로 인한 그의 죽음을 워즈워스, 셸리, 키츠와 같은 낭만주의 시인들이 다루었다.

시도는 윤리와 심미적 문제를 혼동하는 것이라고 주장했다.

어스킨은 나보다 나이가 꽤 많았고, 마흔 살 정도의 남자가 갖는 유쾌한 예의로 내 말을 경청하다가 갑자기 내 어깨 위에 손을 얹고 말했다.

"어떤 예술작품에 관해 이상한 이론을 가지고, 자신의 이론을 신봉하며, 그것을 입증하기 위해서 위작을 하는 젊은이가 있다면 뭐라고 말할 거요?"

"참! 그건 무척 다른 문제죠." 나는 대답했다.

어스킨은 자신의 담배에서 올라오는 엷은 회색 연기타래를 바라보며 잠시 침묵에 잠겼다. "그렇겠죠," 그는 잠시 후 입을 열었다. "무척 다르고말고요."

그의 어조에는 뭔가 나의 호기심을 자극하는 약간 씁쓰레한 구석이 있었다. "그런 짓을 한 사람을 안 적이 있나요?" 나는 외쳤다.

"그럼요," 그는 담배를 불 속으로 던지며 대답했다. "나의 훌륭한 친구 그레이엄(Cyril Graham)이죠. 무척 매력적인데다 우둔하고 비정한 사람이었죠. 하지만 그는 내 인생에서 여태껏 받은 유일한 유산을 남겨주었죠."

"그게 뭔데요?" 나는 웃으며 소리쳤다. 어스킨은 자리에서 일어나 두 개의 창문 사이에 서 있는 상감무늬의 커다란 캐비닛 쪽으로 가더니 그것을 열어 낡고 다소 변색된 엘리자베스 시대의 사진틀에 끼워진 작은 패널 그림을 들고 내가 앉아 있는 곳으로 돌아왔다.

그것은 펼쳐진 책 위에 오른손을 얹고 테이블 옆에 서 있는, 16세기 말엽의 의상을 걸친 젊은 남자의 전신 초상화였다. 그는 17세쯤 되어 보였고, 분명 다소 연약해 보이긴 했지만 무척 독특한 인간미를 풍겼다. 사실인즉, 의복과 촘촘하게 깎은 머리가 아니었다면, 몽롱하고 생각에 잠긴 눈과 섬세하고 주홍빛 입술을 가진 얼굴이 바로 소녀의 얼굴이라고 말할 수도 있을 것이다. 몸가짐에서, 특히 손을 다루는 데서, 그 그림은 사람들로 하여금 클루에[5]의 후기작을 떠올리게 했다. 환상적으로 금박을 입혀 강조한 검은 벨벳 더블릿과 매우 유쾌하게 드러난 청록색 배경에서 나오는 번쩍이는 색상의 효과는 클루에의 스타일과 무척 닮았다. 그리고 대리석 받침대에 다소 딱딱하게 걸려 있는 두 개의 비극과 희극의 마스크에는 거센 엄격함——이탈리아인들의 편안한 우아함과 매우 다른——이 배어 있었다. 그것은 프랑스 법정에서조차 위대한 플란더스[6]의 거장도 결코 완전히 상실하지 않았던, 그 자체가 언제나 북방기질의 특성이 되는 엄격함이었다.

"우아한 그림이네요," 내가 외쳤다. "그런데 아름다운 예술의 혼이 우리를 이토록 행복하게 하려고 보존해왔던 이 놀라운 젊은이는 누구란 말인가요?"

"이건 W. H. 씨의 초상화랍니다." 슬픈 미소를 띠며 어스킨이 말했다. 우연한 빛의 효과일지도 모르지만, 내게는 그의 눈에 눈물이 흐르는 듯이 보였다.

"W. H. 씨라고요!" 나는 말을 반복했다. "그 사람이 누군데요?"

"기억이 나지 않소?" 그가 물었다. "그의 손이 놓인 책을 봐요."

"거기 뭔가 적혀 있긴 하지만, 그걸 이해할 순 없어요." 나는 대답했다.

"이 확대경을 들고 봐요." 여전히 그의 입을 맴도는 슬픈 미소를 띠며 어스킨이 말했다.

나는 확대경을 들고 등불을 좀더 가까이 가져간 다음, 휘갈겨진 16세기 필체를 해독하기 시작했다. "이 난해한 소네트를 낳은 의혹의 인물에

---

5) 클루에(François Clouet): 16세기의 프랑스 출신으로 퐁텐블로파의 화가.

6) 15세기에서 17세기 초까지 플랑드르 지방에서 활동한 화가들. 생동하는 감각적 표현과 뛰어난 회화기법으로 유명하다.

게……" "맙소사!" 나는 소리쳤다. "이건 셰익스피어가 말한 W. H. 씨가 아닌가요?"

"그레이엄이 그렇게 말하곤 했죠." 어스킨이 중얼거렸다.

"하지만 펨브룩 경[7]과는 약간 다른데요." 나는 대꾸했다. "난 윌턴(Wilton)의 초상화들은 잘 알아요. 몇 주 전에 그곳에 머물렀거든요."

"그렇다면 그 소네트들이 정말 펨브룩 경에게 바쳐진 거라고 믿소?" 그가 물었다.

"두말할 나위도 없죠." 나는 대답했다. "펨브룩, 셰익스피어, 피턴 부인[8] 등은 소네트와 연관된 3대 인물들이오. 그건 하등 의심할 여지가 없는걸요."

"좋소, 동의해요." 어스킨이 말했다. "하지만 난 그렇게 생각하지만은 않았어요. 그렇게 믿긴 하지만——글쎄요, 난 그레이엄과 그의 이론을 믿곤 했지요."

"그게 뭔데요?" 나는 이상하게도 내 마음을 끌기 시작한 놀라운 초상화를 바라보면서 물었다.

"그건 긴 이야기라오." 나한테서 그림을 가져가며——생각해보니 그땐 다소 황급히——그가 중얼거렸다. "매우 긴 이야기죠. 그렇지만 원한다면 들려주겠소."

"난 소네트에 관한 이론들을 좋아해요." 내가 외쳤다. "하지만 어떤 새로운 아이디어에 솔깃할 것 같진 않아요. 그 문제는 누구에게라도 더 이상 미스터리가 되진 못해요. 사실 난 그게 미스터리가 된 적이 있었는

---

7) 펨브룩 경(Lord Pembroke): 윌리엄 허버트 백작(William Herbert, Earl of)으로 불린다. 16세기 영국의 귀족이며 셰익스피어 희극을 헌정받은 인물이다.

8) 피턴(Mary Fitton): 엘리자베스 여왕이 명예 하녀로 임명한 인물로 셰익스피어의 소네트에 '어두운 여인'(the dark lady)으로 나온다.

지도 궁금한걸요."

"난 이론을 신봉하지 않기 때문에 당신 마음을 바꾸진 못할 거요," 어스킨이 웃으며 말했다. "하지만 당신에게 흥미는 줄 수 있소."

"물론 말해주셔야죠," 내가 대답했다. "이 그림의 절반만큼의 즐거움이 된다면 더 이상 바랄 게 없죠."

"좋소," 담뱃불을 붙이며 어스킨이 말했다. "먼저 그레이엄에 대해 당신에게 말해야겠네요. 그와 나는 이튼[9]에서 같은 집에 살았죠. 난 그 사람보다 한두 살 많았지만, 우리는 막역한 사이인지라 언제나 함께 일하고 놀았어요. 물론 일하는 것보다는 노는 것이 다반사였지만 그걸 후회하진 않아요. 제대로 된 상업교육을 받지 않았던 게 항상 혜택이 되었죠. 게다가 이튼의 놀이터에서 배운 게 케임브리지에서 내가 배운 지식만큼이나 무척 유용했고요. 그레이엄의 부모는 다 세상을 떠났다고 말해야겠네요. 와이트 섬[10]에서 끔찍한 요트 사고로 익사했거든요. 외교관이던 그의 아버지는 늙은 크레디턴 경(Lord Crediton)의 외동딸과 결혼했는데, 그 노인은 그레이엄의 부모가 세상을 떠난 후 그의 후견인이 되었답니다. 그 노인은 그레이엄을 그다지 좋아하진 않았죠. 사실 자신의 딸이 아무런 작위도 없는 남자와 결혼한 걸 결코 용서하지 않았으니까요. 그는 행상인처럼 맹세하고 농부 같은 태도를 가진 괴짜 노(老)귀족이었죠. 나는 그를 종업식 날, 한 번 본 기억이 나요. 그는 내게 으르렁거리며 1파운드를 주고, 나의 아버지처럼 '빌어먹을 급진주의자'로 자라지 말라고 했어요. 그레이엄은 그에게 별 애정이 없었기에, 대부분의 휴가를 우리와 함께 스코틀랜드에서 보내는 걸 무척 좋아했죠. 실제

---

9) 영국 잉글랜드 남동부의 버크셔 주에 있는 도시.
10) 영국 잉글랜드 남부 사우샘프턴 남쪽에 있는 섬.

두 사람의 관계는 한 번도 나아지지 않았어요. 그레이엄은 그이를 곰이라고 여겼고, 그는 그레이엄이 사내답지 못하다고 했죠. 그레이엄이 승마를 잘하고 펜싱칼도 제법 휘둘렀지만, 어떤 점에선 사내답지 못하다고 난 생각했거든요. 사실 그는 이튼을 떠나기 전에 펜싱시합을 했지만 그의 행동에 열의가 식었고, 잘생긴 외모에 우쭐대지도 않았을뿐더러, 축구가 중산층 자식들에게만 알맞은 운동이라고 말하고는 강한 거부감을 드러냈어요.

사실 그에게 즐거움을 준 건 시와 연극뿐이었죠. 이튼에서 그는 항상 옷을 차려입고 셰익스피어를 암송했어요. 그리고 우리가 트리니티[11]에 갔을 때 그는 첫 학기에 연극반인 A. D. C.의 회원이 되었죠. 난 항상 그의 연기를 무척 부러워했던 것 같아요. 어리석게도 그에게 빠져 있었거든요. 우린 모든 면에서 너무나 달랐기 때문이랍니다. 나는 커다란 발에다 끔찍한 주근깨가 있는 다소 어색하고 허약한 청년이었어요. 영국 혈통에 통풍이 있듯이, 스코틀랜드 혈통에는 주근깨가 있죠. 그레이엄은 이 둘 중에서 통풍을 더 좋아한다고 말하곤 했어요. 하지만 그는 항상 미련할 만큼 개인의 외모를 높이 평가했고, 착한 것보다 잘생긴 것이 낫다는 걸 입증하려고 우리의 토론 모임 전에 신문을 읽은 적도 있었어요. 그는 분명 놀라울 만큼 잘생겼거든요. 그를 좋아하지 않던 사람들, 즉 속물들과 대학의 개인교수들 그리고 성경에 빠진 젊은이들은 그레이엄이 그저 깜찍할 뿐이라고 말했지만, 그의 얼굴에는 단지 깜찍한 것 이상의 많은 게 있었어요. 난 그가 여태껏 내가 본 사람 가운데 가장 준수했고, 그의 우아한 행동과 매력적인 태도를 능가할 사람은 아무도 없다고 생각해요. 그는 매혹시킬 가치가 있는 모든 인물은 물론, 그럴 가치가

11) 케임브리지대학에 소속된 단과대학.

없는 사람들까지 모두 매혹시켜버렸어요. 그는 종종 고집이 세며 화를 잘 냈고, 난 그가 끔찍이 불성실하다고 여기곤 했어요. 생각해보니 그건 주로 그가 즐기려는 무절제한 욕망 때문이었죠. 불쌍한 그레이엄! 한번은 그에게 무척 하찮은 승리에 만족한다고도 했지만, 그는 머리만 갸우뚱하며 미소를 짓더군요. 그는 꽤나 버릇이 나빴어요. 매력적인 사람들이 모두 그렇지만요. 그게 그들 매력의 비밀이겠죠."

"그렇지만 그레이엄의 연기에 대해 말해야겠네요. 지금은 어떤지 모르지만, 적어도 내가 그곳에 있을 때는 어떤 여자라도 A. D. C. 클럽에선 연기를 하지 못해요. 그래서 응당 그레이엄에게 항상 여자 역이 배정되었답니다. 『뜻대로 하세요』가 상연될 때 그가 로잘린드 역을 했으니까요. 감탄할 만한 연기였죠. 당신은 날보고 비웃을지 몰라도, 그레이엄은 여태껏 내가 본 가운데 유일하고도 완벽하게 로잘린드 역을 했다고 장담해요. 당신에게 그 아름다움과 섬세함과 세련된 갖가지 모습을 묘사하기란 불가능하지요. 엄청난 감흥을 불러일으켰고, 그 당시엔 극장이 몹시 작았지만 매일 밤 붐볐어요. 그 극본을 읽는 지금에조차 그레이엄을 생각하지 않을 순 없군요. 배역이 그레이엄을 위해 씌어졌을지 모르지만, 그는 형용할 수 없이 우아하고 독특하게 그 역을 했지요. 다음 학기에 그는 학위를 받았고, 고문서 연구를 하려고 런던에 왔지만 어떤 일도 하진 않았어요. 그는 셰익스피어의 소네트를 읽으며 세월을 보냈고, 공연장에서 저녁을 보냈거든요. 물론 그는 무대에 올라가기를 갈망했죠. 크레디튼 경과 나는 그를 막으려고 온 힘을 기울였고요. 아마도 그가 무대에 계속 섰더라면 지금은 살아 있을지도 몰라요. 충고하는 건 항상 어리석은 법이지만, 좋은 충고를 던지는 건 정말 치명적이랍니다. 당신도 결코 그런 실수를 저지르지 않기 바랄게요. 실수를 하게 되면 후회할 테니까."

"그럼 이야기의 실제 요점으로 들어가볼까요. 어느 날 오후 난 그레이엄에게서 그날 저녁 자기 방으로 와달라는 편지를 한 통 받았답니다. 그레이엄은 그린 공원이 내려다보이는 피카딜리[12]에 우아한 방을 소유하고 있었고, 내가 그를 만나려고 거의 매일 가곤 했을 때 그가 고통스럽게 글을 쓰는 걸 알고 다소 놀랐어요. 물론 나는 거기에 갔고, 도착했을 때 그가 매우 흥분 상태에 있는 걸 알았어요. 그는 내게 마침내 셰익스피어 소네트의 진짜 비밀을 발견했다고 말했죠. 모든 학자들과 비평가들은 완전히 잘못된 길로 접어들었지만, 순전히 내부적 증거로만 작업하면서 W. H. 씨가 누군지 알아낸 첫 번째 사람이 바로 자신이라는 거였죠. 그는 완전히 기뻐 날뛰었고, 자신의 이론을 오랫동안 내게 말하지 않으려고 하더군요. 마침내 그는 한 다발의 노트를 들고, 벽난로 선반에서 한 권의 소네트를 가져와 자리에 앉아 전체 내용에 대해 긴 설명을 했어요."

"그는 셰익스피어가 이처럼 이상하게도 열정적인 시들을 바친 젊은이가 그의 극예술의 발전에 정말로 활력적인 요소가 된 누군가에 틀림없을 뿐만 아니라, 그것은 펨브룩 경이나 사우샘프턴 경[13] 누구에게도 해당되지 않는다는 걸 지적하며 말을 꺼냈어요. 사실 그 인물이 누구든 소네트 25에 매우 분명하게 드러나듯, 높은 신분의 누군가가 될 순 없어요. 이 소네트 안에서 셰익스피어는 자신을 '위대한 왕자들이 총애하는 사람들'과 대조하며 꽤 솔직히 말해요.

별로써 은총을 받은 자들로 하여금

12) 런던의 하이드파크 구역과 헤이마켓 사이의 번화가.

13) 사우샘프턴 백작(Henry Wriothesley, 3rd Earl of Southampton)을 말한다. 셰익스피어의 후원자로 1601년에 반역죄로 사형을 선고받았으나 사면되었다.

공적과 자랑스러운 칭호를 뽐내게 하라,
내게는 그러한 승리의 행운이 가로막혀
가장 존중하는 기쁨을 찾지 못할지언정.

그러고 나서 자기가 그토록 찬미한 낮은 신분의 자신을 축하하며 소네트를 끝내죠.

그렇다면 사랑하고 사랑받는 나는 행복하리라
이별을 하지도, 당하지도 않으니까.

그레이엄이 외친 이 소네트가 펨브룩 경이나 사우샘프턴 경에게 바쳐진 거라고 생각한다면 꽤나 미련한 건지도 몰라요. 둘 다 영국에서 최고 지위를 가진 사람들이며, '위대한 왕자들'로 불릴 만한 자격을 갖추었기 때문이죠. 그리고 자신의 견해를 확증하려고 그레이엄은 내게 소네트 124와 125를 읽어주던데, 그 속엔 셰익스피어가 자신의 사랑이 '국가의 아이'도 아니고, '미소 짓는 요란함에 섞이지 않고' 단지 '사건에서 벗어나 이루어진' 거라고 우리에게 말했죠. 난 무척 흥미롭게 귀를 기울였어요. 왜냐하면 그런 주장은 이전에 한 번도 제기된 적이 없었거든요. 그런데 다음 내용은 더욱 호기심을 자아내어, 그 당시 펨브룩 경의 주장을 완전히 배제한 듯이 보였죠. 우리는 미어스[14]에게서 그 소네트가 1598년 이전에 씌어졌다는 걸 알았고, 소네트 104에 따르면 W. H. 씨에 대한 셰익스피어의 우정이 이미 3년 동안 지속되어 왔다는 걸 알 수

---

14) 미어스(Francis Meres): 16세기 말 영국의 문학자로 셰익스피어의 작품에 주석을 붙였다.

있어요. 1580년에 태어난 지금의 펨브룩 경은 18세가 되던 1598년까지 런던에 오지 않았고, W. H. 씨와 셰익스피어의 친교는 1594년이든지, 늦어도 1595년에 시작되었던 게 틀림없죠. 따라서 셰익스피어는 소네트가 씌어진 이후까지 펨브룩 경을 알았을 리가 없어요."

"그레이엄은 펨브룩 경의 아버지가 1601년까지 죽지 않았다는 것도 지적했어요. 이건 다음 행에 분명히 드러나거든요.

당신은 아버지가 있으니, 아들에게 그렇게 말하도록 해요.

그레이엄은 W. H. 씨의 아버지가 1598년에 죽었으며, 펨브룩 경을 피부가 거무스레하고 검은 머리카락의 남자로 그린 윌턴의 초상화에서 나온 증거에 중점을 두었죠. 반면 W. H. 씨는 금실 같은 머리카락에다, 얼굴이 '백합처럼 흰빛'과 '장미에서 내뿜는 짙은 주홍색'이 서로 만나는 곳 같았고, 스스로 '단아하고,' '붉고,' '희고 붉은' 아름다운 면모가 있었어요. 게다가 당시 어떤 출판업자라도, 서문이 출판업자의 손에서 나온다면 펨브룩 경인 윌리엄 허버트를 W. H. 씨로 지칭하려고 했다는 건 상상하기 어려운 형편이었어요. 벅허스트 경(Lord Buckhurst)[15]이 색빌 씨로 지칭된 경우는 사실 유사한 예가 아니거든요. 왜냐하면 처음 작위를 가진 벅허스트 경은 『치안판사들의 거울』(*Mirror for Magistrates*)이라는 잡지에 기고했을 때 그냥 색빌 씨였던 반면, 펨브룩은 자신의 아버지가 살아 있는 동안 항상 허버트 경으로 알려져 있었으니까요. 내가 펨브룩 경에 대해 의아심을 품고 앉아 있을 동안, 그레이엄은

15) 엘리자베스 시대에 시와 희곡을 발전시켰던 색빌(Thomas Sackville, 1st Earl of Dorset)을 일컫는 말.

남들이 예상할 수 있는 주장을 쉽사리 물리쳤죠. 사우샘프턴 경에 대해선 그레이엄은 별 어려움을 겪지 않았어요. 그는 너무 이른 나이에 버넌[16]의 애인이 되었기에 결혼을 애원할 필요가 전혀 없었거든요. 그는 아름답지도, 어머니를 닮지도 않았어요. W. H. 씨가 말했듯이.

> 그대는 어머니의 거울이니, 어머니는 그대를 보고
> 한창때의 아름다운 4월을 되찾으리라.

더욱이 무엇보다 그의 기독교식 이름이 헨리(Henry)였던 반면, 동음이의의 소네트 135와 143은 셰익스피어 친구의 기독교식 이름이 바로 자신과 같은 윌(Will)이었다는 걸 보여주지요."

"어리석은 주석가들이 내세운 주장들을 보면, W. H. 씨가 윌리엄 셰익스피어 씨를 뜻하는 W. S. 씨를 잘못 쓴 거라고 하기도 하고, 'W. H. all' 씨를 'W. H. Hall' 씨로 읽어야 하며, W. H. 씨는 하사웨이 씨(Mr. William Hathaway)[17]거나 이름의 이니셜을 뒤집으면 젊은 옥스퍼드 시인인 헨리 윌로비 씨(Mr. Henry Willobie)[18]를 나타낼 수 있고, 또한 W. H. 씨가 작가이지 헌사의 대상이 아니므로 '바치노라'는 표현 다음엔 완전히 논의를 중단해야 한다는 거죠. 그레이엄은 이러한 주장들을 단번에 물리쳐버렸어요. 그의 논리들을 언급할 필요는 없어요. W. H. 씨란 바로 '윌리엄 자신'(Mr. William Himself)에 해당하는 인물이라고 주장한 반스톨프(Barnstorff)라는 어느 독일 주석가에게서 약간 발췌한 내용——난 원본이 아니라서 기뻐요——을 읽어주고서 나를 한

---

16) 버넌(Elizabeth Vernon): 사우샘프턴 백작의 부인.
17) 셰익스피어의 매형.
18) 셰익스피어와 개인적 친분으로 관심을 얻은 시인.

바탕 웃게 만든 건 기억하지만요. 그는 한순간도 소네트가 드레이턴[19]과 헤리퍼드[20]의 데이비스[21]의 작품에 대한 풍자에 불과하다는 걸 인정하지 않았지요. 사실 내게도 마찬가지지만, 소네트는 그에게 셰익스피어의 마음의 고통에서 만들어지고, 꿀 같은 입술로 달콤하게 다듬어진, 진지하고 비극적인 의미를 담은 시들이었죠. 더욱이 그는 소네트가 단지 철학적 알레고리며, 그 속에서 셰익스피어가 자신의 이상적 자아나 인격, 미의 정신이나 이성 또는 신성이나 가톨릭 교회를 대상으로 하고 있다는 걸 조금도 인정하지 않으려 했어요. 실상 우리 모두가 느껴야 한다고 생각하듯, 그는 셰익스피어의 소네트가 한 개인에게──즉 어떤 이유로 말미암아 셰익스피어의 영혼에 지극한 기쁨은 물론, 그에 못지않은 절망을 채워준 듯한 성격을 가진 어느 특별한 젊은이에게──바쳐진 거라고 느꼈어요."

"말하자면 이런 식으로 의문을 해소하고 나서, 그레이엄은 그 문제에 대해 내가 품었을지도 모를 어떤 편견이라도 내 마음속에서 떨쳐내고, 그의 이론을 공정하고 편파적이지 않게끔 듣도록 했죠. 그가 지적한 문제는 이래요. 귀족 태생도 아닌데다 귀족적 품성조차 없이, 낯선 숭배에 호기심을 품을 열정적 칭송을 받으며, 시인의 마음의 미스터리를 풀어줄 열쇠를 돌리는 걸 두려워하던, 셰익스피어 당시의 젊은이란 과연 누구인가? 그의 육체적 아름다움이 바로 셰익스피어 예술의 초석이자 영감의 원천이며, 꿈의 화신 자체가 된 인물이 누구냐는 거죠? 그 사람을

19) 드레이턴(Michael Drayton): 16세기 말 영국의 시인. 호라티우스풍으로 된 최초의 영어 송시를 썼다.

20) 영국 잉글랜드의 도시.

21) 데이비스(John Davies): 16세기 말 영국의 시인. 벤 존슨, 셰익스피어 등 동시대의 문인들에 대한 풍자시로 유명하다.

단지 어떤 연애시의 대상으로 여기는 건 시의 전체 의미를 놓치는 거랍니다. 왜냐하면 셰익스피어가 소네트에서 말한 예술은 소네트 자체의 예술은 아니거든요. 사실 소네트는 셰익스피어에게 사소하고 은밀한 것, 즉 그가 항상 언급하는 극작가의 예술일 뿐이며, 셰익스피어가 말하려는 상대는 바로 사람이랍니다.

그대는 나의 모든 예술이며, 나의 거친 무지만큼이나
나를 드높인다.

그가 영혼불멸을 약속했던 그 사람이란,

숨결이 약동하는 곳, 사람들의 입에서조차

그 사람은 셰익스피어에게 열 번째 '뮤즈'죠.

시인들이 갈망하는 아홉의 늙은 뮤즈들보다
열 배나 더 가치 있는 뮤즈 말인가요.

이건 분명히 셰익스피어가 작품을 쓰면서, 바이올라(Viola)[22]와 이모겐, 줄리엣과 로잘린드, 포샤와 데스데모나(Desdemona)[23] 그리고 클레오파트라(Cleopatra)[24] 자신의 배역을 맡기려고 한 소년배우 이외에는 아무도 없어요."

---

22) 『십이야』의 등장인물.
23) 『오셀로』의 등장인물.
24) 『안토니와 클레오파트라』에 등장하는 이집트의 여왕.

"셰익스피어 연극에 나온 소년배우 말인가요?" 내가 외쳤다.

"그렇소," 어스킨이 말했다. "그레이엄의 이론이죠. 알다시피 이건 소네트 자체에서만 나온 이론이고, 수용한다는 의미에서 본다면 입증할 수 있거나 형식적인 증거라기보다 일종의 정신적이고 예술적인 감각에 의존한 거죠. 바로 이 때문에 그레이엄은 시의 진정한 의미가 감식될 수 있다고 주장해요. 그가 다음과 같은 매혹적인 소네트를 읽어준 걸 기억해요?

내 시혼이 창작할 주제가 어찌 부족하리오,
그대가 숨을 쉬며 그대 자신의 아름다운 논쟁을
내 시구에다 쏟아내나니.
속된 지면마다 담기에 너무나 뛰어난
오, 내 작품에 그대가 보기에 뭔가 읽을 게 있다면
그대 자신에게 감사를 드리니.
그대 자신이 창의의 빛을 준다면
그대에게 송시를 쓰지 못할 벙어리가 어디 있으리?

그레이엄은 이 소네트가 자신의 견해를 얼마나 완전하게 확증하고 있는지를 지적했어요. 정말 그는 모든 소네트를 세심하게 읽어가며, 그 의미에 대한 자신의 새로운 해석에 따라 애매하거나 사악하거나 과장된 듯이 보였던 내용들이 명확하고 합리적으로 바뀐다는 걸 보여주었거나 그렇다고 생각했어요. 그리고 지고한 예술적 의미에서, 배우의 예술과 극작가의 예술 사이의 진정한 관계에 대한 셰익스피어의 생각을 설명하더군요."

"물론 셰익스피어 극단에는 매우 아름다운 어떤 매력적인 소년배우가 있었던 게 분명해요. 셰익스피어는 상상력을 구비한 시인일 뿐만 아니라 실질적인 극장의 운영자였기 때문에 그 인물에게 고상한 여주인공 역을 맡겼던 거죠. 그레이엄은 소년배우의 이름을 실제로 발견했고요. 그는 윌(Will)이었거나, 그레이엄이 부르던 대로라면 윌리 휴즈(Willie Hughes)였던 거죠. 물론 그레이엄은 동음이의의 소네트인 135와 143에서 기독교식 이름을 발견했답니다. 그레이엄에 따르면 소네트 20의 일곱 번째 행에 성(姓)이 숨겨져 있다고 해요. 그곳에 W. H. 씨는 이렇게 묘사되어 있죠.

마음먹은 대로 용모를 제어하는 준수한 인물이여,

"소네트의 원본에는 '용모'(Hews)가 대문자에다 이탤릭체로 인쇄되어 있어요. 그레이엄의 주장으로 이건 분명히 어휘의 장난을 보여준 거라는데, 그의 견해는 'use'와 'usury'라는 어휘로 기묘한 말장난이 일어난 소네트들에서 그대로 확인된다고 해요. 다음 행에서 본다면,

그대 예술은 용모에서처럼 지식에서도 단아하리.

물론 나는 솔깃해진 나머지, 윌리 휴즈가 셰익스피어처럼 생생한 인물이 되었어요. 내가 그 이론에 반대하는 유일한 이유는 휴즈라는 이름이 셰익스피어가 출간한 초판 희곡에 인쇄된 대로 그의 극단 배우들의 명부에 나타나지 않았기 때문이죠. 그런데 그레이엄은 명부에서 윌리 휴즈의 이름이 없다는 건 소네트 86에 명확히 드러나듯, 그가 셰익스피어의 인물들이 경쟁 관계에 있던 극장에서——아마도 채프먼[25]의 극에서——출연이 허용되었다는 이론을 실제로 확증하는 거라고 말했어요.

그건 채프먼에 대한 위대한 소네트에서 셰익스피어가 휴즈에게 말했던 부분을 참조해야 하지만요.

> 하지만 그대의 표정이 시의 행을 채울 때
> 나는 무기력에 빠져 일을 놓고 말았지

여기서 '그대의 표정이 시의 행을 채울 때'라는 표현은 분명히 삶과 리얼리티를 가져온 젊은 배우의 아름다움을 언급하는 가운데, 채프먼의 시에 격조를 높이게 되죠. 이와 똑같은 생각이 소네트 79에도 그대로 펼쳐져요.

> 나 홀로 그대의 도움을 요청할 동안,
> 내 시의 구절만이 그대의 부드러운 은총을 모두 가지노라,
> 하지만 이제 나의 우아한 시행들이 쇠락하고,
> 병든 뮤즈가 다른 자리를 차지하나니.

그리고 바로 앞에 나오는 소네트에서 셰익스피어는 이렇게 말해요.

> 낯모르는 시인이 내 자리를 차지하고
> 그대 아래 그들의 시가 퍼져나간다,

여기선 물론 말장난(use=Hughes)이 명백하고, '그대 아래 그들의 시가 퍼져나간다'라는 구절은 '배우로서 그대의 도움으로, 사람들 앞에

---

25) 채프먼(George Chapman): 16세기 말 영국의 시인 겸 극작가.

서 그대의 연극을 한다'라는 뜻이죠."

"정말 굉장한 저녁이었답니다. 우리는 거의 동이 틀 무렵까지 소네트를 읽고, 또 읽으며 자리에 앉아 있었죠. 그러나 얼마 후, 나는 그 이론이 실제 완벽한 형태로 세상에 제시될 수 있도록 젊은 배우인 휴즈의 존재에 관한 어떤 독자적 증거를 확보하는 게 필요하다는 걸 알았어요. 만일 이것을 확보할 수만 있다면 W. H. 씨의 신원에 대한 어떤 의심도 가능하지 않게 되겠죠. 하지만 그렇지 않을 경우, 그 이론은 쓸모가 없을 테고요. 난 그레이엄에게 이 점을 매우 강하게 밀어붙였지만, 그는 나의 정신 상태가 속물 같다고 무척 짜증을 내고는 다소 씁쓸한 기분이 되어 버렸죠. 하지만 난 모든 문제가 말끔히 풀릴 때까지 자신의 관심사에서 그가 발견할 것을 공표하지 못하도록 그레이엄과 약속했어요. 그러고 나서 몇 주 동안 우리는 런던에 있는 교회의 등록 장부들과, 덜리치[26]에 있는 앨린의 문서들, 기록 사무실, 체임벌린 경(Lord Chamberlain)[27]의 서적들 등 사실상 휴즈에 대해 약간이라도 언급할지도 모른다고 생각했던 모든 걸 샅샅이 살폈어요. 물론 아무것도 발견하지 못했고, 휴즈의 존재가 매일 내겐 더욱 고민거리가 된 것 같았어요. 그레이엄은 미친 듯한 상태에서 내가 믿게끔 문제 전체를 거듭 훑어보곤 했죠. 하지만 난 그 이론에 한 가지 결함이 있다는 걸 알고, 엘리자베스 시대 무대의 소년배우인 휴즈의 실제 존재에 대한 의심이나 트집이 해소될 때까지 그의 말에 납득하지 않기로 했어요."

---

26) 런던 사우스워크 남쪽에 있는 고급 주택가로, 셰익스피어 배우로 유명한 앨린(Edward Alleyn)이 1605년에 덜리치 장원을 사서 '12명의 가난한 학자들'의 교육을 위해 학교를 설립했다.

27) 셰익스피어 당시 의전장관에 해당하는 직책으로 어명에 따라 주요 실내공연을 감독했다.

"어느 날 그레이엄이 할아버지와 함께 머물기 위해 마을을 떠난 거라고 생각했죠. 하지만 나중에 크레디튼 경에게서 이게 사실이 아니라고 들었어요. 그러고 나서 보름쯤 후에 그가 워릭에서 보낸 전보 한 통을 받았는데, 그날 밤 8시에 자기 방으로 와서 함께 식사를 하자는 거였어요. 내가 도착하자 그레이엄은 '증거를 갖지 못한 유일한 사도가 성 토머스인데, 그가 증거를 가진 유일한 사도였죠'라고 말하더군요. 난 무슨 뜻인지 물었답니다. 그레이엄이 대답하기를, 16세기에 휴즈라는 이름을 가진 소년배우의 존재만을 내세우지 않고, 그가 바로 소네트에 나온 W. H. 씨라는 결정적인 증거를 확인할 수 있다고 했어요. 그 당시 그는 더 이상 어떤 것도 말하려 하지 않았어요. 하지만 식사를 마치고는 내가 당신에게 보여준 그림을 진지하게 내놓고서, 그가 워릭셔[28]에 있는 농장에서 구입한 낡은 궤짝의 옆면에서 극히 우연히 그림을 발견했다고 하더군요. 궤짝 자체는 매우 섬세한 엘리자베스 시대의 작품이었고, 어디로 보나 진짜였기 때문에 당연히 그가 가져왔죠. 앞 패널의 가운데 W. H.라는 이니셜이 또박또박 새겨져 있었고요. 이 모노그램이 그의 주의를 끌었기에 궤짝을 손에 넣고 나서야, 조금이라도 내부를 세밀히 살펴볼 생각을 했다고 말하더군요. 그러나 어느 날 아침, 그는 궤짝의 오른쪽 면이 다른 쪽보다 훨씬 두껍다는 걸 알고, 좀더 면밀히 살펴서 틀에 끼운 패널이 단단히 고정되어 있다는 걸 알았죠. 그걸 꺼내자마자 지금 소파에 놓여 있는 그림을 발견했다고 했어요. 그건 매우 더러웠고, 곰팡이로 뒤덮였다고 하더군요. 하지만 그는 대충 청소를 하고는, 기뻐 어쩔 줄 모르는 중에 자신이 보고 있던 물건 하나에 우연히 눈길이 간 걸 알았대요. 거기엔 소네트의 헌정 페이지 위에 손을 얹고 있는 W. H. 씨의 진짜 초상화

---

28) 영국 잉글랜드 중부에 있는 주.

가 있었던 거죠. 그리고 그림의 구석에는 색 바랜 푸르스름한 공작 바탕 위에 금색의 낡은 필체로 씌어진, 젊은 남자 자신의 이름인 '윌 휴즈 도련님'(Master Will Hews)이라는 글자가 희미하게 보였다고 해요."

"글쎄요, 뭐라고 말해야 할까요? 셰익스피어가 W. H. 씨의 초상화를 손에 넣고 있었다는 건 소네트 47에서 꽤나 명확히 나타나지요. 그리고 그가 축제에 눈길을 돌린 바로 그 '채색된 연회'를 우리가 가졌다는 게 우연이 아니라고 봐요. 그건 '마음과 눈의 즐거움'으로 마음을 열게 한 실제 그림이었죠. 그레이엄이 내게 술수를 쓴다거나, 위작으로 자신의 이론을 증명하려고 한다는 생각이 잠시나마 내게 전혀 떠오르지 않았어요."

"그렇다면 그게 위작이란 말인가요?" 내가 물었다.

"물론 그렇소," 어스킨이 말했다. "감쪽같은 위작이지만 그래도 위작일 따름이죠. 그때는 그레이엄이 모든 문제에 다소 침착했다고 생각했어요. 하지만 그는 자신이 그런 종류의 증거를 전혀 요구하지도 않을뿐더러, 증거가 없어야 이론이 완전하다고 내게 계속 말했던 기억이 나요. 나는 그를 비웃었고, 증거가 없다면 이론 전체가 쓸모없는 거라고 말하고 나서, 그의 놀라운 발견에 따뜻한 축하를 던졌죠. 그런 다음 우리는 그림을 동판에 새겨넣고 복사하여, 그레이엄이 편집한 소네트 집의 첫머리 그림으로 하도록 결정했어요. 그리고 석 달 동안 우리는 텍스트의 모든 어려움이나 의미를 해결할 때까지 각 소네트를 한 행씩 검토하는 외엔 아무것도 못했답니다. 운이 나쁘게도 내가 홀본[29]에 있는 인쇄소에 있던 어느 날, 나는 카운터 위에 은(銀) 촉으로 그려진 무척 아름다운 그림들과 우연히 마주쳤죠. 나는 그림에 이끌려 사고 말았어요. 그리

29) 런던의 중부 지역.

고 인쇄소의 주인인 롤링스(Rawlings)라는 남자가 말하기를, 그 그림들은 아주 영리하지만 무척이나 가난한 머턴(Edward Merton)이라는 젊은 화가가 그렸다고 해요. 나는 도서판매업자에게서 그의 주소를 입수하고, 며칠 후 머턴을 만나러 갔어요. 그는 창백했지만 흥미로운 젊은이였고, 다소 수수하게 생긴 아내가 있었는데, 나중에 알고 보니 그의 모델이더군요. 내가 그의 그림을 얼마나 많이 사랑하는지 말하자 그 사람은 퍽 기뻐하는 듯했어요. 나는 다른 작품을 보여줄 수 있는지 그에게 물었죠. 우리가 정말 무척 눈에 띄는 그림들로 가득 찬——머턴은 매우 섬세하고 유쾌한 솜씨를 가졌거든요——작품 선집을 훑어보고 있을 때, 난 W. H. 씨의 초상화를 그린 걸 보게 되었어요. 어쨌든 그것에 대해 의심의 여지는 없었죠. 복사한 거나 마찬가지였으니까요. 유일한 차이란 비극과 희극의 두 개의 마스크가 그림에 나타나듯 대리석 테이블에 걸려 있는 게 아니라, 젊은이의 발이 있던 바닥 위에 놓여 있다는 거였어요. '이걸 대체 어디서 구했소?'라고 내가 물었죠. 그는 다소 당황스러워하더니 이렇게 말하더군요. '이런, 별것 아니랍니다. 이 작품 선집에 들어 있는지도 몰랐어요. 한 치의 가치도 없는 거죠.' '그레이엄 씨를 위해 당신이 한 거잖아요'라고 그의 아내가 외쳤어요. '이 신사분이 그걸 사시려고 한다면 가지도록 하세요.' '그레이엄 씨를 위해서라뇨?'라고 나는 말을 반복했어요. '당신이 W. H. 씨의 그림을 그렸나요?' '무슨 말씀인지 모르겠군요'라고 그는 얼굴이 빨개지며 대답했어요. 그의 아내가 모든 걸 털어놓았죠. 나는 나갈 때 그녀에게 5파운드를 주었답니다. 지금 그걸 생각하니 견딜 수가 없네요. 하지만 물론 난 격분했고요. 나는 즉각 그레이엄의 거처로 갔고, 거기서 그가 내 얼굴을 빤히 쳐다보며 그토록 끔찍한 거짓말을 늘어놓으며 들어오기 전까지 세 시간이나 기다렸어요. 난 그의 위작을 발견했다고 말했지요. 그는 몹시 창백해지며 말하더군요. '순전히 자넬 위해 했던 거야. 자넨 달리 어떤 방법으로 납득하지 않을 테니까. 그건 이론의 진실 문제에 영향을 미치진 않아.' '이론의 진실이라니!'라고 나는 외쳤죠. '그것에 대해선 우리가 적게 얘기할수록 낫겠군. 자네 자신도 그걸 신봉한 적이 없으니 말이야. 만일 자네가 그랬다면 그걸 입증하려고 위작을 하진 않았을 테지.' 우리 사이엔 고성이 오가고, 무서울 정도로 다투었답니다. 내가 옳지 못했다고 해야겠죠. 다음 날 아침 그가 죽었으니까요."

"죽었다고요!" 나는 외쳤다.

"네, 권총으로 자살을 했거든요. 내가 도착했을 때쯤—그의 하인이 즉각 나를 불렀죠—경찰이 이미 거기에 와 있었어요. 그는 내게 편지 한 통을 남겼죠. 엄청난 동요와 마음의 고통을 안고 썼던 게 분명해요."

"무엇이라고 씌어 있었나요?" 내가 물었다.

"아, 휴즈의 존재를 절대로 믿으며, 그림을 위조한 건 단지 내게 양보하기 위한 것이므로 조금도 이론의 진실성을 훼손한 게 아니라는 거죠. 나아가 이 일 전체에 대한 신념이 얼마나 확고하고 온전한지를 내게 보여주기 위해, 자신의 목숨을 소네트의 미스터리에 대한 희생양으로 바치겠다는 거였어요. 그건 어리석고 정신 나간 편지였지요. 그는 휴즈의 이론을 내게 맡기고, 내가 그걸 세상에 알려 셰익스피어 마음의 비밀을 풀어야 한다고 말하며 편지를 끝낸 걸 기억해요."

"정말 비극적인 이야기로군요," 난 울부짖었다. "하지만 당신은 그의 소망을 어째서 실행하지 않았나요?"

어스킨은 어깨를 으쓱했다. "그건 처음부터 끝까지 완벽하게 불합리한 이론이었기 때문이오," 그가 대답했다.

"어스킨 씨," 나는 자리에서 일어나며 외쳤다. "당신은 이 일 전체를 완전히 잘못 생각하는군요. 그건 여태껏 나온 셰익스피어 소네트에 대한 유일하고 완벽한 해답이니까요. 모든 내용이 완전해요. 난 휴즈를 믿어요."

"그렇게 말할 건 없소," 어스킨이 무겁게 입을 열었다. "그런 생각엔 치명적인 데가 있을 뿐만 아니라 지적으로 얘기할 거리도 없어요. 난 그 문제를 깊이 파고들었는데, 그 이론은 완전히 오류였다고 장담해요. 어떤 점에선 신빙성이 있어도 그게 끝이랍니다. 제발 휴즈 문제에 신경을 쓰지 말아요. 마음만 상할 테니까."

"어스킨 씨," 내가 대답했다. "이 이론을 세상에 알리는 게 당신의 의무예요. 그렇게 하지 않는다면 내가 할 거예요. 그걸 숨기면 당신은 모든 문학의 순교자들 가운데 가장 젊고 훌륭했던 그레이엄의 기억을 모욕하는 거랍니다. 당신은 그냥 있는 그대로 그를 판단하세요. 그 사람은 이 때문에 죽었으니까요. 그의 죽음을 헛되게 하진 마세요."

어스킨은 놀라서 나를 쳐다보았다. "당신은 이야기 전체가 주는 감흥에 감동을 받았네요," 그가 말했다. "사람이 죽었다고 해서 어떤 일이 반드시 진실이 될 필요가 없다는 걸 잊은 모양이로군요. 나도 그레이엄에게 몰두했죠. 그의 죽음은 내겐 끔찍한 충격이었어요. 난 몇 년 동안이나 그걸 극복하지 못했으니까. 아직도 극복하지 못했답니다. 하지만 윌리 휴즈! 휴즈라는 존재에 대해 아무런 증거가 없어요. 그런 인물이 여태껏 존재하지 않았거든요. 이 문제를 세상에 노출시키면, 사람들은 그레이엄이 어쩌다 스스로 목숨을 끊었다고 생각할 거예요. 그의 자살의 유일한 증거란 내게 보낸 편지에만 있고, 이 편지에 대해 일반 사람들은 여태껏 어떤 말도 듣지 못했어요. 지금까지도 크레디튼 경은 사건 전체가 우발적이었다고 생각해요."

"그레이엄은 엄청난 아이디어에 자신의 목숨을 바쳤잖아요," 내가 대답했다. "그리고 당신이 그의 순교에 대해 입을 열지 않는다면, 적어도 그의 신념에 대해선 말해줘요."

"그의 신념이란," 어스킨이 말했다. "그릇되고, 불합리하고, 어떤 셰익스피어 학자라도 조금도 수용하려 들지 않는 뭔가에 고정되어 있어요. 그 이론은 비웃음을 받을 거요. 자신을 조롱하지 말고, 아무런 결과도 없는 길로 접어들지 말아요. 당신은 먼저, 입증해야 될 것은 그 사람의 존재 자체라고 생각하겠죠. 게다가 모든 사람은 그 소네트가 펨브룩 경에게 바쳐진 걸로 알아요. 문제는 모두 해결된 셈이잖소."

"문제는 해결되지 않았어요," 나는 외쳤다. "난 그레이엄이 남기고 간 이론에 착수할 거예요. 그가 옳다는 걸 세상에 입증할 테니까요."

"어리석긴!" 어스킨이 말했다. "집으로 돌아가요. 3시가 넘었어요. 그리고 윌리 휴즈에 관해 더 이상 생각하지 말아요. 당신에게 그걸 얘기한 게 후회스럽소. 정말이지, 내가 믿지도 않는 일에 당신을 이끌고 갔던 게 정말 후회스러워요."

"당신은 내게 현대문학의 가장 큰 미스터리에 해답을 주었어요," 나는 대답했다. "그리고 나는 그레이엄이 우리 시대의 가장 정밀한 셰익스피어 비평가라는 걸 당신을 포함한 모든 사람들이 인정하도록 만들 때까지 가만 있지 않을 거예요."

방을 떠나려 하자 어스킨이 나를 불렀다. "이봐요," 그가 말했다. "그 소네트에 관해 시간을 낭비하지 말라고 충고하고 싶소이다. 진담이오. 결국 그 소네트가 셰익스피어에 관해 우리에게 무엇을 말하나요? 그가 미의 노예라는 것뿐이오."

"글쎄요, 그게 예술가가 되는 조건이죠!" 나는 대답했다.

잠시 동안 이상한 침묵이 흘렀다. 그러고 나서 어스킨은 자리에서 일어나 반쯤 눈을 감은 채 나를 바라보며 입을 열었다. "아! 당신은 정말 그레이엄을 떠올리게 하는군요! 그 사람도 내게 바로 그런 걸 말하곤 했는데." 그는 미소를 지으려고 했지만 목소리엔 호소하는 듯한 비애가 담겨 있어, 나는 특별한 여자의 손길처럼 사람을 매혹시키는 독특한 바이올린 곡조를 기억하듯이 지금까지도 그것을 기억하고 있다. 인생에서 커다란 일들은 종종 사람을 무감동하게 내버려두며 의식 밖으로 빠져나간다. 그리고 그런 일들을 생각할 때 비현실적이 되어버린다. 주홍빛 열정의 꽃들조차 망각의 양귀비와 똑같은 초원에서 자라는 듯이 보인다. 우리는 기억이라는 부담을 후회하며 그것에 대한 진통제를 복용한다. 하지만 작은 일들이나 중요하지 않은 일들은 남아 있는 법이다. 조그만 아이보리색 세포 속에 있는 두뇌는 가장 섬세하고 급박하게 지나가는 인상들을 저장한다.

내가 성 제임스 공원[30]을 지나 집으로 걸어갔을 때, 런던은 막 새벽에서 깨어나고 있었다. 검은 쇠판의 거울 위로 떨어진 하얀 깃털처럼, 백조들이 반짝이는 호수의 부드러운 표면 위에 잠들어 있었다. 창백한 초록 하늘을 배경으로 황량한 궁전이 자줏빛으로 보이고, 스태퍼드 하우스[31]의 정원에는 새들이 막 노래를 시작하고 있었다. 그레이엄을 생각하자 내 눈은 눈물로 가득 찼다.

2

눈을 떴을 때는 12시가 지났고, 태양은 전율하는 듯한 금빛의, 길고 먼지 낀 광선으로 내 방 커튼을 뚫고 흘러들어 왔다. 하인에겐 누구도 집에 들이지 말라고 하고선 초콜릿 한 잔과 작은 빵을 맛본 다음, 나는

---

30) 왕실 소유의 공원으로 런던 시내에서 가장 오래된 공원이다. 17세기 찰스 2세 때 베르사유 궁전을 본떠 만들었다.

31) 성 제임스 공원 내부에 있는 저택의 이름.

서재에서 셰익스피어 소네트 한 권과 테일러 씨[32]가 만든 4절판 복사본을 꺼내 세밀히 검토하기 시작했다. 시들마다 그레이엄의 이론을 내게 확증하려는 듯이 보였다. 나는 마치 셰익스피어의 가슴에 내 손을 얹고 있는 느낌이 들었고, 욱신거리는 열정의 맥박을 하나하나 헤아려 보았다. 놀라운 소년배우를 생각하자, 나는 각 행에서 그의 얼굴을 마주치는 듯했다.

만일 그렇게 부를 수 있다면 이보다 앞선 펨브룩 경의 시절에, 햄릿과 리어 왕과 오셀로를 탄생시킨 작가가 어떻게 그토록 화려한 칭송과 열정의 용어를 구사하여 그 시절 평범한 젊은 귀족에 불과했던 인물에게 헌사했는지를 이해하기란 언제나 내게 무척 어려운 듯이 보인다는 걸 인정해야 하리라. 셰익스피어를 연구하는 대부분의 사람들처럼, 나 스스로가 극작가로서 셰익스피어의 성장이 꽤나 낯설다고 여겼다면, 그의 천성의 지적 측면도 가치가 없을 거라고 유추하여 그의 소네트를 어쩔 수 없이 분리시키게 되었다. 하지만 그레이엄의 이론의 진실성을 깨닫기 시작했기 때문에, 나는 그 소네트들이 보여주는 분위기와 열정이 엘리자베스 시대의 무대를 위해 작품을 쓴 예술가로서 셰익스피어의 완벽함을 이해하는 절대적 관건이 될 뿐만 아니라, 그러한 시들 자체가 당시 무대의 특이한 공연 상황에서 유래한다는 걸 알았다.

스핑크스처럼 신비롭고, 자신의 머리카락으로 현을 맨
빛나는 아폴로의 악기처럼 달콤하고 감미로운,

이처럼 놀라운 소네트가 셰익스피어 삶의 위대한 미학적 힘으로부터

---

32) 테일러(Jeremy Taylor): 17세기 영국의 성직자 겸 작가.

더 이상 고립되지 않고, 그의 극적 행위의 핵심적 부분이 되어, 우리에게 그가 사용했던 뭔가 은밀한 방법을 드러낸다는 걸 느꼈을 때 나는 얼마나 기뻐했는지를 기억한다. W. H. 씨의 진짜 이름을 알아내는 건 상대적으로 아무것도 아니고, 다른 사람들이 할 수도 있고, 아마 했을지도 모른다. 하지만 그의 직업을 알아내는 건 비평의 혁명이 된다.

특히 두 편의 소네트가 내 기억에 떠올랐다. 소네트 53의 첫 행에서 셰익스피어는 폭넓은 배역 범위, 알다시피 로잘린드에서 줄리엣까지, 베아트리체[33]에서 오필리아에 이르기까지 범위가 확대되는, 다재다능한 연기의 휴즈를 칭찬하며 이렇게 말한다.

그대의 실체는 무엇이며, 그대는 무엇으로 이루어졌는가,
수백만의 알지 못할 그림자들이 항상 그대를 모시는가?
누구나 사람마다 그림자 하나만 가지는 법인데,
그대는 혼자 모든 그림자를 던질 수 있는가.

이러한 행들이 어떤 배우에게 헌정되지 않았다면 의미가 모호한 내용이 될 것이다. 왜냐하면 '그림자'라는 어휘는 셰익스피어 시대에 무대와 관련된 기술적 의미를 갖기 때문이다. "이런 종류에서 최고는 단지 그림자일 뿐이다"라고 『한여름밤의 꿈』에서 테세우스[34]가 배우들을 두고 말한다.

---

33) 『헛소동』의 등장인물.

34) 『한여름밤의 꿈』의 등장인물. 전설 속의 영웅으로 그의 아버지는 아테네 왕 아이게우스이고, 어머니는 트로이젠 왕 피테우스의 딸 아이트라다. 바다의 신 포세이돈과 아이트라가 부모라고도 한다.

인생은 걸어 다니는 그림자에 불과한 것,
제시간이 되면 무대 위에서 으쓱이고 안달하는 가련한 연주자일 뿐,

맥베스는 절망의 순간에 이렇게 울부짖고, 당대의 문학에서도 비슷한 언급이 많다. 이 소네트는 분명히 셰익스피어가 배우의 예술과 완벽한 무대연기자에게 필수적인 낯설고 희귀한 기질의 성격을 거론한 연작에 포함된다. "그대는 어떻게 그렇게 많은 개성을 구비하고 있나요?"라고 휴즈에게 셰익스피어가 말하고 나서, 휴즈의 아름다움은 환상의 모든 형태와 단계를 실현하고, 창조적 상상력이라는 꿈을 하나하나 구체화하는 듯이 보일 정도라고 지적한다. 이 생각은 곧바로 이어지며, 유려한 사고로 시작되는 소네트에서 더욱 확장된다.

오, 아름다움이 얼마나 훨씬 더 아름답게 보이는가,
진리가 부여한 향긋한 장식에 의하여!

셰익스피어는 무대에서 시각적 재현의 진실이 된 연기의 진실성이 아름다움에 생명을, 이상적인 형태에 실제의 리얼리티를 부여하는 가운데 어떻게 시의 경이로움을 더하는지를 우리가 눈여겨보도록 했다. 그런데 소네트 67에서 셰익스피어는 휴즈로 하여금 가식과, 화장한 얼굴과 우스꽝스런 무대의상이 가져온 비현실적인 삶과, 비도덕적인 영향이나 암시와, 고상한 행위와 진지한 어투의 참된 세계에서 멀어지는 것 따위를 포기하도록 한다.

아! 어찌하여 그대는 부패한 자들과 어울려
고상한 사교로써 그들을 훌륭하게 보이려고 하는가?

악인들은 그대를 발판으로 출세하고
귀족의 사교계를 이용하여 엉뚱한 영광을 누리지 않는가?
어찌하여 거짓된 화장이 그대의 뺨을 모방하고
죽은 외관은 그대의 생기 있는 얼굴빛을 훔쳐가려고 하는가?
보잘것없는 미는 그대의 진짜 장밋빛을 모방하여,
그림자 짙은 장밋빛을 찾으려고 하는가?

예술가로서 자신의 완벽함과 무대극본과 무대연출을 이상적으로 결합했던 인물로, 자신의 완벽한 인간성을 깨달았던 셰익스피어처럼 훌륭한 극작가가 극장에 대해 이런 용어를 써야 했다는 점이 이상하게 보일는지 모른다. 그러나 소네트 110과 111에서 셰익스피어도 꼭두각시의 세계에 싫증나 있었고, 자신을 "눈에 띄는 어릿광대"로 만들었던 데 치욕스러워했다는 걸 기억해야 한다. 소네트 111은 특히 신랄하다.

아! 나를 위해, 그대여. 운명을 꾸짖어주오
내게 나쁜 행위를 하게 한 죄 많은 여신에게 책임이 있으니까.
여신이 나의 삶을 위해 한 건 도덕적 소양을 길러주는 극장뿐이었소.
따라서 내 이름에 낙인이 찍힘은 그 때문이며,
내 천성이 하는 과업에 얽매여
염색공의 손같이 된 것도 다 그 때문이리라.
그러니 나를 불쌍히 여겨 새 사람이 되도록 기원해주오.

그밖의 다른 곳에서도 같은 감정을 나타내는 기호들이 많은데, 이것은 셰익스피어를 연구하는 모든 사람들에게는 실제로 익숙한 것들이다.
나는 소네트를 읽으면서 한 가지 점에 무척 당황했고, 그건 사실 그레이엄이 놓쳤을지도 모를 진정한 해석에 직면하기 며칠 전이었다. 나는 셰익스피어가 자신의 젊은 친구가 결혼하는 데 어떻게 그토록 지고한 가치를 부여했는지 이해할 수 없었다. 셰익스피어 자신은 젊어서 결혼하여 불행한 결과를 초래했기에 휴즈에게 같은 실수를 저지르게 요구했을 것 같지도 않았다. 로잘린드 역의 소년배우는 결혼이나 실제 삶의 열정으로부터 아무것도 얻지 못했던 것이다. 아이들을 갖자는 이상한 간청이 담긴 초기 소네트들은 귀에 거슬리는 음조를 가진 듯이 보인다.

그 미스터리에 대한 설명이 갑작스레 떠올라, 나는 특이한 헌사 속에서 그것을 발견했다. 이 헌사는 다음과 같았다고 기억된다.

> 이 소네트 시집을 낳게 한 분
> W. H. 씨를 위해 온갖 행복과 함께
> 우리의 불후의 시인에 의해 약속된
> 영원한 생명을 기원하며 호의를 품고
> 이 출판을 감행하는 자에게 바치노라.
>
> T. T.

어떤 학자들은 여기서 "낳게 한 분"이라는 단어가 출판업자인 토머스 소프(Thomas Thorpe)[35]를 위해 소네트를 모은 인물을 의미할 따름이라고 가정해왔다. 하지만 이런 견해는 이제 대체로 폐기되었고, 가장 권위 있는 해석자들은 그 단어가 육체적 삶의 유추에서 나온 은유인, 영감을 불어넣는 사람이라는 의미로 이해해야 한다는 점에 나는 무척 동의

---

35) 17세기 초 런던에서 서적상과 출판업을 했던 인물. 셰익스피어의 최초의 소네트의 제작자이기도 하다.

한다. 나는 이제 똑같은 은유를 시 전체를 통해 셰익스피어가 직접 사용한 것을 알게 되자, 제대로 된 길로 접어들었다. 드디어 나는 커다란 발견을 한 것이다. 셰익스피어가 휴즈에게 청혼했던 결혼은 소네트 82에 직설적으로 나온 표현인 "뮤즈와의 결혼"이었다. 그 소네트에는 셰익스피어가 소년배우를 위해 가장 훌륭한 내용들을 썼고, 실상 소년배우의 아름다움이 암시했던 결함에 마음의 상처를 입은 그가 다음과 같은 찬사를 꺼낸다.

> 그대에게 청하노니 나의 뮤즈와 결혼하지 말지어다.

그가 낳도록 간청하는 아이들은 육신의 아이들이 아니라, 꺼지지 않는 명성의 불멸의 아이들에 가깝다. 초기 소네트의 전체 사이클을 단지 휴즈를 무대에 올려 연기자가 되도록 셰익스피어가 유도하는 것이다. 그대의 아름다움이 구사되지 않는다면 얼마나 황폐하고 헛된 일인가라고 그가 말한다.

> 사십의 겨울이 그대 이마를 에워싸고,
> 그대의 아름다운 얼굴에 깊은 도랑을 파게 되면,
> 지금은 이렇게 사람의 눈을 끄는 그대 청춘의 당당한 의상도
> 가치 없는 누더기가 되어버리리라.
> 그대의 미는 어디 갔으며,
> 한창 시절의 보배는 다 어디 있느냐는 물음에,
> 움푹 들어간 그대의 눈 속에 있다고 대답해서는
> 꼼짝없는 치욕이요 무익한 찬미만 되리라.

그대는 예술 속에 뭔가 창조해야 하며, 나의 시는 "그대 것이며, 그대에게서 나왔노라." 내게 귀를 기울이기만 하라. 그러면 나는,

세월을 초월하는 불멸의 시를 바칠 테니까,

그리고 그대는 가상의 무대 위의 세계를 자신의 이미지의 형상으로 채울 것이다. 그대가 낳은 아이들은 현세의 아이들이 그렇듯 시들지 않을 테고, 그대는 그 속에 살며 나의 공연을 하리라. 하지만,

나의 사랑을 위해 그대를 다른 자아로 만들리라,
미가 그대 속에 여전히 살 수 있도록!

그대의 개성을 굴복하고, "다른 사람을 닮는 걸" 두려워하지 말라.

그대 자신을 양보하는 것이 그대를 보존하는 길,
그대 자신의 솜씨로 살아나야 하나니.

나는 천문학을 배우지 않았건만, "항성(恒星)" 같은 그대의 눈에서,

그대 회심하여 자신의 저장소가 된다면
진리와 미가 함께 번성하는 것이 예술이라고 안다네.

다른 사람들에게 무엇이 문제일까?

자연이 보존하려고 만들지 않은
거칠고 추하고 조악한 자들이 후손도 없이 사라지게 하라.

그대에게 그건 다르다. 자연이란?

그대를 아로새겨 인장으로 삼았나니,
그 원형이 영속하도록 무수히 날인하리라.

아름다움이란 얼마나 일찍 자신을 저버리는지도 기억하라. 그것의 움직임은 꽃이나 다름없고, 꽃처럼 살다 죽는다. "겨울날 세찬 돌풍"과 "죽음의 영원한 차가움이 주는 황량한 모서리"를 생각해보라. 그리고,

그대가 증류되기 전에,
감미로운 유리병을 만들어 미의 보물을 채워라,
그것이 스스로 파손되기 전에.

어째서 꽃들마저 모두 시들지는 않는가. 장미가 시들 때,

장미의 향기로운 죽음에서 가장 센 향기가 만들어지나니,

그리고 "나의 장미"가 되는 그대도 죽으면 예술의 형태를 남긴다. 예술은 바로 기쁨의 비밀을 가졌기 때문이다.

그대의 열 배가 그만큼 그대를 재생하면,
그대보다 열 배나 더 행복하리라.

그대는 "유사한 미인의 표시들", 분칠한 얼굴, 다른 배우들의 환상적인 위장 따위를 요구하지 않는다.

……죽은 자의 금빛 머리타래,
무덤의 권리,

이는 그대에게 멀어져 갈 필요도 없다. 그대 속엔,

……그 성스러운 고대의 시간은
온갖 향수가 없이도 그대로 드러나니,
여름이 애를 쓸 필요도 없으니.

필요한 건 모두 "그대 속에 쓰인 것을 복사하여", 실제 삶에서처럼 무대 위에 그대를 올려놓는 것이다. "죽은 숙녀와 사랑스런 기사들"을 썼던 고대의 모든 시인들은 그대와 같은 누군가를 꿈꾸어왔다.

그들의 모든 예찬은 모두 그대를 예상하고,
우리 시대를 예언한 것에 지나지 않으리.

그대의 아름다움은 모든 시대, 모든 국가에 속해 있는지 모른다. 그대의 그림자가 밤에 나를 찾아왔건만, 생동하는 낮에 그대의 '그림자'를 굽어보기 바라므로 무대 위에서 그대를 만나고 싶다. 그대를 묘사하는 것만으로 충분하지 않다.

그대의 아름다운 두 눈을 글로 묘사하고
새로운 노래로 그대의 모든 우아함을 적더라도,
후세 사람은 말하리라, '이 시인은 거짓이야
지상의 표정을 이런 천국의 필치로 그린 예가 없으니까'.

그대를 구현하고, 그대의 상상력이 생명을 불어넣는 어떤 예술적 창작인 "그대의 어떤 자식"이 세상사람들의 경이로운 시선에다 그대를 소개하는 게 필요하다. 그대 자신의 사고가 그대의 아이들이요, 감각과 영혼의 후손이며, 그들에게 어떤 표현을 한다. 그대는 알리라.

그대의 두뇌에서 태어나 길러진 아이들.

나의 사고는 또한 나의 '아이들'이다. 그건 그대가 낳은 것이며, 나의 두뇌는,

그들이 자라난 자궁이다.

이처럼 위대한 우리의 우정은 사실상 혼인인 셈이며, 그건 "참된 마음의 결합"인 것이다.

이러한 견해를 확증하는 것처럼 보이는 단락을 모두 결합시켜보니 내게 강한 인상을 심어주며, 그레이엄의 이론이 참으로 얼마나 완전한지를 보여주었다. 또한 셰익스피어가 소네트 자체에 대해 언급한 시의 행들을, 그가 자신의 훌륭한 극작품을 두고 말한 부분과 분리시키는 게 무척 쉽다는 것도 알았다. 이게 바로 그레이엄이 활동하던 날까지 모든 비평가들이 전적으로 간과했던 점이다. 하지만 그건 일련의 모든 시에서 가장 중요한 의미의 하나로서, 그 소네트에 셰익스피어는 다소 무관심했다. 그는 소네트로 명성을 얻기를 바라지 않았던 것이다. 소네트란 그가 스스로 명명하듯 자신의 "작은 뮤즈"며, 미어스가 말한 대로 극소수의 친구들 사이에서 사적으로만 통용되었다. 한편으로 그는 자신의 희곡이 갖는 높은 예술적 가치를 깊이 의식했고, 자신의 연극적 천재성에

대한 고결한 확신을 드러낸다. 그는 휴즈에게 이렇게 말한다.

그러나 그대의 영원한 여름은 퇴색하지 않고,
그대가 지닌 미는 상실되지 않으리.
그대가 그늘 속에 방황한다고 죽음도 뽐내진 못하리,
영원한 시행 속에서 그대는 시간에 동화되리니.
인간이 숨을 쉬고 볼 수 있는 눈이 있는 한,
이 시는 영원히 살고 그대에게 생명을 주리니.

마지막 두 행은 그의 작품들이 언제나 상연될 가능성에 대한 확신을 가리키는 듯하다. "영원한 시행"이라는 표현은 분명히 당시 셰익스피어가 그에게 보낸 작품 가운데 하나를 지칭한다. 이른바 극적 뮤즈(소네트 100과 101)에 대한 그의 헌사에서 우리는 비슷한 느낌을 가진다.

뮤즈여, 그대는 어디 있는가?
그대에게 온갖 힘을 주는 이에 대해 말하기를 그리 오래 잊었다니.
비루한 주제에 빛을 주어 그대의 힘을 어둡게 하면서,
그대는 무가치한 노래에 정열을 쏟고 있는가?

그는 외친다. 그런 다음 그녀가 "아름다움에 물들인 진실을 무시했기" 때문에 비극과 희극의 연인을 계속 꾸짖으며 말한다.

그가 찬사를 요하지 않는다고 벙어리로 있을 것인가?
그것으로 침묵을 변명하지 말라.
황금의 무덤보다 그를 더 오래 남게 하여

후세의 칭찬을 받게 함은 네게 달렸어라.
그러니 너의 직책을 수행하라, 뮤즈여. 네게
그를 지금 보는 것처럼 길이 보게 하는 법을 가르치리라.

그러나 셰익스피어가 이 생각을 가장 완벽하게 표현한 건 아마도 소네트 55이리라. 두 번째 행의 "강력한 운(韻)"이 바로 그 소네트를 언급한다고 생각하는 건 셰익스피어의 의미를 완전히 오역하는 것이다. 일반적인 소네트의 특징에서 본다면 특별한 연극이 의도되었고, 그 극이 바로 『로미오와 줄리엣』일 거라는 가능성이 높다.

대리석도, 왕후를 위해 세운
금빛 기념비도, 이 강력한 시보다 오래 남지 못하리라.
오랜 세월에 더럽혀지고 청소도 아니 한 돌 비문보다
그대는 이 시 속에 더욱 빛나리라.
파괴적인 전쟁이 석상을 무너뜨리고,
분쟁이 건축물을 깡그리 파괴할 때도,
군신의 칼도, 전란의 급한 불도,
그대를 기념하는 이 생생한 기록을 태우지 못하리.
죽음과 모든 것을 잊게 하는 적을 물리치고,
그대는 전진하리라. 그대의 예찬은
최후의 심판까지 이 지상에 영속할
후세 사람들의 눈에서조차 남으리라.
그러기에 그대가 재생할 심판의 날까지
그대는 이 시 속에, 그리고 애인들의 눈 속에 살리라.

다른 곳에서처럼 여기서 셰익스피어가 사람들의 안목에 호소하는 형태로—다시 말해 남들이 주시하는 연극에서 장엄한 형태로—휴즈에게 어떻게 불멸을 약속하는지 눈여겨보는 것도 의미심장하다.

나는 2주 동안 거의 외출하지 않고 손님도 끊은 채, 열심히 소네트를 연구했다. 매일 나는 새로운 뭔가를 발견하는 기분이었기에, 휴즈가 내겐 한시도 떠나지 않는 영적 존재가 되었다. 셰익스피어가 그를 금발에다 꽃처럼 부드러운 우아함과 몽롱하고 움푹한 눈과 섬세하게 움직이는 팔다리, 그리고 하얀 백합 같은 손을 가진 인물로 훌륭히 묘사했듯이, 나는 그가 내 방의 어두운 곳에 서 있는 모습을 보았다고 상상할 정도였다. 그의 이름 자체가 나를 매료시켰던 것이다. 윌리 휴즈! 윌리 휴즈! 얼마나 음악적으로 들리는가! 그렇지, 이 인물을 제외하곤 누가 셰익스피어 열정의 여주인공, 그가 예속되어 있는 사랑의 주인, 섬세한 쾌락의 총아, 온 세계의 장미, 자랑스러운 젊은이의 옷차림을 한 봄의 전령, 듣기 감미로운 음악인 사랑스러운 소년, 아름다움이 그의 극적 힘의 초석이듯이 셰익스피어 마음의 의상 자체인 아름다움이 될 수 있겠는가! 그의 황폐와 그의 수치—단지 그의 인격의 마법으로 감미롭고 사랑스럽게 만들었건만, 그래도 수치일 수밖에 없는—가 만들어낸 온갖 비극이 이제는 얼마나 쓰라린가! 하지만 셰익스피어가 그를 용서했다 할지라도, 우리는 그를 용서하지 말아야 하는가? 나는 그의 죄, 또는 만일 그렇다면 그토록 열렬히 그를 사랑했던 위대한 시인의 죄의 미스터리를 밝히고 싶지 않다. "나는 있는 그대로이오"라고 셰익스피어는 고상한 경멸을 노래한 소네트에서 말했다.

> 나는 있는 그대로이오, 그들과는 다르거늘
> 그들은 그들의 행위로 미뤄 나의 행위를 비방하도다.

그들은 비뚤어졌어도 나는 곧으리.

나의 행위를 그들의 비열한 생각으로 나타내선 안 되리.

휴즈가 셰익스피어 극장을 포기한 건 다른 문제이므로, 나는 그것을 상세히 조사했다. 마침내 나는 그레이엄이 소네트 80의 경쟁 극작가로 채프먼을 간주한 게 잘못이었다는 결론에 도달했다. 여기서 언급된 인물은 말로[36]가 분명했다. 그 소네트가 씌어졌을 당시는 1590년과 1595년 사이가 틀림없었고, "위대한 시의 자랑스러운 항진"과 같은 표현은 채프먼의 작품이 그의 후기 자코뱅[37] 극의 양식에 어떻게 적용될 수 있었는지 모르지만, 그의 작품에 사용될 수는 없었다. 아니, 작가 말로는 분명히 셰익스피어가 그처럼 칭송하는 용어로 말한 경쟁관계의 시인이었고, 그가 휴즈의 명예를 위해 썼던 찬가는 미완성으로 끝난 『영웅과 연인』(*Hero and Leander*)이었다.

밤이면 그를 지력으로

홀리게 하는 정답고 친밀한 유령,

이 인물은 말로의 『파우스트』(*Doctor Faust*)[38]에 나온 메피스토펠레스(Mephistopheles)[39]였다. 의심할 나위 없이, 말로는 소년배우의 아

36) 말로(Christopher Marlowe): 16세기 말 영국의 시인 겸 극작가로 엘리자베스 시대에 연극을 크게 발전시킨 인물. 대표작으로 『탬버린』(*Tamburlaine*), 『파우스트』(*Dr. Faust*), 『말타의 유대인』(*The Jew of Malta*) 등이 있다.

37) 'Jacobean'은 '제임스'라는 뜻의 라틴어 Jacobus에서 유래했으며, 일반적으로 영국 제임스 1세 시대(1603~25)의 미술과 문학의 발전기를 일컫는다.

38) 1589년에 집필된 것으로 추정되는 말로의 작품. 이 작품에서 주인공 파우스트는 무한한 지식을 열망하고 우주를 장악하는 힘을 동경하는 학자로 등장한다.

름다움과 우아함에 매료되어 블랙프라이어스 극장[40]으로부터 그를 유인했는데, 이 소년이 『에드워드 2세』(*Edward the Second*)에 등장하는 가베스턴(Gaveston) 역을 했을 것이다. 셰익스피어가 자신의 극장에 휴즈를 붙잡을 법적 권한을 가지고 있었다는 건 소네트 87에 분명히 드러나 보인다.

잘 가시라! 그대는 내가 소유하기에 과분하여라.
아마도 그대는 자신의 가치를 알고 있으리오.
그대의 가치의 특권이 그대를 석방하나니
그대와의 인연은 이제 모두 끝났어라.
그대의 허락 없이 내 어찌 그대를 붙잡으리오?
또한 그런 부를 지닐 자격이 내게 어디 있으리오?
이 아름다운 선물을 향유할 자격이 없기에
내 특허권을 그대에게 돌려주노라.
그대는 자신의 진가를 몰랐거나
나를 잘못 보고 우정을 베풀었으리라.
그러므로 그대의 큰 선물은 오해로 준 것이기에
바른 재량으로써 그 선물은 본래로 돌아가는 것이리라.
꿈에 속은 듯 그대를 가졌었거니
잠 잘 때는 왕이요, 깨면 그렇지 않으리.

하지만 셰익스피어는 사랑으로 붙잡을 수 없었고, 힘으로도 붙잡으려

39) 『파우스트』에 등장하는 악마의 이름.
40) 블랙프라이어스 극장(Blackfriars Theatre): 리처드 버비지가 설립한 런던의 극장.

하지 않았다. 휴즈는 펨브룩 경 극단의 구성원이 되었고, 아마 '붉은 황소 여관'(Red Bull Tavern)[41]의 앞마당에서 에드워드 왕의 섬세한 충복 역을 했을 것이다. 말로가 죽자, 그는 셰익스피어에게로 돌아온 것 같은데, 셰익스피어는 자신의 동료들이 뭐라고 생각하든 그 젊은 배우의 외고집과 변절을 주저 없이 용서했다.

또한 셰익스피어는 무대배우의 기질을 얼마나 잘 묘사했던가! 윌리 휴즈는 그중 하나였다.

그들 대부분이 보여준 일을 행하지 않고,
다른 사람들을 감동시키면서 자신은 목석 같은 사람들.

그는 사랑을 연기할 수는 있었지만 느낄 수는 없었고, 열정을 모방할 수는 있었지만 실현할 수가 없었다.

허다한 얼굴엔 거짓된 마음의 역사가
기분과 찡그린 얼굴과 기이한 주름살에 씌어 있노라,

그러나 휴즈에게는 그렇지 않았다. 광적인 숭배의 소네트에서 셰익스피어는 '천국'을 말한다.

하늘이 그대를 창조하며,
그대의 얼굴에 감미로운 사랑이 영원히 머물도록 했으니,

---

41) 런던에 있는 극장으로 글로브 극장과 더불어 셰익스피어 당시에 일반인들을 위한 공연장소로 사용되었다.

그대의 생각이나 마음이 어떻게 움직이든,

그대의 표정은 이제 감미로움 이외에 아무것도 나타내지 않아야 하리.

그의 "변덕스런 정신"과 "그릇된 마음"에서 모든 배우들의 특징이 되는, 즉각적인 인정의 욕망인 칭송에 대한 갈망에 나타나듯이, 예술적인 본성에서 분리할 수 없을 듯한 불성실과 변절을 알아내기란 쉬운 노릇이다. 그러나 이 점에서 다른 배우들보다 다행스러운 건, 휴즈가 영혼불멸에 대해 뭔가 알아야만 했다는 점이다. 셰익스피어의 극들과 긴밀히 연관되었던 그는 극 속에서, 극의 연출로 살아야 했다.

그대의 이름은 여기서부터 영생하리라,
비록 한 번 가버리면 나는 세상 모두에 하직하지만.
대지는 내게 평범한 무덤만을 부여하고,
그대는 사람들의 눈 속에 잠들어 누우리라.
그대의 비문은 나의 정다운 시이고,
아직 창조되지 않은 눈들이 그것을 읽고,
이 세상에서 숨 쉬는 모든 이들이 죽을 때,
당신의 존재가 될 혀들이 그걸 읊조릴지어다.

내시[42]는 신랄한 어조로 소네트에 명확히 나타난 것처럼, "한 배우의 입에다 영원의 휴식"을 부여했다고 셰익스피어를 비난했다.

---

42) 내시(Richard Nash): 18세기 초 영국 사교계를 좌우하던 인물로, 의상과 에티켓의 규범을 만들었다.

하지만 셰익스피어에게 그 배우는 시인의 환상에 형태와 실질을 부여하고, 고상한 사실주의의 요소를 극에 도입한 철저하고도 자의식을 가진 동료였다. 그 배우의 침묵은 말만큼 웅변적이고, 그의 몸짓 또한 그만큼 표현적일 수 있었다. 그리고 타이탄 신의 고뇌나 신이 고통을 겪는 끔찍한 순간, 생각이 대사를 압도하며, 과도한 번뇌로 병든 영혼이 말을 더듬거리며 벙어리가 되고, 언변이라는 의상 자체가 폭풍 같은 열정으로 갈기갈기 찢겨질 때 배우는 비록 짧은 순간이나마 독창적인 예술가가 되어, 비극이 호소하는 공포와 연민의 샘들을 자신의 존재와 개성만으로 건드릴 수 있다. 배우의 예술과 힘에 대한 이런 완벽한 각성이야말로 낭만주의와 고전주의 드라마를 구별하는 요인 가운데 하나며, 결과적으로 그것은 정말 다행스럽게도——이 점에서도 그렇지만——리처드 버비지(Richard Burbage)[43]를 찾아내어 휴즈를 무대에 등장시킬 수 있었던 셰익스피어에게 감사해야 할 일에 속한다.

무슨 즐거움으로 셰익스피어는 휴즈가 관중들에게 던진 영향을 곰곰이 생각하는가—— 그건 그가 말한 '응시자들'(gazers)인가. 게다가 어떤 우아한 환상을 품고서 그는 예술 전체를 분석하는가! 「연인의 불만」(Lover's Complaint)이라는 시에서마저 셰익스피어는 그의 연기에 대해 언급하며, 극적 상황에서 나온 특성에 매우 감화를 받는 성격 탓에 "모든 낯선 형태들"을 가정할 수 있었다고 우리에게 말한다.

> 타는 듯 얼굴을 붉히거나, 흐르는 눈물이거나,
> 쇠약한 듯 창백함이여.

---

43) 극장주이자 배우인 제임스 버비지(James Burbage)의 아들로 1595년부터 '체임벌린스 멘 극단'을 대표하는 배우였다. 일생을 연극으로 보냈으며, 셰익스피어와는 친구이자 동료로서 각별했다.

셰익스피어는 나중에 휴즈가 어떻게 놀라운 힘으로 다른 사람들을 속일 수 있었는지 우리에게 말하며, 그의 의미를 좀더 상세히 설명한다.

> 공연장에서 얼굴이 붉어져 괴로움으로 눈물을 흘리거나,
> 비극 장면에서 기절하여 백지장처럼 창백해지고.

이 사랑스런 목동(牧童)——"예술 속의 젊음과, 젊음 속의 예술"이 그토록 미묘한 단계와 열정으로 묘사되어 있는——이 바로 소네트의 W. H. 씨라는 사실이 과거에는 지적된 적이 없었다. 하지만 그가 그렇다는 데 의심의 여지가 없다. 개인적인 외모에서도 두 총각이 흡사할 뿐만 아니라 그들의 성격과 기질도 동일하다. 변장한 목동이 변덕이 심한 처녀에게 속삭일 때,

> 그대가 멀리서 본 나의 모든 과오들은
> 잘못된 피로 인함이지, 정신의 잘못은 아니랍니다.
> 사랑은 그렇게는 하지 못해요.

그가 연인들을 두고 말할 때,

> 내가 그들에게 해를 끼쳤건만 결코 상처는 받지 않았으리,
> 심장을 의복에다 묻었지만 내 심장은 자유로우리,
> 그대의 군주국에서 명령하며 통치하도다.

그들 중 하나가 "뇌리에 깊이 박힌 소네트"를 그에게 보냈고, 그는 소년다운 자존심으로 소리 높여 외친다.

내게 속한 부서진 가슴이
내 우물에 있는 수원을 마르게 했노라.

우리에게 말을 걸고 있는 인물이 바로 휴즈라는 것을 느끼지 못하는 건 불가능하다. 사실인즉, "뇌리에 깊이 박힌 소네트"는 셰익스피어가 그에게 가져다준 것으로, 사려 깊지 못한 그의 눈에는 "사소한 것"에 불과한 "보석"이었던 것이다. 비록,

몇몇의 돌마다,
지혜로 빛을 더하고, 미소를 띠거나 누군가를 한숨 짓게 하지만,

그는 아름다움의 우물 속으로 자기 노래의 달콤한 샘을 쏟아넣었다. 이렇게 두 군데서 언급되고, 또한 분명한 건 어느 배우였다. 버림받은 요정은 연인의 뺨에 있는 "허위의 불길"과 그의 한숨이 가져온 "강요된 우레"와 그의 "빌려온 동작"에 대해 우리에게 이야기한다. 그에게, 사실 배우에게라면, "생각, 인물, 언어"가 "단지 예술일 뿐"이거나,

슬퍼하는 사람을 웃게 만들고, 웃는 사람을 슬프게 하려고
그는 방언과 다른 재간을 지니고 있었으며,
의지의 재능으로 모든 열정을 움켜잡는가?

마지막 행에 나오는 말장난은 동음이의의 소네트에 사용된 것과 같고, 다음 시행에 계속된다. 여기서 우리는 그 젊은이에 대해 듣는다.

그대의 넓은 가슴 위로 시간의 기억이 흐르나니,

몸을 섞은 기억인가,

이런 사람들도 있다.

……그대를 위해 무슨 말을 하리오,
그들 자신의 의지를 물어, 절대로 복종하게 하리라.

그렇다. 소네트에 등장하는 비너스(Venus)[44] 시의 "장밋빛 뺨의 아도니스"[45]와 「연인의 불만」에 나오는 위장한 양치기와 "부드러운 구두쇠"와 "아름다운 깍쟁이"는 바로 그 젊은 배우였던 것이다. 그러고 나서 그에 대한 다양한 묘사들을 읽어나가면서, 나는 셰익스피어가 그에게 품었던 사랑이 어떤 음악가가 자신이 즐겨 연주하는 섬세한 악기를 사랑하는 것과 같고, 어떤 조각가가 새로운 형태의 유연한 아름다움, 즉 새로운 양식의 유연한 표현을 암시하는 어떤 희귀하고 정교한 소재를 사랑하는 것과 같았다는 사실을 알았다. 리드미컬한 말이든, 즐거움을 주는 색깔이든, 달콤하고 미묘하게 나뉜 소리든, 모든 예술은 무릇 매개체인 소재를 가지고 있는 법이다. 즉 우리 시대의 가장 매력적인 비평가 가운데 한 명이 지적했듯이, 우리가 예술에서 보는 감각적 요소와 함께 예술에서 본질적으로 예술적인 모든 것은 각 소재에 내재하고, 그것에 특별한 속성들 덕택이다. 그렇다면 완벽한 재현을 위해 연극이 요구하는 소재에 대해 우리는 무슨 말을 할 것인가? 연극만이 진정으로 드러낼 수 있는 매개체인 배우란 무엇인가? 확실히도, 극장 예술의 양상과

44) 그리스 신화에 나오는 사랑과 미와 풍요의 여신.
45) 그리스 신화에 나오는 미청년으로, 미의 여신 아프로디테의 연인이었다.

방법이 되는 삶에 의해 그처럼 이상하게 인생을 모방하는 데는 다른 어떤 예술도 소유하지 못하는 감각적인 미의 요소들이 있다. 한 가지 관점에서 보면, 사프란 향이 날리는 무대의 평범한 배우들이란 예술에서 가장 완전하고도 충족감을 주는 도구들이다. 청동에는 열정이 없고, 대리석에는 움직임이 없다. 조각가는 색을 포기해야 하고, 화가는 완벽한 형태를 포기해야 한다. 서사시는 행동을 말로 바꾸고, 음악은 말을 곡조로 바꾼다. 게르비누스[46]의 절묘한 말을 인용하면, 모든 수단을 한꺼번에 활용하고, 사람들의 눈과 귀에 모두 호소하면서 형태, 색, 어조, 외관, 말, 신속한 움직임, 시각적 행위의 강력한 사실성 등을 마음대로 부릴 수 있는 건 단지 연극뿐이다.

예술에서 어떤 약점의 비밀은 바로 이런 완벽한 도구에 놓여 있다고 볼 수 있다. 그런 예술은 현실과 동떨어진 소재를 사용할 때 가장 행복하며, 매개물과 물질의 절대적인 정체성에 위험——비열한 사실성과 생경한 모방의 위험——이 있다. 그래도 셰익스피어 자신은 배우였고, 배우들을 위해 글을 썼다. 그는 자신의 시대까지 단지 과장이나 익살 속에서만 저절로 표현된 예술 속에 숨겨진 가능성을 보았던 것이다. 그는 지금껏 씌어진 것 가운데 연기에 대한 가장 완벽한 규칙들을 우리에게 남겨놓았다. 그는 우리에게 단지 무대에서만 진실로 드러날 수 있는 부분들을 창조했고, 그것을 완전히 실현하기 위한 극장을 필요로 하는 극을 썼다. 우리는 그가 자신이 가진 꿈의 화신이었듯이, 자신이 가진 비전의 해석자였던 사람을 그토록 찬미했다는 데 경이를 금치 못한다.

하지만 그의 우정 속에는 목적을 달성하도록 자신을 도와준 사람에

46) 게르비누스(Georg Gottfried Gervinus): 19세기 독일의 문학자 겸 역사가로 1849~52년에 셰익스피어에 대한 저서를 출간했다.

대한 극작가의 단순한 기쁨 이상의 무엇이 있다. 이건 실로 열정은 아니더라도 미묘한 쾌락의 요소이자, 예술적 동료의식을 위한 고상한 기초였다. 하지만 그건 소네트가 우리에게 드러낸 전부는 아니었고, 그 너머에 뭔가가 있었다. 신플라톤주의(Neo-Platonism)[47]의 언어뿐만 아니라 영혼이 있었던 것이다.

"신에 대한 두려움은 지혜의 시작이다"라고 엄숙한 히브리[48] 예언가가 말했다. 다시 말해 "지혜의 시작이 사랑이다"는 그리스인들이 남겨놓은 우아한 메시지다. 게다가 너무나 많은 점에서 이미 헬레니즘을 본받은 르네상스 정신은 이 말의 내적 의미를 감지하고 성스러운 비밀을 풀면서, 고대 이상의 지고한 위엄과 유대를 드높여 그것을 새로운 문화의 중요한 요소이자 자의식적인 지적 발전의 양식으로 삼으려고 했다. 1492년에는 피치노[49]가 번역한 플라톤의 『심포지엄』(*Symposium*)이 나왔는데, 플라톤의 모든 대화록 가운데 가장 시적이면서도 가장 완벽한 그의 놀라운 대화록은 사람들에게 이상한 영향력을 던져 그들의 말과 사고와 행동양식을 변모시키기 시작했다. 영혼의 결합에 대한 미묘한 암시와, 지적인 열정과 육체적인 사랑의 열정 사이에서 나온 진기한 유추와, 아름답고 생동감 있는 형태로 이데아의 승화와 더불어, 진통을

---

47) 3세기 철학자이자 종교가인 플로티노스(Plotinos)가 완성한 그리스 철학의 마지막 학파. 오늘날 신플라톤주의자로 분류되는 고대 철학자들은 고대 신플라톤주의 사상을 이어받은 르네상스와 17세기의 철학자들과 마찬가지로 자신들을 단순히 '플라톤주의자'라고 불렀다.

48) 히브리어의 이브리(ibri: 건너온 사람들이라는 뜻)에서 유래한 말. 원래 외국인들이 유대인을 멸시하여 부른 말로 사회적으로 신분이 낮은 사람들을 가리킨다.

49) 피치노(Marsilio Ficino): 15세기 후반 이탈리아의 철학자 겸 신학자. 플라톤과 그리스 고전 작가들의 저서를 번역하고 해설하여 피렌체 지역에서 플라톤 부흥을 일으킨 인물이다.

겪고 생명을 탄생시키는 참된 영적 잉태를 꿈꾸는 가운데 16세기 시인들과 학자들을 매료시켰던 뭔가가 있었던 것이다. 셰익스피어도 매료되었음이 틀림없었고, 피치노의 번역이 아니었더라도 벨레[50]가 수많은 우아한 운율로 증정한 해적판 프랑스어 번역으로 영국으로 건너온 수많은 책에 나와 있는 대화록을 그가 읽었을 것이다. 셰익스피어가 휴즈에게 이렇게 말할 때,

그대를 방문하는 자로 하여금
세월을 초월하는 불멸의 시를 짓게 하리라.

그는 미(美)가 출생을 관장하여 희미한 영혼의 잉태에 빛을 가져다주는 여신이라는 디오티마(Diotima)[51]의 이론을 생각하고 있었다. 셰익스피어가 우리에게 "진정한 정신의 결혼"에 대해 말하며, 자신의 친구에게 시간이 파괴하지 못하는 아이들을 낳으라고 권유할 때, 그는 "친구들이란 유한한 운명의 아이들을 낳는 자들보다 훨씬 더 가까운 유대로 결혼한다. 왜냐하면 좀더 청아하고, 불멸의 운명을 가진 아이들이 바로 그들의 자손이 되기 때문이다"라고 여성 예언자들이 우리에게 했던 말을 그대로 반복할 따름이었다. 그래서 『영웅과 연인』이라는 작품의 헌사에서 블론트[52]는 말로의 작품들을 "그의 두뇌의 소산"인 "정당한 아

50) 벨레(Joachim du Bellay): 16세기 초반 프랑스 시인으로 '플레야드'로 알려진 문학동인을 이끌었다. 그는 프랑스어가 적어도 이탈리아어와 동등한 수준의 근대문학을 만들 수 있다고 주장했다.

51) 전설상의 인물인 아르카디아 남동부의 무녀(巫女). 플라톤의 『대화편』 속의 「향연」에 등장한다.

52) 블론트(Edward Blount): 17세기 초 영국의 출판업자 겸 번역가. 1623년 셰익스피어의 희곡을 모은 첫 번째 2절판 책을 출간했다.

이들"이라고 말했지만, 베이컨[53]이 "대중에게 가장 위대한 공헌이 되는 최고의 작품들이란 애정이나 수단으로 대중들과 결혼하여 그들에게 혜택을 주었던, 결혼을 하지 않고 아이들이 없는 사람들에게서 나오는 법이다"라고 주장할 때, 그는 『심포지엄』에 나온 단락을 쉽게 풀이한 것이다.

실로 우정이란 진정한 세계는 이데아의 세계며, 이러한 이데아는 시각적 형태를 취해 인간에게 승화된다는 이른바 플라톤의 이론이나 신조보다 영원성이나 열정에서 더 나은 근거를 조금도 바랄 수 없다. 그리고 오늘날 친구들이 습관적으로 서로 건네는 사랑의 표현과 어휘의 진정한 의미를 우리가 이해할 수 있는 건 신플라톤주의가 르네상스에 미친 영향을 깨달을 때만 가능하다. 육체적 세계의 표현에서 영적이고, 조악한 육체적 욕구에서 벗어나 영혼이 주인이 되는 영역으로의 신비한 이동 같은 것이 있다. 실상 사랑은 새로운 아카데미 동산의 올리브 정원으로 들어갔지만, 그는 똑같이 어른거리는 옷을 입고 똑같은 열정의 말을 늘어놓는다.

흔히 부르듯이 "이탈리아에서 가장 도도한 영혼"인 미켈란젤로(Michaelangelo)[54]는 젊은 카발리에리[55]를 너무나 뜨겁고 열정적인 용어로 불렀기 때문에, 어떤 사람들은 문제의 소네트가 페스카라 후작(Marchese di Pescara)[56]의 미망인으로, 그녀가 죽을 때 위대한 조각가가

53) 베이컨(Francis Bacon): 17세기 초 영국의 법률가 겸 정치가로 영어 문장의 대가였다. 모든 지식을 통달하여 자연을 정당하게 지배할 수 있는 새로운 방식을 세운 것으로 유명하다. 르네상스 후의 근대철학, 특히 영국 고전 경험론의 창시자다.

54) 16세기 이탈리아의 화가, 조각가, 건축가. 중세 최고의 예술가로 꼽힌다.

55) 카발리에리(Tommaso Cavalieri): 미켈란젤로의 친구였던 이탈리아의 귀족.

56) 16세기 초 이탈리아의 군 지도자로, 신성로마제국이 프랑스와 싸울 때 큰 승

허리를 굽혀 키스를 했던 하얀 손길의 귀족 마님을 위해 씌어졌음이 틀림없다고 생각해왔다. 하지만 그 소네트들은 카발리에리를 위해 씌어진 것이며, 그런 문학적 해석이 옳다는 건 셰익스피어가 휴즈의 이름으로 장난하듯 미켈란젤로가 그의 이름으로 장난한 것은 물론이거니와, 그 젊은이와 아주 친할뿐더러 "비견할 수 없는 개인적 아름다움 이외에도 너무나 매력적인 성품과, 매우 뛰어난 능력과, 극히 행실이 우아했기에 세상에 알려질수록 더욱 사랑받을 가치가 있고, 아직도 그러하다"라고 우리에게 그대로 말한 바르치[57]에게서 나온 직접적인 증거에서도 분명히 알 수 있다. 이러한 소네트들이 이제 우리에게 이상하게 보일지라도, 올바르게 해석된다면 그것들은 미켈란젤로가 어떤 강렬하고도 종교적인 열정으로 지적 아름다움을 숭배하는 데 몰두했는지 보여줄 뿐만 아니라, 시먼즈 씨의 근사한 표현을 빌린다면, 어떻게 그가 육신의 베일을 뚫고서 억압되었던 신성한 생각을 갈구했는지 보여준다. 미켈란젤로의 친구인 브라치[58]가 죽자 그가 리치오[59]를 위해 쓴 소네트에서, 우리는 시먼즈 씨가 지적했듯이 사랑이란 영적인 것이 없다면 아무것도 아니고, 아름다움이란 사랑하는 사람의 영혼 속에 불멸을 찾는 형태라는 플라톤의 인식을 추적할 수 있다. 브라치는 17세의 나이에 죽은 청소년이었고, 리치오가 미켈란젤로에게 그의 초상화를 그리도록 요청하자 "나는 당신 속에 그가 여전히 살아 있는 모습만을 그려줄 수 있소"라고 대

리를 거두었다.

57) 바르치(Benedetto Varchi): 피렌체에서 태어난 16세기 이탈리아 작가 겸 역사가로 젊은 귀족을 사랑한 동성애자였다.

58) 브라치(Cecchino Bracci): 1555년에 세상을 떠난 로마의 청년으로 미켈란젤로가 그의 죽음을 슬퍼하며 54행의 시를 그의 비문에 바쳤다.

59) 리치오(Luiqi del Riccio): 교황을 옹호한 공화주의자였으며, 미켈란젤로의 조언자 역할도 했다.

답했다고 한다.

> 사랑을 받은 자가 연인 속에 빛을 발한다면,
> 예술은 그대 없이 홀로 이루어질 수 없으므로,
> 나는 세상에 그대를 말하기 위해 그대를 아로새겨야만 하리.

똑같은 생각이 몽테뉴[60]가 쓴 우정에 대한 고상한 글에서도 펼쳐지는데, 그가 말한 우정이란 형제간의 사랑이나 여자에 대한 남자의 사랑보다 높은 위치에 있는 열정을 말한다. 그는 우리에게――나는 셰익스피어가 친숙했던 책 가운데 하나였던 플로리오[61]의 번역에서 인용한다――어떻게 "완벽한 친목"은 나눌 수 없고, 그것이 어떻게 "영혼을 소유하며 모든 권한으로 영혼을 지배하는지", 그리고 어떻게 "영적 아름다움의 개입으로 영적 인식의 욕망이 사랑받는 사람에게 잉태되는지"를 들려준다. 그는 단지 친구들에게, 단지 친구들에게만, 꺼내는 "내적인 아름다움과 까다로운 지식 그리고 심원한 발견들"에 관해 글을 썼다. 그는 난폭한 비탄과 어찌할 수 없는 사랑의 악센트로, 고인이 된 부티에[62]의 죽음을 슬퍼한다. 멜란히톤[63]의 친구이자 교회개혁의 지도자였던 박식한 랑게는 젊은 시드니에게 어떻게 그가 눈을 즐겁게 하려고 몇 시간이나 자신이 만든 초상화를 소지하며, 어떻게 그의 욕구가 "시각에 의해

---

60) 몽테뉴(Michel de Montaigne): 16세기 프랑스의 사상가 겸 문필가. 그의 『수상록』(*Essais*)은 인간정신에 대한 회의주의적 성찰과 라틴고전에 대한 해박한 교양을 반영하고 있다.

61) 플로리오(John Florio): 16세기 말 영국의 사전편집자 겸 번역가.

62) 부티에(Etienne de la Boetie): 16세기 프랑스의 시인.

63) 멜란히톤(Philipp Melanchthon): 독일에서 태어난 16세기 신학자 겸 계몽사상가로 루터(Luther)의 종교개혁을 지지했다.

줄어들지 않고 커지는지"를 말한다. 그러자 시드니는 "천국의 영원한 축복 다음으로 내 인생의 으뜸가는 소망은 항상 진정한 우정을 즐기는 것인데, 거기서 당신은 가장 중요한 위치를 찾을 것이오"라고 그에게 쓴다. 나중에 런던에 있는 시드니의 집으로 한 사람——신의 모습을 온전히 바라본 죄로 로마에서 화형을 당해야 할——이 찾아왔는데, 그는 파리대학을 갓 졸업한 브루노[64]였다. "철학과 필요한 사랑"(A filosofia e necessario amore)이라는 표현이 그의 입을 떠나지 않았고, 괴이하고 열정적인 성격에는 그가 인생의 새로운 비밀을 발견했다고 사람들이 느끼게 만든 뭔가가 있었다. 친구에게 글을 쓰면서 존슨[65]은 자신을 "당신의 진정한 연인"이라고 부르며, 셰익스피어를 두고 쓴 「나의 사랑하는 이에 대한 추억」(To the Memory of My Beloved)이라는 고상한 찬양을 헌정했다. 반필드[66]는 『다정한 목동』(*The Affectionate Shepherd*)에서 엘리자베스 시대의 어떤 젊은이에 대한 애정의 이야기를 부드러운 버질리안풍으로 읊었다. 모든 전원시(Eclogues) 가운데서 프론스[67]는 번역을 위해 두 번째를 택했고, 스승인 W. C.에게 보낸 플레처[68]의 시

---

64) 브루노(Giordano Bruno): 16세기 이탈리아의 철학자 · 천문학자 · 수학자 · 신비주의자. 현대 과학을 예상하는 이론들을 제시했는데, 가장 유명한 것은 무한한 우주에 관한 이론과 다양한 세계에 관한 이론이다.

65) 존슨(Ben Johnson): 엘리자베스 여왕 시대의 극작가. 고전주의 원칙을 극에 준용하기를 고집했으며, 하향 길에 접어든 극을 소생시키려고 했다. 『인간 희극』(*Every Man in His Humor*), 『시저너스』(*Sejanus*), 『볼포네』(*Volpone*) 등을 집필했다.

66) 반필드(Richard Barnfield): 엘리자베스 시대의 시인.

67) 프론스(Abraham Fraunce): 16세기 후반 영국의 문인으로 시드니의 후원 아래 문학활동을 했다.

68)플레처(John Fletcher): 제임스 1세 때 활약한 영국의 극작가로, 당대의 극작가들과 협력해 많은 희극과 비극작품들을 남겼다.

는 매혹된 속마음이 알렉시스(Alexis)라는 이름에만 숨겨져 있음을 보여주고 있다.

그렇다면 그의 당대를 뒤흔든 정신 때문에 셰익스피어의 마음이 흔들렸다는 건 놀라운 일이 아니다. 소네트라는 문학 양식이 창작된 게 유감스럽다고 여겼던 핼럼[69] 같은 비평가들은 소네트에는 뭔가 위험하고, 심지어 뭔가 불법적인 데가 있다고 보았다. 그들에게 채프먼의 고상한 어휘로 대답하는 것이 충분하리라.

> 삶과 죽음이 무엇인지 아는 자에게 위험이란 없는 법.
> 그의 지식을 넘어선 어떤 법칙도 없다. 어떤 다른 법에
> 굴복하는 건 정당하지 못하리라.

소네트가 이러한 변호를 전혀 요구하지 않으며, 그것이 "과도하고 잘못된 애정의 어리석음"이라고 말하는 사람들은 그 시대의 철학이나 예술과 그토록 긴밀하게 연관된 위대한 시의 언어나 정신을 해석할 수 없다는 게 명백하다. 몰입된 열정으로 가득 찬다는 것이 저급한 삶의 안정을 포기한다는 길임은 의심의 여지가 없지만, 그렇게 포기해서 얻어지는 바가 있고, 셰익스피어에게도 분명히 그러했다. 미란돌라[70]가 카레지[71] 저택의 문지방을 건너, 젊음이 발산하는 놀라운 우아함과 아름다움을 한껏 띠고 피치노의 앞에 서자, 노학자는 그로부터 그리스 이상의 실현을 보는 듯하여, 페이터 씨[72]가 우리에게 상기시키듯, "플라톤 철학의

69) 핼럼(Henry Hallam): 19세기 초 영국의 수필가 겸 시인.

70) 미란돌라(Giovanni Pico della Mirandola, Conte di Concordia): 15세기 이탈리아의 인문학자이자 플라톤주의 철학자.

71) 피렌체 부근의 지명.

신비적 요소가 비전과 환희의 최고치까지 치달았던" 새로운 플라톤인 플로티노스(Plotinos)[73]를 해석하는 데 여생을 바치기로 결심했다. 당대의 젊은 로마인과 낭만적인 우정이 빙켈만[74]을 그리스 예술의 비밀로 안내하여, 그에게 미의 신비와 형태의 의미를 가르쳤다. 셰익스피어는 휴즈에게서 자신의 예술의 재현뿐만 아니라, 미에 대한 그의 관념을 시각적으로 구현하기 위한 가장 섬세한 도구를 발견했던 것이다. 그래서 당대의 우둔한 작가들이 그 이름마저 연대기에서 빠뜨린 이 젊은 배우에게 영국 문학의 낭만주의 운동이 큰 신세를 지고 있다는 건 과언이 아니다.

3

어느 날 저녁, 나는 엘리자베스 시대 문학에서 휴즈를 실제로 발견했다고 생각했다. 위대한 에식스 백작[75]의 마지막 나날들을 놀랍도록 생생하게 기록하는 가운데, 그의 궁정 목사인 넬(Thomas Knell)은 우리에게 이렇게 말한다. 백작이 사망하기 전날 밤, "그가 자신의 음악가인 윌

72) 페이터(Walter Pater): 19세기 영국의 비평가 겸 문예가. 외과의사의 아들로 태어나 옥스퍼드에서 수학한 다음 1873년 『르네상스 역사 연구』(*Studies in the History of the Renaissance*)를 출간했다. 그가 주창한 '예술을 위한 예술' 옹호론은 심미주의 운동의 원칙이 되었다.

73) 3세기 로마의 철학자로, 당대의 영향력 있는 지식인 집단의 중심인물. 신플라톤주의 철학학파의 창시자로 여겨진다.

74) 빙켈만(Johann Winckelmann): 페이터의 저서에 나온 인물로, 18세기 독일의 고고학자 및 미술사가. 그의 저작은 대중이 고전 예술, 특히 고대 그리스 예술에 관심을 갖게 해주었다.

75) 에식스 백작(Robert Devereux, 2nd Earl of Essex): 16세기 말 잉글랜드의 군인 겸 궁정신하. 엘리자베스 1세와의 관계로 유명하다. 1601년 에식스 백작은 엘리자베스 여왕에게 반역을 도모했고, 이 계획이 실패하자 사형선고를 받았다.

리엄 휴즈(William Hewes)를 불러 작은 하프를 연주하며 노래를 하도록 했다. '연주하라,' 백작이 말한다. '내 노래를, 윌 휴즈(Will Hewes), 그러면 내가 직접 노래할 테니.' 그래서 백작은 가만히 아래를 내려다보며 자신의 종말을 울부짖는 구슬픈 백조가 아니라, 두 손을 쳐들고 자신의 하느님에게 시선을 던지며, 청명한 하늘로 올라가 지치지도 않는 혀로 지고한 천상의 끝까지 노래하는 감미로운 종달새처럼 극히 즐겁게 노래한 것이다." 죽어가는 아버지인 시드니의 스텔라(Stella)에게 작은 하프를 연주했던 소년은 분명히 셰익스피어가 소네트를 헌정했고, 그의 말로 스스로 "듣기 감미로운 음악"이라고 한 윌 휴즈였던 것이다. 그러나 에식스 백작이 사망한 1576년에 셰익스피어는 12세의 나이에 불과했다. 그러므로 백작의 음악가가 셰익스피어 소네트에 나온 W. H. 씨가 될 리 만무했다. 어쩌면 셰익스피어의 젊은 친구는 작은 하프를 연주한 인물의 아들이 아닐까? 윌 휴즈가 엘리자베스 시대의 이름이라는 발견은 적어도 어떤 의미를 지닌다. 그리고 휴즈라는 이름은 음악이나 무대와 깊은 연관성을 가진 듯하다. 영국 최초의 여배우는 루퍼트 왕자(Prince Rupert)가 그토록 총애했던 사랑스러운 마가렛 휴즈(Margaret Hews)였다. 그녀와 에식스 백작의 음악가 사이에서 셰익스피어 극의 소년배우가 나왔다는 사실보다 더 있음직한 일이 어디 있겠는가? 1587년, 토머스 휴즈(Thomas Hews)라는 인물이 당시 법학도이던 베이컨에게서 농아극을 각색하는 데 많은 도움을 받으며 『아서의 불행』(*The Misfortunes of Arthur*)이라는 제목을 가진 에우리피데스(Euripides)[76]의 비극을 '그레이즈 인'[77]에서 선보였다. 분명히 그는

76) 소포클레스, 아이스킬로스와 함께 고대 아테네의 3대 비극작가 가운데 한 명으로 꼽히며, 18편의 희곡을 남겼다.

77) 그레이즈 인(Gray's Inn): 런던에 있는 네 개의 왕립 법학원 가운데 하나.

셰익스피어가 말하던 청소년과 가까운 어떤 친척 남자였다.

내 사랑을 모두 가져가요, 내 사랑, 그래요, 모두를 다 가져가요.

그가 묘사한 대로, 이 인물은 "설익은 아름다움"을 가진 "무익한 수전노"인가? 하지만 그 증거, 연관성——그런 것들은 어디에 있는가? 아! 나는 그것들을 찾아낼 수 없었다. 나는 언제나 절대적인 검증의 언저리에 이르렀으면서도, 실제로 그것들을 결코 손에 넣을 수 없을 것 같았다. 16세기와 17세기의 영국 소년배우에 대한 역사를 그 누구도 쓴 바가 없다는 것이 이상하다고 생각한 나머지, 나는 직접 임무를 떠맡아 연극과의 진정한 관계를 확인하려고 결심했다. 그런 주제는 분명히 예술적 흥미로 충만했다. 이런 청소년들은 우리 시인들에게 달콤한 선율을 들려주게 하는 섬세한 악기인데다, 그들의 노래를 담은 자줏빛 와인을 넣은 친절한 명예의 그릇이다. 그들 가운데 가장 으뜸은 자연스럽게도 셰익스피어가 자신의 가장 정교한 창작을 실현하도록 맡긴 젊은이였다. 그의 아름다움은 우리 시대가 한 번도 가져보지 못하거나, 거의 본 적이 없는 것으로, 양성의 매력을 조합하여, 소네트가 우리에게 말하듯 아도니스의 기품과 헬렌의 사랑스러움을 결합시킨 아름다움이다. 그는 재치있고 달변이었으며, 풍자가들이 조롱했던 미세하게 굽어진 입술에서 줄리엣의 열정적인 외침과, 베아트리체의 환한 웃음과, 퍼디타의 화려한 언변과, 오필리아가 읊은 방황의 노래가 나왔던 인물이다. 그러나 셰익스피어 자신이 거인들 사이의 신이듯, 휴즈는 영국 르네상스가 어떤 환희의 비밀이라는 은혜를 입은 많은 경이로운 청소년에서 나온 인물일 따름인데, 나는 그것이 연구와 기록의 가치가 있다고 보았다.

나는 수려한 양피지 종이와 다마스크 실크 표지로 된 자그만 책——공상이 많았던 시절 나의 공상이 담긴——에서 내가 모을 수 있는 정보를 이리저리 수집했는데, 심지어 지금도 그들의 삶에 대한 하찮은 기록과 함께 그들의 이름을 언급하는 것만으로도 나의 관심을 끄는 무엇이 있었다. 나는 그들 모두를 알 수 있을 것 같았다. 이들은 다음과 같았다. 탈턴[78]에게 유혹되어 무대에 서게 된 대장장이 아들 아민(Robin Armin). 벌레이 경이 '그레이즈 인'에서 본 고급 창녀 플라만샤(Flamantia) 역의 샌포드(Sandford). 비극 『시저너스』[79]에서 아그리피나(Agrippina) 역을 맡았던 쿠크(Cooke). 수염도 나지 않은 젊은 시절의 초상화가 아직 덜리치에 보존되어 있고, 『신시아의 잔치』(*Cynthia's Revels*)[80]에서 "여왕과 정숙하고 아리따운 여자 사냥꾼"을 연기했던 필드(Nat Field). 산속의 님프로 성장하고, 사랑스런 가면을 쓰고 나르키소스(Narcissus)[81]를 위해 슬퍼하는 에코(Echo)[82]의 노래를 불렀던 케리(Gil Carie). 『탬버린』[83]이라는 낯선 야외극에서 샘물의 요정인 살마시스(Salmacis)로 출연한 파슨스(Parsons). 『여왕의 예배대원』(*The Children of the Queen's Chapel*)의 등장인물로 스코틀랜드까지 제임스 왕을 따라간 오스틀러(Will Ostler). 왕이 친히 자줏빛 천의 망토와 진홍색 벨벳 망토를 선사했던 버넌(George Vernon). 매신저[84]의 『로마 배우』(*Roman*

---

78) 탈턴(Richard Tarlton): 엘리자베스 여왕 시대의 희극배우.
79) 벤 존슨의 비극작품으로 1602년에 집필했으나, 좋은 반응을 얻지 못했다.
80) 1600년에 상연된 벤 존슨의 우화적 희극으로 궁정에서 발생하는 다양한 해악들을 희화하고 있다.
81) 그리스 신화에 나오는 테스피아이의 미소년. 보이오티아의 강의 신 케피소스와 님프 레이리오페 사이에서 태어난 아들이다.
82) 그리스 신화에 나오는 숲의 요정. 나르키소스라는 미남 청년을 사모했으나 거절당하자 흔적도 없이 사라졌지만, 연인의 이름을 애타게 부르는 소리만은 그대로 남아 지금도 자기를 부르는 자가 있으면 대답한다고 한다.
83) 1587년경에 씌어진 말로의 작품.

Actor)[85]에서 베스파시아누스(Vespasianus)와 내연관계에 있던 새니스(Caenis) 역을 하고, 3년 후 동일한 극작가의 『그림』(*Picture*)에서 아칸테(Acanthe) 역을 공연했던 거프(Alick Gough), 리처드의 비극 『메살리나』(*Messalina*)의 여주인공 배렛, 셰익스피어 극단 단원으로 의상에 대한 정교한 취향과 여성 의상의 애호가로 유명했고, 벤 존슨의 말로 "무척이나 깜찍한" 로빈슨(Dicky Robinson), 우리 문학에서 가장 감미로운 비가(悲歌) 중에서 존슨이 때 이른 비극적 죽음을 애도했던 파비(Salathiel Pavy), 『찰스 왕자의 배우들』(*The Players of Prince Charles*)에 출연하고 마미온[86]의 희극에서 소녀 역을 맡은 새빌(Arthur Savile), 눈꺼풀이 둔중하고 다소 관능적 입매의 창백한 타원형 얼굴로, 당대의 진기한 모습으로 우리를 쳐다보는 "매우 유명하고 아름다운 여배우" 해머튼(Stephen Hammerton), 비극 『추기경』(*The Cardinal*)[87]에서 공작부인 역으로 최초의 성공을 거두었고, 셰익스피어의 소네트를 그대로 본딴 시에서 그를, "눈에는 아름다움, 귀에는 음악"으로 보았던 인물이 묘사한 하트(Hart), 그리고 베터턴[88]이 "어떤 여성이 더 육감적으로 열정을 어루만질 수 있을지 현자들 사이에 논쟁이 일어날 정도"라고 말했으며, 무대에 여배우를 소개하는 것을 몇 년간이나 지연시켰을지도 모를 하얀 손과 호박빛 머리칼을 가진 키내스턴(Edward Kynaston) 등이 있었다.

---

84) 매신저(Philip Massinger): 17세기 초 영국의 극작가. 동료 극작가 플레처와 더불어 많은 희곡작품을 남겼다.

85) 1626년에 상연된 매신저의 비극작품으로, 로마 황제 도미티아누스(Domitianus)의 사랑과 복수를 내용으로 하고 있다.

86) 마미온(Shackerley Marmion): 17세기 초 영국의 극작가.

87) 1641년에 상연된 셜리(James Shirley)의 비극작품.

88) 베터턴(Thomas Betterton): 17세기 왕정복고기에 영국에서 가장 뛰어난 배우.

청교도들은 자신들의 기괴한 도덕과 고상하지 못한 정신으로 응당 이들에게 욕을 퍼부었고, 여자로 가장하여 여성의 행실과 열정을 즐기는 법을 배우려는 소년들의 부적절한 모습을 깊이 생각했다. 날카로운 목소리의 고슨(Gosson)과 치욕적인 비방공세에 금방 귀가 멀어버린 프린(Prynne)과 희귀하고 미묘한 추상적 미의 감각이 거부된 다른 사람들은 연단으로부터 그리고 팸플릿을 통해, 비열하고 어리석은 짓거리로 자신들의 명예를 더럽혔다. 1629년 렌턴(Francis Lenton)에게 글을 쓰면서 그는 이렇게 말한다.

공주 차림의 의상을 걸친 불쌍한 소년의
어설픈 행동, 모방의 몸짓,

이것은 많은 것 중의 하나일 따름이다.

그가 최초의 찬탈을 획득한 이래
격노하는 욕정의 저주받은 감옥으로
모든 악마가 할 수 있는 것보다 더 많은 젊은이를
몰아넣는 지옥의 유혹적인 미끼여.

구약성서에 나온 신명기(申命記)가 인용되었고, 그 시대의 설익은 지식이 이에 공헌했다. 심지어 우리 시대에도 엘리자베스 시대와 자코뱅 연극의 예술적인 상황을 제대로 감식하지 못했다. 금세기의 가장 빛나고 지적인 어떤 여배우는 17세기나 18세기의 청년이 이모겐이나 미란다 또는 로잘린드 역을 맡는다는 생각을 비웃었다. "아무리 재능 있고 특별한 훈련을 받았다고 해도, 어떻게 젊은 남자가 관객에게 해맑고 고귀한 이들 여성들을 어렴풋이나마 드러낼 수 있단 말인가? ……정말 자신의 찬란한 작품들이 훼손되고 잘못 재현되어 망쳐지게 된 것을 목격해야 했던 셰익스피어에게 연민이 생긴다." 『셰익스피어의 선임자들』(*Shakespeare's Predecessors*)에 관한 책에서 시먼즈 씨는 데스데모나의 정념과 줄리엣의 열정을 재현하려는 '애송이들'에 대해서도 언급했다. 그들이 옳았던가? 그들이 옳은가? 나는 그때도 그렇게 생각하지 않았고, 지금도 그렇게 생각하지 않는다. 옥스퍼드에서 제작한 『아가멤논』과 클리템네스트라(Clytemnestra)[89]의 우아한 말투나 대리석 같은 위엄과, 카산드라(Cassandra)[90]의 예언적 광기를 낭만적인 상상력으로 바꾼 것을 기억하는 사람들은 엘리자베스 시대 무대의 상황에 대한 혹평에서 마틴 부인(Lady Martin)이나 시먼즈 씨에게 동의하지 않을 것이다.

우리 시대의 위대한 극작가들이 극적 호기심을 유발하기 위해 사용했던 모든 모티프 가운데 성(性)의 애매함보다 더 미묘하거나 매혹적인 건 전혀 없다. 릴리[91]가 만들고, 셰익스피어가 완벽하고 정교하게 다듬은 이러한 생각은, 예술적 생각이 만들어질 수 있다고 말한다면 그 기원을―삶을 사실처럼 제시하는 가능성에서 분명히 그러하듯이―그리스인들의 무대처럼 여성 출연자들의 등장을 전혀 인정하지 않았던 엘리자베스 시대 상황에서 찾을 수 있을 것이다. 성의 혼란과 필리다(Phillida)와 갤라티아(Gallathea)[92]의 복잡한 사랑을 보는 것은 릴리

89) 아가멤논의 아내로, 그리스 신화에서는 백조로 변한 제우스가 레다(Leda)를 범하여 낳은 딸로 알려져 있다.

90) 그리스 신화에 등장하는 인물로 자신의 미모 덕에 태양의 신 아폴론에게서 예언의 능력을 얻었으나, 사랑을 얻지 못한 아폴론에게 그 힘을 빼앗긴다.

91) 릴리(John Lyly): 16세기 말 영국의 시인 겸 극작가. 유퓨이즘(Euphuism)의 원조로 불린다.

가 성 바울 성당의 소년배우를 위해 썼기 때문에 가능하다. 로잘린드가 더블릿과 긴 양말을 신고 자신을 가니메데스(Ganymedes)[93]라고 부르며, 비올라와 줄리아가 시동의 옷을 걸치고, 이모겐이 남장을 하고 몰래 빠져나간 건 셰익스피어가 휴즈를 위해 작품을 썼기 때문이다. 단지 여성만이 여성의 열정을 그려낼 수 있기에 로잘린드 역을 할 수 있는 소년이 하나도 없다고 말하는 건 연기 예술로부터 객관성에 대한 모든 주장을 빼앗아, 가상의 통찰력과 창조적 에너지에 당연히 속하는 성적 사건의 탓으로만 여기는 일이다. 정말 성이 예술적 창조의 한 요소라면, 그토록 많은 셰익스피어 여주인공들의 특징인 재치와 낭만의 즐거운 결합은 이런 역을 맡은 배우들이 청소년인데다 젊은 남자들이라는 사실로 말미암아 실제 원인이 되지는 않더라도, 최소한 그런 일이 발생했다고 보는 편이 나을 것이다. 이런 남자들이 갖는 열정적인 순수함과 민첩한 환상, 감상벽에서의 건강한 도피는 새롭고 유쾌한 유형의 소녀성과 여성성을 펼치지 않을 수 없었다. 배우와 그가 맡은 역할 사이에서 성의 차이야말로 워드 교수[94]가 지적한 대로, "관객들의 상상력의 능력을 한 단계 더 요구했고," 관객들로 하여금 현대 연극비평에서의 약점 가운데 하나인, 배우가 자신의 역할과 비현실적인 일체감을 갖지 않도록 했음이 틀림없다.

셰익스피어와 데커[95]와 당시 많은 극작가의 작품들을 빛나게 한——

---

92) 바다의 신 넵튠(Neptune)이 그리스의 어느 마을에 가장 아름다운 처녀를 제물로 요구하자 남자로 가장하여 희생을 모면한 두 처녀.

93) 제우스의 술시중을 든 트로이의 미소년.

94) 워드(William George Ward): 19세기 신학자 겸 옥스퍼드대학의 교수로, 로마 가톨릭 교회에 심취하여 '이상적 워드'(Ideal Ward)라는 칭호를 얻었다.

95) 데커(Thomas Dekker): 16세기 말 영국의 극작가. 런던의 일상생활에 대한 사실적이고 생생한 묘사로 널리 알려졌다.

스윈번 씨[96]가 "새처럼 또는 신처럼 부르는 노래자락"이라고 했던――감미로운 서정시를 소개한 인물들이 이들 소년배우들이었다는 점도 인정해야 한다. 왜냐하면 이 청소년들의 대부분은 성당과 영국 왕실교회의 성가대 출신이었고, 아주 어릴 적부터 찬송가와 연가는 물론 음악의 미묘한 기술과 관련된 모든 부분에 관해 훈련을 받았기 때문이다. 우선 잘생기고 신선한 용모와 아름다운 목소리로 인해 선발되고 나면, 몸짓과 무용과 웅변을 배우고, 라틴어뿐만 아니라 영어로 비극과 희극을 함께 공연하도록 교육을 받는다. 정말로 연기는 그 당시 보통교육의 한 부분을 차지하여, 이튼과 웨스트민스터의 학자들뿐만 아니라 옥스퍼드와 케임브리지대학의 학생들――그들 가운데 일부는, 요즘 다반사가 되듯이, 나중에 공공무대에 서게 되었지만――에 의해 상당히 연구되었던 듯이 보인다.

또 뛰어난 배우들은 합법적인 권리로 자신들에게 공식적으로 묶이게 된 학생들과 도제들을 두어 연기기술의 비밀을 전수했다. 이처럼 연기지도를 받는 이들의 가치가 상당했기 때문에, 로즈 극장의 운영자 가운데 한 사람인 헨즐로[97]가 브리스토우(James Bristowe)라는 이름의 훈련생을 금화 80을 주고 샀다는 내용을 읽을 수 있다. 대가들과 그들의 제자들 사이에 존재하던 관계는 가장 진실하고 애정 어린 특징을 가졌던 것으로 보인다. 아민은 탈턴이 자신의 양아들로 여겼던 인물인데, 셰익스피어의 절친한 친구이자 동료배우인 필립스(Augustine Phillips)

---

96) 스윈번(Algernon Charles Swinburne): 19세기 영국의 시인 겸 비평가. 혁신적인 운율을 사용한 점에서 독보적이며, 빅토리아 왕조 중기의 시적 반란을 상징하는 인물로 꼽힌다.

97) 헨즐로(Philip Henslowe): 1587년 런던에서 로즈 극장(Rose Theatre)을 세운 이후 유능한 극장 운영자로 남았다.

는 "서기 1605년 5월 4일"로 적힌 한 유언장에서, 그의 도제 가운데 한 명에게 자신의 "자주색 망토와 칼과 검"과 그의 "원색 유리병"과 으리으리한 의상을, 그리고 또 다른 도제에게는 상당한 돈과 수많은 아름다운 악기를 "도제 약정서에 나타난 기간이 만료될 때 그에게 전달될 수 있도록" 남겼다. 이따금 어떤 무모한 배우가 공연을 위해 소년을 납치했을 때는 항의와 조사가 따랐다. 예를 들어 1600년에 클리프턴(Henry Clifton)이라는 이름의 노포크에 사는 어떤 신사가 열세 살가량이던 아들에게 자선학교에 다닐 수 있는 기회를 주려고 런던으로 왔는데, 그린스트리트 씨(Mr. Greenstreet)에 의해 최근에 조명된 성법원(Star Chamber)[98]에 제출한 그의 탄원서에서 우리는 그 신사의 아들이 어느 겨울 아침 교회 수도원으로 묵묵히 걸어가다가 로빈슨(James Robinson), 에번스(Henry Evans), 가일즈(Nathaniel Giles)에게 붙잡혀 블랙프라이어스 극장으로 넘겨졌다는 사실을 알 수 있다. 그 극장은 소년의 아버지의 표현으로, "저급한 극과 막간 희극의 배역을 연기하는" 훈련을 받도록 "음탕하고 방종한, 돈만 밝히는 배우들로 구성된 극단 가운데 하나"였다. 아들의 잘못된 행로를 들은 클리프턴 씨는 즉각 극장으로 가서 아들을 돌려달라고 요구했지만, "방금 말한 가일즈, 로빈슨, 에번스는 그 당시 뻔뻔스럽게도 자신들이 이 땅에서 어떤 귀족의 아들이라도 데려갈 특권이 있다고 대답하면서," 어린 학생에게 "그들이 말한 극과 막간 희극의 역할이 적힌 대본"을 주며 그것을 달달 외우도록 명령했다고 한다. 그러나 폴테스큐 경(Sir John Fortescue)[99]이 발급한

---

98) 불공평한 판결로 악명을 떨쳤던 영국의 고등법원으로 1641년에 폐지되었다.
99) 15세기 영국의 법학자. 영미 배심제도의 기초를 이루고 있는 도덕률, 즉 결백한 사람이 처벌되는 것보다는 유죄인 사람이 처벌을 모면하게 되는 것이 낫다는 원칙을 천명했다.

약정서 덕에 소년은 다음 날 아버지에게 보내졌고, 성법원의 법정은 에번스의 특권을 정지하거나 취소했던 것 같다.

사실 리처드 3세가 정한 선례에 따라 엘리자베스 여왕은 어떤 인물들로 하여금 목소리가 아름다운 모든 소년들이 왕실 예배당에서 그녀를 위해 노래하도록 이들을 강제로 묶는 칙령을 발표했다. 여왕의 감독관인 가일은 글로브 극장 운영자들과 수지가 맞는 거래를 할 수 있다고 보고, 여왕을 위해 봉사한다는 명분 아래 여자 배역의 연기에 잘생기고 우아한 청소년들을 그들에게 제공하기로 합의했다. 따라서 배우들은 어느 정도 합법적인 자격을 갖추었고, 학교나 가정에서 그들이 데리고 온 많은 소년들, 예컨대 파비, 필드, 트루셀(Alvery Trussell) 등은 새로운 예술에 매료되고 극장에 심취하여 그곳을 떠나려 하지 않았다는 것도 흥미롭다.

어린 소녀들도 무대에서 소년 역할을 했던 적이 있는 것으로 보인다. 크리플게이트에 있는 성 가일 교회에 적힌 세례기록 가운데 다음과 같은 이상하고도 암시적인 목록이 나온다. "희극배우이자 비천한 태생의, 보커(Alice Bowker)와 존슨(William Johnson)의 딸, 여왕의 배우 가운데 한 명, 1589년 2월 10일." 하지만 그토록 기대가 높았던 아이는 6세의 나이로 죽었고, 나중에 프랑스 여배우들이 몰려와 블랙프라이어스에서 연기했을 때, 우리는 그들이 "무대에서 야유와 조소를 받고 사과세례를 받았다"는 사실을 알게 된다. 위에서 말했던 점으로 보아 우리는 이것을 유감으로 여길 필요가 없다. 왜냐하면 본질적으로 남성중심 문화인 영국의 르네상스는 자체의 방법과 양식으로 가장 충만하고도 완벽한 표현을 찾았기 때문이다.

나는 셰익스피어가 휴즈를 만나기 전에 그의 사회적 지위와 초기의 삶에 궁금증을 품곤 했던 기억이 난다. 소년배우의 역사에 대한 나의 탐색은 그에 대한 모든 세세한 사항에 호기심을 갖게 만들었다. 그는 네모난 자줏빛 악보와 길고 검은 건반 라인이 그려진 큼직한 책을 소리 내어 읽으며, 도금이 된 듯한 조각 성가대석에 서 있었을까? 우리는 소네트를 통해 그의 목소리가 얼마나 맑고 순수했으며, 음악의 기교에서 그가 어떤 솜씨를 가졌는지 알게 된다. 레스터 백작[100]과 옥스퍼드 경[101] 같은 귀족들은 자신들이 가정에서 하던 일들을 여러 소년배우들이 하도록 했다. 레스터 백작이 1585년 네덜란드에 갔을 때 그는 '배우'로 묘사된 '윌'이라는 인물을 데려갔다. 이 인물이 휴즈였을까? 그가 케닐워스(Kenilworth)[102]에서 레스터 백작을 위해 공연했고, 거기서 셰익스피어가 처음으로 그를 알게 되었을까? 아니면 그가 아민처럼 신분은 낮지만 기묘한 아름다움과 경이로운 매력을 지닌 청소년이었을까? 초기 소네트를 보면 셰익스피어가 처음 그를 만났을 때만 해도 그가 무대와 어떤 연관도 없고, 그가 고상한 신분도 아니었음이 명백하다. 나는 그가 왕실 예배당의 가냘픈 합창대원이 아니고, 레스터 백작의 당당한 가면극에서 노래하고 춤을 추도록 훈련받은 귀염둥이도 아니며, 런던의 어느 번잡한 거리나 윈저의 고요한 초록빛 들판에서 셰익스피어가 그토록 잘생기고 우아한 용모에 숨겨진 예술적 가능성을 알아보고 재빠르고 미묘한 본능으로, 만일 그 소년이 무대에 설 수만 있다면 얼마나 훌륭한 배우가 될지 미리 알고 곧장 따라갔을, 머리숱이 부드러운 어느 영국 청소년이

---

100) 레스터 백작(Robert Dudley, Earl of Leicester): 엘리자베스 1세의 총신(寵臣). 여왕의 연인으로 야심가였던 그는 여왕과 결혼하지 못했으나 죽을 때까지 여왕과 친밀하게 지냈다.

101) 옥스퍼드 경(Edward de Vere, 17th Earl of Oxford): 16세기 말 영국의 시인 겸 극작가로 옥스퍼드 극단의 후원자. 20세기에 셰익스피어 극의 진짜 작가라며 셰익스피어 다음으로 가장 강력히 추정되었던 인물이다.

102) 영국 잉글랜드 워릭셔 주 워릭 행정구에 있는 도시.

라고 생각했다. 소네트 13에서 알 수 있듯이 휴즈의 아버지는 이 무렵 사망했고, 빼어난 아름다움을 물려주었다고 하는 그의 어머니는 여성 인물들을 연기하는 소년들이 엄청나게 많은 봉급——사실 성인배우들에게 주는 것보다 더 많은 봉급——을 받는다는 사실 때문에 셰익스피어의 도제가 되도록 허락하라는 권유를 받았을지도 모른다. 아무튼 우리는 그가 셰익스피어의 도제가 되었다는 걸 알았고, 셰익스피어 예술의 발전에 이 인물이 얼마나 중대한 요소가 되었는지도 알고 있다. 대체로 무대에서 소녀 역할을 하는 소년배우의 수명은 기껏해야 몇 년 정도 지속될 뿐이다. 물론 맥베스 부인과 콘스탄스 여왕(Queen Constance),[103] 볼럼니아(Volumnia)[104] 같은 인물들은 언제나 진정한 연극적 재능과 고상한 기품을 가진 사람들의 몫이 된다. 절대적 젊음이란 여기서 필요하지 않을뿐더러 바람직하지도 않다. 그러나 이모겐, 퍼디타, 줄리엣이라면 문제가 다르다. "자네의 수염이 자라기 시작하니, 난 자네의 목소리가 갈라지지 않도록 신에게 기도하겠네." 햄릿은 엘시노어에 있던 그를 보러온 유랑극단의 소년배우에게 조롱하듯 말한다. 턱이 꺼칠꺼칠해지고 목소리가 거칠어질 때 공연의 매력과 품위는 상당히 사라지게 마련이다. 그래서 윌리 휴즈의 젊음에 대한 셰익스피어의 열정적인 집착은 노령과 헛되이 보낸 세월에 대한 자신의 두려움과 함께, 그의 친구의 아름다움을 나눌 수 있는 시간을 미친 듯이 호소하는 셰익스피어의 모습과도 같다.

그대가 재빨리 달아나니 기쁘고도 슬픈 계절이 되니라,

---

103) 프리드리히 2세(Frederick II)의 어머니.
104) 희곡 『코리올라누스』에서 코리올라누스의 어머니.

재빠른 발걸음으로 가는 시간, 원하는 건 무엇이든 하라,
그 넓은 세상과 그 모든 사라지는 달콤함에.
그러나 나는 그대에게 한 가지 극악한 범죄를 금하노라.
내 연인의 청아한 얼굴에 세월을 새겨넣지 말고,
그대의 오래된 펜으로 거기에 주름도 그리지 말라.
그대의 행로에 때 묻히지 않도록 하라
후대의 남자들에게 아름다움의 형상을 주기 위해.

세월이 셰익스피어의 기도를 들었거나, 아니면 휴즈가 영원한 젊음의 비밀을 가졌는지 모른다. 3년 후에도 그는 정말 변함이 없었다.

내겐 결코 나이 들지 않는 사랑하는 친구,
내가 보았던 처음 그대의 눈 그대로,
그렇게 그대의 아름다움은 여전하리니. 세 번의 차가운 겨울이
숲에서부터 세 번의 오만한 여름을 뒤흔들고,
세 번의 아름다운 봄이 노란 가을로 바뀌어,
계절의 변화에서 나는 보았노라,
아직도 풋풋한 그대의 신선함을 처음 본 이래
그대 안의 세 번의 봄 향기가 뜨거운 유월을 불태운 것을.

세월이 더욱 흘러, 소년기의 한창때가 여전히 그에게 있는 것 같았다. 『폭풍우』에서 셰익스피어가 프로스페로의 입을 통해 상상의 지팡이를 던져버리고 파리하고 우아한 플레처[105]의 손에다 그의 시적 권한을 넘

105) 『폭풍우』에 등장하는 세바스찬(Sebastian)의 아들.

겨줄 때, 어리둥절한 채 곁에 서 있던 미란다(Miranda)[106]가 다름 아닌 휴즈 자신이었을지 모른다. 그리고 친구가 보낸 마지막 소네트에서 그가 두려워하는 적은 시간이 아니라 죽음이다.

그대, 내 사랑스런 소년이여, 그대의 힘으로
변덕스런 세월의 유리조각과, 초승달 같은 시간을 붙잡아두리니.
이지러지면서 자라나, 그대의 감미로운 자아가 커지면서
시들어버리는 그대의 연인들을 보여주도다.
만일 자연이, 어떤 풍파에도 전능한 여인이,
그대가 앞으로 나아갈 때, 그대를 뒤로 당긴다고 해도,
그녀는 이런 목적으로 그대를 지켜가리. 그녀의 솜씨가
세월에게 수모를 주어, 거덜난 시간을 삼켜버리니.
그래도 자연을 두려워하라, 오 그대는 그녀의 쾌락의 총아!
그녀는 자신의 보물을 보류할 수는 있어도, 지키지는 않으리라.
그녀가 들어주는 것이 지연된다고 해도, 반드시 대답이 있으리니,
그리고 그녀의 결정타는 그대를 녹이는 것.

4

그 문제에 대한 연구를 시작한 지 몇 주도 되지 않아, 나는 그림자처럼 또는 불길한 징조처럼 셰익스피어의 위대한 로망스에 등장했고, 한동안 그와 휴즈 사이에 놓인 어두운 여인을 다루고 있는 일단의 진기한 소네트(127~152)에 접근해보려고 마음먹었다. 이 소네트들은 분명히

106) 『폭풍우』에 등장하는 프로스페로(Prospero)의 딸.

순서대로 인쇄되지 않았고, 원래는 소네트 33과 40 사이에 삽입되어야 했다. 심리적이고 예술적인 이유 때문에 이러한 변화——바라건대 미래의 모든 편집자들이 채택하는 변화——가 필요했으며, 그렇지 않고는 이처럼 고상한 우정의 성격과 최종 결과에 전적으로 잘못된 인상이 전달될 것이다.

이 검은 얼굴에다 올리브색 피부의 여성, "사랑의 여신이 직접 빚었을" 요염한 입매와 그녀의 "잔인한 눈"과 "악독한 자존심" 그리고 작은 하프를 연주하는 괴이한 기술과 거짓되고 매혹적인 성격을 가진 그녀는 누구였을까? 오늘날 지나치게 호기심이 많은 어느 학자는 그녀에게서 가톨릭 교회의 상징과 "검은 피부지만 아리따운" 그리스도의 신부의 상징을 보았다고 한다. 민토 교수[107]는 브라운(Henry Brown)의 발자취를 따라 그 소네트 전체를 "자유분방한 도전정신과 진부한 것을 조롱하는 기상에서 떠맡은 기량의 발휘"로만 여겼다. 마세이 씨[108]는 어떤 역사적 증거나 개연성도 없이, 그 소네트들이 시드니 경의 소네트에 나온 스텔라인 동시에 그의 『아르카디아』(*Arcadia*)[109]에 등장하는 필로클레아(Philoclea)[110]였던, 명망 있는 리치 부인[111]에게 헌정된 것이라고 주장하면서, 그들이 펨브룩 경의 이름뿐만 아니라 그의 요구에 따라 씌어졌기 때문에 셰익스피어의 삶과 사랑에 대한 어떤 개인적 사실도 드

107) 민토(William Minto): 19세기 후반 영국 에버딘대학(University of Aberdeen)의 문학 교수.

108) 마세이(Gerald Massey): 19세기 영국의 시인.

109) 16세기 말에 나온 시드니의 연작시.

110) 『아르카디아』에 나오는 파멜라(Pamela)의 여동생.

111) 리치 부인(Lady Penelope Rich): 에식스 초대 백작의 딸로 1581년 리치 경과 결혼 후 이혼. 1591년에 나온 시드니의 『아스트로펠과 스텔라』(*Astrophel and Stella*)에 스텔라로 나온다.

러내지 않는다고 주장했다. 테일러 씨[112]는 이 소네트들이 메리 피튼이 라는 이름의 엘리자베스 여왕의 시녀 가운데 한 명을 지칭한다고 제안했다. 그러나 이런 설명 가운데 어떤 것도 문제의 상황을 충족시키지 못했다. 셰익스피어와 윌리 휴즈 사이에 놓인 그 여성은 검은 머리의 기혼자에다 평판이 나쁜 실제 여자였기 때문이다. 사실 리치 부인의 명성은 꽤나 나빴지만 그녀의 머리는,

> 가장 미세한 금으로 된 고운 실결,
> 곱슬 매듭에 남자의 생각이 걸려드네,

게다가 그녀의 어깨는 "흰 비둘기들이 둥지를 편" 것 같았다. 그녀는 제임스 왕(King James)이 그녀의 애인이었던 마운트조이 경[113]에게 말한 것처럼, "검은 영혼을 가진 청아한 여자"였다. 메리 피튼도 펨브룩 경과의 염문이 발각된 시점인 1601년에 아직 미혼 상태였고, 게다가 그레이엄이 보여준 대로, 펨브룩 경을 소네트와 연관시킨 이론들은 모두 그 소네트들이 실제로 셰익스피어에 의해 씌어져 친구들에게 읽혀질 때까지 펨브룩 경이 런던에 오지 않았던 사실로 보건대 일고의 가치도 없었다.

그러나 내게 흥미로운 건 그녀의 이름이 아니었다. 나는 "시간의 난파 가운데 헤엄치는 자의 눈에 신비의 부적은 전혀 빛을 발하지 않으리라"

---

112) 19세기 후반 영국의 극작가이자 케임브리지대학의 교수였던 테일러(Tom Taylor)를 지칭하는 듯하다.

113) 마운트조이 경(Charles Blount, 8th Lord Mountjoy): 16세기 잉글랜드 출신의 군인으로 1601년 코크 킨세일 전투에서 승리함으로써 영국군이 아일랜드를 점령할 수 있도록 했다. 마운트조이 경 6세인 제임스 블런트의 차남이며 1594년 만형 마운트조이 경 7세가 죽자 가문의 작위를 계승했다.

라고 하는 점에서, 다우든 교수[114]와 견해를 함께하는 데 만족했다. 내가 알아내고 싶은 건 그녀가 가진 개성의 특징뿐만 아니라, 그녀가 셰익스피어에게 미친 영향의 성격이었다. 두 가지는 분명했다. 즉 그녀는 셰익스피어보다 훨씬 나이가 많았고, 그녀가 발휘했던 매력은 처음에는 순전히 지적이었다. 셰익스피어는 처음에 그녀에게 아무런 육체적인 정열을 느끼지 않았다. "나의 눈으로 그대를 사랑하지 않노라"라고 하며, 그는 이렇게 말한다.

그대 혀의 음률로 내 귀는 즐겁지 않노라,
감각을 일으키는 부드러운 느낌도 아니리.
맛도 냄새도 아니고, 다가가려는 욕망
오직 그대와 함께하는 어떤 관능의 향연이든지.

그는 심지어 그녀가 아름답다고 생각조차 하지 않았다.

내 애인의 눈은 전혀 태양과 같지 않고
산호도 그녀의 입술보다 더 붉다네.
눈이 희다면, 어째서 그녀의 가슴은 암갈색인가,
머리칼이 철사라면, 그녀의 머리엔 검은 철사가 자라나리.

그녀가 셰익스피어의 영혼을 사로잡은 데 만족하지 않고 윌리 휴즈의 감각을 움켜쥐려고 한 듯했기 때문에 그는 혐오스러워한 적이 있었다.

---

114) 다우든(Edward Dowden): 19세기 아일랜드의 비평가 · 전기 작가 · 시인으로 셰익스피어에 대한 저작으로 유명하다. 1875에 나온 그의 저서는 셰익스피어가 작가로서 성장하는 과정을 시기별로 나누어 분석한 최초의 책이다.

그러고 나서 셰익스피어는 크게 외친다.

안락과 절망의 내 두 사랑,
두 정령들처럼 나를 가만히 멈추게 하네.
좀더 나은 천사는 올바른 남자,
좀더 못한 정령은 악으로 물든 여자.
나를 이겨 곧 지옥으로 보낼, 여성 같은 내 사악함이
내 옆에서 좀더 나은 나의 천사를 유혹하네,
그리고 나의 성자가 악마가 되도록 타락시키네,
그녀의 악독한 자존심으로 그의 순정을 유혹하면서.

그런 다음 셰익스피어는 그녀를 사실 그대로, "뭇 남자들이 올라타는 밤색 말," "넓은 세상의 평범한 곳," 자신의 못된 행동을 "바로 거부하며," "지옥처럼 검고, 밤처럼 어두운" 여자로 본다. 그러고 나서 셰익스피어는 와츠-던턴 씨[115]가 지금껏 씌어진 것 가운데 최상의 소네트라고 평가했던, 욕정에 관한 최고의 소네트——"수치를 낭비하여 영혼을 소모함"——에 펜을 들었다. 그리고 만일 그녀가 빼앗아갔던 "가장 감미로운 친구"를 되돌려만 준다면 그의 삶 자체와 재능을 그녀에게 담보로 제공한다고 한 것도 그때였다.

이러한 목적을 달성하기 위해 셰익스피어는 자신을 그녀에게 맡겨, 어쩔 수 없이 감각적인 소유욕으로 가득 찬 체하고, 거짓된 사랑의 말을 꾸며 그녀에게 거짓말을 한다. 그는 자신이 거짓말을 한다고 그녀에게 말한다.

---

115) 와츠-던턴(Theodore Watts-Dunton): 19세기 후반 영국의 비평가 겸 문인.

미치광이들이 그러하듯, 나의 생각과 말이
진실로부터 함부로 나와 공허하게 표현되도다.
그대를 아름답다고 맹세하고, 총명하다고 생각해왔기에
지옥처럼 검고, 밤처럼 어두운 그대를.

그는 친구에게 배신을 당하는 고통보다 차라리 자신이 친구를 배신하리라고 마음먹었다. 순수함을 지키기 위해 그는 스스로 나쁜 쪽을 택한 것이다. 셰익스피어는 찬사에 예민하고, 지나치게 칭송을 사랑하는 소년배우의 천성의 약점을 알고 그들 사이에 놓였던 여성을 필사적으로 매혹시키려고 했던 것이다.

사랑의 기도문(Love's Litany)을 읊조리는 건 결코 불순하지 않다. 말이란 영혼에 신비로운 힘을 가지며, 형태는 그것에서 분출되는 정감을 일으킬 수 있다. 예술가의 진지함 자체――열렬하고 순간적인 진지함――는 흔히 무의식적 스타일의 결과며, 언어의 영향력에 지극히 민감한 드문 기질의 경우, 어떤 어구와 표현양식의 사용은 열정의 고동 자체를 휘저어 혈관으로 붉은 피를 흘려 보낼 수 있으며, 또한 그 기원에서 단지 심미적 충동이자 예술의 욕망이었던 것을 낯설고 감각적인 에너지로 변형시킬 수 있다. 적어도 셰익스피어에게는 그랬던 것 같다. 그는 사랑하는 체하며, 사랑에 빠진 사람의 옷을 입고, 입에는 사랑의 말을 달고 다녔다. 그게 무슨 문제인가? 그건 실제 생활에서의 연기이자 희극에 불과할 뿐이다. 그는 불현듯 자신의 혀가 표현한 말에 그의 영혼이 귀를 기울였고, 위장을 위해 입었던 옷이 역병에 감염되어 독이 퍼져 그의 살을 파먹었으며, 자신이 달아날 수도 없다는 걸 알았다. 그러자 수많은 질병을 가진 욕망과, 자신이 혐오하는 모든 걸 사랑하게 만드는 욕정과, 잿빛 얼굴과 은밀한 미소를 띤 수치심이 찾아왔다. 셰익스피어는 이 어두운 여인의 마법에 걸려 한동안 자신의 친구와 떨어져, 그가 사악하고 괴팍하며, 휴즈에 대한 사랑처럼, 그의 사랑을 받을 가치가 없는 누군가의 '졸개'가 되었다. "오, 무슨 권력으로," 그는 말한다.

그대는 이토록 강력한 힘을 가졌는가,
나의 가슴을 불안으로 요동치게 하는.
나의 참된 시야에 내가 거짓말을 하도록 만들고,
그리고 총명함이 그날을 축복하지 않는다고 맹세하는가?
어디서부터 이것이 사악한 것들로 되었는가,
그대 행동의 바로 그 거부 속에
그러한 힘과 기술의 이유가 있으니
내 마음속에 그대의 해악이 모든 선(善)을 능가하는가?

셰익스피어는 자신의 타락을 예리하게 의식했고, 마침내 그의 재능이 그 젊은 배우의 육체적 아름다움에 비하면 그녀에게 아무것도 아님을 깨닫고, 날랜 칼솜씨로 그녀와 그를 묶어놓은 끈을 잘라내며, 이 쓰라린 소네트에서 그녀에게 이별을 고한다.

그대를 사랑하면서, 그대는 내 사랑이 거절될 줄 알고 있으니,
하지만 그대가 두 번 거절당하여, 내게 사랑을 맹세하도다.
침상에서 했던 그대의 맹세를 행동으로 깨뜨리고, 새로운 믿음을 찢노라,
새로운 사랑이 싹튼 후 새로운 증오를 맹세하면서.
그러나 두 번 맹세의 파괴를 왜 그대 탓으로 하겠는가,
내가 스무 번이나 깨뜨렸는데? 내가 맹세를 가장 어긴 사람이거늘.

내 모든 선서는 그대를 오용한 것 외에 맹세가 되리,
게다가 그대에 대한 내 모든 정직한 믿음은 사라져버렸다.
나는 그대의 깊은 친절에 참다운 맹세를 했기 때문에,
그리고, 그대의 눈을 뜨게 하려고, 암흑에 광명을 주노라,
아니면 그 눈이 보는 것들에 대항하여 맹세하도록 하든가.
나는 그대를 아름답다고 맹세했기에 더 많은 위증을 한 셈이고.
진실을 거슬러, 그토록 악독한 거짓을 맹세했으니!

전체적으로 볼 때, 휴즈에 대한 태도는 그가 품었던 엄청난 사랑의 열정과 자제심을 동시에 보여준다. 그의 소네트 끝에는 통렬한 정념의 흔적이 있다.

자유가 범하는 어여쁜 잘못들,
이따금 내가 그대의 마음에서 멀어질 때,
그대의 아름다움과 세월에 무척이나 어울린다,
그대가 있는 곳에 아직 유혹이 따르니까.
그대는 친절하기에 져주게 되고,
그대는 아름답기에 공격을 받게 되니라.
그리고 한 여자가 구애할 때, 어떤 여자의 아들이
그녀가 유리할 때까지 심술궂게 그녀를 내버려둘까?
아 나를! 하지만 그대는 내 자리를 금하노라,
그곳에서조차 그대를 동요시키는
그대의 아름다움과 방황하는 젊음을 꾸짖어라,
그대가 두 겹의 진실을 깨뜨려야만 하는 곳에서—
그녀의 것, 그대에게 그녀를 유혹하는 그대의 아름다움으로,

그대의 것, 네게 거짓인 그대의 아름다움으로.

그러나 여기서 그는 자신의 용서가 충분하고 완전하다는 것을 명백히 한다.

그대가 한 짓에 더 이상 슬퍼하지 않으리.
장미에도 가시가 있고, 은에도 진흙을 뿜으니.
구름과 일식은 달과 태양을 얼룩지게 하고,
더러운 해독도 감미로운 꽃봉오리에 살거늘.
모든 남자가 잘못을 범하고, 나마저 그러하니,
그대의 일탈을 정당화하는 것과 비교하여,
내 자신은 타락하니, 그대의 잘못을 용서하면서,
그대가 지은 죄보다 더 많이 그대의 죄를 용서하리니.
내 그대의 육욕의 잘못에 분별을 가져오므로—
그 반대쪽은 그대의 대변자—
나에 반대해 법적 소송이 시작되노라.
그런 내란이 내 사랑과 미움 속에 있으니,
내 법적인 의무를 다하리
내게서 심술궂게 훔쳐가는 저 감미로운 도둑에게.

셰익스피어가 런던을 떠나 스트라트포드로 간 직후(소네트 43~52) 그리고 다시 돌아왔을 때, 휴즈는 한동안 자신을 매혹시켰던 여성에게 싫증이 났던 것 같다. 그녀의 이름은 소네트에 다시는 언급되지 않았고, 그녀에 대한 어떤 언급도 나오지 않는다. 그녀는 그들의 삶에서 떨어져 나갔던 것이다.

하지만 그녀는 누구였을까? 그리고 비록 그녀의 이름이 우리에게 전해 내려오지 않는다고 하더라도 현대문학에서 그녀에 대한 어떤 언급이 있지나 않을까? 그녀는 그 당시 대부분의 여자들보다 더 나은 교육을 받았다 해도 좋은 가문의 출신은 아니었고, 아마도 어떤 돈 많은 노인의 방탕한 아내였던 것 같다. 우리가 아는 바로는, 그 당시 사회적으로 처음 두각을 나타낸 이러한 계급의 여성들은 신기하게도 무대공연이라는 새로운 예술에 매혹되었다. 연극공연이 있던 거의 매일 오후마다 그들은 극장에 모습을 나타냈고, 『배우들의 항의서』(*The Actors' Remonstrance*)[116]는 이들이 젊은 배우들과 염문을 뿌리는 소재를 웅변적으로 말해준다.

자신이 쓴 『아만다』(*Amanda*)[117]에서 크랜리[118]는 어느 날은 "수를 놓고 레이스가 달린 의상에 향수를 뿌린 눈부신 모습으로, 백작부인처럼 당당하고", 다음 날은 "검은 옷을 입고 슬픔에 잠기다가", 다시 시골 매춘부의 회색 망토를 걸친 다음, 지금은 "말쑥한 시민의 모습으로" 나온 배우의 변장을 흉내 내기 좋아했던 사람을 말하고 있다. 그녀는 "달보다 더 변화무쌍하고 동요가 심한" 신기한 여자였고, 그녀가 애독했던 책은 셰익스피어의 『비너스와 아도니스』(*Venus and Adonis*),[119] 보몬트[120]의 「살마시스와 헤르마프로디투스」(Salmacis and Hermaphroditus),[121]

116) 1643년 런던에서 출간된 저자 미상의 희극.

117) 1639년에 나온 크랜리의 감상적인 작품. 아만다는 개종한 매춘부의 이름이다.

118) 크랜리(Thomas Cranley): 15세기 초 더블린의 대주교 겸 시인.

119) 셰익스피어가 시인으로 명성을 날리게 된 계기를 만들어준 작품. 이 작품은 로마 고전 설화에서 소재를 얻어와 젊은 시인의 숨은 자질을 유감없이 드러내 보였고 독자의 인기를 얻는 데도 성공했다.

120) 보몬트(Francis Beaumont): 제임스 1세 시대의 시인 겸 극작가. 플레처와 함께 희곡작품을 썼다.

121) 1602년에 나온 작품으로 오비디우스의 전설을 더욱 관능적으로 확대한 시.

음란한 팸플릿, 그리고 "사랑의 노래와 정교한 소네트" 따위였다. "그녀가 몰두한 책"이었던 이 소네트들은 전체 묘사가 윌리 휴즈와 사랑에 빠진 여자의 초상처럼 보이므로, 분명히 셰익스피어가 직접 쓴 게 틀림없고, 우리가 이 문제에 어떤 의심도 품지 않게 크랜리는 셰익스피어 극의 대사를 빌려 말한다. 즉 "프로테우스 같은 기이한 모습에서" 그녀는,

카멜레온처럼 모습을 바꾼다.

매닝엄[122]의 수첩에서도 역시 똑같은 이야기를 분명히 언급하고 있다. 그는 미들 템플(Middle Temple)[123]에 다닐 동안 오버베리 경,[124] 컬[125]과 함께 방을 썼던 듯하다. 그의 일기는 대영박물관에 있는 할리 필사본[126] 사이에 아직도 보관되어 있는데, 그것은 반듯하고 비교적 명료한 필체로 씌어져 셰익스피어, 롤리 경, 스펜서, 벤 존슨과 그밖의 인물들에 관해 출간되지 않은 수많은 일화들을 담은 작은 12절판 책이었

122) 매닝엄(John Manningham): 17세기 초 영국의 법정변호사로 그의 일기와 비망록은 1602년 미들 템플에서 공연된 셰익스피어의 『십이야』를 기록하고 있다.

123) 런던에 있는 네 개의 왕립법학원 가운데 하나로 처음에는 법학도를 위한 숙소와 학교였다.

124) 오버베리 경(Sir Thomas Overbury): 영국의 시인 겸 수필가. 제임스 1세의 궁정에서 일어난 파렴치한 음모에 희생되었다. 그의 시 「아내」(A Wife)는 젊은 남자가 여인에게 요구하는 덕목을 노래한 것인데, 그의 암살을 초래한 사건에 큰 영향을 주었다.

125) 컬(Edmund Curle): 17세기 런던의 도서판매업자.

126) 최초의 옥스퍼드 백작이었던 할리(Robert Harley)가 수집한 자료로 5만여 권의 도서를 포함한 수많은 팸플릿과 필사본 등으로 구성되어 있다. 그가 수집한 필사본들은 나중에 영국의회에서 구입했고, 현재 대영박물관에 전시되어 있다.

다. 꽤나 세심하게 삽입된 날짜는 1600~1601년 1월에서 1603년 4월 사이까지로 되어 있고, "1601년 3월 13일"이라는 제목 아래 매닝엄이 말하기를, 그가 셰익스피어 극단의 한 단원에게 듣기로는 글로브 극장에 있던 어떤 시민의 아내가 어느 오후 배우 한 사람과 사랑에 빠졌고, "그를 너무나 좋아했던 나머지 극장을 떠나기 전에 그날 밤 자기에게 오도록 했다." 하지만 "그들의 말을 엿들은" 셰익스피어가 그의 친구를 앞질러 먼저 부인의 집으로 가서, 굳이 인용할 필요가 없는 헤픈 언변을 늘어놓고 매닝엄의 표현으로 "먼저 즐겼다"는 것이다.

여기서 우리는 소네트에서 밝혀진 이야기, 윌리 휴즈에 대한 어두운 여인의 사랑이야기 그리고 그녀가 어린 친구 대신 자신을 사랑하도록 만든 셰익스피어의 광적인 시도에 대해 평범하고 왜곡된 해석을 하는 듯하다. 물론 그것을 조목조목 절대적인 사실로 받아들일 필요는 없다. 예를 들어 매닝엄의 제보자에 따르면, 문제의 배우 이름은 윌리 휴즈가 아니라 리처드 버비지였다. 그러나 선술집에서 하는 잡담은 속담처럼 정확하지 않고, 버비지는 틀림없이 매닝엄의 일기 끝에 나오는 정복자 윌리엄(William the Conqueror)[127]과 리처드 3세에 관한 우매한 농담에 암시를 주려고 이야기 속에 개입된 것이다. 버비지는 우리 최초의 위대한 비극배우였지만, 그의 모든 재능은 자신이 타고난 작은 키와 비대한 외모의 육체적 결함을 보완하기 위해 필요했고, 소네트에 나온 어두운 여자를 매혹시키거나 그녀의 매력에 빠질 남자는 아니었다. 휴즈가 지칭된 건 틀림없고, 그 당시 젊은 법학도의 사적인 일기가 셰익스피어의 위대한 로맨스의 비밀에 대한 그레이엄의 놀라운 추측을 이렇듯 신

127) 노르망디 공작인 윌리엄 1세를 말한다. 중세의 가장 위대한 통치자 중 한 사람으로 프랑스에서 강력한 봉건영주로 두각을 나타냈으며, 잉글랜드를 정복해 그 역사를 바꾸어놓았다.

기하게 확증시켜 준 셈이었다. 정말이지 『아만다』와 연관시켜 본다면, 매닝엄의 수첩은 일련의 증거와 아주 강하게 연계되어, 위대한 극작가가 자신의 일생 동안 이 비극적이고 쓰라린 이야기의 기억을 감히 꺼내려고 하지 않았기 때문에, 소네트에 대한 새로운 해석을 뭔가 확실한 역사적 기초——크랜리의 작품이 셰익스피어의 사망 이후까지 출간되지 않았다는 사실이 실제로 이런 견해를 다소간 뒷받침한다——에 두었는지 모른다.

어두운 여자에 대한 이런 열정으로 나는 소네트의 날짜를 훨씬 명확하게 고정시킬 수 있었다. 내부적인 증거나 언어와 문체 등의 특징으로 볼 때, 그 소네트들이 셰익스피어의 문학활동 초기였던 『사랑의 헛수고』(*Love's Labour's Lost*)[128]와 『비너스와 아도니스』의 시기에 속한 게 분명했다. 정말 이 소네트들은 연극과 긴밀히 연관되어 있었다. 그들은 똑같이 섬세한 유퓨이즘[129]과, 기발한 구절과 진기한 표현에서 똑같은 즐거움과, 예술적 오기와 함께 똑같은 "유창한 말, 자만의 해설가"로서 세심한 우아함을 보여준다. 로잘린드는,

> 벨벳 얼굴의 창백한 탕녀,
> 눈을 위해 그녀의 얼굴에 박힌 두 개의 피치 볼,

"검정을 아름답게 하도록" 태어나고, 자신의 "취향이 당시 유행을 바꾼" 그녀는 검정을 "미의 연속된 상속자"로 만든 소네트의 어두운 여자

128) 궁정에서의 사랑을 그린 셰익스피어의 희곡. 창작연대는 정확하지 않으며, 『한여름밤의 꿈』 『로미오와 줄리엣』 등과 함께 셰익스피어의 초기 작품 가운데 하나로 여겨진다.

129) 형식적이고 정교한 산문 문체로, 16~17세기에 영국에서 유행했다.

였다. 그 시에서뿐만 아니라 희극에서도 우리는 "좀더 느리고, 좀더 힘든 모든 지식의 경로를 넘어" 감각의 판단을 고양시키는 느긋한 감각적 철학을 보게 되며, 페이터가 암시하듯, 버론(Berowne)[130]은 아마 "셰익스피어가 초기 시에서 벗어나 그것을 평가할 수 있게 되었을 때" 작가 자신의 반영일 것이다.

『사랑의 헛수고』가 1598년, 그러니까 버비[131]에 의해 "새롭게 수정되고 증보되어" 나올 때까지 출간되지 않았다고 하더라도, 그것은 다우든 교수가 지적하듯이 1588~89년보다 훨씬 이른 날짜에 씌어져 무대에서 공연되었음이 틀림없다. 만일 그렇다면 휴즈와 셰익스피어의 첫 만남은 분명히 1585년이었고, 결국 이 젊은 배우가 소년시절에 에식스 백작의 음악가였을지도 모른다는 가능성을 보여준다.

어떻든 어두운 여자에 대한 셰익스피어의 애정은 1594년 전에 식어버렸던 게 분명하다. 바로 그해, 도렐(Hadrian Dorell)[132]의 편집으로 매혹적인 시——또는 연작시——『윌로비와 그의 아비사』(*Willobie & His Avisa*)[133]가 나왔는데, 스윈번 씨는 이 작품을 소네트에 담긴 신비로운 문제에 직접적이든 간접적이든 어떤 빛을 던져줄 것으로 기대되는 당대의 저작 가운데 하나로 간주했다. 이 책에서 우리는 옥스퍼드의 세인트존스대학을 다닌 헨리 윌로비라는 이름의 젊은 신사가 어떻게 "아름답고 정숙한" 여성과 사랑에 빠져 그녀를 아비사라고 부르게 되었는지 알게 된다. 그 까닭은 그녀가 가진 아름다움을 사람들이 본 적이 없

130) 셰익스피어의 『사랑의 헛수고』에서 프랑스 왕을 수행하는 세 명의 귀족 가운데 한 명이다.

131) 버비(Cuthbert Burby): 16세기 영국의 출판업자.

132) 이 이름은 작가 자신을 은폐시키기 위해 고안된 것으로 추정된다.

133) 1594년 윌로비(Henry Willoby)가 만든 시집으로, 시골 여관주인의 아내인 아비사에 대한 남자들의 구애를 내용으로 하고 있다.

거나, 그녀가 그의 정열의 손아귀로부터 새처럼 달아나 그가 손길을 잡으려 하자 날개를 펴 날아갔기 때문이었다. 애인을 얻으려고 안달이 난 그는 친한 친구 W. S.에게 상의했는데, 그 친구는 "불과 얼마 전에 똑같은 정열의 호의를 시도했고, 지금은 똑같은 감염에서 새롭게 회복된" 인물이었다. 셰익스피어는 여자란 무릇 구애를 받아야만 하고, 모든 여자는 얻을 수 있다고 그에게 말하면서, 미의 요새로 진격하도록 그를 부추겼다. 그는 다른 사람들의 기분과 감정에 예술가의 순수한 미학적 관심을 느끼는 가운데, "그것이 옛날 배우보다 이 새로운 배우에게 더 행복한 결말이 되고," "흔쾌한 자만의 날카로운 면도칼로 상처를 확대할지 아닐지"를 알아보려고 이 "사랑의 희극"을 멀찌감치 떨어져서 바라보았다. 그러나 나는 1594년에 셰익스피어가 어두운 여자에게 빠져 있던 상태에서 벗어나, 이미 휴즈와 적어도 3년 동안 지내게 되었다는 점을 지적하고 싶기 때문에 그의 삶에서 이처럼 낯선 국면으로 좀더 깊숙이 들어가는 건 불필요하다고 본다.

그렇다면 소네트에 관한 나의 모든 전략은 이제 완전해졌다. 그리고 어두운 여인을 언급하는 내용을 적당한 순서와 위치에 두어, 나는 전체적으로 완벽한 통일성과 완전성을 보게 되었다. 그 드라마——사실 그 내용은 한 편의 드라마이자 불 같은 열정과 고상한 사고에 대한 영혼의 비극이 되기 때문에——는 4장 또는 4막으로 나뉘어 있다. 이 중 첫 번째(소네트 1~32)에서 셰익스피어는 휴즈로 하여금 열정이 그에게 육체적 아름다움을 빼앗고, 시간이 젊음의 우아한 기품을 가져가기 전에, 배우로서 무대에 서서 그의 이러한 자질들을 예술에 봉사하도록 했다. 휴즈는 얼마 후 셰익스피어 극단의 배우가 되는 데 동의했고, 곧이어 그의 영감의 중심이자 기조 자체가 되었다. 그러다 갑자기 붉은 장미가 피는 어느 7월(소네트 33~52, 61, 127~152), 휴즈와 열정적으로 사랑에 빠진 매혹적인 눈을 가진 어두운 여인이 글로브 극장으로 찾아온다. 셰익스피어는 질투의 역병으로 괴로워하며, 무수한 의구심과 두려움으로 미친 상태가 되어, 자신과 그의 친구 사이에 끼어든 여자를 유혹하려고 했다. 처음에는 일부러 꾸민 사랑이 진짜가 되었고, 사악하고 가치도 없다고 여긴 여자의 마력에 사로잡혀 그는 자신이 꼼짝도 하지 못하고 있음을 알았다. 그녀에게 한 남자의 재능은 소년의 아름다움과 견준다면 아무것도 아니었다. 휴즈는 한동안 그녀의 노예이자 공상의 노리개가 되었으며, 셰익스피어가 런던을 떠나면서 2막은 끝이 난다. 3막에서 그녀의 영향력은 사라진다. 런던으로 돌아온 셰익스피어는 그의 작품들을 통해 불멸을 약속한 윌리 휴즈와 우정을 새로이 다졌다. 어린 배우가 가진 경이와 우아함을 듣게 된 말로가 그를 글로브 극장에서 꾀어내 『에드워드 2세』의 비극에서 가베스턴 역을 맡게 하자, 셰익스피어는 그의 친구와 두 번째 결별을 하게 된다. 끝막(소네트 100~136)은 휴즈가 셰익스피어 극단으로 돌아온 것을 말하고 있다. 좋지 못한 소문이 그의 명성의 새하얀 순결을 얼룩지게 만들었지만, 셰익스피어의 사랑은 여전히 인내력을 보였고 완벽했다. 이 사랑의 신비에 대해 그리고 열정의 신비에 대해, 우리는 기이하고도 경이로운 일들을 듣게 되며, 그 내용을 담은 소네트들은 시간에 대한 미의 승리, 미에 대한 죽음의 승리를 모티프로 한 12행의 결구로 끝을 맺는다.

그렇다면 셰익스피어의 영혼에 그토록 소중했고, 또한 그의 존재와 열정으로 셰익스피어의 예술에 리얼리티를 불어넣었던 어린 배우의 최후는 어떠했는가? 영국내란이 발생하자, 영국배우들은 자신들의 왕의 편에 섰고, 그들 대부분은 베이싱 하우스(Basing House)[134]를 점령한

134) 1535년 영국 국왕의 재무상인 폴렛(William Paulet)을 위해 세워진 궁전으

해리슨 소령에 의해 무참하게 살해된 로빈슨처럼 국왕을 위해 생명을 바쳤다. 아마도 마스턴[135]의 짓밟힌 황야나 황량한 네이즈비[136]의 언덕에서 "피로 범벅된" 금발과 숱한 상처로 가슴이 찢겨진 휴즈의 시신이 그 지역에 사는 투박한 농부들에게 발견되었을지 모른다. 그게 아니라면 17세기 초 런던에 창궐하여, 많은 기독교인들이 "허황된 연극과 우상숭배적인 쇼"를 애호한 도시에 내려진 하늘의 심판이라고 여긴 대역병이 그 젊은 친구가 연기하는 동안 그를 덮쳐 간신히 자신의 거처로 돌아온 그가 홀로 죽어갔는지 모른다. 이 동안 셰익스피어는 멀리 스트라트포드에 가 있었고, 그 젊은 배우를 보려고 그토록 몰려든 사람들, 즉 소네트에 나타난 대로 "나쁜 길로 빠진 구경꾼들"은 전염이 두려워 감히 다가오지도 못했을 것이다. 이런 유의 이야기가 그 당시 젊은 배우에 대해 나돌았고, 영국 르네상스의 자유로운 발전을 억누르려던 청교도들에 의해 이용되었다. 하지만 이 배우가 틀림없이 휴즈였다면, 이 비극적 죽음의 소식이 뉴 플레이스[137] 정원의 오디나무 아래 달콤하게 누워 있었을 셰익스피어에게 신속히 전달되었을 테고, 밀턴[138]이 에드워드 왕에 대해 썼던 것만큼이나 감미로운 비가에서 셰익스피어는 그의 삶에 큰 기쁨과 슬픔을 안겨주었을 뿐만 아니라, 자신의 예술과의 연관성이 매우 중요하고 친밀했던 그 청소년에 대해 슬퍼했을 것이다. 그런데 휴

로, 1642년 영국내란이 발생하자 혁명군의 공격으로 크게 파괴되었다.

135) 마스턴(Maston): 1644년, 영국내란(청교도 혁명) 때 왕당파 군대가 처음으로 패배했던 곳.

136) 네이즈비(Naseby): 1645년, 영국내란 당시 왕당파 군대가 패배했던 곳.

137) 셰익스피어가 은퇴 후 머물렀던 스트라트포드의 저택 이름.

138) 밀턴(John Milton): 17세기 영국의 시인. 장엄한 문체와 사탄의 묘사로 유명한 서사시 『실락원』(*Paradise Lost*)의 저자로서 셰익스피어에 버금가는 대시인이었다.

즈가 셰익스피어보다 오래 살았고, 셰익스피어가 그에게 품었던 예언을 어느 정도 충족시켰다는 어떤 확신이 든 어느 날 저녁, 그의 최후에 대한 진정한 비밀이 내 머리를 스치게 되었다.

그는 1611년, 셰익스피어가 무대에서 은퇴하던 해, 바다 건너 독일로 가, 스스로 극작가로서 손색이 없는 브라운슈바이크의 위대한 줄리우스 공작[139] 앞에서 공연을 했을 뿐만 아니라, 그리스 행상인의 젊은 아들의 아름다움에 매료되어 그의 체중만큼이나 되는 호박(琥珀)을 주고, 골목골목마다 사람들이 굶주림으로 죽어가고 7개월 동안 비 한 방울도 내리지 않은 끔찍한 기근이 있었던 1606년에서 1607년 사이 내내 자신이 산 노예를 위해 야외극을 베풀었다고 전해지는 브란덴부르크[140]의 수상한 유권자의 앞마당에서 공연한 영국배우 가운데 한 명이었으리라. 불린 씨(Mr. Bullen)에 따르면, 카셀[141]에 있는 도서관에 현존하는 유일한 사본인 말로의 『에드워드 2세』의 초판이 지금까지 소장되어 있다는 것이다. 왕의 심복 역할을 하고, 실제 그를 두고 작품이 씌어졌던 인물이 아니라면 도대체 누가 그것을 그 마을로 가져올 수 있단 말인가? 저 얼룩지고 색 바랜 책장은 그의 흰 손이 닿은 적이 있으리라. 우리는 또한 휴즈와 특별히 연관된 극인 『로미오와 줄리엣』이 1613년에 『햄릿』 『리어 왕』 그리고 말로의 몇몇 희곡들과 함께 드레스덴[142]으로 건너온 것을 알게 되었다. 그리고 1617년, 그를 그토록 아꼈던 위대한 시인이 서

139) 줄리우스 공작(Duke Henry Julius): 16세기 말 독일 브라운슈바이크의 공작 줄리우스의 장남으로 건축에 조예가 깊었고, 11편의 희곡을 썼으나 좋은 반응을 얻지 못했다.

140) 독일 북동부의 지역. 왕조 세력의 핵심으로 프로이센 왕국의 토대가 되었다.

141) 독일 중부에 있는 문화도시로, 5년마다 국제 문헌 박람회가 열리는 곳이다.

142) 독일 작센 주의 주도. 라이프치히 남동쪽으로 마이센과 피르나 사이에 있는 엘베 강 유역에 있다.

거했다는 슬픈 징표인 셰익스피어의 데스 마스크(death-mask)를 영국 대사의 수행원이 전달한 인물도 분명히 휴즈였다. 정말 셰익스피어 예술의 사실주의와 로맨스에 매우 중요한 요소였던 미모의 소년배우가 독일에 새로운 문화의 씨앗을 전파한 최초의 인물이었고, 레싱[143]과 헤르더[144]로부터 시작되어 괴테[145]에 의해 충만하고 완벽한 경지에 도달했지만, 대중 의식을 일깨우고 가식적 열정과 무대의 모방으로 삶과 문학의 친밀하고도 중요한 관련성을 보여준 한 젊은 배우——슈뢰더(Friedrich Schroeder)——의 도움으로 이루어진 저 찬란한 18세기 계몽주의 운동의 선두권에 그가 섰다는 생각이 뭔가 그대로 들어맞았다. 만약 그렇다면——그리고 분명히 이에 반대되는 증거란 아예 없다——휴즈는 뉘른베르크에서 갑자기 일어난 민중봉기로 살해당하여, "자신들의 공연에서 즐거움을 맛보았고, 새로운 예술의 신비 속에 배움을 갈구했던" 젊은이들에 의해 도시 외곽의 작은 포도원에 남몰래 매장되었을 영국 희극배우들——낡은 연대기에서 '영국의 어떤 고양이'로 불린——가운데 하나였다는 개연성이 없지 않다. 확실히 셰익스피어가 "그대는 나의 모든 예술"이라고 말했던 그에게 도시 외곽에 있던 이 작은 포도원보다 더 적합한 장소가 있을 리 없다. 왜냐하면 비극이 분출된 것은 디

143) 레싱(Gotthold Ephraim Lessing): 18세기 독일의 극작가 · 비평가 · 철학자 및 미학 저술가. 독일 극이 고전주의 극과 프랑스 극의 영향에서 벗어나는 데 이바지했다.

144) 헤르더(Johann Gottfried von Herder): 18세기 말 독일의 비평가 · 신학자 · 철학자. 질풍노도 문학운동의 지도적 인물이며, 역사 · 문화철학에서 혁신적 견해를 제시한 사람이다.

145) 괴테(Johann Wolfgang von Goethe): 18세기 후반 독일의 시인 · 극작가 · 정치가 · 과학자. 대표작으로는 『빌헬름 마이스터의 편력시대』『파우스트』 등이 있다. 독일 고전주의의 대표자로서 세계적인 문학가이자 자연연구가이고, 바이마르 공국(公國)의 재상으로도 활약했다.

오니소스(Dionysos)[146]의 슬픔이 아니었던가? 시실리의 포도 재배자의 입에서 처음 들은 건 자연스런 흥겨움과 기민한 답변에서 나온 희극의 가벼운 웃음이 아니었는가? 아니, 얼굴과 팔다리에 묻어 있는 자줏빛 와인 거품의 붉은 얼룩이 변장의 매혹과 매력을 처음으로 암시하지 않았던가?——예술의 조야한 출발에 모습을 드러내는 건 자기은폐의 욕망, 객관성의 가치에 대한 감각이다. 어떻든, 그가 어디에 누워 있든——고딕 마을 입구에 있는 작은 포도원이든, 우리가 살고 있는 도시의 윙윙거리는 번잡함 가운데 자리한 어느 어둑한 런던 교회의 뜰이든——어떤 눈부신 기념비도 그의 안식처를 표시하지 않았다. 셰익스피어가 알고 있듯이, 그 젊은이의 진정한 무덤은 셰익스피어의 시였고, 그의 진정한 기념비는 희곡의 공연이다. 아름다움으로 자신들이 살던 시대에 새로운 창조적 충동을 일으킨 다른 사람들의 경우도 그러했다. 비시니아[147] 노예의 상아빛 육체는 나일 강의 초록빛 습지에서 썩고, 세라메이커스[148]의 누런 언덕 위에 젊은 아테네인들이 먼지로 뿌려지지만, 안티노우스(Antinous)[149]는 조각으로, 카르미데스(Charmides)[150]는 철학으로 살아 있다.

---

146) 대지의 풍요를 주재하는 신(神)으로 포도재배와 관련하여 술의 신이 되기도 한다.

147) 소아시아 북서쪽에 있는 고대 로마의 행정구역.

148) 그리스의 해안지역.

149) 로마 황제 하드리아누스(Hadrianus)의 총신. 하드리아누스의 동성애 상대였으며, 황제를 따라 지중해 지역을 여러 번 여행했으나 이집트 방문 도중 나일 강에서 익사했다. 하드리아누스는 그를 위해 제국 전역에 신전을 세웠으며, 그를 추모하여 안티노폴리스 시를 건설했다.

150) 플라톤의 어머니인 페릭티오네(Perictione)의 언니로서 플라톤의 저서 『카르미데스』에 등장한다.

5

엘리자베스 시대의 어떤 젊은 사람이 얼굴이 아주 흰 소녀에게 반해 그녀를 알바(Alba)라고 불렀는데, 『사랑의 헛수고』의 첫 공연에서 그가 받은 인상을 기록으로 남겼다. 배우들은 실력이 뛰어나긴 했지만 "교활하고 약삭빠르게" 연기했고, 특히 연인들 역을 맡은 배우들이 그랬다고 그가 말한다. 그는 모든 것이 "꾸며졌고," 어떤 것도 "진심에서" 우러나오지 않았고, 슬퍼하는 듯이 보이는 배우들은 "전혀 그렇지 않고," 그저 "장난으로 쇼"를 보여준다고 생각했던 것이다. 그러나 갑자기, 이 비현실적인 로맨스의 환상적 희극이 객석에 앉아 있던 그에게 자신의 삶에 대한 실제 비극이 되었다. 그의 영혼의 기분이 형상과 실체를 취하여 자신 앞에서 움직이는 것 같았다. 그의 비애는 웃는 얼굴을 했고, 슬픔은 유쾌한 옷을 입었다. 이 야외극이 무대에서 밝고 빠르게 바뀌는 동안, 그는 마치 환상적인 거울에 비친 자신의 이미지를 보는 것처럼 자신을 바라보았다. 배우들의 입에서 나오는 말은 그의 고통을 뚫고 나온 것이었고, 그들의 거짓된 눈물은 곧 그가 흘린 눈물이었다.

이와 유사한 걸 느껴본 적이 없는 사람은 우리 중에 거의 없을 것이다. 우리는 로미오와 줄리엣을 읽으며 연인이 되고, 햄릿에 의해 학자가 된다. 던컨의 피를 우리 손에 묻힌 채, 티몬과 함께 세상에 분노하며, 리어 왕이 황야를 헤맬 때 광기의 공포가 우리를 엄습한다. 우리는 데스데모나처럼 결백하고, 이아고(Iago)[151] 같은 죄인이 될 수도 있다. 예술, 심지어 총체적인 규모와 가장 넓은 비전을 지닌 예술도 실제 우리에게 외부세계를 결코 보여주지 못한다. 예술이 보여주는 건 오로지 우리 자

151) 『오셀로』에 나오는 간악한 인물.

신의 영혼이며, 그것이야말로 우리가 실제 지각하는 한 가지 세계다. 그리고 영혼 자체, 우리 개개인의 영혼은 각자에게 신비로운 존재다. 그것은 어둠 속에 숨어 상념에 빠지고, 인간의 의식은 그것이 어떻게 작용하는지 알지 못한다. 의식은 참으로 인간성이 무엇인지 설명하기에 꽤나 부적합하다. 예술, 단지 예술만이 우리들로 하여금 자신을 볼 수 있도록 한다.

사랑하는 여인과 함께 앉아 연극을 보거나, 옥스퍼드대학의 정원에서 음악을 듣거나, 로마 교황청의 장대한 미술관을 친구와 함께 거닐다가 우리는 꿈꾸어본 적이 없던 열정과, 우리를 두렵게 만드는 생각과, 비밀을 알 수 없던 쾌락과, 우리의 눈물로부터 숨겨진 슬픔을 우리가 지니고 있음을 갑자기 깨닫게 된다. 배우는 우리의 존재를 의식하지 않는다. 음악가는 푸가의 미묘함과 악기의 음조에 정신이 팔려 있다. 대리석으로 만든 신들은 우리에게 호기심 어린 미소를 짓지만, 그들은 감각이 없는 돌덩어리에 불과하다. 하지만 그들은 우리 내부에 있는 뭔가에 형태와 실체를 부여하며, 그들로 인해 우리는 자신의 성격을 깨닫게 된다. 그리고 위험한 즐거움에 대한 지각, 고통의 기운이나 전율, 또는 흔히 인간이 자신에게 느끼는 이상한 자기연민 등이 다가와 우리를 변화시킨다.

셰익스피어의 소네트들은 내게 이런 인상들을 분명히 심어주었다. 오팔색의 동이 틀 무렵부터 시든 장밋빛으로 해가 저물 때까지 정원이나 침실에서 소네트들을 거듭 읽으면서, 나는 한때 내 것이었던 인생의 이야기를 해독하는 듯했다. 그러한 이야기는 저절로 나의 천성이라는 천에 색깔을 입혀, 낯설고 미묘한 염색약으로 물들어버리는 로맨스의 기록을 펼치게 하는 것이다. 흔히 그렇듯이 예술은 개인적 경험을 대신한다. 나는 피치노가 우리에게 말하고, 가장 고상하고 순수한 의미를 지닌 소네트가 완벽하게 표현한 것으로 여겨지는 열정적인 우정의 비밀——

아름다움에 대한 사랑과 사랑의 아름다움──에 입문하는 느낌이었다.

그렇다. 나는 이 모두를 경험한 것이다. 나는 열린 지붕과 나부끼는 현수막이 붙은 원형극장에 서 있었던 적이 있고, 비극을 공연하기 위해 검은색으로 치장되었거나, 명랑한 쇼에 맞춰 화려한 화환으로 장식된 무대를 본 적도 있었다. 젊은 한량들이 시동들을 데리고 나와, 반인반수의 조각이 있는 안쪽 무대기둥에 걸린 황갈색 커튼 앞에 자리를 잡은 모습이 보였다. 그들은 휘황한 옷을 걸치고, 거만하고 활기차게 보였다. 몇몇은 프랑스식 애교머리에다 이탈리아식 황금자수로 빳빳하게 한 흰색 더블릿을 입었고, 푸른색이나 연노랑색이 섞인 긴 비단양말을 신고 있었다. 다른 사람들은 모두 검은 복장을 한 채, 커다란 깃털장식 모자를 쓰고 있었다. 이러한 것들은 스페인의 유행에 영향을 주었다. 그들이 카드놀이를 하며 시동들이 불을 붙여준 조그만 담뱃대에서 가느다란 연기화환을 내뿜자, 마당에 떼를 지어 있던 게으른 도제들과 빈둥거리는 남학생들이 그들을 흉내 내며 놀렸다. 하지만 그들은 서로서로 웃을 뿐이었다. 옆에 있는 칸막이 좌석에는 가면을 쓴 여인들이 앉아 있었다. 그들 가운데 허기에 찬 눈을 한 여인 하나가 입술을 깨물며 커튼이 열리기를 기다리고 있었다. 세 번째 트럼펫이 울리면서 그녀가 앞으로 몸을 내밀자, 나는 그녀의 올리브빛 피부와 새까맣고 윤기 나는 머리카락을 보았다. 나는 그녀를 알았다. 그녀는 한동안 내 인생에서 중요한 우정을 망쳐놓았던 장본인이었다. 하지만 그녀에게는 뭔가 나를 매료시키는 데가 있었다.

연극은 내 기분에 따라 변했다. 때로는 테일러가 왕자 역을 했던 『햄릿』이기도 했는데, 오필리아가 미쳐버렸을 때 많은 사람들이 눈물을 흘렸다. 때로는 버비지가 로미오 역을 한 『로미오와 줄리엣』이었다. 그에게는 젊은 이탈리아인 같은 데가 거의 없었지만 목소리는 음악처럼 풍부했고, 모든 몸짓에 열정적인 아름다움이 있었다. 난 『뜻대로 하세요』 『심벨린』 『십이야』도 보았는데, 각 작품이 공연될 때마다 누군가의 삶이 나의 삶과 결속되어, 나를 위해 모든 꿈을 실현시켜 모든 환상에 형상을 부여하는 것 같았다. 그 배우의 움직임은 얼마나 기품이 있는가! 관객들의 눈은 그에게 고정되었다.

그런데 이 모든 일은 금세기에 발생한 것이다. 내 친구를 한 번도 본 적이 없었건만, 그는 수년간 나와 함께 있었고, 내가 그리스 사고와 예술에 열정을 바치며, 정말 헬레니즘 기상에 전적으로 공감하게 된 건 그의 영향 때문이었다. 옥스퍼드를 다니던 시절, 헬레니즘의 문구가 얼마나 나를 설레게 했던가! 그 당시에는 왜 그랬는지 알 수 없었다. 하지만 지금은 알고 있다. 내 곁에는 항상 어떤 존재가 있었던 것이다. 그것은 은색의 발로 어두운 밤의 초원을 밟았고, 흔들리는 새벽장막 옆에서 흰 손을 휘젓기도 했다. 그것은 나와 함께 침침한 수도원 회랑을 걸어 나와, 내가 방에 앉아 책을 읽을 때도 거기 있었다. 어째서 내가 그것을 의식하지 못했을까? 영혼은 스스로 생명을 가졌으며, 두뇌는 자체의 활동 범위가 있다. 우리 내부에는 결과나 범위를 눈치 채지 못하는 뭔가가 있지만, 그것은 관념의 도시(Ideal City)의 철학자처럼 모든 시간과 모든 존재를 관망하는 존재다. 그것은 활기를 띤 감각들, 생명을 얻은 열정들, 명상이 제공하는 영적 황홀경 그리고 무섭게 타오르는 사랑의 열망을 가지고 있다. 비현실적인 것은 우리들이며, 우리의 의식적인 삶은 우리가 성장하는 데 가장 사소한 부분이다. 영혼, 오직 은밀한 영혼만이 유일한 리얼리티다.

내가 이것들을 모두 알게 된 건 얼마나 흥미로운가! 죽은 자에 의해 씌어지고 죽은 젊은이를 기념하는, 약 300년 전에 출간된 소네트 한 권이 내 영혼의 로맨스가 지닌 모든 이야기를 내게 갑자기 설명해주었다.

언젠가 내가 이집트에서, 테베[152]의 현무암 무덤 가운데서 발견된 프레스코화가 그려진 관을 여는 곳에 내가 있었던 기억이 난다. 그 안에는 아마포로 단단히 묶여, 얼굴에 금도금을 한 어린 소녀의 육신이 있었다. 그것을 보려고 허리를 굽혔을 때, 나는 쪼그라든 작은 손 하나가 낯선 문자들로 뒤덮인 황색 파피루스 한 장을 움켜쥐고 있는 걸 보았다. 그걸 읽어봤더라면 하는 아쉬움이 지금에 와서야 얼마나 드는지! 그건 내 안에 숨겨진 영혼에 대해 뭔가 더 말해줄 수 있고, 내가 알지 못하던 열정의 신비를 가질 수도 있었다. 우리가 자신에 대해 거의 알지 못한다는 것과 우리의 가장 친밀한 개성이 우리에게 감추어져 있다는 건 이상하지 않은가! 과연 우리는 실제 삶을 찾으려고 무덤을 들여다보아야 하고, 우리 시대의 전설을 찾으려고 예술에 눈을 돌려야 하는가?

몇 주 내내 나는 이 시들을 숙고했으며, 새로운 형태의 지식은 각기 내게는 회상의 형식처럼 되었다. 마침내 두 달이 흐른 후, 나는 어스킨에게 강력히 호소하여 그레이엄에 대한 기억을 되돌려 소네트에 대한 그의 놀라운 해석——이 문제를 완전히 설명하는 유일한 해석——을 세상에 알리기로 결심했다. 유감스럽게도 내게는 편지 한 통도 없었고, 원본을 구할 수도 없었다. 하지만 난 그 문제를 모두 훑어, 내 연구를 통해 얻어낸 요지와 증거를 열정적으로 되새긴 문서들을 만들었다고 기억한다.

나는 단지 그레이엄을 문학사에서 적절한 위치로 복귀시킬 뿐만 아니라, 셰익스피어 자신의 명예를 진부한 술책의 따분한 기억으로부터 구해내려고 한 것 같다. 나는 편지에다 모든 열정과 더불어, 나의 모든 신념을 담았다.

사실 내가 그 편지를 보내자마자 신기한 반응이 발생했다. 소네트에

---

152) 테베(Thebes): 나일 강 양안에 위치한 고대 이집트의 수도.

관한 휴즈 이론의 믿음에 온 힘을 기울여, 말하자면 뭔가 내 밖으로 빠져나간 듯했으므로, 이 모든 문제에 나는 아예 관심을 상실한 형편이었다. 그때 무슨 일이 발생했는지 말하기는 어렵다. 아마도 열정에 대한 완벽한 표현을 찾던 나머지, 나는 열정 자체를 소진시켰는지 모른다. 육체적 삶에서의 힘과 마찬가지로 정서적인 힘도 명백히 한계가 있다. 아마 누군가를 하나의 이론으로 유도하려는 단순한 노력은 믿음의 힘을 포기하게 만드는 어떤 형태를 동반한다. 영향력이란 인간의 자아에서 가장 소중한 걸 포기하게 하는 개성의 전이일 뿐이며, 그걸 발휘한다는 건 감각, 아마도 상실이라는 리얼리티를 만들어낸다. 모든 제자는 스승에게서 뭔가를 훔쳐간다. 그게 아니라면 나는 모든 일에 지치고, 처음 가진 매력에 싫증을 느낀 나머지 열정도 식어버려 내 이성 스스로의 열렬한 판단에 그냥 내버려두었을 것이다. 그 일이 어떻게 되었건, 나는 그걸 아는 체할 수 없었다. 내게는 휴즈가 갑작스레 오직 하나의 신화, 한가로운 꿈, 대부분의 정열적인 영혼들처럼 스스로 납득하기보다는 다른 사람들을 납득시키려고 열망하는 한 젊은 남자의 유치한 환상이 되었다는 건 의심의 여지가 없었다.

이러한 일이 내겐 쓰디쓴 실망이었음을 인정해야 한다. 나는 이 위대한 로맨스의 모든 부분을 살펴보았다. 나는 그것과 함께 지냈고, 그것은 내 개성의 일부가 되었다. 그것이 어떻게 나를 떠날 수 있었던 것일까? 내 영혼이 은폐하려던 어떤 비밀에 내가 손을 댄 것일까? 아니면 인간성에 영속성이란 전혀 없는 것일까? 거울을 스쳐가는 그림자처럼 모든 것들이 고요하고 빠르게, 흔적도 없이 뇌리를 관통하는 것일까? 우리는 예술이나 인생이 우리에게 주려는 인상에 좌우되는 존재인가? 내게는 그랬다.

이런 느낌이 내게 처음 다가온 건 어느 밤중이었다. 나는 어스킨에게 쓴 편지를 부치라고 하인을 밖으로 보낸 다음, 창가에 앉아 푸른색과 금색으로 빛나는 도시를 바라보았다. 달은 아직 뜨지 않았고, 하늘에는 하나의 별만 보였다. 하지만 거리는 빠르게 움직이며 번쩍거리는 불빛들로 가득했고, 데번셔 하우스[153]의 창문은 때마침 런던을 방문하는 외국 왕자들에게 베풀어지는 성대한 만찬을 준비하기 위해 환하게 불이 켜져 있었다. 나는 왕실마차를 타고 있는 주홍빛 제복을 입은 사람들과 침침한 안마당의 입구에서 서성거리는 한 무리의 사람들을 보았다.

갑자기 나는 중얼거렸다. "난 꿈을 꾸고 있었던 거지. 지난 두 달, 나의 모든 삶은 비현실적이었어. 휴즈란 없는 거야." 내가 자신을 어떻게 기만했는지 깨닫자 입술에 뭔가 나직한 고통의 외침이 흘러나왔고, 손으로 얼굴을 감싼 채 나는 일찍이 소년시절 이후 느껴보지 못했던 슬픔에 사로잡혔다. 잠시 후 나는 자리에서 일어나, 서재로 가 소네트를 집어들고 읽기 시작했다. 하지만 아무런 소용도 없었다. 전에 내가 소네트에 바쳤던 그 어떤 감흥도 되돌아오지 않았던 것이다. 그 소네트들은 내가 발견한 행간에 숨은 의미를 전혀 보여주지 않았다. 나는 단지 위조된 초상화의 아름다움에 반했고, 셸리처럼 생긴 얼굴에 유혹되어 신념과 믿음을 갖게 되었을 뿐인가? 아니면 어스킨이 암시했던 것처럼, 그레이엄의 죽음이 몰고 온 감상적인 비극이 내 마음을 그토록 휘저어 놓았단 말인가? 나는 알 수 없었다. 내 삶에서 이처럼 이상한 행로의 시작이나 끝을 지금까지도 이해할 수 없다.

하지만 어스킨에게 보낸 편지에 무척 부당하고 쓰디쓴 내용을 적어 놓았기 때문에, 나는 될 수 있는 한 빨리 그를 수소문하여 내 행동을 사

153) 런던 피카딜리에 소재한 저택으로, 영국의 대표적 명가의 하나인 데번셔 공작들(Dukes of Devonshire)이 사용했던 거처로 1920년대에 철거되기 전까지 200년 동안 존속했다.

과하기로 마음먹었다. 그래서 다음 날 아침 버드케이지 워크로 마차를 몰고 내려간 나는 휴즈의 가짜 그림을 앞에 놓고 서재에 앉아 있는 어스킨의 모습을 보았다.

"오랜만이오, 어스킨 씨!" 난 소리쳤다. "당신에게 사과드릴 게 있어 찾아왔어요."

"내게 사과를 한다고요?" 그가 물었다. "무슨 사과죠?"

"내 편지에 대해서죠," 나는 대답했다.

"편지엔 후회할 내용이 전혀 없던데요," 그가 말했다. "오히려 당신은 혼자 힘으로 내게 참으로 훌륭한 봉사를 해주었어요. 그레이엄의 이론이 나무랄 데 없이 타당하다는 걸 내게 보여주었으니까."

나는 아연실색하여 그를 응시했다.

"휴즈를 믿는다는 건 아니겠죠?" 나는 큰 소리로 말했다.

"왜 그렇죠?" 그가 대꾸했다. "당신은 그걸 내게 증명해주었잖소. 내가 증거의 가치를 헤아리지 못할 거라고 생각해요?"

"하지만 증거란 전혀 없는 걸요." 나는 의자에 몸을 파묻으며 내뱉듯 말했다. "당신에게 편지를 쓸 때, 난 완전히 어리석은 열정에 사로잡혀 있었죠. 그레이엄이 죽었다는 얘기에 감동을 받았고, 그의 예술적 이론에 매혹되었으며, 모든 아이디어의 경이와 신기함에 사로잡혔던 거랍니다. 이제는 그 이론이 망상에 불과하다는 걸 알아요. 휴즈의 존재에 대한 유일한 증거란 당신 앞에 놓인 그림뿐인데, 그건 가짜가 아닌가요. 단지 감상에 젖어 이 문제에 몰입하진 말아요. 휴즈의 이론에 대해 로맨스가 무엇을 말하든, 이성은 도움이 되지 않아요."

"당신 말을 이해하지 못하겠소." 어스킨이 어리둥절하여 나를 쳐다보며 말했다. "당신은 편지에서 휴즈가 절대 실존인물이라고 나를 확신시켰어요. 어째서 마음을 바꾼 거요? 아니면 지금까지 내게 말해준 모든 게 그저 농담이었소?"

"그 이유를 설명할 순 없어요," 내가 대답했다. "하지만 이제 그레이엄의 해석을 뒷받침할 만한 건 실제 아무것도 없어요. 그 소네트들이 펨브룩 경에게 바쳐진 게 아닐 수도 있어요. 아마 그렇지는 않겠죠. 하지만 제발 존재하지도 않은 젊은 엘리자베스 시대 배우를 발견하여, 허깨비 같은 꼭두각시를 셰익스피어 소네트의 큰 줄기의 핵심으로 삼으려는 어리석은 시도를 하느라 시간을 낭비하진 마십시오."

"그 이론을 이해하지 못한 것 같군요," 그가 대답했다.

"어스킨 씨," 나는 간절하게 말했다. "이해하지 못하다뇨! 내가 그걸 만들어낸 느낌인걸요. 난 이 모든 문제를 파헤쳤을 뿐만 아니라, 모든 종류의 증거들을 제시했다고 당신에게 분명히 편지로 알렸죠. 이 이론에서 한 가지 오류는 존재 여부가 논란의 대상이 된 인물이 실제로 있었다고 가정한 데 있어요. 휴즈라는 이름의 젊은 배우가 셰익스피어 극단에 있었다고 본다면, 그를 소네트의 대상으로 삼는 건 어렵지 않아요. 하지만 알다시피 글로브 극장의 극단에 그런 이름을 가진 배우가 없었기 때문에 조사를 더 진행시키는 건 무익한 일이죠."

"하지만 그게 바로 우리가 모르던 거요," 어스킨이 말했다. "그의 이름이 초판 목록에 나오지 않는다는 건 기정사실이죠. 하지만 그레이엄이 지적했듯이, 셰익스피어와 경쟁하는 극작가를 위해 위험스럽게도 그를 저버린 행위를 기억한다면, 그건 휴즈의 존재를 부정한다기보다 인정하는 증거에 가까워요. 게다가," 그때는 피식 웃었지만 어스킨이 하는 말에 다소 일리가 있다는 걸 인정해야겠다. "휴즈가 무대에 오를 때 가명을 사용했다고 생각하지 않을 이유가 하등 없어요. 사실 그렇게 했을 가능성이 농후해요. 그 당시엔 극장에 대한 편견이 정말 대단했고, 그의 가족이 필명을 쓰도록 요구했을 가능성이 높아요. 초판의 편집자들은 자연스레 그가 대중에게 가장 잘 알려진, 무대에서 사용한 이름으로 표기했을 테죠. 그렇지만 소네트는 완전히 다른 문제였고, 그 소네트에 대한 헌사에서 출판업자는 꽤나 적절하게도 실제 이름의 첫 글자들로 그를 불렀던 거랍니다. 그렇다면 이건 이 문제에 대한 가장 간명하고도 합리적인 설명인 셈이죠. 난 시릴 그레이엄의 이론이 완벽히 입증된 걸로 봐요."

"그렇지만 어떤 증거가 있나요?" 나는 그의 손을 잡고 소리쳤다. "아무런 증거도 없잖소. 그건 가설에 불과해요. 그리고 당신은 셰익스피어 배우들 가운데 누가 윌리 휴즈라고 생각해요? 벤 존슨이 들려준, 어린 여자 차림을 너무나 좋아했던 '어여쁜 녀석'인가요?"

"그건 알 수 없죠." 그가 다소 귀찮은 듯이 대답했다. "아직 그점에 대해선 조사해볼 시간이 없었어요. 하지만 내 이론이 옳다는 건 장담해요. 물론 가설이긴 하죠. 그렇다고 해도 모든 것을 설명하는 건 가설이고, 당신이 문학에 꾸물대려고 옥스퍼드에 가는 대신 과학을 연구하기 위해 케임브리지에 갔더라면 가설이 바로 모든 것을 설명한다는 걸 알았을 텐데요."

"그럼요, 케임브리지가 교육기관이라는 정도는 알고 있답니다," 나는 투덜대듯 말했다. "그곳에 가지 않은 게 다행이라오."

"이봐요," 예리한 회색빛 눈을 갑자기 내게 돌리며 어스킨이 말했다. "당신은 그레이엄의 이론도 믿고 휴즈의 존재도 믿고 있어요. 소네트가 한 배우에게 바쳐진 것도 알고 있지요. 하지만 이런저런 이유로 그걸 인정하려고 들진 않는군요."

"그걸 믿을 수 있다면 좋겠어요," 내가 대답했다. "그렇게 할 수만 있다면 어떤 것이라도 양보하겠어요. 하지만 그럴 순 없어요. 그건 허황된 이론이고, 정말 그럴듯하고 매혹적이지만 실체가 없어요. 누군가 그걸 이해했다고 생각하는 순간, 이해할 수 없는 것으로 변해버리죠. 아니에요. 셰익스피어의 마음은 그가 소네트에서 표현한 대로, '해맑은 눈으로 결코 뚫을 수 없는 벽장'으로만 우리에게 남아 있어요. 그의 삶의 열정의 진정한 비밀을 결코 알 수 없어요."

어스킨은 소파에서 벌떡 일어나 방안을 서성거렸다. "그 비밀을 우린 이미 알고 있소," 그가 소리쳤다. "그리고 세상사람들이 언젠가 알게 될 테고."

나는 그가 그렇게 흥분한 모습을 본 적이 없었다. 그는 내가 떠난다는 말을 들으려고 하지 않고, 그날 내내 나를 붙잡아두려고 했다.

우린 몇 시간 동안 그 문제를 논의했지만, 내가 아무리 설명해도 그레이엄의 해석에 대한 그의 믿음을 포기하게 만들 수 없었다. 그는 자신이 그 이론을 입증하는 데 여생을 바치고, 그레이엄의 기억을 제대로 평가하기로 결심했다고 내게 말했다. 나는 간청도 하고 비웃기도 하고 빌어도 봤지만 아무 소용도 없었다. 정확히 말해 분노가 아니라, 분명히 우리 사이에 놓인 그림자 때문에 끝내 우리는 헤어졌다. 그는 나를 생각이 얕다고 보았고, 나는 그가 미련하다고 생각했다. 내가 다시 그를 만나러 갔을 때, 그는 벌써 독일로 떠났다고 하인이 말했다. 그에게 보낸 편지에는 답장이 없었다.

그로부터 2년이 흐른 후, 내가 클럽으로 들어가려 하자 집사가 외국 소인이 찍힌 편지 한 통을 건네주었다. 그건 어스킨이 칸느[154]의 당글트르(d'Angleterre) 호텔에서 보낸 편지였다. 그것을 읽었을 때, 비록 그가 자신의 결심을 행동으로 옮길 만큼 온당치 못하다고 생각조차 하진 않았지만, 나는 온몸에 전율을 느꼈다. 편지의 요점은 그가 휴즈에 관한

---

154) 프랑스 남부에 있는 해안도시.

이론을 입증하려고 온갖 노력을 했지만 실패했다는 것과, 그레이엄이 이 이론에 평생을 바쳤듯이 자신도 똑같은 목적에 일생을 바치기로 결심했다는 것이었다. 편지를 끝맺는 말은 다음과 같았다. "난 여전히 휴즈의 존재를 믿어요. 그리고 당신이 이 편지를 받을 때쯤, 난 휴즈를 위해 내 손으로 죽은 뒤가 될 거요. 그를 위해, 그리고 나의 사소한 의구심과 우둔한 신념의 부족으로 죽음으로 몰고 간 그레이엄을 위해 말이오. 한때 당신에게 진실이 노출된 적은 있었지만 당신이 거부했어요. 이제 그 진실이 두 사람의 피로 물들인 채 당신에게 왔으니, 피하지는 마시오."

끔찍한 순간이었다. 나는 참담함으로 구역질이 났지만, 그래도 그가 자신의 의도를 실행할 거라고 믿을 수 없었다. 종교적 견해를 위해 목숨을 바친다는 건 인간이 자신의 생명을 걸고 할 수 있는 최악의 방법이다. 하지만 문학이론을 위해서 목숨을 바치다니! 그것은 불가능한 일이 아닌가.

나는 편지 날짜를 보았는데, 벌써 일주일이나 지난 것이었다. 불행히도 그간에 사정이 있어 나는 며칠간 클럽에 가지 못했고, 그게 아니었더라면 제때 그의 목숨을 구했을지도 모른다. 너무 늦진 않았으리라. 나는 마차를 타고 집으로 와서 물건을 챙겨, 야간 우편열차를 타고 차링 크로스[155]를 출발했다. 여행은 견딜 수 없었고, 나는 결코 목적지에 도달하지 못할 거라고 생각했다.

도착하자마자 나는 당글트르 호텔로 마차를 타고 갔다. 사실 그대로 어스킨은 세상을 떠났던 것이다. 이틀 전, 영국 묘지에 그의 시신이 묻혔다고 사람들이 말했다. 이 모든 비극에는 뭔가 끔찍하게 괴상한 구석

155) 런던 중심부에 있는 번화한 광장으로 유럽대륙으로 떠나는 기차역이 있던 곳이다.

이 있었다. 나는 닥치는 대로 얘기했고, 홀에 있던 사람들은 신기한 듯 나를 바라보았다.

그러다 갑자기 어스킨의 어머니가 깊은 슬픔에 빠진 채 현관을 지나갔다. 그녀는 나를 보자 다가와, 불쌍한 아들에 대해 뭔가 중얼거리고 이내 눈물을 쏟았다. 나는 그녀를 방으로 안내하여 자리에 앉혔다. 거기에는 나이든 신사가 신문을 읽고 있었다. 그는 영국인 의사였다.

우리는 어스킨에 대해 많은 얘기를 나누었지만, 나는 그의 자살동기에 대해선 일절 말을 꺼내지 않았다. 자신을 그토록 치명적이고 얼빠진 행동으로 몰고 간 이유에 대해 어스킨은 어머니에게 한 마디도 하지 않았던 게 분명했다. 마침내 어스킨 부인은 자리에서 일어나 입을 열었다. "조지가 당신에게 뭔가 유품을 남겼어요. 그가 아주 소중히 여기던 물건이에요. 그걸 가져오겠어요."

그녀가 방을 나가자마자 나는 의사에게 몸을 돌려 말했다. "어스킨 부인에겐 얼마나 충격이 컸겠어요! 난 부인이 잘 견딜지 궁금해요."

"오, 부인은 지난 몇 달 동안 이 일을 예상했소," 그가 대답했다.

"지난 몇 달 동안 예상했다고요!" 나는 소리쳤다. "하지만 왜 그를 막지 못했죠? 어째서 부인은 아들을 감시하지 않았나요? 그는 분명 제정신이 아니었을 텐데."

의사가 나를 응시하며 말했다. "무슨 말인지 모르겠소."

"뭐라고요," 나는 큰 소리로 말했다. "어떤 어머니라도 자기 아들이 자살할 걸 안다면?"

"자살이라뇨!" 그가 대답했다. "불쌍한 어스킨은 자살한 게 아니오. 폐병으로 죽었으니까. 그는 임종을 위해 여기 온 거요. 그를 본 순간 난 전혀 가망이 없다는 걸 알았어요. 한쪽 폐가 이미 망가졌고, 다른 쪽도 상당히 감염되었으니까요. 그가 죽기 사흘 전 내게 조금도 희망이 없느냐고 물었죠. 난 그에게 전혀 희망이 없고, 앞으로 며칠밖에 살 수 없다고 솔직히 말해주었어요. 그는 몇 통의 편지를 쓴 다음, 완전히 체념하고는 죽는 순간까지 온전한 정신을 유지했어요."

나는 의자에서 일어나 열린 창문으로 다가가 사람들이 북적대는 산책로를 굽어보았다. 밝은 색깔의 우산과 화려한 파라솔들은 나에게 푸른 금속 색깔의 해변에서 나래치는 환상적인 거대한 나비들처럼 보였고, 정원을 통해 스며드는 바이올렛의 강한 향기는 이러한 꽃향기가 항상 자신의 친구를 상기시킨다고 했던 셰익스피어의 아름다운 소네트를 생각나게 했다고 기억한다. 그게 대체 무슨 의미일까? 죽음의 문턱에 선 그가 내게 진실이 아닌 말을 한 이유는 무엇일까? 위고가 옳았던 것일까? 겉으로 꾸민다는 건 처형대의 계단까지 인간을 떠나지 않는 유일한 조건일까? 어스킨이 원했던 건 단지 극적 효과뿐이었을까? 그건 그답지 않은 행동이다. 그건 차라리 내가 했을지도 모를 일이다. 아니다. 그는 나로 하여금 그레이엄의 이론을 다시 믿게 하려는 욕망 때문에 그런 행동을 했을 뿐이고, 그걸 위해 자신의 인생을 바쳤다고 내가 믿는다면, 내가 그 애처로운 순교의 오류에 빠지지 않을 거라고 생각했던 것이다. 불쌍한 어스킨! 나는 그를 만난 이후부터 점점 현명해졌다. 순교란 내게는 단지 비극적 형태의 회의인 동시에, 인간이 신념으로 달성하지 못했던 것을 불길로 실현하려는 시도다. 가슴에 도사린 어떤 공포가 드러내려는 건 진실이 아니므로, 사람들은 그들이 바라는 진실을 위해 목숨을 바친다. 어스킨의 편지가 무익하다는 자체가 더욱 그를 측은하게 만들었다. 나는 카페를 들락거리는 사람들을 바라보며, 행여나 그들 가운데 어스킨을 아는 사람이 있을까 생각했다. 햇빛을 받아 거슬린 길 아래로 하얀 먼지가 날렸고, 깃털이 송송한 종려나무들이 공허한 허공에서 정처 없이 움직였다.

바로 그때, 어스킨 부인이 휴즈의 엄숙한 초상화를 들고 방으로 돌아왔다. "조지가 죽어갈 때, 당신에게 이걸 전하라고 하더군요." 그녀가 말했다. 내가 그것을 받아쥐자 그녀의 눈물이 내 손에 떨어졌다.

이 진기한 예술작품은 지금 내 서재에 걸려 있고, 예술을 하는 친구들이 이 작품을 매우 찬미하자 그들 중 한 명이 나를 위해 이 초상화를 금속판에 넣었다. 그들은 이 작품이 클루에가 그린 게 아니라 오브리[156]의 수집품이라고 판단했다. 나는 그들에게 그림의 진짜 내력을 말해주고 싶진 않았다. 하지만 때때로 그림을 볼 때마다, 셰익스피어 소네트의 휴즈 이론에 대해 정말로 할 말이 많다고 생각한다.

---

156) 오브리(Frederic Ouvry): 19세기 영국의 고문서 및 골동품 수집가.

사회주의에서의 인간의 영혼[1)]

사회주의의 확립으로 나타날 수 있는 가장 큰 이점은 말할 것도 없이 사회주의가 인간이 처한 추한 곤경, 즉 남을 위해 살아간다는 곤경에서 인간을 해방시켜주리라는 것이다. 현재의 상황으로는 이 추한 곤경이 거의 모든 사람을 몹시 억누르고 있어, 실제 그 누구도 이를 모면할 수가 없다.

금세기에 때로 다윈 같은 위대한 과학자, 키츠 같은 위대한 시인, 르낭 같은 훌륭한 비평정신을 지닌 인물, 플로베르[2)] 같은 최고의 예술가는 스스로를 소외시킴으로써 다른 사람들의 시끄러운 요구를 벗어나, 플라톤이 말했듯이 "담의 보호 아래서,"[3)] 자신이 가진 재능의 완성을 실현하여 자기 개인에게 최고의 이득을 가져오고, 또 전 세계에도 영속

---

1) 이 글은 1891년 2월 『포트나이틀리 리뷰』(*The Fortnightly Review*)지에 처음 발표되었는데, 사회주의보다는 개인주의를 예찬하는 글이며, 저항과 무정부주의를 찬양했다. 당시 『스펙테이터』(*The Spectator*)지는 진지하게 보면 무척 불건전한 글이지만, 그저 사람을 놀래키고 이야기를 끌어내려고 씌어진 가벼운 글로 보인다고 혹평했다.

2) 플로베르(Gustave Flaubert, 1821~80): 프랑스 작가. 『마담 보바리』(*Madame Bovary*, 1857)의 저자.

3) 담이란 그리스의 철학자 플라톤(기원전 429~기원전 347)이 세운 아카데미를 의미하며, 여기서는 비교적 보호받는 학문의 영역에 속하는 것을 의미한다.

적인 최고의 이득을 가져올 수 있었다. 그러나 이들은 예외적인 존재들이다. 대다수의 사람들은 건전하지 못한 과장된 이타주의 때문에 자신의 삶을 망치고 있으며, 사실 그렇게 되도록 강요받고 있다. 대다수의 사람들은 끔찍한 빈곤, 끔찍한 추함, 끔찍한 기아에 둘러싸여 있으며, 어쩔 수 없이 이 모든 것에 상당한 영향을 받는다. 인간의 감정은 지성보다 더 빨리 자극받게 되어 있고, 또 내가 얼마 전에 비평의 기능에 관해 쓴 글에서 지적했듯이, 사상에 공감하기보다는 고통에 훨씬 쉽게 공감한다. 따라서 훌륭하긴 해도 잘못된 의도로, 사람들은 매우 진지하고 또 매우 감상적으로 눈앞의 악을 치료하는 과업에 착수한다. 하지만 그들의 치료는 질병을 치유하는 것이 아니라, 그저 연기시킬 뿐이다. 사실 그들의 치료도 질병의 일환인 것이다.

예를 들면 이타적인 사람들은 가난한 사람들을 계속 생존해나가게 함으로써, 또 매우 진보된 한 학파의 경우 가난한 사람들을 즐겁게 함으로써 빈곤의 문제를 해결하려고 한다.

그러나 이것은 해결이 아니다. 그것은 어려움을 악화시킬 뿐이다. 올바른 목표는 빈곤이 있을 수 없는 그런 토대 위에 사회를 재건하려고 하는 것이다. 그런데 이타주의라는 미덕은 이 목적의 이행을 사실상 방해해왔다. 현재 영국에서 가장 해가 되는 사람들은 바로 선을 행하려고 애쓰는 사람들이다. 마치 최악의 노예소유주는 노예에게 친절함으로써 끔찍한 노예제도의 희생자들이 그 끔찍한 실상을 깨닫지 못하게 하고, 그 실상을 파악하려는 사람들로 하여금 그 끔찍함을 파악하지 못하게 하는 자들인 것처럼. 마침내 우리는 이 문제를 정말 제대로 연구하며 삶을 이해하는 사람들, 즉 이스트엔드[4]에 거주하는 교육받은 사람들이 나서서 사

4) 하층민 근로자들이 많이 거주하는 것으로 알려진 런던 동부의 상업지구.

회를 향해 자선(慈善)과 자애 따위의 이타적 충동들을 억제해달라고 간청하는 광경을 보게 되었다. 그들은 그러한 자선이 인간을 천하게 만들고 타락시킨다는 근거로 그런 간청을 하는 것이다. 그들의 주장은 절대적으로 옳다. 자선은 수많은 죄악을 초래한다.

게다가 이런 문제도 있다. 사유재산 제도에서 비롯된 끔찍한 폐해를 경감시키기 위해 사유재산을 이용한다는 것은 부도덕하다. 그것은 부도덕하며 불공평하다.

사회주의에서 이 모든 것이 바뀔 것임은 말할 것도 없다. 악취 나는 동굴 같은 곳에서 악취가 나는 누더기를 입고 사는 사람들은 볼 수 없을 것이며, 상상하기도 힘든 너무나 불쾌한 환경에서 병들고 굶주린 자식들을 키우는 사람들도 볼 수 없게 될 것이다. 지금처럼 사회의 안보가 날씨에 좌우되는 일도 사라질 것이다. 서리가 내린다 해도, 직장을 잃은 수십만의 사람들이 혐오스러운 비참한 상태로 거리를 방황한다든지, 이웃들에게 구걸한다든지, 또는 빵 한 덩어리를 얻고 불결한 숙소에서 하룻밤을 보내기 위해 지저분한 수용소의 문앞에 몰려들든지 하는 일은 없을 것이다. 사회의 각 구성원들은 사회의 전반적 번영과 행복을 함께 나누게 될 것이며, 서리가 내려도 상황이 악화되는 사람은 없게 될 것이다.

한편 사회주의는 바로 개인주의로 이어지기 때문에 그 자체로 가치가 있을 것이다. 사회주의나 공산주의는, 또는 이름이야 무엇이건 간에, 사유재산을 공공의 재산으로 전환시킴으로써 그리고 경쟁을 협동으로 대체함으로써 사회를 본래의 전적으로 건강한 유기체 상태로 회복시킬 것이며, 공동체의 각 구성원의 물질적 복지를 확보해줄 것이다. 사실 사회주의는 삶에 올바른 토대와 환경을 부여할 것이다. 하지만 삶을 최고의 완벽한 양식으로 끌어올리려면 뭔가가 더 필요하다. 그것은 바로 개인주의다. 사회주의가 권위주의적이라면, 그리고 현재 정부들이 정치권력으로 무장된 것처럼 경제적 권력으로 무장된 정부가 있다면, 한마디로 말해 우리에게 산업적 폭군이 나타난다면, 인간의 마지막 단계는 첫 단계보다 훨씬 나빠질 것이다. 현재 사유재산이 존재하게 된 결과, 많은 사람들이 어느 정도 매우 제한된 개인주의를 누릴 수 있게 되었다. 그들은 생계를 위해 일해야 하는 필연성에 구속되지 않고, 자신의 마음에 들고 또 기쁨을 주는 활동영역을 선택할 수 있다. 이들은 시인, 철학자, 과학자, 교양인, 한마디로 진정한 인간들, 즉 자신들의 자아를 실현해온 인간들로서, 이들에게서 모든 인류는 부분적이나마 자아실현을 이룰 수 있다. 반면에 사유재산이 전혀 없고 늘 굶어죽기 직전이기 때문에 짐을 나르는 짐승 같은 일, 자신들에게 전혀 맞지 않는 일을 해야 하는, 결핍이라는 위압적이고 불합리하며 치욕적인 폭군에 의해 강요된 그런 일을 해야만 하는 사람들이 많다. 이들은 가난한 사람들이며, 그들에게는 우아한 예의범절이나 매력적인 대화도 없으며, 문화, 교양, 세련된 쾌락, 삶의 기쁨 같은 것도 없다. 그들의 집단적 노력에서 인류는 물질적 번영의 상당 부분을 얻는다. 그러나 인류는 물질적 결과를 취할 뿐, 가난한 인간 자체에는 전혀 관심이 없다. 가난한 인간은 배려는커녕 그를 짓밟아버리는 세력, 짓밟힌 자일수록 훨씬 더 고분고분해진다는 이유로 계속 그를 짓밟아두고자 하는 세력의 한 미세한 원자를 이룰 뿐이다.

물론 사유재산의 조건 아래 발생된 개인주의가 항상, 아니 대체로라도 훌륭하거나 멋진 유형은 아니며, 또 가난한 사람들이 교양이나 매력은 없다 하더라도 많은 장점을 갖추고 있다는 말도 아주 맞는 말이다. 사유재산은 흔히 엄청난 도덕적 혼란을 초래하기도 한다. 이것이 사회주의가 그 제도를 없애고 싶어하는 이유 중의 하나라는 것은 말할 것도 없다. 사실 재산은 정말이지 골칫거리다. 몇 해 전 사람들은 재산에는 의무가 따른다고 말하며 지방을 순회하고 다녔다. 그들이 너무 자주 또

끈덕지게 그 이야기를 해서, 교회도 그 이야기를 하기 시작했다. 이제 우리는 모든 설교단에서 그 말을 듣게 되었다. 그 이야기는 절대적으로 옳다. 재산은 단지 의무만 있을 뿐 아니라 의무가 너무 많아서, 상당한 재산을 소유하면 귀찮아진다. 재산을 갖는다는 것은 끝없는 요구가 따르는 것이며, 관리에 지속적으로 관심을 가져야 하는 것이며, 끝없이 귀찮은 일이 따라다닌다는 것을 내포한다. 재산을 갖는 것이 그저 기쁜 일이라면, 우리는 얼마든지 견딜 수 있다. 그러나 따라다니는 의무가 재산을 견딜 수 없는 것으로 만든다. 부자들을 위해서라도 우리는 재산이란 것을 없애야 한다.

가난한 사람들에게 미덕이 있다는 것은 물론 맞는 말이기도 하겠지만, 오히려 슬퍼할 일이기도 하다. 우리는 종종 가난한 사람들이 자선을 고마워한다는 얘기를 듣는다. 물론 어떤 사람들은 고마워한다. 그러나 가난한 사람들 가운데 가장 훌륭한 사람들은 결코 고마워하지 않는다. 그들은 배은망덕하며, 불만을 가지며 불복하며 반항적이다. 그들이 그러는 것은 매우 옳은 일이다. 그들은 자선이라는 것이, 우스꽝스러울 정도로 부적절한 불공평한 배상(賠償)방식이거나, 대체로 가난한 사람들의 개인적 삶을 지배하려는 감상주의자 측의 당치 않은 시도가 수반되는 감상적 베풂이라고 느낀다. 그들이 왜 부유한 사람의 식탁에서 떨어진 빵껍질에 대해 고마워해야 하는가? 그들도 식탁에 앉아야 하는 것이며, 그들은 그것을 깨닫기 시작했다. 불만에 대해 말하면, 그런 환경과 그런 저급한 삶에 불만이 없는 사람이야말로 아예 짐승이나 다름없다고 할 수 있다. 불복종은, 역사를 읽은 사람의 눈에, 인간 본래의 미덕으로 보인다. 바로 이러한 불만을 통해서 그리고 불복종과 반항을 통해서 진보가 이루어져 왔다. 때로 가난한 사람들은 검약한다고 칭찬을 받는다. 그러나 가난한 사람들에게 검약하라고 권하는 것은 우스꽝스럽고 모욕적인 일이다. 그것은 굶고 있는 사람에게 아껴 먹으라고 충고하는 것과 같다. 도시나 시골의 노동자가 검약을 실천하는 것은 전적으로 부도덕한 일이다. 인간이 굶주린 동물처럼 살아갈 수 있다는 것을 기꺼이 증명해 보이려고 해서는 안 된다. 인간이라면 그렇게 살아갈 것을 거부해야 한다. 그리고 훔치거나 아니면 많은 사람들이 도둑질이나 마찬가지라고 생각하는 세금으로 먹고 사는 일이라도 해야 한다. 구걸에 대해서 말하면, 그냥 빼앗는 것보다는 구걸하는 것이 안전하다. 하지만 구걸하는 것보다는 그냥 빼앗는 것이 더 훌륭하다. 아니, 고마워하지 않고 검약하지 않으며 만족하지 않고 반항적인 가난한 사람이야말로 아마도 진정한 개성을 지닌 인물이며 능력이 있는 인물일 것이다. 어쨌든 그는 건강한 항의(抗議)를 하는 인물이다. 착한 가난한 사람들에 대해 말하면, 물론 그들을 동정할 수는 있지만 아마도 찬양할 수는 없을 것이다. 그들은 적에게 개인적으로 타협한 것이며 아주 사소한 대가를 받고 자신의 천부적 권리를 팔아버린 것이다. 그들은 또한 매우 어리석음이 틀림없다. 사유재산의 조건 아래서 아름답고 지적인 삶을 영위할 수 있는 인물이라면, 사유재산을 보호하고 재산의 축적을 인정하는 법률을 받아들이는 것이 이해가 된다. 그러나 그런 법률 때문에 자신의 삶이 훼손되고 끔찍해지는데도 그런 법률이 그대로 지속되는 걸 묵인하는 인물은 도저히 이해가 안 된다.

그러나 과히 힘들지 않게 왜 그런지 그 이유를 찾아볼 수 있다. 간단하다. 비참함과 가난은 매우 철저하게 치욕적인 것이어서 인간 본성을 심하게 마비시키기 때문에, 그 계층의 사람들은 자신의 고통을 제대로 의식하지 못하는 것이다. 그들은 다른 사람들에게서 그런 이야기를 들어야만 한다. 그런데 그들은 종종 그런 말을 하는 사람들을 전적으로 불신한다. 대단한 고용주들이 선동가들에 대해 하는 비난의 발언은 분명 틀린 말이 아니다. 선동가들은 방해꾼이자 간섭하는 무리들로 공동체에서 전적으로 만족하고 있는 계층에게 다가와 그들 사이에 불만의 씨앗을 퍼뜨린다. 그런데 바로 이러한 이유 때문에 우리 사회에 선동가들이 절대적으로 필요한 것이다. 이 상황에서 선동가들마저 없다면, 문명을 향한 진전이 전혀 이루어지지 않을 것이다. 미국에서 노예제가 폐지되었는데, 이는 노예 쪽에서 어떤 행동을 한 결과가 아니었으며, 노예 쪽에서 해방에 대한 열망을 내보인 결과도 아니었다. 그것은 전적으로 보스턴 등지에서 노예도 아니고 노예의 주인도 아니며 실제 그 문제와 아무런 관계도 없는 어떤 선동가들이 철저하게 불법적인 행동을 실천한 결과 일어난 일이다. 횃불에 불을 댕겨 이 일을 시작한 사람들은 말할 것도 없이 노예제 폐지론자들이었다.[5] 그런데 이들이 당사자인 노예들에게서 전혀 도움을 받지 못했을 뿐 아니라, 좀처럼 공감도 받지 못했다는 사실은 신기하기까지 하다. 그리고 전쟁이 끝날 무렵 자신이 자유의 몸이 되었음을 알게 되자, 사실 자유롭다 못해 굶어죽을 수도 있다는 사실을 알게 되었을 때, 상당수의 노예들은 해방되었다는 새로운 상황을 비통해하기까지 했다. 프랑스 혁명에서도, 사상가들은 왕비라는 이유로 마리 앙투아네트가 살해된 것보다, 방데 지방[6]의 굶주리던 농부들이 봉건제도의 섬뜩한 명분을 위해 앞장서서 싸우다 죽어간 것을 가장 비극적인 사실로 간주한다.

그렇다면 어떠한 독재적 사회주의도 용납될 수 없다는 것은 명백하

5) 보스턴의 반노예제도 운동은 개리슨(William Lloyd Garrison)이란 인물이 시작했는데, 노예제도뿐 아니라 전쟁, 알코올, 담배, 사형제도 등을 공격한 그는 단지 선동가로 간주되다가 링컨 대통령에 의해 공을 인정받게 되었다.

6) 방데(Vendee)는 프랑스의 한 행정구역으로, 1793년 반혁명세력에 가담했으며, 아직까지도 군주제를 지지하는 지역으로 알려져 있다.

다. 현재의 제도 아래서 매우 많은 사람들이 잠시 어느 정도의 자유를 누리고 자유로이 표현을 하고 행복한 삶을 영위할 수 있겠지만, 군대식 산업체제나 경제적 독재체제 아래서는 아무도 그런 자유를 누릴 수가 없기 때문이다. 우리 공동체의 일부가 사실상 여전히 노예나 다름없는 상태로 있다는 점은 유감스럽다. 하지만 공동체 전체를 노예화함으로써 문제를 해결하자고 제안하는 것은 유치하다. 사람은 자기 마음대로 하고 싶은 일을 선택할 수 있어야 한다. 그에게 어떤 형식으로든 강제해서는 안 된다. 만일 어떤 강제가 있다면 하고 있는 일이 당사자에게 도움이 되지 않을 것이며, 그 일 자체로도 좋을 것이 없으며, 다른 사람들에게도 도움이 되지 않을 것이다. 여기서 일은 모든 종류의 행위를 다 포함하는 것이다.

나는 요즈음 사회주의자 가운데 시민들이 일어났는지 확인하기 위해 또 여덟 시간 동안 육체노동을 하는지 확인하기 위해 매일 아침 감독관이 집집마다 방문해야 한다고 진지하게 제안하는 사람이 있을 것이라고는 생각하지 않는다. 인류는 그 단계는 넘어섰으며, 그런 형식의 삶은 사회가 임의로 죄수라고 부르는 그런 사람들에게만 적용되고 있다. 그러나 내가 보아온 많은 사회주의적 견해가 실제로 강제까지는 아니라 해도, 권위적으로 오염된 것처럼 보이는 것은 사실이다. 물론 권위와 강제라니 이는 말도 안 되는 것이다. 모든 관계는 자발적인 것이어야 한다. 사람은 자발적인 관계에서만 잘 지낼 수 있다.

하지만 지금 어쨌든 사유재산에 의존하고 있는 개인주의가 어떻게 사유재산의 폐지에서 이익을 얻을 수 있는지 의문이 생길 것이다. 대답은 매우 간단하다. 기존의 상황에서 바이런, 셸리, 브라우닝, 위고, 보들레르, 그밖의 여러 인물들처럼 사유재산이 있는 몇몇 사람이 어느 정도 완벽하게 그들의 인격을 실현시킬 수 있었던 건 사실이다. 이들은 단 하루도 남에게 고용되어 일해본 적이 없다. 이들은 가난에서 해방된 사람들이었다. 이들은 상당한 이점을 가지고 있었던 것이다. 문제는 그러한 이점을 박탈하는 것이 개인주의를 위해 도움이 되는가 하는 것이다. 그러한 이점이 박탈된다고 상상해보자. 그러면 개인주의에 어떤 일이 일어날까? 그것이 어떻게 이익이 될까?

그것은 이런 식으로 이익이 될 것이다. 새로운 상황에서 개인주의는 현재보다 훨씬 더 자유롭고 훌륭하며 더욱 강화될 것이다. 나는 앞에서 언급한 위대한 시인들의 상상 속에서 실현된 개인주의가 아니라, 일반적으로 인류에 내재되고 잠재되어 있는 위대한 실제의 개인주의를 말하는 것이다. 사유재산을 인정함으로써 인간은 소유물과 자신을 혼동하기 시작했고, 이로써 개인주의가 훼손되고 불분명해져버리지 않았던가. 사유재산이 인정됨으로써 개인주의는 길을 잃고 말았다. 개인주의는 성장이 아니라 이득을 목표로 삼게 되었다. 그리하여 인간은 소유를 중요한 것으로 여기며, 존재가 중요한 것임을 알지 못하게 되었던 것이다. 인간의 진정한 완성은 무엇을 소유하고 있는지가 아니라 어떤 인간인지에 달려 있는 것이다. 사유재산은 진정한 개인주의를 짓밟아버리고 거짓된 개인주의를 내세웠다. 그것은 공동체의 한 부분을 굶주리게 함으로써 이들이 개별적 인간이 되는 것을 막았으며, 나머지 다른 부분을 잘못된 길로 인도하고 짐을 지워줌으로써 이들이 개별적 인간이 되는 것을 막았던 것이다. 사실 영국의 법은 인간의 개성을 인간이 소유한 재산에 완전히 흡수시켜버려, 늘 인간의 재산에 대한 범죄를 인간에게 직접 가해진 범죄보다 훨씬 더 심각하게 처리해왔으며, 여전히 재산을 완전한 시민정신의 기준으로 삼고 있다. 돈을 버는 데 필요한 근면 또한 매우 부도덕할 수 있다. 우리처럼 재산이 무한한 영예, 사회적 위상, 명예, 존경, 직책 등등의 여러 즐거운 것들을 부여하는 공동체에서, 인간은 자연적으로 야심을 갖게 되어 재산을 축적하는 것을 목표로 삼고, 원하는 것보다 또는 사용하거나 누릴 수 있는 것보다, 어쩌면 자신이 알고 있는 것보다 훨씬 더 많은 것을 소유하게 된 후에도 피곤하고 지루하게 계속 재산을 모으려고 하게 된다. 인간은 재산을 확보하기 위해 과로로 자신의 목숨을 잃게 될 것이다. 그런데 재산이 가져오는 엄청난 이점들을 생각하면서, 그런 일에 그다지 놀라지도 않는다. 인간의 내면에 있는 경이롭고 매혹적이고 즐거운 것을 자유로이 발전시킬 수 없고 사실상 진정한 쾌락과 살아가는 기쁨을 놓칠 수밖에 없는 좁은 홈에, 인간이 억지로 끼워 맞추어질 수밖에 없는 그런 토대 위에 사회가 구축되는 점은 유감스러운 일이다. 인간은 또한 기존의 상황에서 매우 불안정하다. 엄청난 재산을 소유한 상인은 삶의 순간마다 자신의 통제를 넘어선 상황에 좌우될 수도, 아니 종종 좌우되곤 한다. 바람이 좀더 불거나 날씨가 갑자기 바뀌거나 어떤 사소한 일이 일어나면, 그의 배가 가라앉을 수도 있고 투자한 것이 파산할 수도 있다. 그러면 그는 사회적 위상도 사라지고 가난뱅이가 되는 것이다. 이제 본인 이외의 다른 것이 인간에게 해를 끼칠 수 없을 것이다. 그 어떤 것도 인간에게서 무엇을 박탈할 수 없을 것이다. 인간이 진정으로 소유한 것은 인간의 내면에 있다. 인간의 바깥에 있는 것은 전혀 중요하지 않은 것이다.

그렇다면 사유재산의 폐지로 우리는 진정으로 아름답고 건강한 개인주의를 갖게 될 것이다. 아무도 물건들과 물건을 상징하는 것들을 축적하면서 삶을 낭비하지 않을 것이다. 인간은 진정으로 살게 될 것이다. 산다는 것은 세상에서 가장 드물고 귀한 일 중의 하나다. 대부분의 사람들은 그저 존재할 뿐이다.

과연 우리는 예술이라는 상상의 영역을 제외하고 개성이 충분히 표현되는 것을 본 적이 있는지 의문이다. 실제 행동의 영역에서 우리는 그래본 적이 없다. 몸젠[7]은 카이사르[8]가 완전하고 완벽한 인간이었다고 말한다. 그러나 카이사르는 너무도 비극적으로 불안정했다. 권위를 행사하는 사람이 있는 곳에는 언제나 권위에 저항하는 사람이 있는 법이다. 카이사르는 매우 완벽했지만, 그의 완벽에는 매우 위험한 길이 따르고 있었다. 르낭은 마르쿠스 아우렐리우스[9]가 완벽한 인간이었다고 말한다. 그렇다. 그 위대한 황제는 완벽한 인간이었다. 그러나 그에게 주어진 끝없는 요구는 얼마나 참을 수 없는 것이었던가! 그는 제국이라는 짐 아래 비틀거렸다. 그는 거대하고 넓은 천체의 무게를 한 사람이 짊어지는 것이 얼마나 부적절한지를 의식하고 있었다. 내가 말하는 완벽한 인간이란 완벽한 조건 아래서 발전하는 인간, 상처받지 않고 곤란을 당하지 않으며 불구가 되지 않고 위험에 처하지 않는 그런 인간을 말한다. 대부분의 개성적 인물들은 반항아가 되어야만 했다. 그들의 힘의 절반은 불화 때문에 낭비되어버렸다. 예를 들어 바이런의 개성은 영국인들의 어리석음, 위선, 속물근성과의 싸움으로 엄청나게 소모되어버렸다. 그러한 싸움이 늘 힘을 더 내게 해주는 건 아니다. 오히려 종종 약점을 확대시키기도 한다. 바이런은 우리에게 줄 수 있었던 것을 다 줄 수 없었다. 자신의 능력을 최대한 발휘하지 못했던 것이다. 셸리는 좀더 잘 빠져나갈 수 있었다. 그도 바이런처럼 가능한 한 빨리 영국을 벗어났는데, 바이런만큼 유명하지 않은 것이 다행이었다. 그가 실제로 얼마나 위대한 시인인지 알았더라면, 영국인들은 이빨과 손톱을 세우고 필사적으로 달려들

---

7) 몸젠(Theodor Mommsen, 1817~1903): 독일의 진보적 역사가로 『로마의 역사』(*History of Rome*, 1856)를 썼으며 1902년 노벨문학상을 수상했다.

8) 카이사르(Julius Caesar): 로마의 집정관으로 기원전 44년 브루투스(Brutus)와 카시우스(Cassius)에 의해 암살되었다.

9) 아우렐리우스(Marcus Aurelius, 121~180): 로마의 황제로 금욕적인 철학자이기도 했으며 『명상록』으로 유명하다.

어 그의 삶을 최대한 견딜 수 없는 것으로 만들어버렸을 것이다. 그러나 그는 사교계에서 두드러진 인물이 아니었고, 따라서 어느 정도 이 공격을 모면할 수 있었다. 그러나 셸리조차 반항의 어조가 때로 너무 강하다. 완벽한 개성의 어조는 반항이 아니라 평화이어야 하는데 말이다.

인간의 진정한 개성은, 우리가 볼 수 있으면, 경이로운 것이리라. 그것은 꽃처럼 또는 나무가 자라듯이 자연스럽고 단순하게 자랄 것이다. 그것은 불화하지 않을 것이며, 결코 논쟁하지도 언쟁하지도 않을 것이다. 그리고 무엇을 증명하려 하지 않을 것이며, 모든 것을 다 알 것이다. 그러나 분주하게 알려고 하지 않을 것이다. 그것은 지혜를 가질 것이다. 그것의 가치는 물질적인 것으로 측정되지 않을 것이다. 그것은 아무것도 소유하지 않을 것이다. 그러면서도 모든 것을 소유하고 있어서, 누가 무엇을 빼앗아가든지 여전히 소유하고 무척 풍요로울 것이다. 그것은 언제나 남에게 간섭하지 않으며, 자신을 닮으라고 요구하지도 않을 것이다. 그것은 다르기 때문에 남을 사랑할 것이다. 그것은 남에게 간섭하지 않아도, 아름다운 것이 아름답기 때문에 우리에게 도움이 되는 것처럼, 모든 사람에게 도움이 될 것이다. 인간의 개성은 매우 경이로울 것이다. 그것은 어린이의 개성처럼 경이로울 것이다.

개성은 발전하는 데 있어 사람들이 그리스도의 정신을 원한다면, 그 정신의 도움을 받을 것이다. 그러나 사람들이 그 정신을 원하지 않는다 해도, 인간의 개성은 당연히 발전하게 되어 있다. 왜냐하면 그것은 과거에 대해 신경 쓰지 않고 어떤 일들이 일어났든 말든 상관하지 않기 때문이다. 개성은 자신의 법칙 이외에는 어떤 법칙도 용납하지 않을 것이며, 자신의 권위 이외의 어떤 권위도 인정하지 않을 것이다. 그러나 개성은 그것을 강화하려고 애쓰는 사람들을 사랑하고, 종종 그들에 대해 이야기할 것이다. 그리스도는 그들 가운데 한 사람이었다.

고대 세계의 입구에는 "그대 자신을 알라"는 말이 씌어 있었다. 새로운 세계의 입구에는 "그대 자신이 되라"는 말이 씌어질 것이다. 그리고 그리스도가 인간에게 보내는 메시지는 단지 "그대 자신이 되라"는 것이었다. 그것이 그리스도의 비밀인 것이다.

예수가 가난한 사람들에 대해 이야기할 때, 그는 개성을 지닌 사람들을 의미하는 것이다. 그가 부자들에 대해 이야기할 때, 그저 개성을 발전시키지 못한 사람들을 의미하는 것처럼 말이다. 예수는 우리처럼 사적 재산의 축적이 허용되는 공동체에서 활동했으며, 그가 설교한 복음은 그러한 공동체에서 빈약하고 건강에 좋지 않은 음식을 먹고 건강에 좋지 않은 너덜너덜한 옷을 입고 건강에 좋지 않은 끔찍한 거처에서 잠을 자는 것이 인간에게 유리하다고 말하는 것이 아니었고, 건강하고 쾌적하고 품위 있는 조건 아래 사는 것이 인간에게 불리하다고 말하는 것이 아니었다. 그 당시 그곳에서 그런 견해는 분명 틀린 것이었다. 물론 현대의 영국에서는 더욱더 틀린 것이다. 왜냐하면 인간은 북쪽으로 갈수록 물질적인 생필품이 더욱더 생존에 중요하기 때문이며, 또 현재의 우리 사회는 고대의 어떤 사회보다 훨씬 더 복잡하고 훨씬 더 극단적인 사치와 빈궁(貧窮)을 드러내기 때문이다. 예수가 하고자 했던 말은 이것이다. 그는 인간에게 "그대는 놀라운 개성을 지녔다. 그것을 발전시켜라. 그대 자신이 되라. 외부의 사물을 축적하거나 소유하는 데서 그대의 완성이 이루어진다고 상상하지 마라. 그대의 완성은 그대의 내부에서 이루어진다. 그것을 깨달을 수만 있다면, 그대는 부자가 되기를 원하지 않을 것이다. 일상적 재산은 인간에게서 훔쳐낼 수 있지만, 진정한 재산은 훔칠 수 있는 것이 아니다. 그대의 영혼의 보고(寶庫)에는 그대에게서 빼앗을 수 없는 무한히 귀중한 것들이 있다. 그러니 외적인 것들이 그대의 인생에 해를 끼치도록 인생을 이끌지 말라. 그리고 또한 개인의 재산을 없애려고 노력하라. 개인의 재산에는 천한 몰두, 끝없는 노동, 지속적 오류가 수반된다. 개인의 소유는 끊임없이 개인주의를 방해한다." 예수는 결코 가난한 사람들이 필연적으로 선하다 또는 부유한 사람들이 필연적으로 악하다고 말하는 것이 아님을 명심해야 한다. 그 말은 사실이려야 사실일 수가 없다. 한 계층으로서, 부유한 사람들이 가난한 사람들보다 더 훌륭하고 더 도덕적이며 더 지적이고 행실도 더 낫다. 사회에는 부자들보다 돈에 대해 더 많이 생각하는 계층이 하나 있는데, 그것은 바로 가난한 사람들이다. 가난한 사람들은 돈 이외의 다른 것을 생각할 수가 없다. 그것이 가난하다는 것의 비참함이다. 예수가 말하려는 것은, 인간은 가진 것이나 행동하는 바가 아니라, 전적으로 그가 어떤 존재인지를 통해 자신의 완성에 이르게 된다는 것이다. 그래서 예수에게 온 부유한 젊은이는 국가의 법을 위반한 적도 없고 종교의 계명(誡命)을 저버린 적도 없는 전적으로 좋은 시민으로 묘사되어 있는 것이다. 일상적 의미에서 존경할 만하다라는 단어는 엄청난 단어지만, 그는 매우 존경할 만한 인물이었다. 예수는 그에게 말하기를 "그대는 사유재산을 포기해야만 한다. 그것은 그대가 자아의 완성을 실현하지 못하도록 방해할 것이다. 그대가 진정으로 누구인지, 그대가 진정으로 원하는 것이 무엇인지는 그대의 바깥이 아니라 그대 내부의 끌어당기는 힘에서 찾게 될 것이다." 그는 친구들에게도 같은 이야기를 한다. 그는 친구들에게 자기 자신이 되라고, 늘상 다른 것들을 걱정하거나 하지 말라고 얘기한다. 다른 일들은 전혀 중요하지 않은 것이다. 인간은 그 자체로 완전하다. 개성을 지닌 인물들이 세상에 나서면, 세상은 그들과 의견을 달리할 것이다. 그것은 불가피하다. 세상은 개인주의를 증오한다. 그렇다고 해도 그들은 흔들리지 않을 것이다. 그들은 차분하고 자기중심적일 테니까. 누군가 그들의 외투자락을 붙잡으면 그들은 물질적인 것들이 전혀 중요하지 않다는 것을 보여주기 위해 그에게 외투를 내어줄 것이다. 대중이 그들을 매도한다 해도, 그들은 반박 따위는 하지 않을 것이다. 그것은 무엇을 의미하는가? 대중이 그들에 대해 하는 말들이 그들을 바꾸어놓을 수 없음을 의미한다. 그는 그 자신일 따름이다. 대중의 여론은 그 어떤 가치도 없다. 대중이 실제 폭력을 사용한다 해도, 그들은 폭력으로 대응하지 않을 것이다. 그렇게 하면 똑같은 낮은 수준으로 떨어지게 될 것이므로. 요컨대 인간은 감옥에서조차 매우 자유로울 수 있다. 그의 영혼은 자유로울 수 있다. 그의 개성이 흔들리지 않을 수 있는 것이다. 그는 평화로울 수 있다. 그리고 무엇보다 그들은 다른 사람들을 간섭하거나 판단하려 하지 않을 것이다. 개성이란 매우 신비로운 것이다. 인간은 그가 하는 일로만 평가될 수는 없다. 법을 지키면서도 무가치한 인간일 수 있기 때문이다. 인간은 법을 위반하면서도 훌륭할 수가 있다. 그리고 인간은 못된 짓을 저지르지 않으면서도, 못될 수가 있다. 인간은 사회에 대해 범죄를 저지를 수 있지만, 그 죄를 통해 자신의 진정한 완성을 성취할 수도 있다.

간음을 하다 잡힌 여인이 있었다.[10] 그녀의 사랑이야기를 듣지는 못했지만, 그 사랑은 무척 위대한 것이었음이 틀림없다. 예수는 그녀의 뉘우침 때문이 아니라 그녀의 사랑이 강렬하고 놀라운 것이기에 그녀의 죄를 사한다고 말하지 않았던가. 후에 예수가 죽기 얼마 전 잔치를 하고 있을 때 한 여인이 다가와 그의 머리에 값비싼 향유를 부었다.[11] 그의 친구들은 그녀를 막으려 하며, 그것은 큰 낭비고 향유에 쓸 비용을 궁핍한 사람들의 자비로운 구휼 같은 것에 쓸 수 있었을 것이라고 말했다. 예수는 그 견해에 수긍하지 않았다. 그는 인간의 물질적 욕구가 크고 매

10) 「요한복음」 8장 3절~11절.

11) 「마가복음」 14장 3절.

우 영속적이지만, 정신적 욕구는 훨씬 더 큰 것이며, 성스러운 한순간 나름의 표현양식으로 개성을 지닌 한 인물이 스스로를 완벽하게 만들 수 있는 법이라고 지적했다. 오늘날에조차 그 여인은 성녀로 추대되고 있다.[12)]

그렇다. 개인주의에는 몇 가지 시사(示唆)하는 바가 있다. 예를 들면 사회주의는 가정생활이란 것을 아예 없앤다. 사유재산이 폐지되면 현재의 결혼형식은 분명 사라질 것이다. 이는 기획의 일부다. 개인주의는 이 기획을 받아들여 훌륭한 것으로 만든다. 개인주의는 법적 제약의 폐지를 자유의 한 형식으로 바꾸어놓는다. 그런데 이 자유의 형식은 개성이 충분히 발전하도록 도와주고 남녀의 사랑을 좀더 경이롭고 아름다우며 숭고한 것으로 만들어주는 것이다. 예수는 이를 알고 있었다. 그 당시 그 사회에 매우 두드러진 가정생활의 주장들이 있었지만, 예수는 그 같은 주장을 묵살했다. 그는 모친과 형제들이 그와 이야기를 하고 싶어한다는 말을 듣자, "누가 내 어머니란 말인가? 누가 내 형제들이란 말인가?"라고 말했다.[13)] 추종자들의 한 사람이 자신의 부친을 매장하러 가게 허락해달라고 부탁하자 그는 "죽은 자들 스스로 묻히게 하라"라는 끔찍한 대답을 했다.[14)] 그는 개성에 방해가 되는 어떤 주장도 용납하려 들지 않았다.

그리하여 그리스도 같은 삶을 영위하려는 사람은 완전히 절대적으로 자신이 되는 사람이다. 그는 위대한 시인 또는 위대한 과학자일 수 있으며, 젊은 대학생 또는 황야의 양치기일 수도 있고, 셰익스피어 같은 극작가 또는 스피노자[15)] 같은 신학자일 수 있으며, 정원에서 노는 아이일

12) 「요한복음」 12장 3절.
13) 「마태복음」 12장 48절.
14) 「마태복음」 8장 22절.

수도 있고 바다에 그물을 던지는 어부일 수도 있다. 그가 자신의 내부에 있는 영혼을 완성시키려고 하는 한, 그가 무엇을 하는 사람인지는 중요하지 않다. 도덕과 인생에서 모방은 잘못된 것이다. 현대의 예루살렘에 어깨 위에 나무 십자가를 진 한 미친 사람이 길거리를 기어가듯이 걸어가고 있다. 그는 모방 때문에 망쳐진 인생을 대변하는 인물이다. 나병환자들과 함께 지내러 간 다미앵 신부[16]는 그리스도 같은 존재였다. 그는 봉사하는 가운데 자신의 내면에 있는 최고의 것을 충실하게 실현시켰다. 그러나 음악에 자신의 영혼을 구현했던 바그너, 그리고 시에 자신의 영혼을 구현했던 셸리도 다미앵 신부와 똑같이 그리스도 같은 존재였다. 인간에게 한 유형만 있는 것이 아니다. 불완전한 인간만큼이나 완벽한 인간도 많다. 그리고 인간은 자선의 요구에는 응하는 동시에 얼마든지 자유로울 수 있는 반면, 순응(順應)의 요구에 응하면 결코 자유로울 수가 없다.

그렇다면 우리는 사회주의를 통해 개인주의에 도달하게 된다. 따라서 국가(the State)는 당연히 통치하려는 생각을 모두 버려야 한다. 왜냐하면 기원전 몇 세기에 한 현자(賢者)[17]가 말했듯이, 인류는 그냥 내버려 두는 것이 좋으며 인류는 통치해서는 안 된다는 말이 있지 않은가. 통치는 어떤 양식이든 모두 실패다. 전제정치(專制政治)는 폭군을 포함하여 모든 사람에게 부당하다. 폭군 자신도 더 나은 일을 하도록 태어났을 테니까. 과두정치(寡頭政治)는 많은 사람들에게 부당하며 우민정치(愚民政

15) 스피노자(Spinoza, 1632~77): 네덜란드의 철학자로 범신론 주창자.

16) 다미앵 신부(Father Damien, 1840~89): 남태평양의 몰로카이 섬에 수용된 나병환자들을 위해 평생을 바친 벨기에 출신의 천주교 신부로 나병이 전염되어 사망했다.

17) 확실치 않으나 중국의 장자(莊者) 또는 로마의 철학자 키케로(Cicero)를 말하는 듯하다.

治)는 소수에게 부당하다. 민주주의에 대해서는 한때 대단한 희망을 걸었으나, 민주주의는 단지 국민을 위한 국민에 의한 국민을 몰아치기를 의미할 뿐이다. 그 사실이 들통이 나버렸다. 나는 정말 때가 되었다는 말을 해야겠다. 모든 권위가 매우 치욕스러운 것이기 때문이다. 권위는 행사하는 사람이나 당하는 사람 모두를 치욕스럽게 만든다. 그런데 권위가 격렬하고 거칠고 잔인하게 사용될 경우, 어쨌거나 그 권위를 없앨 반항정신과 개인주의가 조성되기 때문에, 오히려 좋은 결과가 나타난다. 권위가 어느 정도의 친절과 함께 사용되고 상과 보상이 따르면, 그것은 사람들에게 무척 많은 도덕적 혼란을 가져온다. 그 경우 사람들은 자신에게 부과되는 무서운 압력을 잘 의식하지 못한다. 그럼으로써 그들은 자신이 다른 사람의 생각을 그대로 따르고, 다른 사람의 기준으로 삶을 영위하고, 실제로 이른바 다른 사람의 헌옷이나 입고 있다는 사실, 그리하여 단 한순간도 참다운 자기가 되지 못하고 있다는 사실을 전혀 인식하지 못한 채, 애완동물처럼 일종의 천한 안락함 속에서 삶을 영위하게 된다. 어떤 훌륭한 사상가는 "자유롭고자 하는 사람은 순응해서는 안 된다"라고 말한다.[18] 권위는 사람들에게 뇌물을 주어 순응하도록 만듦으로써 우리 사이에 매우 천한 유형의 배부른 야만상태를 조성한다.

권위가 사라지면 형벌도 사라질 것이다. 그렇게 되면 상당한 이득, 사실 따질 수 없을 정도의 가치를 지닌 이득이 뒤따를 것이다. 우리는 역사를 읽을 때——여기서 역사란 공립학교 학생이나 대학의 일반 학생들을 위한 삭제본의 역사가 아니라 각 시대의 권위자들이 엮은 역사를 말하는데——사악한 자들이 저지른 범죄보다는 이른바 선한 자들이 집행하는 처벌에 너무나도 역겨워지곤 한다. 그리고 사회는 간헐적으로 발생

18) 그리스의 금욕적 철학자 에픽테토스(Epictetos)를 말하는 듯하다.

한 범죄보다 상습적으로 사용된 처벌에 의해 훨씬 더 야만스러워졌다. 여기서 더 많은 처벌이 가해질수록 더 많은 범죄가 일어난다는 사실이 분명해진다. 그리고 현대 법률의 대부분은 이 점을 분명히 인식하고, 가능한 처벌을 줄이는 것을 과업으로 삼았다. 실제 형법을 줄인 곳마다 늘 상당히 좋은 결과가 나타났다. 처벌이 적을수록 범죄도 줄어든다. 처벌이 아예 없는 곳은 범죄가 존재하지 않게 되거나, 일어난다 해도 의사에 의해 매우 심한 치매 같은 것으로 간주되어 친절한 간호로 치료받게 될 것이다. 요즘 범죄자로 불리는 사람들은 전혀 범죄자가 아니다. 현대 범죄의 원천은 죄악이 아니라 기아(飢餓)이기 때문이다. 그러한 이유로 한 계층으로서 우리의 범죄자들은 심리적 관점에서 볼 때 아무런 관심거리가 되지 못한다. 그들은 놀라운 맥베스[19]도 아니고 끔찍한 보트린(Vautrine)[20]도 아니다. 그들은 단지 보통 때는 점잖고 평범한 사람들이 먹을 것이 부족하게 될 때 갖게 되는 모습인 것이다. 사유재산이 폐지되면 범죄의 필연성이나 범죄의 요구도 없어지고, 아예 범죄라는 것이 사라질 것이다. 물론 모든 범죄가 다 재산에 관련된 범죄라는 건 아니다.

그러나 영국의 법은 사람 자체보다는 소유한 재산을 더 중시하기 때문에――만일 이 시대의 범죄자들이 서로 의견이 분분한데, 죽음이 징역보다 더 나쁜 것으로 간주될 경우에 살인죄를 제외하고――재산에 관련된 범죄를 가장 가혹하고 혹독하게 처벌하고 있다. 그리고 재산에 관련된 범죄가 아니라 하더라도, 범죄란 우리의 재산소유라는 잘못된 제도에 의해 초래된 불행과 분노와 우울에서 발생하는 것이므로, 그 제도가 폐지되면 범죄도 사라지게 되는 것이다. 사회의 각 구성원이 자신의

---

19) 셰익스피어의 비극 『맥베스』(*Macbeth*)에 등장하는 사악한 인물.
20) 발자크(Honoré de Balzac)의 소설에 나오는 범죄자의 이름. 전과자였다가 경찰청장이 된 비도크(François Vidocq)가 모델이었다는 말이 있다.

결핍을 충분히 만족시킬 수 있고 이웃의 간섭을 받지 않으면, 다른 사람을 간섭하는 것이 별로 흥미가 없는 일이 될 것이다. 현대적인 삶에서 죄의 엄청난 근원인 질투는 우리의 재산이라는 개념과 밀접하게 묶여 있는 감정으로, 사회주의와 개인주의 아래서는 사라지게 될 것이다. 공산주의 인민에게 질투는 전혀 알려지지 않은 감정이라는 것은 주목할 만하다.

이제 국가가 통치를 하지 않게 되었으니, 그러면 국가가 무엇을 할 것인가의 문제가 남는다. 국가는 자발적으로 이루어진 관계 같은 것이 되어 노동을 조직하게 될 것이며, 생활 필수품의 제조자며 분배자가 될 것이다. 국가는 유익한 것을 만들게 될 것이다. 그리고 개인은 아름다운 것을 만들게 될 것이다. 나는 노동이라는 단어를 언급할 때, 요즈음 육체노동이 고귀하다는 말도 안 되는 주장이 활발하게 활자화되고 또 선언되고 있음을 지적하지 않을 수 없다. 육체노동에 필연적인 위엄 같은 것은 없으며, 대부분이 전적으로 치욕적인 것뿐이다. 기쁨을 발견하지 못하는 일을 하는 것은 정신적이나 도덕적으로 인간에게 유해하다. 그리고 노동의 많은 형식들이 전혀 기쁨을 느낄 수 없는 행위며, 그런 사실을 인정해야 한다. 바람이 불어올 때마다 하루에 여덟 시간 동안 질척거리는 교차로를 청소하는 일은 혐오스러운 직업이다. 내가 보기에 정신적 · 도덕적 또는 육체적 위엄을 지니고 청소를 한다는 것은 불가능하다. 즐거워하며 청소하는 것은 끔찍할 것이다. 인간은 먼지를 일으키는 것보다는 좀더 나은 일을 하도록 예정된 존재다. 그런 종류의 일은 기계가 해야 한다.

그리고 나는 그렇게 되리라는 것을 믿어 의심치 않는다. 지금까지 인간은 어느 정도 기계의 노예가 되어왔다. 그리고 인간이 자신의 일을 대신하도록 기계를 발명하자마자, 인간이 굶주리기 시작했다는 사실에는 뭔가 비극적인 것이 있다. 그러나 이것은 물론 우리의 사유재산 제도와 경쟁체제에서 비롯된 결과다. 한 사람이 500명분의 일을 하는 기계 하나를 소유한다. 그 결과 500명의 사람들은 직장에서 물러나게 되며, 할 일이 없게 되니 굶주리고 도둑질을 시작하게 된다. 한 사람이 기계가 만들어낸 생산물을 차지하고, 원래 그가 받아야 할 몫의 500배를 차지하게 된다. 그리고 더욱 중요한 사실은, 그 한 사람은 자신이 진실로 원하는 것보다 훨씬 더 많이 차지하게 된다는 것이다. 그 기계가 모든 사람의 소유라면 모든 사람이 그것에서 이익을 얻을 것이며, 공동체에도 굉장한 이익이 되었을 것이다.

모든 비지성적 노동, 모든 단조롭고 지루한 노동, 끔찍한 것들을 다루며 불쾌한 상황들을 포함하는 모든 노동은 기계에 맡겨져야만 한다. 탄광에서 기계가 인간을 위해 일해야 하며, 모든 공중위생을 위한 봉사도 기계가 맡고, 증기선의 화부(火夫)와 길거리의 청소부, 비 오는 날의 심부름꾼 그리고 모든 지루하고 고통스러운 일들을 기계가 맡아 해야 하는 것이다. 현재 기계는 인간과 경쟁하고 있다. 제대로 된 상황에서라면, 기계는 인간에게 봉사하게 될 것이다. 미래의 기계는 틀림없이 이런 역할을 맡아서 하게 될 것이다. 시골의 신사가 잠들어 있는 동안 나무가 자라는 것처럼, 인류는 인생을 즐기면서 교양 있는 여가——인간의 목표는 노동이 아니라 바로 이것이다——를 누리고 아름다운 것들을 만들고 아름다운 것들을 읽고 그저 경탄하고 기뻐하며 세상을 명상하는 동안에, 기계가 모든 필요하고 불쾌한 일들을 하게 될 것이다. 사실 문화는 노예를 필요로 한다. 그점에서 그리스인들의 주장은 매우 옳았다. 추하고 끔찍하고 재미없는 일을 해줄 노예가 없다면, 교양을 닦고 명상을 한다는 것은 거의 불가능하다.

그런데 인간의 노예제도는 옳지 못한 것이며 불안정하고 부도덕한 것이었다. 바로 기계의 노예제도, 기계를 노예화하는 제도에 세상의 미래가 달려 있다. 과학자들이 우울한 이스트엔드로 내려가 질 나쁜 코코아와 형편없는 담요를 굶주리는 사람들에게 나누어주라는 요구를 더 이상 받지 않게 되면, 그들은 자신의 기쁨과 다른 사람들의 기쁨을 위해 멋지고 경이로운 것들을 고안해낼 즐거운 여가를 누리게 될 것이다. 도시마다 그리고 필요하면 집집마다, 엄청난 힘을 비축하게 될 것이며, 인간은 이 힘을 필요에 따라 열, 빛, 동력으로 전환시킬 것이다. 이것은 유토피아[21] 같은가? 유토피아가 포함되지 않는 세계 지도는 들여다볼 가치도 없다. 왜냐하면 그런 지도는 인류가 늘 지향하고 있는 나라를 빠뜨린 것이기 때문이다. 그리고 인류는 유토피아에 도착하면 밖을 내다보게 되며, 더 나은 나라를 보게 되면 다시 항해를 시작한다. 유토피아를 지속적으로 실현하려는 데서 진보가 이루어지는 것이다.

자, 나는 사회가 쓸모 있는 것들은 기계의 조직적 운용을 통해 공급할 것이며, 아름다운 것들은 개별적 인간이 만들도록 할 것이라고 말했다. 이것이 바로 우리가 쓸모 있는 것과 아름다운 것 모두를 가질 수 있기 위해 필요한 방법일 뿐 아니라 유일한 방법이기도 하다. 다른 사람들이 사용할 물건을 만들거나 다른 사람들의 필요와 희망사항을 고려하면서 물건을 만들어야 하는 개인은 일에 관심을 갖고 임하기가 힘들고, 따라서 일에 자신의 내부에 있는 최고의 것을 불어넣지 못한다. 한편 사회가 또는 사회의 한 강력한 부서가 또는 어떤 정부 같은 것이 예술가에게 무엇을 하라고 지시를 내리려고 하면, 예술은 아예 사라져버리거나 틀에 박힌 것이 되어버리거나 저급하고 비천한 기술로 전락해버리게 된다.

---

21) 유토피아(Utopia)는 '없는 곳'(Nowhere)을 의미하는데, 1516년 모어(Thomas More)가 처음 만들어낸 단어다. 원래 법, 도덕, 정치 등이 완벽한 사회를 의미했는데, 오늘날 널리 공상적인 이상사회를 의미하게 되었다.

예술작품은 독특한 기질의 독특한 결과물이다. 예술의 아름다움은 작가가 이러이러한 인물이라는 데서 나온다. 예술은 다른 사람이 이러이러한 것을 원한다는 사실과는 아무런 관계가 없다. 사실 예술가가 다른 사람들이 원하는 것에 주목하고 그 요구에 부응하려고 한다면 그 순간 그는 더 이상 예술가가 아니며, 지루하든지 재미있든지 간에 장인(匠人)이 되며, 정직하든지 정직하지 못하든지 간에 장사꾼이 되어버린다. 그는 더 이상 예술가로 불릴 수 없게 된다. 예술은 세상에서 가장 강렬하게 표현된 개인주의의 한 양식(樣式)이다. 나는 예술이 유일하게 진정한 개인주의의 양식이라고 말하고 싶다. 범죄는 어떤 상황에서는 개인주의를 조성한 것처럼 보일 수 있지만, 그것은 다른 사람들을 의식하고 그들에 대해 간섭을 하는 것이다. 그것은 행동의 범주에 속한다. 그러나 예술가는 이웃과 아무런 상관없이 또 아무런 간섭도 받지 않고, 홀로 아름다운 것을 창출해낼 수 있다. 그가 자신의 기쁨을 위해서 아름다움을 창출하는 것이 아니라면, 그는 전혀 예술가라 할 수 없다.

그리고 개인주의가 강렬하게 표현된 양식인 예술에 대중이 우스꽝스러울 만큼 부도덕하기도 하고 경멸스러울 만큼 부패한 권위를 행사하려고 한다는 사실을 주목해야 한다. 그것은 딱히 그들의 잘못이라고 할 수는 없다. 대중은 어느 시대고 간에 늘 교육을 제대로 받지 못했다. 대중은 끊임없이 예술이 대중적일 것을 요구하며, 그들의 부족한 취향을 충족시키고 그들의 부조리한 허영심에 영합할 것을 요구하며, 그들이 전에 들은 적이 있는 얘기를 또 해달라고 하며, 하도 많이 봐서 질렸을 것들을 또 보여달라고 요구하며, 과식으로 답답할 때 즐겁게 해달라고 하고, 그들 자신의 어리석음에 지쳤을 때 기분전환을 해달라고 요구한다. 이제 예술은 결코 대중적인 것이 되려고 해서는 안 된다. 대중이 예술적인 존재가 되려고 해야 한다. 거기에는 매우 큰 차이가 있다. 한 과학자가 실험의 결과와 자신이 내린 결론이 일반적으로 받아들여진 대중적 개념을 전복시키거나 대중적 편견을 흔들리게 하거나 과학에 대해 전혀 아는 바가 없는 대중의 감성을 상하게 하는 성격을 지녀서는 안 된다는 말을 듣게 된다면, 그리고 한 철학자가 어떤 범주에서든 사색이라고는 해본 적이 없는 사람들이 주장하는 것과 똑같은 결론에 도달할 경우에만 사상의 최고 범주에서 사색할 완전한 권리를 가질 수 있다는 말을 듣게 된다면, 글쎄, 요즘의 과학자와 철학자는 상당히 우스워할 것이다. 그러나 불과 몇 년 전까지만 해도 철학과 과학이 야만적인 대중의 통제――사실상 권위, 즉 사회의 전반적인 무지에서 나온 권위든, 성직이나 통치계급이 가진 권력에 대한 공포와 탐욕에서 나오는 권위든――에 복속되어 있지 않았던가. 물론 우리는 사색적인 사고를 하려는 개인주의를 방해하려고 하는 사회 또는 교회 또는 정부 측의 시도를 상당한 정도까지 제거했다. 그러나 상상적 예술분야의 개인주의를 방해하려는 시도는 여전히 남아 있다. 사실 그 정도를 넘어서 아예 공격적이고 무례하며 야만적이기까지 하다.

영국에서 그런 대중의 간섭을 가장 잘 모면한 예술은 대중이 관심을 갖지 않는 예술이다. 시(詩)가 바로 그 한 예다. 대중은 시를 읽지 않고, 따라서 시에 영향을 주지 않기 때문에 영국에 훌륭한 시가 남아 있을 수 있었다. 대중은 시인이 개성이 강한 개인이기 때문에 시인을 모욕하는 것을 좋아한다. 하지만 일단 시인들을 모욕하고 나면 더 이상 건드리지 않는다. 대중이 관심을 갖는 예술인 소설과 드라마의 경우, 대중적 권위가 행사된 결과를 보면 우스꽝스럽기 짝이 없다. 세상에 영국만큼 형편없는 허구들, 지루하고 흔한 소설형식의 작품, 어리석고 저속한 희곡작품들을 내놓은 나라도 없다. 그럴 수밖에 없을 것이다. 대중적 기준은 예술가가 다가갈 수 없는 성격을 지닌다. 대중적 소설가가 되는 것은 너무나 쉬운 동시에 너무나 어렵다. 쉬운 이유는 플롯, 문체, 심리, 삶의 처리, 문학의 처리에서 대중의 요구사항들은 가장 보잘것없는 능력과 가장 교양이 없는 사람들도 접할 수 있는 것이기 때문이다. 한편 어려운 이유는 그러한 요구사항을 충족시키기 위해서는 예술가가 자신의 기질에 폭력을 가해야 하고, 글쓰기가 주는 심미적 기쁨을 위해서가 아니라 어중간하게 교육받은 사람들의 즐거움을 위해서 글을 써야 하고, 따라서 자신의 개인주의적 경향을 억압하고 자신의 교양을 잊어버리고 자신의 문체를 없애버리고 자신 내면의 귀중한 것들을 양도해버려야 하기 때문이다. 희곡의 경우는 좀더 나은 편이다. 사실 극장에 가는 대중은 명확한 것을 좋아하고 지루한 것은 싫어한다. 그리고 가장 대중적인 두 형식인 저속한 소극과 익살스러운 희극은 분명한 예술의 형식들이다. 이 소극과 익살스러운 형식으로도 매우 즐거운 작품을 생산할 수 있으며, 이런 종류의 작품에서 영국의 예술가는 상당한 자유를 누릴 수 있다. 대중의 통제 결과가 눈에 띄는 것은 좀더 고급형식의 극작품의 경우다. 대중이 싫어하는 것 중의 하나는 새로움이다. 대중은 예술의 제재(題材)를 확장하려는 시도를 상당히 혐오스러워한다. 그러나 예술의 생명과 진보는 상당 부분 제재를 지속적으로 확장하는 데 달려 있다. 대중이 새로움을 싫어하는 것은 새로움을 두려워하기 때문이다. 그들에게 새로움이란 개인주의의 한 양식, 즉 예술가 자신이 주제를 스스로 선택하고 또 마음대로 다루겠다는 주장을 의미하는 것이다. 대중이 그런 태도를 보이는 것이 전적으로 틀린 건 아니다. 예술은 개인주의며, 개인주의는 교란시키고 와해시키는 세력이기 때문이다. 그러나 그점에 개인주의의 무한한 가치가 있다. 왜냐하면 개인주의는 바로 유형의 단일성과 관습에의 예속, 습관의 독재, 인간의 기계수준으로의 전락 같은 문제를 교란시키려 하는 것이기 때문이다. 예술에서 대중은 기존의 것을 그대로 수용한다. 그것은 대중이 기존의 것을 인정해서가 아니라 그것에 변화를 가져올 수 없기 때문이다. 대중은 고전문학을 통째로 삼킬 뿐 결코 그것의 맛을 감상하지 않는다. 그들은 고전을 필연적인 것으로 그냥 받아들이며, 그것들을 훼손할 수는 없으므로 그저 떠들어댈 뿐이다. 매우 이상하게도, 또는 어찌 보면 이상할 것도 없는데, 고전문학의 이러한 수용은 상당한 해를 끼치고 있다. 영국에서의 성경과 셰익스피어에 대한 무비판적인 찬양이 바로 그 예라고 할 수 있다. 성경에는 교회의 권위가 이미 개입되어 있으니, 내가 굳이 길게 논할 필요가 없다.

그러나 셰익스피어의 경우 대중이 그의 극작품의 아름다움이나 결함을 제대로 파악하지 못하는 것은 매우 분명하다. 대중이 극작품의 아름다움을 파악한다면 희극의 발전에 반대하지 않을 것이다. 그러나 대중이 극작품의 결함을 파악한다 해도 희극의 발전에 반대하지는 않을 것이다. 사실 대중은 한 나라의 고전을 예술의 진보를 방해하는 수단으로 사용한다. 대중은 고전을 권위에 불과한 것으로 전락시킨다. 그들은 고전을, 새로운 형식으로 아름다움을 표현하는 것을 막으려는 곤봉으로 사용한다. 그들은 늘 작가에게 왜 다른 어떤 사람처럼 쓰지 않느냐고 묻고, 또 화가에게는 왜 다른 어떤 사람처럼 그리지 않느냐고 묻는다. 작가건 화가건 그런 식으로 하면 그는 더 이상 예술가가 아니라는 사실은 안중에도 없다. 그들은 새로운 양식의 아름다움을 매우 불쾌하게 여긴다. 그리고 새로운 양식의 아름다움이 나타날 때마다 그들은 매우 화가 나고 당황해서 늘 두 가지 어리석은 말을 하곤 한다. 하나는 예술작품이 지독하게 난해하다는 것이며 다른 하나는 예술작품이 지독하게 부도덕하다는 것이다. 그 의미는 내가 보기에 이런 것이다. 작품이 지독하게 난해하다는 말은 예술가가 어떤 새로운 아름다움을 표현하거나 만들었다는 뜻이다. 작품이 지독하게 부도덕하다는 말은 예술가가 어떤 진실된 아름다움을 표현했거나 만들었다는 뜻이다. 전자는 문체에 관계된 것이며, 후자는 제재에 관계된 것이다. 하지만 그들은 아마도 보통 군중이 기성품 포장석재를 사용하듯이, 그 말을 매우 막연하게 사용하고 있을 것이다. 예를 들어 금세기의 진정한 시인이나 산문작가 가운데 영국의 대중에게서 지나치게 부도덕하다는 증서를 수여받지 못한 인물은 단 한 사람도 없다. 그러니 이 증서는 사실상 프랑스의 학술원(Academy of Letters)[22]의 공식인 증서를 대신하는 것이며, 따라서 다행스럽게도 영국에 그러한 학술원을 굳이 설립할 필요도 없게 해준다. 물론 대중은 부도덕하다는 단어를 매우 무모하게 사용한다. 그들이 워즈워스[23]를 부도덕한 시인이라고 칭했다는 것은 당연히 예상할 수 있는 일이다. 워즈워스는 시인이었으니까. 하지만 그들이 킹슬리[24]를 부도덕한 소설가로 칭했다는 것은 이상하다. 킹슬리의 산문은 아주 훌륭한 것은 못 되었는데 말이다. 대중은 여전히 부도덕하다는 단어를 최대한 사용한다. 물론 예술가는 그 말에 흔들리지 않는다. 진정한 예술가는 절대적으로 그 자신이 되기 때문에 절대적으로 자신을 믿는 사람이다. 나는 다음과 같은 상황도 상상해볼 수 있다. 영국에서 한 예술가가 어떤 작품을 내놓자마자, 대중이 대중언론 매체를 통해 무척 이해하기 쉽고 상당히 도덕적인 작품이라고 환호할 경우, 그 예술가는 그 작품을 창조하는 데 진정한 자신의 모습을 고수했던

---

22) 프랑스의 학술원은 큰 비중을 지니며, 대략 40~60명 정도의 회원으로 이루어진 네 개 분과(문학, 과학, 예술, 도덕과 정치학)로 나뉜다.

23) 워즈워스(William Wordsworth, 1770~1850): 영국의 낭만주의 시인인 워즈워스는 젊은 시절 프랑스 혁명을 찬양함으로써 부도덕한 시인으로 간주되었으나, 곧 이에 회의를 느껴 급진적인 견해를 버리고 극단적인 보수주의자로 전향했다. 1843년 계관시인에 임명되었다.

24) 킹슬리(Charles Kingsley, 1819~75): 영국의 성직자이자 사회개혁 운동에 관심을 둔 소설가. 『자, 서쪽으로!』(*Westward Ho!*, 1855) 등의 작품이 있다.

것인지 진지하게 의문을 갖게 될 것이며, 따라서 그 작품이 자신에게 걸맞은 작품인지, 그리고 전적으로 이류 수준 또는 아무런 예술적 가치가 없는 작품을 만든 것은 아닌지 진지하게 의심해볼 것이다.

그러나 나는 미안하게도 대중이 사용하는 단어를 '부도덕한' '난해한' '이국적인' '불건전한'과 같은 단어에만 국한시키는 실수를 범한 것 같다. 그들이 즐겨 사용하는 단어가 하나 더 있다. 그것은 '병적인'이라는 단어다. 그들은 그 단어를 자주 사용하지는 않는다. 하지만 그 의미가 얼마나 단순한지 대중은 거리낌없이 그 단어를 사용한다. 여전히 그들은 그 단어를 사용하곤 해서, 우리는 대중의 신문에서 그 단어를 간혹 보게 된다. 물론 그것은 예술작품에 적용하기에는 우스꽝스러운 단어다. 왜냐하면 병적이라는 것은 사람이 뭐라고 표현할 수 없는 감정적 분위기 또는 사고방식을 의미하기 때문이다. 대중은 그 어떤 것도 표현해내지 못하기 때문에 오히려 대중이 병적이라 할 수 있다. 예술가는 결코 병적인 것이 아니다. 그는 모든 것을 표현해낸다. 그는 자신의 주제에 대해 초연한 위치에 서서, 매체를 통해 비교될 수 없는 예술적 효과를 만들어 내는 것이다. 어떤 예술가가 병적인 것을 주제로 다루었다고 해서 그를 병적이라고 말하는 것은, 셰익스피어가 『리어 왕』을 썼다고 해서 그를 미쳤다고 말하는 것처럼 어리석은 일이다.

대체로 영국의 예술가는 공격받는 데서 뭔가 이득을 보게 된다. 그의 개성이 강화되는 것이다. 그는 더욱 완전하게 자신이 된다. 물론 그 공격은 매우 지독하고 무례하며 비열하다. 하지만 어떤 예술가도 저속한 정신을 지닌 사람들에게서 우아함을 기대하지 않으며 세련되지 못한 지성들에게서 어떤 양식(樣式)도 기대하지 않는다. 저속함과 어리석음은 현대의 삶에서 매우 두드러진 두 가지 속성이다. 사람들은 이를 당연히 유감스러워한다. 하지만 사실인 걸 어떻게 하겠는가. 이 속성들도 다른 것들과 마찬가지로 연구대상이다. 그런데 현대의 저널리스트들에 대해 이 말을 해두는 것이 공평하겠다. 그들은 공적으로는 누군가를 공격하는 글을 쓰고 사적으로는 그점에 대해 늘 사과한다.

지난 몇 년 사이에 대중이 마음대로 예술을 혹평하는 데 사용하는 그 빈약한 어휘에 형용사 두 개가 덧붙여졌다는 말도 해두는 게 좋겠다. 하나는 '불건전한'이며, 다른 하나는 '이국적인'이다. 후자는 불멸의 매혹적인 아름다운 난초에 대해 순간적으로 폈다 지는 버섯이 갖는 분노를 표현할 뿐이다. 그것은 찬사지만, 아무 의미가 없는 찬사다. 그러나 '불건전한'이라는 단어에 대해서는 분석의 여지가 있다. 그것은 무척 흥미로운 단어다. 사실 그 단어는 그 말을 쓰는 사람들이 무엇을 의미하는지 모를 정도로 흥미로운 단어다.

그것은 무엇을 의미하는가? 무엇이 건전한 예술작품이고 어떤 것이 불건전한 것인가? 우리가 예술작품에 사용하는 용어는, 합리적으로 사용하는 경우, 모두 양식 아니면 주제와 관련된 것이다. 양식의 관점에서 건전한 예술작품이란 재료가 언어건 청동이건 색채건 상아건 간에 사용되는 재료의 아름다움을 파악해내고, 그 아름다움을 심미적 효과를 생산해내는 요소로 활용해내는 그런 양식을 지닌 작품을 말한다. 주제의 관점에서 건전한 예술작품이란 주제가 예술가의 기질에 좌우되고 또 그 기질에서 직접 나오는 작품을 말한다. 요컨대 건전한 예술작품은 완성도와 개성을 모두 갖춘 작품이다. 물론 예술작품에서 형식과 실체는 분리될 수 있는 것이 아니다. 그것은 늘 하나다. 그러나 분석을 목적으로 잠시 심미적 인상의 총체성을 제쳐놓고 그것들을 지적으로 분리해볼 수 있을 것이다. 한편 건전하지 못한 예술작품은 너무 분명하고 구태의연하고 흔해빠진 그런 양식을 가진 작품을 말하며, 예술가가 기쁨을 느껴서가 아니라 대중이 돈을 지불할 것 같아 선택된 그런 주제를 지닌 작품을 말한다. 사실상 대중이 건전하다고 말하는 대중소설은 늘 전적으로 불건전한 생산물이며, 대중이 불건전한 소설이라고 말하는 것은 늘 아름답고 건전한 예술작품이다.

나는 물론 단 한순간도 대중과 대중적 언론이 이 단어들을 잘못 사용하고 있다고 불평하는 것이 아니다. 대중은 예술이 무엇인지에 대해서 이해가 부족한데 어떻게 그 단어들을 올바른 의미로 사용할 수 있겠는가. 나는 단지 잘못 사용되고 있다는 사실을 지적할 뿐이다. 그리고 그 오용(誤用)의 근원과 그 배후의 의미는 간단히 설명할 수 있다. 그것은 권위라는 야만적 개념에서 나온다. 그것은 권위로 인해 타락한 공동체가 당연히 개인주의를 제대로 이해하거나 평가하지 못하는 데서 나온다. 한마디로 그것은, 행동을 통제하려고 할 때는 옳지는 않아도 선의(善意)의 것이긴 한데, 사상이나 예술을 통제하려고 할 때는 파렴치하고 악의(惡意)의 것이 되어버리는, 이른바 대중의 여론이라는 기형적이고 무지한 것에서 나오는 것이다.

사실 대중의 여론보다는 대중의 물리적 힘이 훨씬 더 좋은 말을 들을 수 있다. 후자는 그래도 괜찮을 수 있다. 하지만 전자는 어리석은 것이 틀림없다. 힘으로 밀고 나가는 데는 논리고 뭐고 없다는 말을 종종 듣는다. 하지만 그것은 사람들이 무엇을 증명하려고 하는지에 달려 있다. 지난 몇 세기 동안 가장 중요한 문제였던 영국의 개인영지 또는 프랑스의 봉건제도의 존속은 전적으로 물리적 힘에 의해 해결되었다. 혁명의 바로 그 폭력성이 잠시 대중을 당당하고 훌륭하게 만들 수도 있는 것이다. 그러나 대중이 글쓰기가 석재보다도 훨씬 힘이 세고 벽돌 조각만큼 공격적인 것이 될 수 있다는 것을 알게 된 그날은 그야말로 파멸의 날이었다. 대중은 곧 저널리스트를 쫓아가 그들을 찾아내어 발전시켜서는 근면하고 두둑한 보수를 받는 하인으로 만들었다. 이는 정말이지 양쪽 모두를 위해 너무나 유감스러운 일이다. 물리적인 바리케이드 뒤에는 숭고하고 영웅적인 것이 상당히 숨어 있을지도 모른다. 그러나 저널리스트의 주요 기사 뒤에는 편견, 어리석음, 유행어, 객담만이 있을 뿐이다. 그리고 이 네 가지가 합쳐지면, 무시무시한 세력을 형성하고 새로운 권위를 만들어낸다.

옛날에 인간은 고문대를 갖고 있었다. 이제 인간은 언론을 갖고 있다. 그것은 분명 개선이다. 그러나 언론은 매우 나쁜 것이며 틀린 것이고 도덕적 혼란을 가져오는 것이다. 누군가—버크[25]였던가?—저널리즘을 제4계급이라고 불렀다. 물론 한때는 그것이 사실이었다. 하지만 현재는 정말로 그것이 유일한 계급이다. 그것이 다른 세 계급을 먹어치운 것이다. 귀족들은 아무 말도 하지 않고, 성직자들은 할 말이 없으며, 하원의원들은 할 말이 없고 또 할 말이 없다는 말만 한다. 우리는 저널리즘에 지배되고 있는 것이다.

미국에서 대통령은 4년 동안 통치를 하지만, 저널리즘은 영원히 통치를 계속한다. 다행히 미국에서는 저널리즘의 권위가 가장 조야하고 야만적인 극단까지 나아갔다. 당연히 그 결과로 저널리즘은 반란의 정신을 조성하게 되었다. 사람들은 자신의 기질에 따라 저널리즘을 즐기기도 하고 염증을 내기도 한다. 그러나 저널리즘은 더 이상 예전의 그 힘을 갖지 못하게 되었다. 사람들이 저널리즘을 진지하게 대하지 않게 된 것이다.

그러나 영국에서는 저널리즘이, 몇몇 유명한 사건을 제외하고, 그러

25) 버크(Edmund Burke, 1729~97): 아일랜드계 영국의 정치가 · 웅변가 · 저술가. 18세기 말 신문의 영향력을 가리켜 '제4의 계급'(the fourth estate)이라는 용어를 만들어냈다. 나머지 제3계급은 각각 성직(the Lords Spiritual), 귀족(the Lords Temporal), 평민(the Commons)을 말한다.

한 야만적인 극단까지 진행되지 않았기 때문에 여전히 위대한 요소로, 정말 놀랄 만한 세력으로 남아 있다. 저널리즘이 사람들의 사적인 생활에 가하려고 하는 횡포는 정말 기이하기 짝이 없는 것으로 보인다.

사실 대중은 알 만한 가치가 있는 것만 빼고 나머지 모든 것을 알고 싶어 하는 지칠 줄 모르는 호기심을 가지고 있다. 저널리즘은 이를 의식하고 또 장사꾼의 습관으로 대중의 요구를 충족시켜준다. 과거 몇 세기 동안 대중은 저널리스트들로 하여금 정보를 펌프처럼 퍼내게 했다. 그것은 너무나 끔찍했다. 금세기에 저널리스트들은 자신의 귀를 스스로 열쇠구멍에 못박아 엿듣기를 계속한다. 그것은 더 나쁘다. 그런데 문제를 더욱 악화시키는 것은 가장 비난받아 마땅한 저널리스트들이 사교계 기사거리를 위해 글을 쓰는 흥미 위주의 저널리스트들이 아니라는 점이다. 바로 심각하고 사려 깊으며 진지한 저널리스트들이 해악을 끼치고 있는 것이다. 이들은 현재 그러고 있듯이 앞으로도 엄숙하게 어떤 정치세력의 창시자이자 정치사상의 지도자인 한 위대한 정치가의 사생활의 한 사건을 대중의 눈앞에 끌어낼 것이다. 그리하여 이 심각하고 사려 깊고 진지한 저널리스트들은 대중을 유도하여 대중으로 하여금, 그 정치가의 사생활 문제를 논하면서 권위를 행사하게 하고, 자기들의 견해를 제시하여 그 견해가 곧 행동으로 옮겨지게 하며, 또 모든 면에서 그 사람에게 지시를 내리고 나아가 그의 당과 나라에도 지시를 내리게 하며, 결국은 스스로 우스꽝스럽고 불쾌하고 해로운 존재가 되도록 만들 것이다.

선남선녀 그 누구의 사생활도 대중 앞에서 논해져서는 안 되는 것이다. 대중은 남의 사생활과 아무 관계도 없다. 프랑스에서는 이 문제들을 훨씬 잘 처리한다. 프랑스에서는 이혼법정에서 일어나는 재판의 자세한 내용이 대중의 즐거움이나 비판을 위해 보도되는 것을 허용하지 않는다. 대중이 알도록 허용되는 것은 결혼한 당사자의 일방 또는 쌍방의 청원에 의해 이혼이 성립되었다는 사실뿐이다.[26] 사실 프랑스는 저널리스트들에게는 제약을 가하고, 예술가들에게는 거의 완벽한 자유를 부여한다. 여기 영국은 저널리스트들에게는 전적으로 자유를 허용하고, 예술가에게 전적으로 제약을 가한다. 말하자면 영국의 대중 여론은 실제로 아름다운 것을 만드는 사람을 속박하고 방해하고 왜곡하며, 저널리스트로 하여금 사실상 추하고 혐오스럽고 반감을 일으키는 것들을 퍼뜨리게끔 강요함으로써, 우리는 세상에서 가장 심각한 저널리스트들과 가장 점잖지 못한 신문을 가지게 되었다.

강박충동이란 말을 써도 결코 과장이 아니다. 아마도 끔찍한 내용을 출판하는 데 진정한 기쁨을 갖거나 가난한 탓에 지속적인 수입의 근간을 만들어보려고 스캔들에 의지하는 저널리스트들이 있을 것이다. 그러나 나는 교육도 받고 교양이 있으며, 이러한 것을 출판하는 것을 정말로 싫어하고 그렇게 하는 것이 잘못이라는 것을 아는 다른 저널리스트들도 있다고 확신한다. 나는 이들이 직업을 수행하는 불건전한 상황 자체가, 이들로 하여금 대중이 원하는 것을 공급하도록 강요하며, 그러한 공급이 조야한 대중적 취향에 가능한 한 만족스러운 것이 되게끔 다른 저널리스트들과의 경쟁을 강요하기 때문에 어쩔 수 없이 그렇게 하고 있다고 확신한다. 그것은 교육받은 사람이 있기에 매우 수치스러운 자리며, 대부분의 저널리스트들이 그점을 예리하게 느끼고 있으리라는 것을 믿어 의심치 않는다.

하지만 정말이지 천박하기 짝이 없는 이 문제는 잠시 접어두고, 예술에서 대중의 통제 문제, 즉 여론이 예술가에게 사용할 형식을 지시하고,

---

26) 1926년 영국의 법은 프랑스 법을 따라 재판관이 부부간의 문제를 보고하는 것을 제한했다. 그러나 스코틀랜드에서는 여전히 목격자의 증언이나 다른 사항의 출판이 허용되었다고 한다.

그 형식에 사용될 양식을 지시하고, 또 예술가가 작업할 재료에 대해 지시를 내린다는 문제로 돌아가보자. 나는 영국에서 여론의 통제를 가장 잘 모면한 예술은 대중이 관심을 갖지 않았던 예술이라고 지적한 바 있다. 하지만 대중은 드라마에 관심을 갖고 있다. 지난 10년 또는 15년 동안 드라마 장르에 진보가 있었는데, 이 진보는 전적으로, 대중의 부족한 취향을 그대로 예술가의 기준으로 수용할 것을 거부하고 또 예술을 단순한 수요와 공급의 문제로 간주할 것을 거부한, 몇몇 개성 있는 예술가들 덕분에 이루어졌다는 것을 지적하는 것이 중요하다.

놀랍고 생생한 개성과 진정한 색채의 요소가 담긴 문체 그리고 단순한 흉내가 아닌 상상적이고 지적인 창작의 놀라운 힘을 지닌 어빙 씨는, 그의 유일한 목표가 대중에게 그들이 원하는 것을 주는 것이었다면, 가장 흔한 양식의 흔한 극작품을 생산하여 인간이 바랄 수 있는 최고의 성공을 거두고 엄청난 돈을 벌 수 있었을 것이다. 그러나 그의 목표는 그것이 아니었다. 그의 목표는 이러이러한 환경 아래서 이러이러한 예술 형식을 통해 예술가로서의 자기자신을 완성시키는 것이었다. 처음에 그는 소수에게만 호소력이 있었다. 그러나 지금 그는 다수를 교육시키게 되었다. 그는 대중에게 취향과 기질 모두를 조성해주게 되었던 것이다. 대중은 그의 예술적 성공을 매우 높게 평가했다. 하지만 나는 종종 궁금하다. 대중은 과연 어빙의 성공이 대중의 기준을 받아들여서가 아니라 전적으로 자기자신을 실현한 덕분이라는 사실을 이해하고 있는 것인지. 어빙이 그냥 대중의 기준을 따랐으면, 라이시엄은 현재 런던의 몇몇 대중적 극장들처럼 일종의 이류급 극장이 되었을 것이다. 대중이 이해하든 못하든 간에, 어쨌든 대중에게도 취향과 기질이 어느 정도 조성되었다는 사실과 대중이 이러한 특질들을 발전시킬 능력이 있다는 사실이 엄연히 밝혀진 것이다. 그렇다면 문제는 왜 대중은 더 교화되지 못하는가 하는 것이다. 그들에게는 능력이 있는데, 무엇이 그들을 막는 것일까?

다시 한 번 말해야겠는데, 그들을 막는 것은 예술가와 예술작품에 대해 권위를 행사하려는 대중의 욕망이다. 몇몇 극장——라이시엄과 헤이마켓[27] 같은 극장——에는 대중이 제대로 된 기분으로 찾아오는 것 같다. 이 두 극장에는 개성이 강한 예술가들이 있어 자기네 관객에게——런던의 모든 극장은 나름의 관객을 보유하고 있다——예술을 이해할 수 있는 기질을 조성해주었던 것이다. 그러면 그 기질은 무엇인가? 그것은 바로 수용(受容)하는 기질이다. 그것뿐이다.

누구든지 예술작품이나 예술가에게 권위를 행사할 욕망을 품고 작품에 접근한다면, 그는 어떤 예술적 인상도 받아들일 수 없는 정신상태로 작품에 접근하는 것이다. 예술작품은 관객을 지배해야 한다. 관객이 예술작품을 지배해서는 안 된다. 관객은 수용적이어야 한다. 관객은 거장이 연주하는 바이올린이 되어야 하는 것이다. 그리고 관객이 자신의 어리석은 견해와 편견 그리고 예술이 어떠해야 하고 어떠해서는 안 된다는 불합리한 자신의 생각을 완전히 억누르면 억누를수록, 문제가 되는 예술작품을 더욱더 잘 이해하고 잘 평가할 수 있을 것이다. 물론 연극을 좋아하는 저속한 영국의 선남선녀의 경우 그렇다는 것은 너무도 분명하다. 그러나 이는 이른바 교육받은 사람들의 경우도 마찬가지다. 왜냐하면 교육받은 사람의 예술관은 당연히 기존의 예술에서 나오는데, 새로운 예술작품은 기존의 예술과 달라짐으로써 아름다운 것이 되기 때문이다. 그리고 과거의 기준으로 예술을 평가하는 것은, 그것을 거부할 때

27) 와일드의 두 극작품인 『하찮은 여자』(*A Woman of No Importance*)와 『이상적인 남편』(*An Ideal Husband*)의 첫 공연이 이루어진 극장.

진정으로 완성되는데 거부해야 할 바로 그 기준으로 예술을 평가하려는 것이다. 상상적 매체를 통해 그리고 상상적 상황에서 새롭고 아름다운 인상들을 수용할 수 있는 기질만이 예술작품을 제대로 평가할 수 있는 기질이다. 그리고 이것은 조각과 회화의 평가에도 해당되지만, 드라마 같은 예술에는 더더욱 맞는 말이다. 왜냐하면 그림이나 조각은 시간과 마찰을 일으키지 않기 때문이다. 그림과 조각에서는 시간의 연속성이 문제되지 않는다. 그림과 조각의 단일성은 한순간에 파악될 수 있는 것이다. 그러나 문학은 다르다. 문학에서 효과의 단일성은 시간을 가로지르며 실현되는 것이다. 그러므로 드라마에서는 1막에 3막이나 4막이 될 때까지는 관객이 진정한 예술적 가치를 확실히 깨닫지 못할 어떤 것을 미리 제시할 수도 있다. 어리석은 친구가 화가 나서 소리를 지르고 극을 방해하고 예술가를 화나게 해야 하는가? 아니다. 그 정직한 친구는 조용히 앉아서 경이, 호기심, 서스펜스의 즐거운 감정들을 경험해야 하는 것이다. 그는 천박하게 화를 내려고 극장에 가는 것이 아니다. 그는 예술적 기질을 파악하려고 극장에 가는 것이며, 예술적 기질을 성취하려고 극장에 가는 것이다. 그는 예술작품을 심판하는 사람이 아니다. 그는 예술작품을 명상하고, 작품이 훌륭하면 그 명상 속에서 자신을 손상시키는 모든 자기중심적 사념, 무지에서 나오는 것이든 지식에서 나오는 것이든, 자기중심적 사념을 잊어버리기 위해 극장에 온 사람이다. 내가 보기에 드라마에서 이 점이 좀처럼 제대로 인식되지 못하고 있다. 나는 현재 런던의 관객들 앞에서 『맥베스』가 처음으로 공연된다면, 참석한 많은 사람들이 1막의 기괴한 문장과 우스꽝스러운 단어들을 늘어놓는 마녀들의 도입에 대해 드세고 격렬하게 반대할 것임을 충분히 예견할 수 있다. 그러나 극이 끝날 때, 사람들은 『맥베스』의 마녀들의 웃음이 『리어 왕』의 광기에서 나오는 웃음만큼 끔찍하며, 무어인의 비극에서 이아고가 터뜨리는 웃음보다도 훨씬 끔찍하다는 사실을 깨닫게 된다. 예술작품의 관객 가운데 극작품의 관객보다 더 완벽한 수용의 분위기가 필요한 관객은 없다. 관객이 권위를 행사하려고 하는 순간, 그는 예술과 자기자신의 공공연한 적이 되고 만다. 예술은 상관하지 않는다. 손해보는 것은 자기자신이다.

소설의 경우도 마찬가지다. 대중이 휘두르는 권위는 치명적이다. 그 권위를 인정하는 것도 치명적이다. 새커리[28]의 『에스먼드』는 작가가 자신의 기쁨을 위해 썼기 때문에 아름다운 예술작품이 되고 있다. 하지만 새커리는 『펜데니스』 『필립』 그리고 심지어는 『허영의 시장』 같은 다른 작품에서는 때로 대중을 너무 의식한 나머지 대중의 공감에 직접적으로 호소하거나 대중을 직접적으로 비웃음으로써 작품을 망치고 있다. 진정한 예술가는 대중에 대해 전혀 신경을 쓰지 않는다. 대중은 그에게 존재하지 않는 것이다. 그는 괴물을 잠들게 하는 아편 섞인 케이크도, 괴물을 키우는 꿀이 들어간 케이크도 갖고 있지 않다. 진정한 예술가는 그것을 대중작가에게 일임한다. 현재 영국에는 뛰어난 소설가로 메러디스[29]가 있다. 프랑스에 더 훌륭한 예술가들이 있기는 하지만, 그만큼 그렇게 폭넓고 다양하며 상상 속에서 진실된 인생관을 지니지는 못했다. 러시아에는 소설 속에서 고통이 어떤 것이 되어야 하는지에 대해 좀더 생생한 감각을 지닌 이야기꾼들이 있다. 그러나 소설에서의 철학은 단연코 메러디스가 뛰어나다. 그의 인물들은 그냥 살아 있는 것이 아니라, 사상과

---

28) 새커리(William Makespeace Thackeray, 1811~63): 영국의 소설가로 『허영의 시장』(*Vanity Fair*), 『펜데니스』(*Pendennis*), 『헨리 에스먼드』(*Henry Esmond*), 『필립의 모험』(*The Adventures of Philip*) 등을 발표했다.

29) 메러디스(George Meredith, 1818~1909): 영국의 소설가. 『리처드 페브럴의 시련』(*The Ordeal of Richard Feverel*)을 썼으며 인물의 심리 분석과 사회문제를 즐겨 다뤘다.

함께 살고 있다. 그의 작중인물들은 무수한 관점에서 조망이 가능하다. 그들이 암시적이기 때문이다. 그들과 그들 주변에는 영혼이 깃들어 있다. 그들은 해석의 여지가 있으며 상징적이다. 그 멋지고 생생하게 움직이는 인물들을 창조해낸 작가는 자신의 기쁨을 위해 그들을 만들어냈다. 그는 대중에게 무엇을 원하는지 물어본 적도 없고 또 알고 싶어하지도 않았으며, 대중이 그에게 지시를 하거나 어떤 식으로든 영향을 주도록 허용하지 않았다. 오히려 계속해서 자신의 개성을 강화하고 자기자신의 개인적 작품을 생산했다. 처음에는 아무도 그에게 다가오지 않았다. 그래도 전혀 상관하지 않았다. 그러다가 소수의 사람이 그에게 다가왔다. 그래도 그는 변하지 않았다. 이제 그에게 많은 사람들이 다가왔다. 그래도 그는 변함이 없다. 그는 비교할 바 없는 최고의 소설가인 것이다.

장식예술의 경우도 다르지 않다. 대중은 내 생각에 전 세계적 저속함이 드러난 대박람회[30]의 전통, 사람들로 하여금 눈 먼 사람들이나 살기에 적당한 집에 살게 만드는 그런 끔찍한 전통에, 정말 불쌍할 정도로 끈질기게 집착한다. 아름다운 것들이 만들어지기 시작하고, 염색가의 손에서 아름다운 색채들이 나오며, 예술가의 두뇌에서 아름다운 무늬가 나오고, 아름다운 것들의 용도와 가치와 중요성이 발표되었다. 그러자 대중은 매우 분노했다. 그들은 분통을 터뜨렸다. 그들은 어리석은 이야기들을 했다. 그래도 아무도 신경 쓰지 않았다. 누구도 손해 보는 사람이 없었다. 아무도 대중의 여론의 권위를 인정하지 않았다. 이제는 현대식 저택에 들어설 때마다 좋은 취향, 아름다운 환경의 가치에 대한 인

30) 런던의 하이드 파크에서 1851년 개최된 대박람회. 당시 수정궁(Crystal Palace)이 유명했으나 템스 강의 남쪽으로 이전된 후 1936년 화재로 소실되었다.

식, 아름다움에 대한 감식안 같은 것을 찾아볼 수 있게 되었다. 사실 요즈음 사람들의 저택은 대체로 매우 매력적이다. 사람들이 상당히 개화된 것이다. 하지만 저택의 장식과 가구 등등에서의 혁명이 엄청난 성공을 거두게 된 것이, 사실 대중의 대다수가 그런 문제에 훌륭한 취향을 갖추게 되어서 그런 것이 아님을 말해두는 것이 공평하겠다. 그것은 주로 장인들이 아름다운 것을 만드는 기쁨을 진정으로 인식하고, 예전에 대중이 원했던 것이 얼마나 추하고 저속했는지를 생생하게 의식하게 되어, 대중의 욕구를 그냥 무시함으로써 저절로 사라지게 만든 덕분이다. 이제 몇 년 전에 하던 방식대로 방을 장식하려면 삼류 하숙집에서 나온 중고가구를 경매하는 곳을 찾아가야만 할 것이다. 그러한 물건이 더 이상 만들어지지 않기 때문이다. 사람들은 이제 원치 않아도 주변에 매력적인 것들을 갖추어 놓을 수밖에 없게 되었다. 이러한 예술문제에 대해 권위를 장악하려던 대중의 노력이 완전히 실패한 것인데, 그들로서도 아주 다행한 일이다.

이제 예술문제에서 권위를 행사하려는 시도는 어떤 것이든 모두 잘못된 것임이 명백해졌다. 때로 사람들은 어떤 형태의 정부가 예술가들이 지내기에 가장 적합한지 묻는다. 이 질문에 대한 대답은 하나뿐이다. **예술가에게 가장 적합한 정부형태는 정부가 아예 없는 것이다.** 예술가와 그의 예술에 대해 권위를 행사한다는 것은 말도 안 되는 일이다. 독재정권 아래서도 예술가들이 아름다운 작품을 생산했다는 이야기가 나오고 있는데, 이는 전혀 사실이 아니다. 예술가들은 지배대상이 되는 신하로서가 아니라 경이로운 것을 만들어내는 방랑자로서 그리고 매력적인 떠돌기 좋아하는 개인으로서 독재자를 방문하여 훌륭한 영접을 받고 평화롭게 창조를 하도록 허용되었던 것이다. 독재자에 대해 이 말은 해두어야겠는데, 군중은 괴물로서 교양이라고는 전혀 없는 반면에, 독재자는 그래도 한 개인으로서 교양을 갖추고 있을 수 있다. 황제며 왕인 사람은 화가에게 붓을 집어주려고 몸을 굽힐 것이다. 하지만 민주주의는 단지 진흙을 던지기 위해 몸을 굽힐 뿐이다. 게다가 민주주의는 황제처럼 몸을 굽히는 것조차 하지 않는다. 사실 그들은 진흙을 던지고 싶을 때 몸을 굽힐 필요가 없다. 하지만 그렇다고 군주와 군중을 분리할 필요는 없다. 모든 권위는 똑같이 잘못된 것이니까.

독재자에는 세 종류가 있다. 신체를 지배하는 독재자가 있고, 영혼을 지배하는 독재자가 있으며, 신체와 영혼 모두를 지배하려는 독재자가 있다. 첫 번째는 **군주**라고 불리며, 두 번째는 **교황**이라고 불린다. 세 번째는 **민중**(people)이다. **군주**는 개화된 존재일 것이다. 많은 **군주**들이 그러했다. 그러나 **군주**는 위험하다. 베로나의 비통한 연회석상의 단테,[31] 페라라에서 정신병자 수용소에 갇혔던 타소[32]를 생각해보라. 예술가는 **군주**들과 살지 않는 것이 낫다. 교황은 개화된 존재일 것이다. 많은 교황들이 그러했다. 그러나 못된 교황들도 그러했다. 못된 교황들은 좋은 교황이 사상을 싫어하는 것만큼이나 열정적으로 아름다움을 사랑했다. 인류는 사악한 교황권을 통해 얻게 된 바가 상당히 많다. 교황권이 선행을 행하면서 인류에게 참 못할 일을 많이 했다. 그러나 바티칸이 수사학의 천둥 같은 힘을 유지하고 회초리의 번개 같은 힘을 잃었다 하더라도, 예

---

31) 단테(Alighieri Dante): 이탈리아의 시인. 『신곡』(*Divine Comedy*)의 저자. 『신곡』은 지옥 · 연옥 · 천국의 3편으로 구성되어 있다. 그는 1313년 플로렌스에서 사형선고를 받자 베로나의 영주였던 젊은 귀족 칸그란데(Cangrande I della Scala)에게로 도피했다. 와일드는 그가 베로나에서 단테를 영접한 것을 '비통한 연회'(a bitter feast)라고 묘사했다.

32) 타소(Torquato Tasso, 1544~95): 이탈리아의 시인. 페라라의 영지에서 지내다가 영주의 누이 레노라를 연모하게 되어 나폴리로 도피할 수밖에 없게 되었으나 2년 후 돌아와 정신병자로 갇히게 된다. 그러나 레노라의 명예를 회복시키고자 정신병자로 가장했다고 한다.

술가는 교황과 살지 않는 것이 낫다. 예를 들어 첼리니 같은 인물에게 보통 사람들의 법과 권위가 적용될 수 없다고 추기경단에 이야기한 것은 교황이었다.[33] 하지만 첼리니를 감옥으로 보낸 것도 바로 교황이었다.[34] 첼리니는 감옥에서 화병이 나서 비현실적인 환영을 보게 되었고, 금빛 태양이 자신의 방에 들어오는 환상에 매혹된 나머지 탈옥을 시도하여, 탑에서 탑으로 기어다니다가 새벽에 현기증이 날 만큼 높은 공중에서 떨어져 불구가 되지 않았던가. 포도원의 한 일꾼이 그를 발견하고 포도잎으로 몸을 가려 마차에 태워서는 아름다운 것들을 사랑하기에 그를 잘 돌봐줄 어떤 사람에게로 데려갔다. 교황도 위험한 것이다. 그리고 민중에 대해서 말하자면, 민중 그리고 민중의 권위는 어떠한가? 그들과 그들의 권위에 대해서는 충분히 얘기가 되었다고 생각한다. 민중의 권위는 눈멀고 귀먹고 추하고 기괴하고 비극적이고 재미있고 진지하고 음란한 것이다. 예술가가 민중과 사는 것은 불가능하다. 모든 독재자들은 뇌물을 준다. 민중은 뇌물을 주고 나서 학대를 한다. 누가 그들에게 권위를 행사하라고 말했나? 그들은 그저 살아가면서 경청하고 사랑하도록 만들어진 존재다. 누군가 그들에게 큰 잘못을 저질렀다. 그들은 자신들보다 열등한 사람들을 모방함으로써 스스로를 망쳤다. 그들은 군주의 홀(笏)을 갖게 되었다. 그들이 그 왕권을 어떻게 사용해야 할 것인가? 그들은 교황의 삼중관(三重冠)을 갖게 되었다. 그들은 그 짐을 어떻게 져야 할 것인가? 그들은 비통해하는 광대와 같고, 아직 영혼이 싹트지 않은 사제와도 같

33) 첼리니를 보호했던 교황은 클레멘스 7세(Pope Clemens VII). 그는 헨리 8세와 조카인 아라곤의 캐서린과의 이혼을 용납하지 않아 잉글랜드와 로마의 불화를 초래했다.

34) 첼리니를 감옥에 보낸 교황은 클레멘스 7세 후임인 파울루스 3세(Pope Paulus III). 그의 사생아가 첼리니를 무고했다고 한다. 파울루스 3세는 예술의 후원자로 미켈란젤로에게 「최후의 심판」을 그리게 했다.

다. 아름다움을 사랑하는 모든 이들로 하여금 그들을 동정하도록 하라. 그들이 아름다움을 사랑하지 않아도, 스스로를 동정하게는 할 수 있다. 누가 그들 민중에게 독재라는 못된 방법을 가르쳤단 말인가?

그밖에도 지적할 만한 사항들이 많다. 르네상스가 위대한 이유는 아무런 사회적 문제도 해결하려 들지 않고 그런 일에 신경 쓰지 않았으며, 개인들이 자유롭고 아름답고 자연스럽게 발전하도록 허용했으며, 그 결과 위대하고 개성적인 예술가들, 위대하고 개성 있는 인물들이 탄생하게 되었기 때문이라는 사실을 지적할 수 있을 것이다. 그리고 루이 14세[35]가 근대국가를 창시함으로써 예술가의 개인주의를 파괴하고, 단조로운 반복을 강요하여 사물을 끔찍한 것으로 만들고, 법칙에 순응할 것을 강요하여 사물을 비열한 것으로 만들어버렸으며, 아름다움의 새로운 전통을 만들고 새로운 양식을 옛 형식과 조화를 이루게 했던 훌륭한 표현의 자유를 프랑스 전역에서 말살시켜 버렸다는 사실도 지적할 수 있을 것이다. 하지만 과거는 중요하지 않다. 현재도 중요하지 않다. 우리가 다루어야 하는 것은 미래다. 왜냐하면 과거는 그렇게 되어서는 안 되었던 인간의 모습이고, 현재는 그렇게 되어서는 안 되는 인간의 모습이지만, 미래는 바로 예술가들의 모습이기 때문이다.

물론 여기 제시한 그런 기획이 매우 비현실적이며 인간의 본성에 어긋난다고 할 수 있을 것이다. 전적으로 맞는 말이다. 그것은 비현실적이며 인간의 본성에 어긋난다. 그러나 바로 그렇기 때문에 그것은 이행할 만한 가치가 있는 것이며 또 그런 제안을 하는 것이다. 현실적 기획이란

---

35) 루이 14세(Louis XIV, 1638~1715): 태양왕(Sun King)으로 불렸으며, 73년 동안 프랑스를 통치했다. 사치와 전쟁으로 프랑스를 파산으로 몰고가 혁명을 불가피하게 만들었으며, "국가가 곧 짐이다"(The State, it is I)라는 말로 유명하다.

것이 무엇이란 말인가? 현실적 기획이란 이미 존재하는 기획이거나, 기존의 상황에서 실천될 수 있었던 기획을 말한다. 그러나 인간은 바로 그 기존의 상황에 반대하게 되어 있으며, 기존의 상황을 그대로 받아들일 수 있던 기획이란 옳지 못한 것이며 어리석은 것이다. 상황이란 것은 폐기되게 마련이며 인간의 본성은 변하게 마련이다. 인간본성에 대해 우리가 진정으로 알 수 있는 단 하나의 것은 그것이 변한다는 것이다. 변화는 우리가 인간의 본성에 대해 단정지을 수 있는 한 특성인 것이다. 체제가 인간본성의 성장과 발전이 아니라 인간본성의 영속성에 의존하면 실패하게 되어 있다. 루이 14세의 실수는 인간의 본성이 늘 변함없으리라고 생각한 것이었다. 그의 실수의 결과로 프랑스 혁명이 일어났다. 그 결과는 훌륭한 것이었다. 정부의 과오로 인해 초래된 결과는 모두가 매우 훌륭한 것들이다.

의무에 대해 감상적인 싸구려 유행어를 일삼는 인물 또는 자기희생에 대한 끔찍한 유행어를 일삼는 인물에게 개인주의는 나타날 수 없다는 사실 또한 주목해야 한다. 사실 의무란 다른 사람들이 원한다고 해서 그들이 원하는 것을 이행하는 것을 의미할 뿐이며, 자기희생이란 야만적인 수족절단 행위의 잔존(殘存)일 뿐이다. 사실 개인주의는 자신에게 뭔가를 요구하는 사람에게는 나타나지 않는다. 그것은 자연스럽게 그리고 필연적으로 그 사람 자신에게서 자라나는 것이다. 개인주의는 모든 발전이 지향해 나가는 핵심이다. 그것은 모든 유기체가 성장하면서 발생하는 개별화다. 그것은 모든 삶의 양식에 내재되어 있으며 모든 삶의 양식이 지향하는 완벽함이다. 따라서 개인주의는 사람들에게 아무런 강요도 하지 않는다. 오히려 그 반대로 개인주의는 사람들에게 어떤 강요에도 끌려가지 말라고 이야기한다. 개인주의는 사람들을 억지로 선하게 만들려고 하지 않는다. 사람들은 가만히 놔두면 선해진다는 사실을 알고 있기 때문이다. 개인주의는 인간 자신에게서 싹트고 자라나게 될 것이다. 인간은 이제 개인주의를 키우고 있다. 개인주의가 현실적인지 아닌지 묻는 것은 진화가 현실적인지 아닌지 묻는 것과 같다. 진화는 삶의 법칙이다. 그리고 개인주의를 향한 진화 이외의 진화란 없다. 이러한 개인주의를 지향하는 성향이 나타나지 않는다면, 그것은 인위적으로 성장을 멈추게 한 것이거나 질병에 걸렸거나 죽거나 한 경우다.

개인주의는 또한 이타적이며 가식(假飾)이 없다. 권위가 지나치게 횡행한 결과, 단어가 원래의 단순한 의미에서 철저하게 왜곡되거나 원래 올바른 의미의 정반대 의미로까지 사용된다는 점이 지적되어왔다. 예술에 적용되는 것은 인생에도 적용된다. 요즘 자기가 입고 싶은 대로 옷을 입으면, 그는 가식적이라는 소리를 듣는다. 그러나 마음대로 옷을 입는다는 것은 그가 너무나 자연스러운 태도로 행동하는 것이다. 그런 문제에서, 가식이라는 것은 오히려 이웃사람들의 견해에 따라 옷을 입는 것을 말한다. 그런데 이웃사람들의 견해란 다수(多數)의 견해이기 때문에 아마도 무척 어리석은 것이리라. 또는 자신의 개성을 완전히 실현하는 데 적합하다고 생각되는 방식으로 지내거나 자아발전을 인생의 주된 목표로 삼으면, 그는 이기적이라는 소리를 듣는다. 그러나 이것이야말로 모든 사람이 살아가야 하는 방식이다. 이기심이란 자기가 원하는 대로 사는 것을 말하는 게 아니라, 다른 사람에게 자기의 방식을 따르라고 요구하는 것을 말한다. 그리고 이타심이란 다른 사람들의 삶을 간섭하지 않고 그대로 놔두는 것을 말한다. 이기심은 늘 주변에 전적으로 획일적인 유형을 만들어내는 것을 목표로 한다. 이타심은 무한히 다양한 유형들을 기쁨을 주는 것으로 인식하고, 이 다양성을 받아들이고 묵인하며 즐긴다. 혼자서 생각해내는 것은 이기적인 것이 아니다. 스스로 혼자서 생각해내지 않는 사람은 아예 생각을 하지 않는 것과 같다. 이웃사람에게 똑같은 방식으로 생각하고 똑같은 의견을 가지라고 요구하는 것은 지나치게 이기적인 것이다. 무엇 때문에 그래야 하는가? 생각이 있는 사람이라면 그런 생각을 버릴 것이다. 생각이 없는 사람이면, 그에게서 어떤 생각을 요구하는 것 자체가 끔찍하다. 빨간 장미가 빨간 장미가 되고 싶어한다고 해서 이기적이라고 하지는 않는다. 만일 빨간 장미가 정원의 모든 다른 꽃들도 빨간색이 되고 또 장미가 되라고 요구한다면, 그것은 철저히 이기적인 것이 될 것이다. 개인주의 아래 사람들은 매우 자연스럽고 전적으로 이타적이 될 것이며, 그 단어의 의미들을 제대로 파악하여 그 의미를 그들의 자유롭고 아름다운 삶 가운데 실현시킬 것이다. 사람들은 지금처럼 자기중심적으로 행동하지 않을 것이다. 자기중심적인 사람은 다른 사람들에게 어떤 요구를 해대는 사람이며, 개인주의자는 그러는 것을 원하지 않을 것이기 때문이다. 남에게 요구하는 것은 개인주의자에게 기쁨을 주지 않을 것이다.

사람은 개인주의를 인식하게 되면, 공감(共感) 또한 인식하게 되어 자유롭게 즉흥적으로 공감을 실천할 것이다. 지금까지 인간은 공감을 좀처럼 갈고닦지 못했다. 인간은 단지 고통에 공감할 뿐이었다. 그런데 고통에 대한 공감은 최고의 공감방식이 아니다. 모든 공감은 훌륭한 것이지만, 고통에 대한 공감은 가장 저급한 공감방식이다. 그것은 자기중심주의에 오염된 것이다. 그것은 병적인 것이 되기 쉽다. 고통에 대한 공감에는 자신의 안전에 대한 두려움 같은 요소가 담겨 있다. 우리는 나병환자 또는 장님처럼 될까봐 두려워하며, 아무도 우리를 돌보지 않게 되면 어쩌나 하고 두려워하게 된다. 고통에 대한 공감은 이상하게도 제한적이기도 하다. 사람은 총체적 삶에 공감해야 하며, 삶의 아픈 상처와 질병이 아니라 삶의 기쁨과 아름다움과 에너지와 건강과 자유에 공감해야 하는 것이다. 물론 폭넓은 공감은 좀더 어렵다. 그것은 더욱 큰 이타심을 필요로 한다.

누구든 친구의 고통에 공감할 수는 있지만, 친구의 성공에 공감하기 위해서는 매우 훌륭한 성격——사실 진정한 개인주의자로서의 성격——이 필요하다. 자리를 차지하기 위한 현대의 경쟁과 투쟁에서 오는 스트레스 속에서 그러한 공감은 당연히 드물 수밖에 없으며, 유형의 획일성과 규율에의 순응이라는 부도덕한 이상——영국의 도처에 만연되어 있으며 아마도 영국에서 가장 추악한 것——에 너무나도 억눌리고 있다.

물론 고통에의 공감은 항상 존재할 것이다. 그것은 인간의 원초적 본능 가운데 하나다. 개성이 있는 동물, 말하자면 좀더 상위의 동물도 우리처럼 공감할 줄 안다. 하지만 기쁨에 대한 공감이 세상의 모든 기쁨을 강화시키는 반면, 고통에 대한 공감은 실제로 고통의 양을 줄이지 못한다는 사실을 명심해야만 한다. 고통에 대한 공감은 악을 좀더 잘 견딜 수 있게 해주지만, 악은 여전히 남아 있다. 결핵을 동정한다고 해서 결핵이 치료되는 것은 아니다. 그 일은 과학의 일이다. 사회주의가 가난의 문제를 해결하고 과학이 질병의 문제를 해결하면, 감상주의자의 영역은 줄어들고 인간의 공감은 넓고 건강하고 자발적인 것이 될 것이다. 인간은 다른 사람들이 즐거운 삶을 누릴 것이라는 명상 속에서 기쁨을 누리게 될 것이다.

미래의 개인주의가 꽃을 피우게 되는 것은 기쁨을 통해서이기 때문이다. 그리스도는 사회를 재건하려는 시도를 하지 않았으며, 그 결과 그가 인간에게 설교한 개인주의는 단지 고통을 통해 또는 고독 가운데서만 실현될 수 있었다. 우리가 그리스도 덕분에 얻게 된 이상(理想)은 사회를 전적으로 버렸거나 사회에 절대적으로 저항하는 사람의 이상이다. 그러나 인간은 천부적으로 사회적 존재다. 결국 테바이[36]에도 사람들이 거주하게 되지

36) 나일 강 주변에 있던 고도(古都) 테베의 주변지역을 말한다.

않았던가. 수도사가 자신의 인격을 실현한다 하더라도, 그가 실현하는 것은 종종 피폐해진 개성이다. 한편 고통이란 것이 인간이 스스로를 실현하는 한 양식이라는 끔찍한 진리가 전 세계를 놀라운 매력으로 현혹했다. 얄팍한 연설가들과 얄팍한 사상가들이 설교단과 강단에서 종종 세상사람들의 기쁨에 대한 숭배를 언급하면서 불평하곤 한다. 그러나 세계의 역사에서, 기쁨과 아름다움을 이상으로 숭배했던 때는 정말 찾아볼 수 없다. 고통에 대한 숭배가 훨씬 더 자주 세상을 지배했던 것이다. 성인과 순교자들, 그리고 자학에 대한 애착, 스스로를 상처 내는 것에 대한 강렬한 열정, 칼로 도려내기, 회초리로 때리기와 같은 중세주의. 중세주의는 진정한 기독교 정신이며, 중세의 그리스도는 진정한 그리스도다. 르네상스가 세계에 나타나기 시작하여, 인생의 아름다움과 산다는 것의 기쁨이라는 새로운 이상을 가져오자, 인간은 그리스도를 이해할 수 없게 되었다. 심지어는 예술에도 그 사실이 나타나 있다. 르네상스의 화가들은 그리스도를 궁전이나 정원에서 다른 소년과 장난하는 어린 소년으로 그리거나, 어머니의 팔에 안긴 채 어머니를 향해 또는 꽃을 향해 또는 화려한 새를 향해 미소를 짓고 있는 소년으로 그리거나, 고상하게 세상을 돌아다니는 숭고하고 장엄한 인물로 그리거나, 일종의 환희 속에서 죽음으로부터 부활하는 경이로운 인물로 그렸다. 십자가 처형장면을 그릴 때조차도 그들은 그리스도를 사악한 인간들이 고통을 가했던 아름다운 신으로 그렸다. 그러나 르네상스의 화가들은 그런 것에 그렇게 몰두하지 않았다. 그들은 자기들이 찬양하는 남녀를 그리고, 아름다운 세상의 아름다움을 보여주는 데서 기쁨을 느꼈다. 그들은 종교화를 상당히 많이 그렸다. 사실 그들은 지나치게 많이 그렸으며, 작품은 단조로운 유형과 모티프로 지루할 정도로 예술로서는 형편없는 것들이다. 이 모든 것이 예술의 문제에 대중이 권위를 행사한 결과인데, 정말 통탄할 일이다. 그러나 그들의 영혼은 작품의 주제에 있지 않았다. 라파엘로가 교황의 초상을 그렸을 때,[37] 그는 위대한 예술가였다. 그러나 그가 성모와 아기 예수를 그렸을 때는 전혀 위대한 예술가로 보이지 않는다. 르네상스는 그리스도의 이상과 어긋나는 이상을 가져와서 추구했기에 경이로운 시기였던 만큼, 그리스도는 이 시기에 아무런 메시지도 주지 못했다. 그래서 우리는 진정한 그리스도의 모습을 찾기 위해서는 중세 예술로 가야 한다. 중세 예술에서 그리스도는 불구가 되고 훼손된 존재며, 보기에 그다지 기분 좋은 존재가 아니다. 왜냐하면 아름다움이 곧 기쁨이니까. 그리스도는 아름다운 옷을 걸친 존재도 아니다. 왜냐하면 아름다운 옷 또한 기쁨이 될 것이므로. 그는 놀라운 영혼을 지닌 거지며, 신성한 영혼을 가진 나병환자다. 그는 재산도 건강도 필요로 하지 않으며, 고통을 통해 자신의 완성을 실현하는 신이다.

인간의 진화는 느리다. 인간이 저지르는 불의는 상당하다. 고통이 자기실현의 양식이 되는 것이 필요한 때도 있었다. 지금조차도 세계 여러 곳에서 그리스도의 메시지가 필요하다. 근대의 러시아에 살았던 사람은 고통이 아니면 자신의 완벽함을 실현시킬 수가 없었을 것이다. 몇몇 러시아의 예술가는 고통을 통한 인간의 실현이 예술의 지배적 음조이기 때문에 예술, 즉 중세적 특성을 지니게 된 픽션에 자신을 실현해왔다. 그러나 예술가가 아닌 사람들, 즉 삶의 양식 없이 사실로 이루어진 현실적 삶만 있는 사람들에게는 고통만이 완성으로 나아가는 유일한 통로다. 러시아에서 현 정부의 체제 아래 행복하게 살아가는 러시아인이 있다면, 그는 인간에게는 영혼이 없다고 믿는 사람이거나, 영혼이 있다 해도

---

37) 라파엘로(Sanzio Raffaello, 1483~1520): 이탈리아 르네상스의 유명한 화가. 영국의 헨리 8세와 결탁하여 프랑스를 공격한 전투적인 교황 율리우스 2세(Julius II)의 명으로 교황을 그렸다.

발전시킬 가치가 없다고 생각하는 사람임이 틀림없다. 모든 권위가 사악하다는 것을 알기 때문에 모든 권위를 거부하는 니힐리스트, 또 고통을 통해 자신의 인격을 실현시키기 때문에 모든 고통을 받아들이는 니힐리스트는 진정한 기독교인이다.[38] 그에게는 기독교의 이상이야말로 진정한 것이다.

그러나 그리스도는 권위에 반항한 인물은 아니었다. 그는 로마제국의 황제의 권위를 인정하고 경의를 표했다. 그는 유대교의 성직자들의 권위를 허용했으며 유대교의 폭력을 자신의 폭력으로 물리치려 하지도 않았다. 앞서 말했듯이, 그리스도는 사회의 재건을 위한 어떤 기획도 갖고 있지 않았던 것이다. 그러나 현대 세계에는 기획이 있다. 현대 세계는 가난과 이에 따른 괴로움을 없애자고 제안한다. 현대 세계는 고통과 이에 따른 괴로움을 없애길 열망한다. 현대 세계는 그러기 위한 방법으로 사회주의와 과학에 의존한다. 현대 세계가 지향하는 것은 기쁨을 통해 모습을 드러내는 개인주의다. 이러한 개인주의는 예전의 어떤 개인주의보다도 더 크고 더 충실하고 더 아름다운 것이 될 것이다. 고통은 결코 완성의 궁극적 양식이 되지 못한다. 그것은 일시적일 뿐이며, 하나의 항의일 뿐이다. 고통은 옳지 못한 불건전하고 부당한 환경에 관계된 것이다. 옳지 못한 것과 질병과 불의가 제거될 때, 고통은 더 이상 있을 자리가 없을 것이다. 고통은 자신의 일을 완수한 것이 될 테니까. 고통은 위대한 것이었지만, 이제 거의 끝난 것이다. 고통의 영역이 날로 줄어들고 있는 것이다.

---

38) 1881년 알렉산드르 2세(Aleksandr II)를 암살한 러시아의 무정부주의자들을 말한다. 기존의 가치와 권위를 거부하는 허무주의자를 의미하는 니힐리스트라는 용어는 투르게네프(Turgenev)가 『아버지와 아들』에서 유행시켰으며, 와일드 역시 극작품 『베라』(*Vera; or the Nihilists*)에서 니힐리즘을 다루었다.

아무도 그것을 아쉬워하지 않을 것이다. 인간이 추구해온 것은 사실 고통도 기쁨도 아니고 그저 삶 자체이기 때문이다. 인간은 강렬하고 충실하고 완벽하게 사는 것을 추구해왔다. 다른 사람을 구속하지 않고 자신이 구속당하지도 않으면서 그러한 삶을 추구할 때, 그리고 자신의 모든 행위가 즐거움이 될 때, 그는 좀더 건전하고 건강하며 더 개화된 존재가 될 것이며, 더욱더 자기자신이 될 것이다. 기쁨은 자연이 부과하는 테스트이자 찬성의 표시다. 인간이 행복할 때는 자기자신과 조화를 이루고 또 주변과 조화를 이룰 때다. 원하든 아니든 사회주의가 기여하고 있는 이 새로운 개인주의는 완벽한 조화를 이룰 것이다. 새로운 개인주의는 그리스인들이 추구했지만, 노예를 소유하고 부양했기 때문에 사상을 통해서만 가능했을 뿐 완전히 실현할 수 없었던 그런 것이 될 것이다. 새로운 개인주의는 르네상스 역시 추구했지만, 노예를 소유하고 굶주리게 했기 때문에 예술을 통해서만 가능했을 뿐, 완전히 실현할 수 없었던 그런 것이 될 것이다. 새로운 개인주의는 완전한 것이 될 것이며, 그것을 통해 모든 인간이 자신의 완성에 이르게 될 것이다. 이 새로운 개인주의는 새로운 헬레니즘[39]이다.

---

39) 헬레니즘은 알렉산드로스 대왕 이후 그리스 고유의 문화와 오리엔트 문화가 융합된 세계주의적인 예술 · 사상 · 정신 등을 특징으로 하는 문화를 말한다. 아널드는 헬레니즘의 아름다움과 조화와 완전한 인간의 완벽주의 사상을 높이 평가한 바 있다. 한 민족의 특성이나 특수한 생활태도를 무시하고, 그 대신 아름다운 교양을 지닌 민족적 차별이 없는 인류를 이상으로 하는 헬레니즘은, 고대 이스라엘 종교에 근원을 두고 신에 의한 우주의 창조와 신과 인간의 관계를 주축으로 하는 헤브라이즘과 함께 서양사상의 근간을 이룬다.

예술가로서의 비평가[1)]

무위(無爲)[2)]의 중요성에 관한
몇 마디 말과 함께

대화. 1부
인물: 길버트와 어니스트[3)]
장소: 그린파크가 내려다보이는
피카딜리의 한 저택의 서재

길버트: (피아노를 치다가) 어니스트, 뭘 보고 웃는가?

어니스트: (쳐다보며) 자네 테이블에 있는 이 회고록에서 대단한 이야

1) 이 글은 원래 1890년 7월과 9월에 『19세기』지에 아널드의 「우리 시대의 비평의 기능」(The Function of Criticism at the Present Time)에 대한 하나의 답변처럼 「비평의 진정한 기능과 가치: 아무 일도 하지 않는 것(無爲)의 중요성에 관한 몇 마디 말을 덧붙여」(The True Function and Value of Criticism: with some Remarks on the Importance of Doing Nothing)라는 제목으로 출판되었다가, 1891년에 내용과 제목이 수정 보완되어 『의도』의 초판에 수록되었다.

2) 와일드의 글에서 멋쟁이 신사들이 즐기는 삶의 방식으로 자주 언급되었다.

3) 길버트(Gilbert)는 광시곡 · 풍자극 등의 대가며 길버트-설리번 오페라의 작가인 길버트 경(Sir William Schwenk Gilbert)을 상기시키고, 어니스트(Earnest)

기를 하나 막 읽었네.

길버트: 무슨 책인가? 아! 그 책. 난 아직 못 읽었지. 어떤가?

어니스트: 글쎄, 난 현대의 회고록 같은 건 별로 좋아하지 않지만 자네가 피아노를 치는 동안 재미로 몇 쪽을 넘기고 있었네. 현대의 회고록은 대체로 기억을 아예 잃어버렸거나 기억할 만한 가치가 있는 일을 해본 적이 없는 사람들이 쓰지 않는가. 물론 바로 그점이 회고록이 인기 있는 진짜 이유긴 하지만 말일세. 영국의 대중은 별 볼일 없는 인물이 말을 할 때 가장 편해하지 않는가.

길버트: 그렇지. 대중은 놀라울 정도로 관대하다니까. 그들은 천재만 빼놓고 모든 걸 용서하지. 그런데 솔직히 나는 회고록은 다 좋아한다네. 내용뿐 아니라 형식 때문에라도 회고록이 마음에 들어. 문학에서 철저한 자기중심주의는 재미가 있거든. 키케로[4]나 발자크, 플로베르나 베를리오즈,[5] 바이런[6]이나 세비녜 부인[7] 같은 다양한 인물들의 저술이 우리를 매혹시키는 것도 자기중심주의 때문이 아니던가. 우리는 자기중심주의를 보면—이상하게도 드물기는 하지만—너무나도 반갑고 또 쉽게 잊지도 못한다네. 인류는 루소[8]가 자신의 죄를 사제한테가 아니라

는 영국 사회의 진지함을 풍자하고 조롱한 극작품 『진지함의 중요성』을 연상시킨다. 평범하고 진지하며 상식적인 어니스트는 와일드의 대변인으로 보이는 길버트와의 대화를 통해 점차 자신의 견해를 바꾸게 된다.

4) 키케로(Marcus Tullius Cicero, 기원전 106~기원전 43): 로마의 웅변가이자 정치가.

5) 베를리오즈(Hector Berlioz, 1803~69): 프랑스의 작곡가며 전기작가.

6) 바이런(George Gordon Byron, 1788~1824): 영국의 낭만주의 시인.

7) 세비녜 부인(Madame de Sevigne, 1626~96): 프랑스의 작가. 25년 동안 쓴 편지로 자신과 시대의 내면적 역사를 잘 보여주었다.

8) 루소(Jean-Jacques Rousseau, 1712~78): 시대를 뛰어넘는 솔직성으로 유명한 『고백록』(1781)의 저자.

세상사람들에게 고백했기 때문에 영원히 그를 사랑할 거야. 첼리니가 프랑소와 1세[9]의 성에 만들어놓은 웅크린 청동 님프 상(像)이나 플로렌스의 탁 트인 로지아에서 한때 생명을 돌로 바꿔버린 끔찍한 공포[10]를 달빛 아래 여전히 드러내고 있는 녹색과 금빛의 페르세우스조차도, 르네상스의 으뜸가는 악당이 자신의 영광과 수치를 진술한 자서전보다 인류에게 더 큰 기쁨을 주지는 못한다네. 그 인물의 견해, 됨됨이, 업적은 별로 중요하지 않아. 그 인물은 점잖은 몽테뉴[11]처럼 회의론자일 수도 있고 모니카의 비통한 아들[12]처럼 성인일 수도 있겠지만, 우리에게 자신의 비밀을 말할 때면 늘 우리의 귀를 매혹시켜 듣게 만들고 입술은 침묵하도록 만들지. 뉴먼 추기경[13]으로 대표되는 사고방식——지성의 절대 우위를 거부함으로써 지적인 문제를 해결하려고 하는 것을 사고방식이라고 부를 수 있을지 모르지만——은 살아남지 못할 거야. 하지만 세상사람들은 고통을 겪는 한 영혼이 어둠에서 어둠으로 나아가고 있는 과정을 지켜보는 것에는 결코 싫증 내지 않지. "아침 공기는 축축하고 예배 보는 이도 거의 없는" 리틀모어의 외로운 교회는 세상사람들에게 늘 소중할 것이며, 사람들은 트리니티대학의 담에 피어난 노란 금어초 꽃을 볼 때마다, 그 꽃이 계속 피고 지는 데서 자신이 자애로운 성모 마

9) 프랑소와 1세(François I, 1494~1547): 예술을 사랑했던 프랑스의 왕.

10) 메두사의 머리를 본 인간은 공포에 질려 돌로 변했다.

11)몽테뉴(Michel de Montaignus, 1494~1547): 회의주의로 유명한 프랑스의 수필가. 독일, 스위스, 이탈리아의 여행기를 썼다.

12) 아우구스티누스(Saint Augustinus of Hippo, 354~430)를 말한다. 교회의 위대한 로마인 교부의 한 사람. 성 모니카의 아들로 기독교로 개종한 후 『참회록』을 썼다.

13) 뉴먼(John Henry Newman, 1801~90): 영국의 신학자. 옥스퍼드에서 고교회파(High Church) 운동을 이끌다가 리틀모어에 돌아와 1845년 로마 가톨릭으로 개종했다. 길버트는 뉴먼의 책을 인용하고 있다.

리아와 영원히 함께하게 되리라는 예언——현명한 건지 어리석은 건지 신앙 때문에 실현되지 못했지만——을 보았던 그 우아한 대학생을 생각하곤 할 것이야.

그렇다네, 자서전은 저항할 수 없을 정도로 매력적이야. 불썽하고 어리석으며 우쭐대는 해군참모총장 페피스[14] 씨는 말을 많이 함으로써 불멸의 작가 대열에 끼게 되었는데, 그가 아주 거리낌 없이 즐겨 묘사하곤 했던 "금단추와 둥근 레이스가 달린 털이 일어난 자주색 가운"을 입고는 경솔함이 곧 용기라고 생각하면서 그들 사이를 부산히 헤치고 다녔지. 그리고 그는 아내에게 사준 푸른색의 인도산 속치마, "고급 돼지의 내장으로 만든 요리"와 즐겨 먹던 "맛있는 프랑스산 송아지 고기 프리카스 요리" 얘기, 또 윌 조이스와의 볼링게임, "미인들 따라다니기," 일요일의 『햄릿』 낭송, 평일의 비올라를 켜는 것, 그외의 못된 짓들과 사소한 일들에 대해 주절주절 늘어놓았는데, 자신도 즐거워했지만 우리도 즐거웠지. 자기중심주의는 실제 생활에서도 매력이 있어. 사람들이 다른 사람의 얘기를 하면 대개가 지루하지. 하지만 사람들이 자기 얘기를 할 때는 늘 재미있지 않던가. 만약에 책을 읽다가 싫증 나면 덮어버리는 것처럼, 얘기를 듣다가 싫증 나면 그냥 입을 막아버릴 수만 있다면 자기 얘기를 하는 것을 듣는 것은 정말 완벽할 텐데.

어니스트: 터치스턴[15]이 얘기한 것처럼, "만약에"라면 안 될 일이 없지. 한데 자네는 진심으로 모든 사람들이 자신의 보스웰[16]이 되어 스스

---

14) 페피스(Samuel Pepys, 1633~1703): 영국의 정치가이자 작가로 1660년 1월 1일부터 1669년 5월 31일까지의 일기를 엮어 출판했다.

15) 셰익스피어의 작품에 등장하는 광대.

16) 보스웰(James Boswell): 새뮤얼 존슨의 전기작가. 보스웰은 주요 문인의 전기뿐 아니라 여행할 때마다 일기를 썼는데, 그의 여행일지는 주요한 문학적 자료가 되고 있다.

로 자기 얘기를 써야 한다고 말하는 건가? 그러면 열심히 생애와 회상을 편찬하고 있는 사람들은 어떻게 되는 거지?

길버트: 그들이 어떻게 되었는지 보게나! 그들이야말로 시대의 해충이야. 오늘날 위인들에게는 모두 제자가 따르고 있는데, 그 위인의 전기를 쓰는 자는 바로 유다 같은 자라네.

어니스트: 말이 좀 심하지 않은가!

길버트: 미안하지만 사실이야. 예전에 우리는 영웅들을 신격화하곤 했지. 하지만 현대의 방식은 영웅들을 천박하게 만들고 있어. 양서를 싸구려로 제본한 것은 그래도 즐거움을 줄 수 있지만, 위인을 싸구려로 편집해내는 건 정말이지 혐오스럽네.

어니스트: 길버트, 누구를 말하는지 물어봐도 되겠는가?

길버트: 아! 모든 이류 문사(文士)들을 말하는걸세. 우리 주변에는 시인이나 화가가 세상을 떠나면 장의사들과 함께 그 집에 들어와서, 입을 다물고 점잖게 행동하는 것만이 자기들의 의무임을 망각하는 그런 부류의 사람들이 넘치고 있네. 하지만 그들 얘기는 하지 마세나. 그자들은 문학에서 시체도굴꾼이라 할 수 있지. 이 사람은 흙만 만지고, 저 사람은 재만 만지고 하다보니 영혼은 아예 다루지도 못하지. 그런데 지금 쇼팽을 들려줄까 아니면 드보르작? 드보르작의 환상곡은 어떤가? 그의 곡들은 열정적이고 묘한 색깔이 있지.

어니스트: 아니야. 지금은 별로 음악을 듣고 싶지 않네. 음악은 매우 불명료해. 게다가 나는 어젯밤 번스타인 남작부인과 식사를 함께 했는데, 다른 모든 면에서 아주 매력적인 그녀가 계속해서 음악이 실제로 독일어로 씌어진 것으로 전제하고 음악 이야기를 하려 들더군. 그런데 그 음악이 어떠하든 간에 최소한 독일어로 들리진 않더군. 애국심 가운데는 정말 수치스러운 것도 있어. 됐네, 길버트, 그만 연주하게. 이쪽을 보고

얘기나 좀 해주게. 새벽의 하얀 빛이 방안에 스며들 때까지 내게 얘기 좀 해줘. 자네 목소리는 뭔가 멋진 게 있어.

길버트: (피아노에서 일어나며) 오늘 밤 나는 얘기할 기분이 아니네. 자네 왜 웃는 건가? 정말 그럴 기분이 아니라니까. 담배가 어디에 있지? 고맙네. 이 수선화들은 정말 아름다워. 호박(琥珀)과 차가운 상아로 만들어진 것처럼 보이네. 이 수선화들은 마치 그리스 전성기 때의 것 같아. 자네는 뉘우치는 예술원 회원[17]의 고백 어디를 보고 웃었던 건가? 말해주게. 쇼팽을 연주하고 나니 내가 저지른 것도 아닌 죄 때문에 울고 또 나와 관계도 없는 비극 때문에 비통한 기분이야. 음악은 늘 내게 그런 영향을 주는 것 같아. 음악은 전혀 모르고 있던 과거 같은 것을 하나 창조해주기도 하고, 또 전혀 체험해본 적이 없는 어떤 비애감에 휩싸이게도 하지. 나는 매우 평범한 삶을 살았던 한 사람이 우연히 묘한 음악 한 곡을 듣고는, 자신의 영혼이 의식하지 못했을 뿐 자신이 끔찍한 경험을 통해 격렬한 환희, 거친 낭만적 사랑, 또는 놀라운 체념을 이미 겪었다는 사실을 갑자기 깨닫게 되는 장면을 떠올리게 되는군. 그러니 어니스트, 내게 그 이야기를 해주게. 나도 좀 즐겁고 싶어.

어니스트: 아, 그거! 뭐 중요한지는 모르겠지만, 일상적인 예술비평의 진정한 가치가 어떤 것인지를 정말 잘 보여주고 있다고 생각했네. 한번은 자네가 뉘우치는 예술원 회원이라 부르는 그 사람에게 한 부인이 자못 진지하게 그의 유명작인 「휘틀리[18]에서의 봄날」 「마지막 승합마차를

---

17) 프리스(William Powell Frith, 1819~1909)를 말한다. 영국의 화가로서 큰 화폭에 사람들을 빽빽이 그려넣곤 했다. 유명작으로 「휘틀리에서의 봄날」(A Spring-Day at Whiteley's)과 「마지막 승합마차를 기다리며」(Waiting for the Omnibus)가 있다.

18) 휘틀리(Whiteley): 영국 햄프셔 주의 한 마을.

기다리며」 등의 작품을 모두 손으로 그린 건지 물어본 적이 있었던가봐.

길버트: 손으로 그렸대?

어니스트: 자네 정말 이러긴가? 하지만 솔직히 말해서 예술비평의 용도가 무언가? 왜 사람들은 예술가들을 가만 내버려두지를 않는 거지? 왜 예술가들이 마음이 내키면 새로운 세계를 창조하고, 아니면 우리가 이미 알고 있는 세계——예술이 섬세한 정신으로 선택하여 미묘한 본능으로 선정하고 정화시켜 순간적인 완벽을 부여하지 않았다면 우리 모두 싫증 내게 되었을 그 세계——를 표현하도록 그냥 놔두질 못하는 거야? 내 생각에 상상력은 주위에 고독을 퍼뜨리는 것이고 또 그렇게 해야 해. 그리고 상상력은 침묵과 소외 가운데서 가장 훌륭하게 작용하지. 왜 창작을 할 수 없는 사람들이 창작품의 가치를 평가하겠다고 나서는가 말이야. 그들이 뭘 알겠는가? 어떤 사람의 작품이 이해하기 쉽다면, 설명이 필요 없겠지.

길버트: 그리고 작품이 이해할 수 없을 정도로 난해하다면, 설명은 틀린 게 되겠지.

어니스트: 내 말은 그게 아닐세.

길버트: 아! 내 말이 맞네. 요즘 우리에게 신비(神秘)라고는 거의 남아있지 않으니 하나라도 놓칠 여유가 없지 않은가. **브라우닝 협회**[19]의 회원들은 **광교회파**(廣敎會派)[20]의 신학자들이나 **스콧**(Walter Scott)의 위대한 작가 총서[21]의 저자들처럼, 자기들이 신성시하는 인물을 설명하는 데 온통 시간을 바치는 것 같아. 예전에는 브라우닝을 신비주의자라고

---

19) 브라우닝 시의 불명확함을 해설하고 연구를 활성하려는 목적으로 1881년 런던에서 창설되어 1892년까지 존속했던 협회.

20) 폭넓고 진보적인 방식으로 교리를 해석하고자 한 영국 교회의 한 분파.

21) 와일드는 이 시리즈의 출판물에 서평을 쓴 바 있다.

여겼는데 그들은 브라우닝이 그저 불명료한 것뿐이라는 걸 입증하고, 우리가 브라우닝에게는 뭔가 은밀한 것이 있다고 상상했던 데 대해, 그들은 드러낼 것이 없을 뿐이라는 걸 입증해냈어. 하지만 나는 그의 앞뒤가 맞지 않는 작품만 얘기하는 거야. 전체적으로 볼 때 그는 위대했어. 그는 올림피아 신들과 같은 존재는 아니었고, 거인 티탄족처럼 불완전한 면도 있었어. 그는 총괄적으로 개괄하는 법도 없고, 시도 드물게 썼지. 그의 작품은 투쟁, 폭력, 노력으로 훼손되었고, 그는 감정을 다듬어 형식으로 나아간 것이 아니라 사고 끝에 혼돈으로 나아갔지. 그래도 그는 위대했어. 그는 사상가라고 불리었고, 분명 늘 사고하는 인물이었고, 자신의 생각을 밖으로 표현했지. 하지만 그를 매혹시킨 건 사고 내용이 아니라, 오히려 그 사고가 진행되는 과정 자체였어. 그가 사랑했던 건 기계가 만들어낸 결과물이 아니라, 그 기계 자체였던 거야. 어리석은 자가 자신의 어리석음에 도달하게 되는 과정이 현자들의 궁극적인 지혜만큼이나 그에게는 소중했던 거지. 사실 그에게는 미묘한 정신의 메커니즘이 너무 매혹적이어서 그는 언어를 무시하고 표현의 불완전한 도구로 간주했던 거야. 압운(押韻)──뮤즈의 공허한 산[22)]에서 일어나 자신의 목소리에 반응하는 아름다운 반향, 진정한 예술가에 의해 아름다운 운율이라는 구체적 요소뿐 아니라 사상과 열정의 정신적 요소로 변형되는 압운. 새로운 분위기의 파문을 일으키기도 하고, 새로운 사상의 흐름을 일깨우기도 하고, 상상력으로도 열지 못했던 황금의 문을 달콤하고 암시적인 음향을 통해 열리게 하는 압운. 인간의 발언을 신의 말씀으로 바꿀 수 있는 압운. 우리가 그리스의 현금(玄琴)에 덧붙일 수 있었던 유일한 현(絃)인 압운. 그 압운이 브라우닝의 경우는 기괴하고 기형적인 것

---

22) 시, 음악, 춤 등 예술을 관장하는 뮤즈 여신에게 바쳐진 테살리에 있는 산.

이 되어서, 때로 그를 저급한 희극적 시를 쓰고 너무 자주 장난치듯이 페가수스[23]를 타는 인물로 보이게 한다네. 그는 끔찍한 음악으로 우리를 상처 입힐 때가 있어. 아니, 그보다는 자신의 시를 위해서라면 거리낌 없이 자신의 악기의 현을 끊어버려 불협화음을 만들어냈다고 하는 게 옳겠군. 날개를 떨어 음을 내는 아테네의 매미가 동작을 완벽하게 만들고 막간을 덜 거칠게 하려고 상아로 된 뿔에 내려앉는 그런 게 아니었다는 말이야. 하지만 그는 위대했어. 그가 언어를 볼품없는 진흙으로 바꾸었다 하더라도, 그는 그것으로 생생한 남녀 인물들을 만들어냈던 거야. 그는 가장 셰익스피어에 버금가는 인물이야. 셰익스피어가 수만 개의 입으로 노래했다면, 브라우닝은 천 개의 입으로 더듬거리며 노래했던 거지. 내가 말하고 있는 지금도──나는 그를 나쁘게 말하는 것이 아니라 그를 지지하고 있는 것인데──그의 인물들이 미끄러지듯 방을 지나가고 있군. 저기 한 소녀의 열정적 키스로 볼이 타는 듯한 리피(Fra Filippo Lippi)가 스쳐가고 있고, 저기 군주의 번쩍이는 사파이어로 터번을 장식한 무서운 사울(Saul)이 서 있네. 밀드레드 트레샴(Mildred Tresham)이 저기 있고, 또 증오심에 벌벌 떠는 스페인 수도승, 블러그럼(Blougram), 벤 에즈라(Ben Ezra), 성 프랙스트의 주교(Bishop of St. Praxed's)도 있군. 세테보스(Setebos)의 아이가 구석에서 주절거리고, 세볼드(Sebald)가 피파(Pippa)가 지나가는 소리를 들으며 오티마(Ottima)의 수척한 얼굴을 들여다보고는 그녀와 그의 죄 그리고 자기자신을 증오하고 있어. 우울한 왕이 자신이 걸친 하얀 새틴 상의처럼 창백한 얼굴에 희미한 불충한 눈으로 충직한 스트래포드(Strafford)가 죽음의 운명을 향해 나아가는 것을 지켜보고 있고, 안드레아(Andrea)는 정

---

23) 뮤즈 신의 날개 달린 말.

원에서 사촌들이 휘파람 부는 소리를 듣자 덜덜 떨면서 자신의 완벽한 아내에게 내려가보라고 말하고 있지. 그렇다네. 브라우닝은 위대했어. 그런데 그가 무엇으로 기억될까? 시인으로? 아! 시인으로서가 아니야! 그는 허구를 창조해내는 작가로 기억될 것이야. 최상의 허구작가로 말이야. 그의 극적 상황에 대한 감각은 독보적이야. 그가 자신의 문제를 해결할 수 없었는지는 몰라도, 최소한 문제를 제기할 수는 있었어. 예술가가 무엇을 더 해야겠나? 인물을 창조해내는 점에서 볼 때, 그는 햄릿을 창조한 셰익스피어 다음 자리에 앉을 수 있네. 그가 표현을 좀더 명확히 했더라면, 그는 셰익스피어와 동격이었을 거야. 브라우닝의 옷자락이라도 잡을 수 있는 사람은 메러디스뿐이지. 메러디스는 산문체의 브라우닝이라 할 수 있는데, 브라우닝도 마찬가지야. 그는 산문을 쓰기 위해 시를 매체로 사용했던 거지.

어니스트: 자네 말이 일리는 있지만, 그게 전부는 아닐세. 여러 점에서 자네는 부당하네.

길버트: 자신이 사랑하는 것에 대해서 공평하기는 힘들다네. 하지만 문제가 된 그 요점으로 돌아가보세. 자네가 한 말이 무엇이었지?

어니스트: 바로 이거야. 예술의 전성기에 예술비평가는 없었다는 사실.

길버트: 어니스트, 그 말은 전에 들었던 것 같은데. 그 말은 내 옛 친구[24]의 끈질긴 오류와 따분함을 보여주는군.

어니스트: 그 말은 사실이야. 그렇다네. 자네가 그런 화난 표정으로 머리를 흔들어도 소용없네. 그건 정말 맞는 말이거든. 예술의 전성기에 예술비평가는 없었지 않은가. 조각가는 대리석 덩어리에서 그 안에 묻혀

---

24) 휘슬러(James [Abbott] McNeill Whistler)를 말한다. 와일드는 인상주의 화가이자 비평가인 휘슬러를 존경했으나 후일 의견차이를 보이자 표절문제가 거론되는 등 반목하게 되었다.

있던 위대한 하얀 팔다리를 한 헤르메스[25]를 다듬어냈고, 윤내는 사람과 도금하는 사람들은 그 조각에 명암과 결을 부여했고, 세상사람들은 그 조각을 보고 말없이 숭배할 뿐이었지. 조각가가 빛나는 청동을 주조틀 안에 부어넣자, 빨간 금속용액이 식으면서 숭고한 곡선을 이루어 신의 신체의 굴곡을 만들어내었지. 조각가는 에나멜과 반짝이는 보석으로 보이지 않는 눈에 시력을 부여했어. 그의 조각칼 아래 히야신스 같은 곱슬머리가 물결치게 되었지. 그리고 어렴풋한 프레스코화가 그려진 신전에 또는 햇빛이 비치는 기둥이 세워진 현관에, 레토[26]의 자식이 그 받침대 위에 서 있게 되자, 지나가는 사람들은 "화려한 대기를 통해 우아하게 걸어가면서" 자신의 삶에 갑자기 나타난 어떤 새로운 영향을 의식하게 되고, 꿈꾸듯이 또는 이상한 생기가 도는 기쁨에 젖어 집이나 직장으로 갔다네. 어쩌면 도시의 문을 통해 젊은 페드러스(Phaedrus)[27]가 물에 발을 담그고 있던 님프가 출몰하는 들판으로 나가 돌아다니고, 바람에 속삭이는 큰 플라타너스 나무와 꽃이 핀 "순결의 나무"[28] 아래 부드러운 잔디에 누워 미의 경이로움에 대해 생각하기 시작하고 익숙하지 않은 경외감으로 침묵을 지키게 되었을지도 모르고. 그 시절에 예술가는 자유로웠네. 예술가는 강의 계곡에서 손으로 미세한 진흙을 가져다가 조그만 나무나 뼈로 된 연장으로 아름다운 형상들을 만들어냈는데, 매우 아름다워 사람들은 그 형상들을 죽은 사람들에게 장난감으로 선물

---

25) 헤르메스(Hermes): 신들의 사자(使者).

26) 레토(Leto): 티탄족으로 제우스와의 사이에서 아폴론과 아르테미스가 탄생했다.

27) 플라톤의 『대화』를 보면, 소크라테스와 페드러스가 일리서스(Ilissus) 강가의 나무 아래에 앉아 수사학, 시의 신성한 광기, 사랑의 광기 등에 대해 대화를 나눈다.

28) agnus castus. 순결을 지켜준다는 속설이 있는 나무.

했고, 우리는 아직도 타나그라(Tanagra)[29] 옆의 노란 언덕의 먼지투성이 무덤에서 머리, 입술, 의상 주변에 여전히 희미한 금빛과 바랜 진홍빛이 감도는 그 형상들을 발견하곤 하지. 예술가는 밝은 갈색의 얼룩이 진, 또는 우윳빛과 사프란 색이 섞인 산뜻한 석고벽 위에, 지친 발걸음으로 아스포델[30]이 하얀 별처럼 피어 있는 보랏빛 들판을 밟고 지나가는 그녀, "그 눈꺼풀에 트로이 전쟁의 모든 것이 달려 있던" 프리아모스의 딸 폴릭세나(Polyxena)[31]를 그렸고, 또 다치지 않고 사이렌들의 노랫소리를 들을 수 있도록 돛대에 탄탄한 밧줄로 자신을 묶은 현명하고 교활한 오디세우스, 물고기의 유령들이 자갈밭 위로 스쳐 다니는 아케론의 강가를 방황하는 오디세우스를 그렸고, 또 마라톤에서 격자무늬 바지에 머리에 장식을 쓴 채 그리스군 앞에서 도망치는 페르시아군과 살라미스(Salamis)[32] 섬의 작은 만(灣)에서 놋쇠로 된 뱃머리가 충돌하는 노예선들을 보여주기도 했지. 예술가는 양피지와 준비된 시다나무 위에 은으로 된 펜촉과 석탄으로 그림을 그리기도 하고, 상아와 장밋빛 테라코타 위에다 올리브즙으로 만든 용액을 뜨거운 철에 굳혀 만든 왁스를 칠하기도 했지. 예술가의 붓이 스치면 나무판, 대리석, 리넨으로 된 캔버스가 경이롭게 변하고, 살아 있는 것들은 자신의 이미지를 보면서 조용히 있을 뿐 감히 말을 할 수 없었어. 사실 모든 생명이――시장판에 앉아 있는 상인에서부터 언덕에 누워 있는 외투 입은 양치기에 이르기까지, 월계수에 숨어 있는 님프와 정오에 피리를 부는 목신, 그리고

29) 그리스의 보이오티아 지방의 고대도시로, 이곳의 무덤에서 테라코타 조상(彫像)들이 발견되었다.

30) 그리스 신화에서 죽은 사람의 꽃으로 묘사되었다.

31) 프리아모스의 딸로, 때로 아킬레우스의 연인으로 묘사되곤 한다.

32) 마라톤과 살라미스에서 그리스군이 페르시아군에 대승을 거두었다.

노예들의 기름이 번득이는 어깨 위의 긴 푸른 커튼이 드리워진 들것에 실린 채 공작날개의 부채질을 받고 있는 왕에 이르기까지――전부 예술가의 것이었어. 남자와 여자들이 얼굴에 기쁨과 슬픔을 담은 채 그의 앞을 지나갔어. 예술가가 그들을 지켜보자 그들의 비밀이 그의 것이 되었지. 형태와 색을 통해 예술가가 세상을 재창조한 거지.

모든 미묘한 예술 또한 예술가의 것이야. 그는 돌아가는 원판에 보석을 박았고, 자수정은 아도니스를 위한 자줏빛 침대가 되었으며, 아르테미스는 사냥개들과 함께 결이 있는 마노 위를 질주했지. 그는 금을 다져서 장미를 만들기도 하고, 금을 비틀어서 목걸이나 팔찌를 만들어내기도 하고, 금을 다져 정복자의 투구를 장식할 화환을 만들기도 했고, 티레(Tyre)[33] 사람들의 복장을 위한 손모양의 장식을 만들기도 하고, 죽은 왕족의 마스크를 만들기도 했지. 은거울 뒤에 그는 바다의 요정들에게 실려가는 테티스,[34] 유모와 함께 있는 사랑에 빠진 파이드라,[35] 기억하기 싫어 양귀비를 머리에 꽂는 페르세포네[36]를 새겨넣었지. 도공이 헛간에 앉자, 말없는 회전대에서 꽃병이 꽃처럼 그의 손 아래서 자라났어. 그는 꽃병과 받침대와 가장자리를 단아한 올리브잎 무늬, 잎이 무성한 아카서스 무늬, 또는 굽이진 초승달 모양의 물결무늬로 장식하고는, 검은색 또는 붉은색으로 씨름하거나 경주하는 젊은이들, 이상한 문장이 그려진 방패와 기이한 복면을 하고 조개모양의 마차에서 뒷발질하는 준

---

33) 옛 페니키아의 항구도시.

34) 테티스(Thetis): 바다의 여신.

35) 파이드라(Phaedra): 미노스의 딸이며 테세우스의 아내. 비너스 여신에 의해 테세우스의 아들인 히폴리토스에 대한 주체할 수 없는 욕망을 갖게 된다.

36) 페르세포네(Persephone): 제우스와 농업의 여신 데메테르의 딸로 저승의 지배자인 하데스에게 납치되어 아내가 됨으로써 이승과 저승에서 6개월씩 보내게 되었다.

마들 위로 몸을 기대고 있는 무장한 기사들, 연회를 베풀고 있거나 기적을 일으키고 있는 신들 그리고 승리했거나 고통받고 있는 영웅들을 그렸지. 때로 그는 하얀 지면(地面) 위에 얇은 진홍빛 에칭으로, 주변에는 도나텔로(Donatello)의 천사 같은 에로스(Eros), 황금빛 또는 푸른 날개를 한 채 웃고 있는 귀여운 에로스가 맴돌고 있는 가운데 나른해하는 신랑과 신부를 새겨넣기도 했어. 그는 곡선을 이루는 쪽에 친구의 이름을 써넣기도 했지. 아름다운 '알키비아데스' 또는 '아름다운 카르미데스'[37]는 우리에게 예술가의 시대의 이야기를 해준다네. 다시 한 번 그는 넓고 납작한 컵의 가장자리에 마음 내키는 대로 잎을 뜯어먹는 사슴, 쉬고 있는 사자를 그려넣기도 했지. 조그만 향수병에는 목욕하는 아프로디테가 웃고 있고, 팔을 드러낸 마이나데스[38] 시녀들이 따라오는 가운데 디오니소스가 발효 중인 포도주로 얼룩진 맨발로 포도주 항아리 주변에서 춤추고 있고, 반인반수의 늙은 실레노스[39]가 피부가 부풀어 오른 채 퍼져 누워 있거나 번개무늬의 전나무 열매로 끝이 장식되고 짙은 색의 담쟁이로 장식된 마술창을 휘두르고 있어. 아무도 창작 중인 예술가를 방해하러 오지 않았지. 어떤 무책임한 잡담에 방해받을 일이 없었어. 남의 견해 따위에 시달리지 않았단 말일세. 아널드가 어디선가 말했는데, 아테네의 일리서스 강가에는 히긴보텀[40]이 없었네. 이봐, 길버트.

---

37) 알키비아데스(Alkibiades)와 카르미데스(Charmides)는 그리스의 정치가로 플라톤의 『대화』에 등장하는 인물들이다.

38) 마이나데스(Maenades): 포도주의 신 디오니소스를 따라다니는 광적인 여성들을 말한다.

39) 실레노스(Silenos): 그리스 신화에서 디오니소스의 술 취한 시종.

40) 히긴보텀(Higginbotham): 아널드가 「우리 시대의 비평의 기능」에서 사용한 밉살스러운 전형적인 앵글로 색슨족을 말한다. 원래 아널드는 "by the Ilissus there was no Wragg, poor thing!"이라고 했으나 잘못 인용한 듯하다.

일리서스 강가에는 편협한 지역주의를 끌어오고 별 볼일 없는 자들에게 견해를 피력하라고 가르치는 어리석은 예술협회[41] 따위는 없었어. 일리서스 강가에는 자기들이 이해하지 못하는 것에 대해 열심히 잡담을 늘어놓는 지루한 예술잡지 따위는 없었어. 그 갈대가 무성한 조그만 강가에는 피고석에서 사과해야 할 판에 심판의 자리를 독점하고 있는 우스꽝스러운 저널리즘 따위가 어슬렁거린 적이 없었단 말이야. 그리스인들에게 예술비평가 따위는 없었네.

길버트: 어니스트, 자네 얘기는 무척 재미있군. 하지만 자네의 견해는 무척 불건전한데. 나는 자네가 나이 많은 사람의 얘기에 열심히 귀기울였던 게 아닌가 걱정되네. 그건 늘 위험한 일이야. 자네는 그런 태도를 습관화했다가는, 그것이 지적 발전에 얼마나 해로운지를 깨닫게 될 거야. 난 요즘의 저널리즘에 대해서는 변호할 생각이 추호도 없네. 저널리즘은 저속한 것의 생존[42]이라는 다윈의 위대한 원리대로 살아남는 거겠지. 나는 그저 문학에만 관심이 있네.

어니스트: 하지만 문학과 저널리즘의 차이가 뭔가?

길버트: 아! 저널리즘은 읽을 게 못 되고 문학은 읽히지 않는다는 게 차이점이지. 그게 전부야. 하지만 그리스인 중에 예술비평가가 없었다는 자네 주장은 무척 불합리한데. 그리스인들은 예술비평가 민족이라고 말하는 게 더 옳을 거야.

어니스트: 정말인가?

길버트: 그래. 그리스인은 예술비평가 민족이야. 하지만 나는 자네가 헬레니즘 시대의 예술가와 당대의 지적 정신과의 연관성에 대해 제시한

---

41) 휘슬러를 인용하고 있다.

42) 다윈의 적자생존(the survival of the fittest)의 법칙을 변형시켜 "the survival of the vulgarest"라고 재미있게 말하고 있다.

그 흥미로운 비현실적 설명을 망치고 싶지는 않네. 일어나지도 않았던 일을 정확하게 묘사해내는 것은 역사가의 고유한 임무일 뿐 아니라 모든 능력 있는 교양인의 양도할 수 없는 특권이기도 하니까. 게다가 나는 박식한 얘기를 하는 걸 원하지도 않아. 박식한 대화는 무식한 자들의 거짓 흉내거나 정신적인 일에 종사하지 않는 자들이 하는 일이니까. 이른바 교화를 위한 대화라는 것은, 단지 더 어리석은 박애주의자들이 범죄 계급이 갖는 당연한 적대감을 무장해제시켜보려고 미약하게 애쓰는 어리석은 방법일 뿐이네. 아니지. 내가 드보르작의 광적이고 열정적인 작품 하나를 연주해주겠네. 벽걸이의 희미한 인물들이 우리를 보고 웃고 있고, 내 청동 나르키소스가 무거운 눈꺼풀을 닫고 잠들어 있군. 뭘 심각하게 토론하는 일은 그만두세. 나는 우리가 어리석은 자들만이 진지한 대우를 받는 그런 시대에 태어났다는 사실을 너무나 잘 의식하고 있어서, 내가 오해받지 못하면 어쩌나[43] 하는 두려움 속에 살고 있지. 내가 자네에게 유용한 정보를 준다는 위치로 나를 전락시키지 말아주게. 교육은 훌륭한 것이지만, 때때로 알 만한 가치가 있는 것들은 교육으로 얻을 수 없다는 걸 기억하는 것이 좋아. 창문 커튼의 벌어진 틈으로 쪼개진 은조각 같은 달이 보이는군. 금박을 입힌 벌들처럼 별들이 달 주변에 몰려 있군. 하늘은 텅 빈 단단한 사파이어야. 밤을 향해 나가보세. 사고(思考)도 훌륭한 것이지만, 모험은 더욱 훌륭하다네. 누가 아나? 우리가 보헤미아의 플로리젤 왕자[44]라도 만나게 될지, 또 그 아름다운 쿠바

---

43) 미국의 초월주의 사상가 에머슨은 「자시론」(self-Reliance)에서 많은 위대한 인물들이 오해되었던 사실을 상기시키며, "To be great is to be misunderstood"라고 말한 바 있다. 와일드는 1885년 휘슬러에게 보내는 편지에 이 글귀를 인용했으며, 1887년의 한 서평에서는 위대한 인물은 오해를 받는 법이라면서, "it is only mediocrities and old maids who consider it a grievance to be misunderstood"라고 썼다.

미인이 자신은 보이는 것과 다른 사람이라고 이야기하는 걸 듣게 될지.[45)]

어니스트: 자네는 정말 제멋대로야. 나는 자네와 그 문제를 좀더 토론했으면 하는데. 자네는 그리스인들이 예술비평가 민족이라고 했는데, 그들이 우리에게 어떤 예술비평을 남겼는가?

길버트: 이보게, 어니스트. 그리스 시대나 헬레니즘으로부터 우리가 물려받은 예술비평이 단 한 부분도 없다 하더라도, 그리스인이 예술비평가 민족이며 그들이 다른 모든 것에 대한 비평을 창안해낸 것처럼 예술비평 또한 만들어냈다는 것은 사실이라네. 결국 그리스인들이 우리에게 남겨준 가장 으뜸가는 것이 무엇인가? 바로 비평정신이지. 그들은 종교와 과학, 윤리학과 형이상학, 정치와 교육에 관한 문제들에 적용했던 이 비평정신을 예술의 문제에도 적용했고, 훌륭한 최고의 두 예술에 대해 세상에서 가장 흠이 없는 비평체계를 남기게 되었던 거지.

어니스트: 훌륭한 최고의 두 예술이라니?

길버트: 인생과 문학, 즉 인생과 인생의 완벽한 표현 말일세. 우리 시대처럼 거짓 이상으로 훼손된 시대에, 우리는 그리스인들이 정립한 인생의 원칙을 실현하지는 못할 거야. 그리스인들이 정립한 문학의 원칙은 많은 경우에 너무 미묘해서 우리가 좀처럼 이해할 수가 없다네. 그리스인들은 가장 완벽한 예술이란 인간을 모든 무한한 다양성 가운데 가장 충실히 비춰주는 것이라는 사실을 인식하고는, 현대의 음악가가 조화와 대위법을 공부하는 것처럼 과학적으로 산문의 운율적 흐름을 연구

---

44) 보헤미아의 플로리젤 왕자(Prince Florizel of Bohemia): 스티븐슨(Robert Louis Stevenson)의 『신판 아라비안 나이트』(*New Arabian Night*)에 등장하는 모험을 즐기는 인물.

45) 스티븐슨의 『신판 아라비안 나이트』 속편의 한 작품인 「아름다운 쿠바인 이야기」(Story of the fair Cuban)의 첫 문장. "I am not what I seem."

하면서 예술의 물질 측면으로만 간주되던 언어에 대한 비평을 이성적이고 감정적으로 강조된 강약체계를 가진 우리가 좀처럼 따라갈 수 없는 단계까지 정교하게 정립해놓았어. 말할 필요도 없겠지만 훨씬 더 날카로운 심미적 본능으로 말이야. 모든 점에서 그들이 옳았던 것처럼 이 점에서도 그들은 옳았어. 인쇄술의 도입으로 이 나라의 중하류 계층의 독서하는 습관이 증가한 치명적 사건 이래, 문학에는 눈에만 더욱더 호소하고 진정한 감각인 귀는 점점 소홀히하는 경향이 생겨났어. 순수 예술의 견지에서 볼 때 예술은 바로 청각을 즐겁게 하려고 애써야 하고, 청각에 기쁨을 주는 정도가 예술의 영속성을 결정짓는 것인데, 우리 시대의 창조적 작가 가운데 대체로 가장 완벽한 영국 산문작가로 손꼽을 수 있는 페이터의 작품조차도 때로 음악적으로 흐른다기보다는 모자이크 조각처럼 보이고, 여기저기서 단어의 진정한 리듬감과 그런 리듬감이 창출해내는 섬세한 자유와 풍성한 효과가 결여되어 있어. 사실 우리는 글쓰기를 하나의 명확한 작법으로 만들고 글을 정교한 디자인의 한 형태로 간주하게 되었지.

반면 그리스인들은 글쓰기를 단순히 기록의 한 방법으로 간주했어. 그들이 늘 실험한 건 음악과 운율과 연결된 구어였어. 목소리는 매체였고 귀는 비평가였지. 나는 때로 호메로스가 장님이라는 이야기가 사실은 비평의 시기에 창조된 하나의 예술적 신화라고 생각해. 이 신화는 우리에게 그 위대한 시인이 늘 신체의 눈보다는 영혼의 눈으로 보는 예언자였다는 사실뿐 아니라, 음악에서 자신의 노래를 만들어 그 선율의 비밀을 포착할 때까지 각 행을 되풀이해서 되뇌어보곤 하며 어둠 속에서 빛의 날개를 단 단어를 그 속에서 불러내는 진정한 음유시인이라는 사실을 상기시켜주는 역할을 한다고 생각하곤 했다는 말일세. 어쨌건, 영국의 그 위대한 시인의 후기시에 보이는 당당한 흐름과 우렁찬 영광의 상당 부분은 그 직접적 원인은 아니라 해도 그가 장님이었다는 사실에 힘입은 것이 확실하네. 밀턴은 더 이상 글을 쓸 수 없게 되자 노래하기 시작했지. 『고통받는 삼손』이나 『실락원』 또는 『되찾은 낙원』의 운율은 『코머스』의 운율과는 비교도 안 되지. 밀턴은 시력을 잃게 되자 작품은 써야 하니 순전히 목소리로 작품을 만들게 되었고, 따라서 초기 시에 나타난 피리나 갈대가 후기에 이르러 힘차고 음이 다양한 오르간으로 변하게 된 거야. 그 오르간의 풍성하고 울려 퍼지는 음악이 호메로스 시의 빠른 속도감은 아니어도 호메로스의 모든 위풍당당함을 지닌, 또 늘 우리와 함께하는 불멸의 형식으로서 모든 시대를 넘어 사라지지 않는 영문학의 한 유산이 된 거지. 그렇다네. 글쓰기는 작가들에게 많은 해를 끼쳤지. 우리는 목소리로 돌아가야만 하네. 목소리가 우리의 시험대가 되어야 하네. 그렇게 되면 우리는 아마 그리스의 미묘한 예술비평의 일부를 제대로 감상할 수 있게 될 걸세.

사실 우리는 그렇게 할 수가 없어. 때로 나는 이만하면 크게 잘못된 데가 없겠다고 생각되는 산문 한 편을 써놓고는 내가 장단격 또는 삼단격의 흐름을 사용하는 부도덕한 나약함을 범하고 있는 게 아닌가 하는 끔찍한 생각이 든다네. 이 때문에 아우구스티누스 시대의 한 박식한 비평가가, 독설적이긴 해도 훌륭했던 헤게시아스[46]를 혹독하게 질책하지 않았던가. 그런 생각이 들면 나는 식은땀이 나면서, 한때 무모할 만큼 관대한 정신으로 우리 사회의 교양 없는 무리를 향해 행동이 인생의 4분의 3을 차지한다는 이상한 교리를 선포했던 그 매력적인 작가[47]의 산문이 주는 놀라운 윤리적 효과가, 훗날 사음절 각운들을 잘못 사용했다는

---

46) 헤게시아스(Hegesias): 기원전 3세기의 역사가이자 웅변가.
47) 아널드가 『문학과 교리』(*Literature and Dogma*)에서 주장한 내용.

사실이 밝혀짐으로써 완전히 사라져버리지 않을까 걱정이 되곤 한다네.

어니스트: 아! 자네 좀 경솔한 거 아닌가.

길버트: 심각하게 그리스 민족에는 예술비평가가 없었다고 하는 말을 듣고 누가 가만히 있을 수 있겠나? 나는 그리스의 전설적인 천재가 비평에서 길을 잃었다고 하는 말은 이해할 수 있네. 하지만 우리에게 비평정신을 가르쳐준 민족이 비평을 하지 않았다고 하는 말은 받아들일 수가 없어. 내게 플라톤으로부터 플로티노스에 이르는 그리스의 예술비평을 쭉 개괄해달라고 청하지는 말아주게. 그러기에는 밤이 너무 아름다워. 저 달이 우리말을 들었다면 지금보다 더 창백해질걸. 하지만 심미비평의 한 작은 완벽한 작품인 아리스토텔레스의 『시론』(*Treatise on Poetry*)을 생각해보게나. 그 작품은 형편없게 씌어져 형식 면에서는 완성도가 떨어지지. 예술강연을 위해 적어놓은 단상들, 또는 어떤 규모가 큰 책을 위해 써놓은 별개의 단상들로 이루어져 있으니 말이야. 하지만 그 특성과 논술방법 면에서는 아주 완벽하다네. 예술의 윤리적 영향, 예술의 문화적 중요성, 예술의 성격 형성의 기여도는 플라톤에 의해 확실하게 완성되었지. 하지만 지금 우리는 예술을 도덕적인 시점이 아니라 전적으로 미학적인 시점에서 다루는 거야. 물론 플라톤은 명백히 예술적인 주제들을 많이 다루어왔어. 예술작품에서 단일성의 중요성, 어조와 조화의 필요, 외양의 미적 가치, 가시적 예술과 외부세계와의 관계, 허구와 사실의 관계와 같은 주제들 말이야. 우선 그는 인간의 영혼에 아직 우리가 충족시키지 못한 욕망, 즉 미와 진리의 관계 그리고 우주의 도덕적이고 지적인 범주에서 미의 위상과 같은 문제를 알고 싶어하는 욕망을 일깨워 놓았다고 할 수 있지. 그가 제시한 이상주의와 사실주의의 문제들이 추상적 존재의 형이상학적 범주에서는 별다른 결실을 맺지 못할 것으로 보였을지도 몰라. 하지만 그 문제들을 예술의 범주로 바꾸어

보면, 그 문제들이 여전히 생생하고 의미로 충만해 있음을 보게 된다네. 플라톤은 미의 비평가로서 살 운명이었는지도 몰라. 그가 사색한 범주의 명칭을 바꾸면 우리는 새로운 철학을 갖게 되었을 거야. 그러나 아리스토텔레스는 괴테처럼 예술을 우선 구체적인 표현 속에서 다루지. 비극을 한 예로 들면서, 또 비극에 사용되는 재료인 언어, 인생이라는 주제, 비극이 전개되는 방법인 행위, 극적 재현의 조건들인 비극이 전개될 상황들, 논리적 구성인 플롯 그리고 마지막으로 동정과 경외감의 열정을 통해 구현될 미적 감각에 호소할 심미적 매력을 검토하면서 말이야. 그가 카타르시스라고 부른 자연의 정화와 영성화는 괴테가 생각한 것처럼 본질적으로 심미적인 것이지 레싱이 상상한 것처럼 도덕적인 것이 아니야. 아리스토텔레스는 주로 예술작품이 창출하는 인상에 관심을 두고는, 그 인상을 분석하고 그 원천을 조사하고 그것이 어떻게 생성되는지를 보려고 했지.[48] 생리학자이자 심리학자로서 그는 기능의 건강 여부는 활력에 있다는 걸 알고 있었지. 열정의 능력을 지니고도 그것을 활성화하지 못하는 것은 자신을 불완전하고 한정된 존재로 만드는 것이야. 비극이 주는 극적이고 화려한 인생의 모방은 가슴에서 많은 '위험한 내용물'을 씻어내버리고, 감정의 활성화를 위해 고귀하고 가치 있는 대상을 제시함으로써 인간을 정화시키고 영성화시키지. 아니, 인간을 영성화할 뿐 아니라 전혀 몰랐을 고귀한 감정에 들어가 볼 수 있게 해주지. 내가 보기에 카타르시스라는 단어는 분명히 입문의식의 의미를 담고 있어. 이 단어에서 그것만이 진정한 의미는 아니라고 생각하지만 말이야. 물론 나는 그 책의 단순한 개요만 말하고 있는 거야. 자네는 그 책이 얼

48) 페이터의 인상주의의 기원을 아리스토텔레스로 거슬러 올라감으로써 더 큰 비중을 부여하고자 했다.

마나 완벽한 심미비평서인지 알고 있지? 사실 그리스인이 아니면 누가 예술을 그렇게 잘 분석할 수 있었겠어? 그 책을 읽은 후엔, 알렉산드리아[49]가 주로 예술비평에 심혈을 기울였다는 것, 그리고 그 당시의 예술적 기질을 지닌 인물들이 모든 문체와 양식들을 꼼꼼히 조사하고, 고풍스러운 양식의 고상한 전통을 보존하려고 한 시키온 화파(畵派)[50]와 실제의 삶을 재현하는 것을 목표로 하는 사실주의와 인상주의 화파 같은 위대한 화파들에 대해 토론하고, 초상화에서 관념적 요소, 그 시대에 서사적 형식의 예술적 가치, 예술가에게 적합한 제재 등을 토론하는 것이 일상적인 일이었다는 것에 대해 아무도 놀라지 않게 되지. 표절이라는 고발이 끝없이 이어졌던 것으로 보아, 그 당시 예술적 기질이 없는 자들도 문학과 예술 같은 문제에 대해 꽤나 분주했던 걸로 생각하네. 그런 고발은 무능한 자의 얇고 창백한 입술이나, 가진 것이 없다 보니 자기들이 도둑맞았다고 외침으로써 재산이 많다는 평판을 얻을 수 있다고 착각하는 자들의 기형적 입에서 나오는 법이지.[51] 이봐, 어니스트, 내 자네에게 분명히 말해두는데, 그리스인들은 요즘의 사람들만큼이나 미술에 대해서 얘기들을 많이 했고, 개인적 견해들도 갖고 있었고, 전시회도 많이 열고, 예술 및 공예조합도 있었고, 라파엘 전파 운동, 사실주의 운동도 있었고, 예술강연도 했고, 예술에 관한 에세이도 썼고, 예술사가도 나왔고, 고고학자 등등 모두 있었다네. 웬걸, 순회극단의 극장 지배인이 공연 다닐 때 극비평가를 데리고 다니고, 멋진 평을 쓰면 두툼한 하사금

---

49) 기원전 332년 알렉산드로스 대왕이 이집트에 세운 헬레니즘 문화의 중심도시.
50) 시키온(Sicyon): 고대 그리스의 중심도시인 코린토스의 서쪽에 있던 도시로 여기에 화가들이 모여 주요 화파를 형성했다.
51) 와일드는 종종 표절시비에 휘말렸는데, 인상주의 화가이자 비평가 휘슬러는 와일드가 자신의 사상을 비롯하여 남의 사상을 빌려다가 그럴듯하게 포장만 한 것이라고 비난한 바 있다.

까지 주었지. 사실 우리 삶에서 근대적인 건 모두 그리스인들에게서 온 것이야. 시행착오적인 건 중세주의에서 온 것이고. 우리에게 예술비평의 총체적 체계를 물려준 것은 바로 그리스인이라네. 그들의 비평적 본능이 얼마나 뛰어났는지는, 내가 이미 말했듯이 그들이 가장 주의를 기울여 비평했던 대상이 언어였다는 점을 보면 알 수 있지. 화가나 조각가가 사용하는 재료는 언어와 비교하면 보잘것없어. 언어는 비올라나 현금만큼 감미로운 음악, 베니스의 화가나 스페인 화가의 캔버스를 아름답게 만든 다채롭고 생생한 색채, 대리석이나 청동으로 모습을 드러내는 그 어떤 조형보다 더 확실하고 분명한 조형성을 지니고 있을 뿐 아니라 사상, 열정, 영성도 지니고 있어. 정말 이는 언어에서만 나올 수 있는 것이지. 만일 그리스인들이 언어만을 비평했다고 하더라도, 그들은 여전히 세상의 위대한 예술비평가들이었을 거야. 최고 예술의 원리를 아는 것은 곧 모든 예술의 원리를 아는 것이니까.

그런데 달이 유황빛 구름 뒤로 숨고 있는데, 흐르는 듯한 황갈색 갈기 틈으로 달빛이 사자의 눈처럼 비치는군. 달은 내가 자네에게 루키아노스[52]와 롱기누스(Longinus), 그리고 퀸틸리아누스(Quinctilianus), 디오니소스, 그리고 플리니(Pliny)와 프론토(Fronto)와 파우사니아스(Pausanias), 그리고 옛날에 예술에 관해 글을 쓰거나 강연을 했던 모든 이들에 대해 이야기할까봐 걱정인 모양이야. 달 보고 걱정할 필요 없다고 하게. 나도 사실들을 다루는 희미하고 지루한 심연으로의 원정에 싫증이 났거든. 이제 나는 담배 한 개비의 신성한 '순간적 쾌락'을 즐기는 일만 남았네. 담배는 최소한 물리지 않는다는 장점이 있지.

어니스트: 내 것을 피워보게. 좋은 것이야. 카이로에서 직접 온 거지.

52) 루키아노스(Lucianos): 2세기 때 유명한 그리스의 풍자가.

우리 외교 수행원들이 하는 유일한 일은 친구들에게 훌륭한 담배를 공급해준다는 거야. 달이 자취를 감추었으니 좀더 이야기하지. 내가 그리스인들에 대해 말을 잘못했다는 점을 기꺼이 인정하겠어. 자네가 지적한 대로 그리스인들은 예술비평가 민족이야. 내 인정하겠어. 그런데 그들이 좀 안됐어. 왜냐하면 비평적 재능보다는 창조적 재능이 훨씬 우월한 것이니 말이야.[53] 이 두 가지야 비교도 안 되지.

길버트: 그 두 가지 사이의 대립은 전적으로 임의적인 것이네. 비평적 능력 없이 진정한 의미의 예술적 창조란 있을 수 없지. 조금 전에 자네는 예술가가 우리를 위해 삶을 형상화하고 삶을 순간적으로 완성하는 선택의 섬세한 정신과 선정의 미묘한 본능얘기를 했지. 글쎄, 그 선택의 정신, 생략의 미묘한 재주야말로 가장 돋보일 때의 비평적 능력이야. 이 비평적 능력을 지니지 못한 사람은 예술을 창조할 수가 없어. 아널드가 내린 문학은 삶의 비평이라는 정의는, 형식 면에서는 별로 뛰어나지 못하지만, 그가 모든 창조적 활동에서 비평적 요소의 중요성을 얼마나 예리하게 파악하고 있는지를 잘 보여주지.

어니스트: 위대한 예술가들은 무의식적으로 작업을 한다고 말했어야 했는데. 에머슨이 어디선가 말한 것처럼, 예술가들은 "자기들이 의식하는 것보다 훨씬 지혜롭다"[54]고 말할 걸 그랬어.

길버트: 어니스트, 정말 그렇지가 않다니까. 모든 상상에서 나온 훌륭한 작품들은 자의식적이고 의도적인 것이야. 본능적으로 노래하는 시인이란 존재하지 않아. 최소한 위대한 시인이라면 말이야. 위대한 시인은 노래하겠다고 선택하기 때문에 노래하는 거야. 지금도 그렇고 과거에도

53) 어니스트는 여기서 「우리 시대의 비평의 기능」에서 아널드가 한 주장을 반복하는 것이다.

54) 에머슨의 「대영론」(The Over-Soul)과 「보상론」(Compensation) 참고.

그랬지. 우리는 때로 처음 나왔을 때 시의 목소리는 우리의 것보다 훨씬 단순하고 신선하고 자연스러운 것이고, 또 옛날 시인들이 바라보고 거닐었던 세상은 시적 특성을 지니고 있어 변형시키지 않아도 저절로 노래가 되었다고 생각하기 쉬워. 지금 올림포스 산에는 눈이 두껍게 쌓여 있고 가파르게 급경사진 산허리는 메마르고 황량하기 짝이 없지만, 옛날에는 뮤즈의 하얀 발들이 아침의 아네모네 꽃에서 이슬을 털어내고 밤이 되면 아폴로가 양치기들에게 노래해주러 골짜기로 내려왔을 거라고 우리는 상상하지. 하지만 이는 우리가 스스로를 위해 열망하는 것, 또는 열망한다고 생각하는 것을 다른 시대에 투영하고 있을 뿐이야. 우리의 역사감각은 틀렸네. 여태까지 시를 산출한 모든 시대는 사람들이 만들어낸 인위적인 시대이고, 우리에게 그 시대의 가장 자연스러운 단순한 산물로 보이는 작품은 늘 가장 자의식적인 노력의 결과라네. 어니스트, 내 말을 믿어. 자의식 없이는 훌륭한 예술은 있을 수 없는 것이고, 자의식과 비평정신은 결국 같은 거라네.

어니스트: 자네 말이 무슨 말인지 알겠어. 상당히 일리가 있는 말이야. 하지만 자네는 분명 초창기의 위대한 시들, 원시적인 익명의 집단적 시들이 개인의 상상력이라기보다는 종족의 상상력에서 나왔다는 건 인정하겠지?

길버트: 그것들이 시가 되었을 때는 아니라네. 그것들이 아름다운 형식을 부여받았을 때는 그렇지 않다는 말이야. 왜냐하면 스타일이 없으면 예술도 없고, 통일성이 없으면 스타일도 없고, 통일성이란 개인에게서 나오는 것이기 때문이야. 물론 셰익스피어가 작품의 자료로 쓴 연대기와 희곡과 소설이 많이 있었던 것처럼, 호메로스에게도 자료로 다룰 민담과 이야기들이 있었어. 하지만 그것들은 단지 거친 재료에 지나지 않았어. 그는 그 재료들을 가져다가 다듬어 노래로 형상화했지. 그러자

그것들은 그의 것이 되었어. 그가 아름답게 만들었으니까. 그것들은 음악으로 만들어졌으니,

결코 완성되지 않고,
따라서 영원히 존재하리라.[55]

삶과 문학에 대해 공부하면 할수록 훌륭한 것 뒤에는 개인적인 것이 있고, 시대가 사람을 만드는 것이 아니라 인간이 시대를 만드는 것[56]이라는 느낌을 갖게 되지. 사실 나는 부족과 민족의 경이, 공포, 상상에서 나온 것처럼 보이는 신화와 전설이 그 근원으로 가보면 단 한 사람이 꾸며낸 것일 거라는 생각이 들곤 한다네. 신화의 숫자가 이상하게도 한정되어 있는 점도 이 결론을 지지해주는 것 같아. 하지만 비교신화학(比較神話學)의 문제로 건너가지는 맙시다. 우리는 비평을 고수해야지. 그리고 내가 지적하고 싶은 것은 바로 이거야. 비평이 없는 시대는 예술이 정지되어 있고 비감정적이고 공식적인 유형의 재생산에 불과한 시대거나, 예술이 아예 없는 시대라는 점 말이야. 일상적 의미의 창조성이 없는 비평적 시대도 있긴 했어. 인간의 정신이 자신의 보물창고의 보물을 정돈하는 것, 금과 은을 구분하고 은과 납을 가리고, 보석이나 세고, 진주에 이리저리 이름이나 붙이는 그런 시대도 있긴 했지. 하지만 비평적이지 않으면서 창조적인 시대는 없었어. 왜냐하면 새로운 형식을 만들어내는 것은 바로 비평적 능력에서 나오기 때문이야. 창조하려는 경향

---

55) 영국시인 테니슨의 「왕의 목가」(Idylls of the King) 인용. 테니슨은 카멜롯이 음악 속에 지어져 영원하리라고 노래했다. "The city is built/To music, therefore never built at all,/And therefore built for ever."

56) 에머슨의 「자시론」 참조.

은 반복되지. 갑자기 나타나는 새로운 학파 그리고 예술의 새로운 방법의 틀도 비평적 본능에서 나온 것이야.

요즘 예술이 사용하는 형식 가운데 알렉산드리아의 비평적 정신의 영향을 받지 않은 건 정말 하나도 없어. 알렉산드리아에서 그 형식들은 정형(定形)이 되고 발명되고 완벽해졌어. 알렉산드리아를 거론하는 이유는, 그리스 정신이 무척 자의식적인 것이 되었다가 궁극적으로 회의주의나 신학으로 끝나버린 곳이기 때문이고, 또 로마가 모범으로 삼은 곳이 아테네가 아닌 이곳 알렉산드리아였고, 라틴어가 살아남음으로써 문화가 살아남게 되었기 때문이지. 르네상스 시기에 그리스 문학이 유럽에서 싹트기 시작했을 때 어느 정도 토양이 준비되어 있었다고 볼 수 있어. 하지만 지루하기만 하고 정확하지도 않은 역사의 구체적 사실들은 치우고, 예술의 형식들은 그리스의 비평정신에서 비롯되었다고만 말해 두도록 하지. 서사시, 서정시, 소극을 위시하여 발전단계에 있는 전체적인 극, 목가시, 낭만소설, 웅변, 강연——강연에서는 그리스인들이 용서가 안 되는데——그리고 넓은 의미의 풍자시가 존재하게 된 것은 그리스의 비평정신 덕분이야. 사실 우리는 모든 영역에서 그리스의 비평정신에 빚지고 있어. 『그리스 시선집』(*The Greek Anthology*)[57]에서 흥미롭게도 유사한 사고의 흐름을 찾아볼 수 있는 소네트, 그 어디에서도 유사성을 찾을 수 없는 미국의 저널리즘, 그리고 가장 부지런한 우리 작가 한 사람이 최근에 정말로 낭만적이고 싶어하는 이류 시인들에게 결정적으로 하나같이 본받아야 한다고 제안한 가짜 스코틀랜드 방언으로 된 민요집[58]을 제외하고 말이야. 나타나는 새로운 학파마다 비평에 대해

57) 기원전 60년 시작되어 기원후 10세기경에는 300여 명의 작가들의 작품이 실렸다.

비난의 목소리를 높이는데, 그 학파가 발생한 근원이 바로 인간의 비평적 능력이라네. 창조적 본능은 혁신적으로 새로운 것을 만들지 못하고 그저 재생산할 뿐이야.

어니스트: 자네는 비평을 창조적 정신의 본질적인 부분이라고 말하고 있는데, 나는 전적으로 자네 의견을 받아들이겠어. 하지만 창작이 없으면 비평이 무슨 소용이 있는가? 나는 정기 발행물을 읽는 어리석은 습관이 있는데, 내가 보기에 최근의 비평 대부분이 전혀 가치가 없는 것으로 보이던데.

길버트: 최근의 창작품의 대부분 또한 그렇다네. 별 볼일 없는 사람들이 별 볼일 없는 사람들을 평가하고, 무능한 자들이 비슷한 부류에게 찬사를 보내는 셈이야. 영국의 예술활동이 종종 우리에게 보여주는 광경이지. 하지만 이 문제에 내가 좀 불공평했나? 대체로 비평가들——물론 6펜스짜리 신문에 글을 쓰는 최고의 비평가들을 말하는데——그들은 서평을 쓰게 된 대상인 그 작가들보다는 훨씬 교양이 있지. 사실 그게 당연한 거지. 창작보다는 비평에 훨씬 더 교양이 필요하니까.

어니스트: 정말 그런가?

길버트: 물론이지. 세 권짜리 소설[59]은 아무나 쓸 수 있어. 그건 삶과 문학에 대해 전적으로 무지하면 쓸 수 있거든. 내 생각에 비평가들은 어떤 기준을 유지해야 하는 데 어려움을 느끼는 것 같아. 스타일이 없으면 기준을 유지할 수 없지. 형편없는 비평가들은 문학의 즉결재판소에 나온 리포터 같은 존재, 예술의 상습범들의 짓거리를 기록하는 존재로 전

58) 부지런한 시인이란 샤프(William Sharp)를 가리킨다. 와일드는 서평을 통해 낭만주의 부흥을 옹호하는 듯한 그의 『낭만적 민요와 공상시들』(1888)의 방언과 고풍주의를 잘못된 주장이라고 지적했다.

59) 당시 소설을 세 권짜리로 출판하는 것이 유행이었다.

락해버렸다고 말할 수 있어. 때로 그들은 서평을 요구받은 작품을 채 읽지도 않는다는 얘기도 있어. 사실이야. 안 읽어. 아니야, 최소한 그들은 작품을 읽으면 안 돼. 그들이 작품을 읽으면 뿌리 깊은 인간혐오자가 되거나, 그 예쁜 뉴넘대학 졸업생들[60]의 말을 빌리면, 평생 여성혐오자가 되어버릴 거야. 그럴 필요가 없어. 고급 포도주를 분간해내고 포도주의 맛을 구분해내기 위해 술 한 통을 다 마실 필요는 없지. 한 30분 만에 이 책이 가치가 있는지 없는지 쉽게 알아낼 수 있어야 하네. 형식을 파악하는 본능만 있다면 10분이면 충분하지. 누가 지루한 책 한 권을 억지로 다 읽고 싶겠나? 내 생각에 맛을 보는 걸로 충분해. 충분하고도 남아. 나는 작가들뿐 아니라 화가들 가운데 많은 정직한 사람들이 비평에 전적으로 반대하고 있다는 걸 알아. 그 사람들이 옳아. 그들의 작품은 시대와 아무런 지적 연관성이 없어. 그들의 작품은 우리에게 아무런 새로운 기쁨의 요소를 주지 못해. 그들의 작품은 새로운 사고의 출발점, 열정, 아름다움 그 어떤 것도 시사해주는 바가 없어. 그런 작품은 비평을 해서는 안 되네. 그냥 망각 속에 버려져야 마땅해.

어니스트: 하지만, 이보게, 말을 막아서 미안한데, 자네는 비평에 대한 열정으로 주장이 좀 지나친 것 같아. 결국 자네도 어떤 것에 대해 얘기하는 것보다는 그것을 실천하는 게 훨씬 더 어렵다는 건 인정해야 할 테니 말일세.

길버트: 어떤 것에 대해 얘기하는 것보다는 그것을 실천하는 게 더 어렵다고 했나? 전혀 아닐세. 그건 흔히 벌어지는 엄청난 실수야. 뭘 행하는 것보다 그것을 얘기하는 게 훨씬 어려운 법이라네. 물론 실제의 삶의

60) 케임브리지의 뉴넘대학은 1880년 여학생을 위해 창설되었는데 1873년에 세워진 거튼대학이 최초의 여학교다.

범주에서 그점은 명백하네. 역사는 누구나 만들 수 있어. 단지 위대한 인간만이 역사를 쓸 수 있지. 우리의 행동양식이나 감정의 형식은 하등 동물에게서도 볼 수 있어. 우리가 그것들보다 우월한 것, 또 우리 사이에서 서로 우위가 정해지는 것은 바로 언어, 사고의 자식이 아니라 부모라 할 수 있는 바로 언어 때문이야. 꾸준해야 하는 매우 지속적인 형식의 행동은 그저 다른 할일 없는 사람들의 피난처가 될 뿐이라서, 행동이란 가장 힘들 때도 늘 쉽다네. 아니야, 어니스트, 행동에 대해 말하지 말게. 행동은 외부의 영향에 따라 변하고 무의식적인 충동으로 움직이는 맹목적인 것이야. 행동은 본질적으로 불완전한 것으로, 무슨 일이 생기면 제한되고 늘 목적과 따로 작용하여 방향감각도 없는 그런 것이란 말일세. 행동은 상상력의 부족에서 나오는 것이고, 꿈을 가지지 못하는 사람들의 마지막 방책이라네.

어니스트: 길버트, 자네는 세상을 훤히 다 들여다보이는 수정구처럼 다루는구먼. 자네는 세상을 손안에 쥐고 제멋대로 뒤집어 보고 있어. 자네는 역사를 새로 쓰고 있는 셈이야.

길버트: 우리가 역사에 지고 있는 한 가지 의무는 역사를 다시 쓰는 것이야. 그건 비평정신이 해야 할 중요한 과업 중의 하나지. 삶을 지배하는 과학적 법칙을 충분히 이해한다면, 우리는 꿈꾸는 사람보다 더 많은 환상을 가진 건 바로 행동하는 사람이라는 것을 깨닫게 될 거야. 사실 그는 자신의 행동이 어디서 나왔는지 그 결과가 무엇인지도 모르고 있어. 그 행동가가 가시나무 씨를 뿌렸다고 생각하는 들에서, 우리는 고급 포도주를 거두어들이고 있어. 그리고 그가 우리를 기쁘게 해주려고 심었다는 무화과나무는 엉겅퀴처럼 메마른 것이고 쓰디쓴 것이야.[61] 인류

---

61) 「마태복음」 7장 16절. "Do men gather grapes of thorns, or figs of thistles?"

는 자기가 어디로 가고 있는지 전혀 몰랐기 때문에 길을 찾을 수 있었던 거라네.

어니스트: 그렇다면 자네는 행동의 범주에서 의식적 목표는 망상이라고 생각하는가?

길버트: 망상보다도 못하다네. 우리가 우리 행동의 결과를 볼 수 있을 만큼 오래 산다면, 자신을 선하다고 생각했던 사람들은 짓누르는 회한에 넌더리가 날 것이고, 세상이 악하다고 매도했던 사람들은 숭고한 기쁨에 들뜨게 될 거야. 우리가 행하는 사소한 것들이 삶이라는 거대한 기계 속을 지나가면서, 미덕은 부서져 가치 없는 것이 되어버리고, 죄는 예전보다 더욱 놀랍고 훌륭한 새로운 문화의 요소로 변형된다네. 그러나 인간은 언어의 구속을 받는 노예야. 인간은 물질주의라고 부르는 것에 분노하지. 세계를 영성화하지 않은 물질적 개선이란 없었으며, 또 불모의 희망, 헛된 열망, 텅 비거나 구속적인 교리 속에서 세상사람들의 재능을 소비해버리지 않은 정신적 각성은 거의 없었다는 사실을 잊어버리곤 말이야. 죄라고 불리는 그것이 바로 진보의 본질적인 요소라네. 죄가 없다면 세상은 침체되고 노화되고 무채색이 되어버릴 거야. 죄는 그 호기심으로 인류의 경험을 배가시키고, 그 개인주의의 강렬한 주장을 통해 전형(典型)의 단조로움에서 우리를 구해준다네. 도덕의 개념에 대해 시류를 따르지 않음으로써 죄는 좀더 높은 윤리와 하나가 된다는 말이야. 그리고 미덕에 관해서는 말일세! 도대체 미덕이 무엇인가? 자연은, 르낭의 말처럼, 정절 따위에는 조금도 관심이 없어. 현대의 루크레티아(Lucretia)[62] 같은 여성들이 타락하지 않을 수 있는 것은 그들 자신

---

62) 로마의 아름답고 덕망 있는 여성으로, 왕의 아들인 섹스투스에게 능욕당한 후 남편과 부친에게 복수를 맹세하게 한 후 자살했다.

의 순결보다는 막달레나(Magdalene) 같은 여성의 수치심[63] 때문이야. 자선을 종교의 공식적 일부로 내세우는 사람들도 인정하지 않을 수 없는 것처럼, 자선은 수많은 악을 조장한다네. 사람들이 요즘 무척이나 떠들어대고 또 무식하게도 자랑스러워하는 능력인 양심이라는 것의 존재는 우리가 완전히 성숙하지 못했음을 보여주는 신호일 뿐이야. 우리가 훌륭해지려면 양심이 본능에 합쳐져야만 하지. 자기부정(自己否定)은 인간이 스스로의 발전을 중단해버리는 방법일 뿐이고, 자기희생은 세계의 역사에서 끔찍한 요인이었던 옛날의 고통의 숭배의식인 야만인의 사지 절단의 한 흔적으로, 지금까지도 매일 희생자를 내면서 지상에 그 제단을 만들고 있다네. 미덕이라고! 도대체 미덕이 뭐란 말인가? 자네도 모르고, 나도 몰라. 아무도 모르네. 우리가 범인을 살해하면 우리의 허영심이 만족하지. 왜냐하면 우리가 그를 살려두면, 우리는 그의 죄로 인해 무엇을 얻게 되었는지 깨닫게 될 테니까. 또 성인은 순교를 하면 영혼의 평화를 갖게 된다네. 왜냐하면 그는 자신의 행동이 거둔 수확이 얼마나 끔찍한 것인지 보지 않게 될 테니 말이야.

어니스트: 길버트, 자네 얘기가 너무 거칠어지는데. 문학의 좀더 우아한 영역으로 돌아가세나. 자네가 뭐라고 했더라? 어떤 것을 행하는 것보다는 그것에 대해 말하는 것이 더 어렵다고 했던가?

길버트: (잠시 침묵 후) 그렇다네. 내가 그 단순한 진리를 과감히 말했지. 분명 자네는 지금은 내가 옳다는 것을 알겠지? 인간은 행동할 때 꼭두각시가 되네. 인간은 묘사할 때는 시인이 되지. 모든 진리가 거기에 있어. 바람 부는 일라이언(Illion)[64] 근처 모래밭에서 채색된 활로 눈금

---

63) 마리아 막달레나의 이름에서 유래되어, 막달레나라는 이름은 '뉘우치는 창녀'를 의미하게 되었다.

새긴 화살을 쏘고, 가죽과 타오르는 듯한 놋쇠로 만든 방패에다 물푸레 나무 손잡이가 있는 긴 창을 집어던지는 것은 쉽지. 불륜의 왕비가 왕을 위해 티레산 카펫을 펼치고, 그가 대리석 욕조에 들어가 앉았을 때 머리에 자줏빛 그물을 던지고, 그물 사이로 아울리스(Aulis)[65]에서 터졌어야 할 그 왕의 심장을 찌르도록 매끈하게 생긴 애인을 부르는 건 쉽단 말일세. 또 안티고네[66]가, 죽음이 신랑처럼 기다리고 있는데, 정오에 냄새 나는 공기를 헤치고 언덕에 올라 무덤도 없이 버려진 벌거벗은 시체에 친절하게도 흙을 뿌려주는 것도 쉽다고 할 수 있지. 하지만 이런 것들에 대해 글을 쓴 사람들은 어떤가? 이런 것들에 리얼리티를 부여하고 영원히 살아 있도록 만든 사람들은 어떤가 말이야. 그들이 노래하는 대상인 남녀보다는 더 위대하지 않은가? "저 아름다운 기사, 헥토르는 죽었도다." 루키아노스는 어두운 지하세계에서 메니포스가 헬렌의 하얗게 변색되어버린 해골을 보고는, 그 모든 뿔 달린 배들이 출항을 하고 아름다운 무장한 남성들이 바닥에 쓰러지고 그 위풍당당한 도시들이 먼지로 변해버린 것이 이렇게 끔찍한 백골이 된 여성을 얻기 위해서였나 하고 의아해하는 장면을 노래했지. 하지만 레다의 백조 같은 딸[67]은 매일 발코니에 나와 전쟁의 형세를 내려다보지. 그녀의 아름다움에 노인들은 감탄하고, 그녀는 왕 옆에 서 있어. 얼룩진 상아로 만들어진 왕의 침실

64) 트로이.

65) 아르고스의 왕이자 그리스 연합군의 총사령관인 아가멤논이 트로이로의 출정을 방해하는 역풍을 잠재우기 위해 자신과 클리템네스트라와의 사이에서 난 첫딸 이피게네이아를 제물로 바치기 위해 바다에 던진 장소. 클리템네스트라는 정부인 아이기스토와 함께 승전하고 돌아온 아가멤논을 살해했다.

66) 오이디푸스의 딸로 테베의 통치자 크레온의 명을 거스르고 오빠의 시체를 거둠으로써 동굴에 생매장되었다.

67) 트로이의 헬렌. 레다와 제우스의 딸. 제우스는 백조로 변하여 레다에게 구애했다.

에는 그녀의 애인이 누워 있고. 그는 자신의 멋진 무기에 광을 내고 주홍빛 깃털을 매만지고 있어. 그녀의 남편은 향사와 시동을 데리고 이 막사에서 저 막사로 옮겨다니고 있고 말이야. 그녀는 그의 금발 머리를 보고 그의 낭랑하고 냉정한 목소리를 듣고 있어, 아니 듣고 있다고 상상하지. 저 아래 궁정의 뜰에서는 프리아모스의 아들[68]이 자신의 청동 갑옷을 입고 있어. 안드로마케(Andromache)는 하얀 팔로 그의 목을 감싸 안고 있어. 그는 아기가 놀랄까봐 투구를 바닥에 내려놓지. 그의 진영의 수놓은 천막 뒤에서는 아킬레우스가 향기 나는 옷을 입은 채 앉아 있지. 그의 영혼의 친구가 도금과 은으로 된 장식을 채우고 전쟁으로 나설 채비를 하고 있는 동안 말이야. 이 뮈르미돈(Myrmidon)의 영주[69]는 어머니 테티스가 그의 배에 가져다준 기묘하게 조각된 궤에서 인간의 입술이 닿은 적이 없는 신비로운 잔을 꺼내 유황으로 닦고 신선한 물로 식힌 후에 손을 씻고는 그 번쩍거리는 잔에 검은 포도주를 채우고, 도도나(Dodona)[70]에서 맨발의 예언자들이 제사지냈던 그 신에게 경의를 표하고자 짙은 포도액을 땅에다 쏟으며 기도하고 있지. 자신의 기도가 헛되며, 트로이의 두 기사, 애교머리를 금으로 둥글게 묶은 팬터스(Panthous)의 아들 유포부스(Euphorbus)[71]와 사자의 심장을 가진 프리아모스의 자식에 의해, 동지 중의 동지인 저 용맹스런 파트로클로스(Patroklos)가 죽음을 맞게 될 운명이라는 사실을 모른 채 말이야. 그들은 실체 없는 허깨비들인가? 안개와 산속의 영웅들인가? 노래 속의 그

68) 헥토르를 말한다. 프리아모스는 트로이의 최후의 왕.
69) 아킬레우스. 뮈르미돈은 고대 그리스 민족으로 호메로스의 『일리아스』에서는 아킬레우스의 군사를 의미한다.
70) 그리스에서 가장 오래된 제우스의 제단이 있는 곳.
71) 아킬레우스의 벗인 파트로클로스를 처음으로 상처 입힌 트로이의 장수. 파트로클로스는 헥토르에게 살해되었다.

림자일 뿐인가? 아니야, 그들은 살아 있어. 행동이라고! 행동이 무엇이기에! 행동은 에너지가 발휘되는 순간 사라지는 거야. 그것은 그저 있었던 사실로 바뀌어버릴 뿐이라고. 세상은 꿈꾸는 자들을 위해 노래하는 자들이 만들어내는 것이야.

어니스트: 자네 말을 듣다보니 그런 것 같군.

길버트: 사실이 그렇다니까. 트로이의 다 썩어가는 성채에 녹색의 청동조각처럼 도마뱀 한 마리가 도사리고 있어. 프리아모스 왕의 궁전에 부엉이가 둥지를 틀었고 말이야. 텅 빈 들판에 양과 염소를 치는 사람들이 가축을 이끌고 이동하고 있고, 주홍빛 줄무늬에 뱃머리를 구리로 장식한 그리스인들의 큰 노예선들이 호머의 표현대로 "짙은 포도주빛의" 매끄러운 바다 위로 희미한 초승달처럼 나타나고, 외로운 다랑어 낚시꾼이 조그만 보트에 앉아 그물에 달린 부레가 오르락내리락 하는 것을 보고 있어. 아직도 매일 아침 도시의 문이 활짝 열리고 무사들은 전쟁터로 걸어서 또는 마차를 타고 나가 철가면 뒤에서 적들을 비웃지. 하루종일 격렬한 전쟁이 계속되고 밤이 오면 실내에서는 초롱불이 피어오르고 텐트 옆에서는 횃불이 타오르지. 대리석이나 그림 속에 사는 인물들은, 아름다움에서는 영원하지만 하나의 음조의 열정이나 차분한 분위기로 한정된, 미묘한 단 한순간의 삶을 산다네. 시인이 생명을 부여하는 사람들은 기쁨과 공포, 용기와 절망, 기쁨과 고통의 무수한 감정을 지니고 있어. 그들 앞에 계절이 기쁘거나 슬픈 행렬을 이루며 왔다가 가고, 세월이 날개 달린 발로 또는 납처럼 무거운 발로 지나간다네. 그들은 청춘과 장년기도 거치고 자식들도 있고 늙어가기도 해. 베로네세[72]의 눈

72) 베로네세(Paolo Veronese): 이탈리아의 르네상스기 화가. 그가 그린 「성 헬레나의 환상」이 내셔널 갤러리에 전시되어 있다.

에 비친 그대로, 창가에 선 성녀 헬레나에게는 늘 새벽만 있지. 고요한 아침 공기를 통해 천사들이 그녀에게 신의 고통의 상징을 가져다준다네. 아침의 쌀쌀한 미풍이 그녀의 이마에서 황금빛 머리타래를 들어올리지. 조르조네(Giorgione)의 연인들이 누워 있던 플로렌스 도시 옆 작은 언덕 위는 늘 정오라네. 여름의 햇살에 너무 나른해져서 벌거벗은 날씬한 소녀가 맑은 유리로 된 둥근 거품을 대리석 욕조에 좀처럼 집어넣지 못하고, 현금 타는 사람의 긴 손가락이 현 위에 한가롭게 놓여 있는 그런 정오 말일세.[73] 코로(Corot)가 프랑스의 포플러 나무들 사이에 풀어놓은 춤추는 님프들에게는 늘 황혼이 있을 뿐이고 말이야.[74] 이슬을 듬뿍 품은 풀에 닿을 것 같지 않은 떨리는 하얀 발들을 지닌 그 연약하고 투명한 형체들이 영원한 황혼 속에서 움직이고 있지.

하지만 서사시, 극, 로맨스에서 거닐고 있는 인물들은 어린 달이 커지고 기우는 산고를 겪는 세월을 꿰뚫어보고, 저녁부터 새벽별이 나타날 때까지 밤을 지켜보고, 동틀 때부터 해질녘까지 황금과 어둠으로 시시각각 변하는 하루를 유심히 볼 수가 있지. 그들에게도 우리와 마찬가지로 꽃이 피었다가 시든다는 말일세. 콜리지가 저 푸른 머리타래를 한 여신이라고 부른 대지가 옷을 바꿔 입는다는 걸 보고 그들도 기쁨을 누린다는 말이야. 조각은 완성된 한 순간으로 응축되어 있어. 화폭 위의 이미지는 성장이나 변화하는 어떤 정신적 요소도 담지 못하고. 만일 그들이 죽음에 대해 아는 바가 전혀 없다면, 그건 그들이 삶에 대해 아는 바가 없기 때문이야. 왜냐하면 삶과 죽음의 비밀은, 시간의 흐름에 영향을

73) 이탈리아의 르네상스기 화가 조르조네의 「전원의 연주」(Pastoral Concert)라는 그림으로 루브르에 전시되어 있다.

74) 코로의 「요정들의 춤」(Dance of the Nymphs)으로 역시 루브르에 전시되어 있다.

받고 현재뿐 아니라 미래까지도 소유하고 있으며 영광과 수치의 과거를 극복하거나 그로 인해 추락할 수 있는 자들, 바로 그들에게만 속한 것이니까 말이야. 가시적 예술의 문제인 움직임은 단지 문학에 의해서만 진정으로 구현될 수 있다네. 신속하게 움직이는 신체와 불안해하는 영혼을 보여주는 것은 바로 문학이란 말이야.

어니스트: 그래. 이제 자네가 무슨 말을 하는지 알겠네. 하지만 분명히 자네가 창조적 예술가를 높이 평가할수록, 비평가는 낮게 평가되는 게 아닌가.

길버트: 어떻게 그렇지?

어니스트: 왜냐하면 비평가가 기껏 우리에게 줄 수 있는 것이란 풍성한 음악의 반향이나 명확한 윤곽을 지닌 형체의 희미한 그림자뿐일 테니까 말일세. 사실 인생은 자네 말대로 혼돈일지도 몰라. 인생에서 순교가 야비한 것이고 영웅적 행위가 치욕적인 것일지도 모르고. 그리고 실제 존재하는 조야한 재료에서 흔히 눈에 보이는 세계, 평범한 인간들이 나름의 완벽을 추구하는 세계보다, 더욱 경이롭고 더욱 지속적이며 더욱 진실된 새로운 세계를 창조하는 것이 문학의 기능일 거야. 하지만 분명 이 새로운 세계가 위대한 예술가의 영혼과 손길에 의해 만들어져왔다면, 그건 너무나 완벽하고 완성된 것이어서 비평가가 할 일이 전혀 남아 있지 않을 것 아닌가. 나는 이제 완전히 이해하겠네. 그리고 어떤 것을 행동으로 하는 것보다 그것에 대해 말을 하는 것이 훨씬 더 어렵다는 것도 인정하겠네. 하지만 이 건전하고 합리적인 격언, 정말 사람의 감정을 달래주고 전 세계의 모든 문학의 아카데미에 모토로 받아들여져야 할 이 격언이, 예술과 삶의 관계에만 적용이 되지, 예술과 비평의 관계에는 적용되지 않는 걸로 보이는데.

길버트: 하지만 분명히 비평은 그 자체로 예술이라네. 예술적 창조라고

하면 비평적 기능의 작용을 암시하고, 비평적 기능 없이 예술적 창조가 있을 수 없는 것처럼, 비평은 최상의 의미로는 창조적인 것이라네. 사실 비평은 창조적인 동시에 독자적이지.

어니스트: 독자적이라니?

길버트: 그렇다네, 독자적이야. 비평도 시인이나 조각가의 작품이 그렇듯이 그 어떤 모방이나 유사성이라는 낮은 기준으로 판단할 수 있는 게 아니라네. 비평가가 자신이 평하는 예술작품에 대해 갖는 관계는, 예술가가 형태와 색채의 가시적 세계 또는 열정과 사고의 보이지 않는 세계에 대해 갖는 관계와 마찬가지야. 비평가가 예술을 완성하는 데 꼭 최상의 재료가 필요한 건 아니라네. 어떤 것이든 그의 목적에 다 활용될 수 있지. 플로베르가 루앵(Rouen) 근처 욘빌라베이(Yonville-l'Abbaye)의 한 지저분한 마을에 사는 한 시골 의사의 어리석은 아내가 겪은 꾀죄죄하고 감상적인 연애에서 한 고전작품을 창조해내고 또 빼어난 문체를 만들어낼 수 있었던 것처럼, 비평가는 자신의 명상하는 능력을 그런 것에 낭비할 마음만 내키면, 올해 또는 예전에 왕립미술원에 전시된 그림들, 모리스[75]의 시, 오네[76]의 소설, 존스[77]의 극작품 같은 별로 중요하지 않은 또는 전혀 중요하지 않은 대상에서, 아름다움에 흠이 없고 지적 미묘함으로 가득한 작품을 만들어낼 수 있다는 말일세. 왜 안 그렇겠나? 우둔함은 우수한 자들에게 그냥 넘기지 못하는 유혹이 되고, 영원히 "승리한 짐승"[78]인 어리석음은 현자들을 동굴에서 나오게 만들지.

---

75) 모리스(Lewis Morris, 1833~1907): 웨일스의 시인.

76) 오네(Georges Ohnet, 1848~1918): 프랑스의 소설가.

77) 존스(Henry Arthur Jones, 1851~1929): 영국의 극작가. 영국에 사실주의 문제극을 도입했다.

78) 『승리한 짐승』(*Bestia Triofans*)은 영국에서 출판되어 시드니 경에게 헌정된 브루노의 작품. 브루노는 1600년에 이단으로 로마에서 화형되었다. 여기서 승

창조적 예술가인 비평가에게 재료가 뭐 그리 중요하겠나? 소설가나 화가와 똑같네. 그보다 덜하지도 더하지도 않아. 소설가나 화가처럼, 비평가도 어떤 것에서든지 모티프를 찾아낼 수가 있어. 어떻게 다루는지의 방식이 곧 가치를 결정하는 거니까. 어떤 재료건 암시하는 바가 있고 도전할 만한 거라네.

어니스트: 하지만 비평이 정말로 창조적인 예술인가?

길버트: 아닐 이유가 뭔가? 비평은 재료를 가지고 새롭고 즐거운 형식으로 바꾸어놓는다네. 시도 마찬가지 아닌가. 사실 나는 비평을 창조 안에서의 창조라고 부르겠네. 호메로스나 아이스킬로스에서부터 셰익스피어나 키츠에 이르기까지 위대한 예술가들이 작품의 재료를 위해 삶의 현장에 직접 뛰어든 게 아니라 신화, 전설, 고대민담에서 찾았던 것처럼 비평가도, 말하자면 다른 사람들이 정화해놓은 재료, 이미 상상적 형식과 색채가 부여된 재료를 다루는 것뿐이라네. 아니, 그 이상이야. 최상의 비평은 개인적 인상의 가장 순수한 형식이기 때문에 나름대로 창작보다 더 창조적이라고 말해야겠어. 외부의 어떤 기준에 의존하는 바가 거의 없고, 사실 그 자체로 존재의 이유가 되고, 또 그리스인들이 말한 대로 그 자체가 목적이니 말이야. 분명히 비평은 현실을 닮아야 한다는 식의 족쇄에 얽매인 바가 없지. 수치스럽게도 개연성에 대해 전전긍긍하고, 지루하게 반복되는 사적이고 공적인 삶에 비겁하게 양보하는 것이 비평에 전혀 영향을 미치지 못한다는 말이야. 허구는 뭔가 사실에 의존해야 할지 모르지만, 영혼은 전혀 그럴 필요가 없다네.

어니스트: 영혼은?

리한 짐승은 추측처럼 교황이 아니라, 영혼의 신성한 부분에 대립되는 악을 말한다. 헌정사에서 브루노는 "the vices which predominate, and oppose the divine part (of the soul)"라고 썼다.

길버트: 그래, 영혼은. 최상의 비평이란 바로 자기의 영혼의 기록이라네. 그것은 자신과 관계된 것이기에 역사보다 훨씬 매력적이고, 주제가 추상적이기보다는 구체적이고, 또 모호하기보다는 현실적이라 철학보다 즐겁지. 그것은 유일하게 세련된 형식을 갖춘 자서전이라 할 수 있어. 일어난 사건이 아니라 어떤 사람의 삶에 대한 사상을 다루고, 행위나 환경처럼 인생에서 구체적으로 일어나는 일들이 아니라 한 인물의 영혼의 분위기와 상상적 열정을 다루니까 말이야. 우리 시대의 작가와 예술가들이 비평가의 주요 기능은 자기네 이류 작품들에 대해 뭔가 지껄이는 것이라고 상상하는 어리석은 자만심은 언제 봐도 재미있어. 대부분의 현대의 창조적 예술에 대해 할 수 있는 최고의 찬사는 현실보다는 좀 덜 저속하다는 말 정도야. 그러니 훌륭한 판별력과 섬세하고 세련된 본능이 있는 비평가는 실제 존재의 혼란과 소란으로부터 시선을 돌려, 아무리 녹슨 거울이고 찢어진 베일이라 해도, 은거울을 들여다보거나 직조된 베일을 통해 보는 것을 더 좋아한다네. 그의 유일한 목적은 자신의 인상을 기록하는 것이야. 그림이 그려지고 책이 씌어지고 대리석이 다듬어지는 것은 바로 비평가를 위해서라네.

어니스트: 내가 들었던 비평이론은 좀 다른 것 같은데.

길버트: 그래. 우리 모두 아름다운 기억을 소중히 간직하고 있는 그 사람, 페르세포네를 시실리의 들판에서 불러내어 그녀의 하얀 발이 앵초꽃을 휘젓고 다니게 만든 시를 노래했던 그 사람이,[79] 비평의 고유한 목적은 대상을 있는 그대로 보는 것이라고 말한 바 있지. 하지만 그것은 무척 중대한 실수라네. 이는 가장 완벽한 형식의 비평은 본질적으로 순

---

79) 아널드는 「서시스」(Thyrsis)에서 "But ah, of our poor Thames she never heard!/Her foot the Cumnor cowslips never stirred,/And we should tease her with our plaint in vain!"이라고 노래했다.

전히 주관적인 것이며 남의 비밀이 아니라 자신의 비밀을 드러내고자 하는 것임을 인식하지 못한 데서 나온 말이야. 최고의 비평은 예술을 표현이 아니라 순전히 인상으로 간주한다네.

어니스트: 하지만 정말로 그럴까?

길버트: 물론 그렇다니까. 터너(Turner)에 관한 러스킨 씨의 견해[80]가 건전한지 아닌지 누가 따지려 들겠나? 그게 무슨 문제가 되는가 말이야. 당당하고 위엄 있는 그의 산문, 숭고한 웅변에서 열정적이고 불처럼 붉고, 정교한 교향악적 음악이 풍성하고, 어휘와 미사여구의 미묘한 선택이 확신에 차 있고 분명한 그의 산문은, 최소한 영국 갤러리의 더러워진 캔버스 위에서 빛이 바래거나 썩고 있는 멋진 일몰광경을 그린 어떤 작품에 못지않은 훌륭한 예술작품인 거야. 사실 때로 러스킨의 산문이 더 훌륭하다고 생각하게 되지. 마찬가지의 아름다움이 더욱 오래 지속될 뿐 아니라 지적이고 감정적인 발성, 고귀한 열정과 더 고귀한 사고, 상상적 통찰력과 시적 목적과 함께 단지 형식과 색채만이 아닌 긴 리듬의 행으로 영혼이 영혼에 말하는 그 호소의 풍성한 다양함 때문에 말이야. 그리고 문학이 더 위대한 예술인 만큼, 러스킨의 글이 더 위대하지. 다른 예를 들면 페이터 씨가 모나리자의 초상화에 대해 레오나르도 다 빈치가 생각 못했던 것을 부여하는 게 뭐가 어떤가?[81] 화가는, 어떤 사람들의 상상처럼, 그저 예스런 미소에 홀린 것뿐일 수 있어. 하지만 내가 루브르 궁전의 서늘한 갤러리를 지나 "희미하게 비치는 바닷속 같은 원형의 환상적인 바위들 사이 대리석 의자에 앉아 있는" 그 이상한 형체

---

80) 러스킨은 『근대 화가들』(*Modern Painters*)에서 당시 논쟁 대상이던 터너를 옹호했다.

81) 페이터는 『르네상스』에서 레오나르도 다 빈치의 「모나리자」에 대해 길게 묘사한 바 있다.

앞에 서게 될 때마다, 나는 나 자신에게 중얼거리곤 했지. "그녀는 자기가 앉아 있는 바위보다 더 오래되었고, 뱀파이어처럼 여러 차례 죽은 적이 있어 무덤의 비밀을 체득했고, 깊은 바다에 잠수했기에 자신의 주변에 음침한 분위기를 지니고 있고, 동양의 상인들과 이상한 직물을 교역하고, 레다처럼 트로이의 헬렌의 어머니고 성녀 앤처럼 마리아의 어머니였다. 이 모든 것이 그녀에게는 단지 현금과 플루트의 가락 같은 것이고, 변하는 용모를 이루고 눈꺼풀과 손을 물들인 그 미묘한 색채로만 존재하고 있다." 그리고 나는 친구에게 이렇게 말하지. "이처럼 이상하게 물가에 떠오른 존재가 수천 년에 걸쳐 인간이 갈망하게 된 것을 표현하고 있군." 그러면 친구는 이렇게 대답한다네. "그녀의 머리는 '말세를 만난'[82] 사람 같고 눈꺼풀이 약간 지쳐 있군."

그렇게 하여 그림은 우리에게 실제보다 더 멋진 것이 되고, 그림이 전혀 모르고 있던 어떤 비밀까지 우리에게 드러내게 되지. 그리고 신비한 산문의 음악은 우리 귀에 라 조콘다(La Gioconda)[83]의 입술에 그 미묘하고 치명적인 곡선(曲線)을 부여한 플루트 연주자의 음악만큼 아름답다네. 누가 레오나르도 다 빈치에게 이 그림에 대해 "세상사람들의 모든 사상과 경험이 응축되어, 외면적 형태를 세련되고 표현력 있게 만드는 능력에, 그리스의 애니멀리즘, 로마의 욕정, 정신적 야망과 상상적 사랑을 지닌 중세의 몽상, 이교적 세계의 도래, 보르지아(Borgia) 가문의 죄악들을 새겨넣고 형상화했다"라는 말을 했다면 그가 뭐라고 말했을까? 그는 아마도 그런 것들에 대해선 전혀 생각해본 적이 없고, 단지 선과 질량의 어떤 배열, 참신하고 기이한 푸른색과 녹색의 조화에만 관심 있

82) 「고린도전서」 10장 11절 참조.

83) 모나리자를 말한다.

었다고 대답했을 거야. 바로 이런 이유로 내가 앞서 인용한 그런 비평이 최고의 비평이라 할 수 있는 거라네. 그 비평은 예술작품을 단지 새로운 창조를 위한 출발점으로 간주하지. 그 비평은——잠시만이라도 그렇게 생각해주게——예술가들의 실제 의도를 찾아내서 그것을 궁극적인 것으로 받아들이는 데 국한되는 것이 아니네. 그리고 이 점에서 그 비평이 옳은 거야. 왜냐하면 어떤 아름다운 창작품의 의미는 그것을 만들어낸 영혼만큼은 그것을 바라보는 사람의 영혼에 있으니 말일세. 아니, 그 아름다운 작품에 무수한 의미를 부여하고 훌륭한 것으로 만들고 시대와 새로운 관계를 정립하게 함으로써, 그 작품을 우리의 삶의 활력소가 되게 하고 우리가 기원하는 바를 상징하고 우리가 기원한 결과를 얻게 되는 바를 상징하는 것으로 만드는 것은, 오히려 그것을 바라보는 사람이란 말이야.

어니스트, 나는 연구를 하면 할수록 가시적 예술의 아름다움은 음악의 아름다움처럼 전적으로 인상적인 것이고, 사실 종종 일어나고 있듯이, 예술가 측의 지나친 지적인 의도가 조금이라도 개입되면 그 아름다움이 훼손될 수도 있음을 더 분명히 깨닫게 된다네. 왜냐하면 작품이 완성되면 그것은 말하자면 자체의 독자적인 생명을 갖게 되고, 그 입술이 말하도록 불어넣어진 메시지와 전혀 다른 것을 전달할 수 있는 거니까. 때때로 「탄호이저」[84]의 서곡을 들으면, 나는 멋진 기사가 꽃이 여기저기 피어 있는 풀밭을 우아하게 걸어오는 것을 보거나 움푹 파인 언덕에서 비너스가 그를 부르는 소리를 듣는 것만 같아. 하지만 때로 그 음악은 나 자신, 나 자신의 삶에 관한 이야기, 누군가를 사랑하는 또 사랑에

84) 바그너가 작곡한 오페라. 「탄호이저」(Tanhäuser)는 비너스를 사랑한 독일의 전설적 영웅 탄호이저의 이야기를 다루었다.

지친 다른 사람들의 삶에 관한 이야기, 또는 인간이 알게 된 열정, 인간이 알지 못했기에 추구했던 열정에 관한 수천의 다른 이야기를 해주기도 한다네. 그 음악은 오늘 밤엔 "이루어질 수 없는 사랑"으로 사람들을 채워줄지도 모르지. 자신이 해를 당할 리 없는 안정된 삶을 영위하고 있다고 생각하는 많은 사람들에게 광기처럼 나타나, 무한한 욕망에 갑자기 중독되어 아무도 얻을 수 없는 것을 끝없이 추구하다가 쇠약해져 쓰러지거나 비틀거리게 하는, 그런 이루어질 수 없는 사랑 말이야. 또 내일이면 아리스토텔레스와 플라톤이 말하는 음악처럼, 즉 그리스인의 고상한 도리언풍의 음악처럼, 의사의 역할을 수행하여 우리에게 진통제를 주고 상처받은 정신을 치유하며 "영혼이 모든 올바른 것들과 조화를 이루게"[85] 할지도 모르고. 그리고 음악에 해당되는 것은 다른 모든 예술에도 해당된다네. 아름다움은 인간이 느끼는 다양한 기분만큼 많은 의미를 갖고 있어. 아름다움은 상징 중의 상징이야. 아름다움은 아무것도 표현하지 않기에 모든 것을 계시하지. 아름다움은 우리에게 총체적인 화염처럼 붉은 세계로 나타난다네.

어니스트: 하지만 자네가 얘기한 그런 작품이 정말로 비평인가?

길버트: 최고의 비평이지. 왜냐하면 그 비평은 개별적인 예술작품뿐 아니라 아름다움 자체를 비평하고, 예술가가 공백상태로 놔두거나 아예 또는 제대로 이해될 수 없게 버려둔 형태에 경이로움을 불어넣거든.

어니스트: 그렇다면 최고의 비평은 창작보다 더 창조적이고, 비평가의 최우선 목표는 대상을 실제의 모습이 아닌 것으로 보는 것이 되겠군.

길버트: 그렇다네. 그것이 나의 이론이야. 비평가에게 예술작품은 자신의 새로운 작품을 위한 하나의 암시일 뿐이고, 비평하려는 대상과 반

85) 플라톤은 『공화국』에서 음악을 이상적 교육에 포함시켰다.

드시 명백한 유사성을 유지할 필요도 없다네. 아름다운 형태의 한 가지 특징은 누군가가 원하는 것은 무엇이든지 다 집어넣을 수 있고, 또 보고자 하는 것을 다 볼 수 있다는 거야. 그리고 창작에 보편적이고 심미적인 요소를 부여하는 아름다움은 이제 비평가를 창조자로 만들고, 또 조각을 다듬어내고 그림을 그리고 보석을 연마했던 사람의 마음에 존재하지 않았던 수천의 다른 것들에 대해 속삭여주지.

때로 최고의 비평의 성격이나 최고의 예술의 매력을 이해하지 못하는 사람들은 비평가가 글을 쓰는 데 가장 선호하는 그림은 일화(逸話)를 다룬 것들, 문학이나 역사에서 따온 장면을 다룬 것이라고 말하곤 하지. 하지만 그것은 사실이 아니라네. 사실 이런 종류의 그림은 너무 지나칠 만큼 지성적이지. 그 그림들은 일러스트레이션과 같은 계열로 구분되는데, 상상력을 일깨우기는커녕 오히려 한계를 분명히 지워주니 그런 관점으로도 실패인 거지. 화가의 영역은 전에 제시했듯이 시인의 영역과는 무척 다르다네. 시인에게 삶이란, 풍부하고도 절대적으로 총체적인 것으로 다가오는 것이고, 인간이 바라보는 아름다움뿐만 아니라 인간이 귀 기울이는 아름다움인 것이며, 순간적인 형태의 매력이나 색채의 스쳐가는 기쁨뿐만 아니라 감정의 전 범주, 사고의 완벽한 원이기도 하다네. 화가는 너무 제약이 많아서 신체라는 가면을 통해서만 우리에게 영혼의 신비를 보여줄 수 있고, 관습적인 이미지를 통해서만 아이디어를 다룰 수 있고, 또 구체적인 대응물을 통해서만 심리를 다룰 수 있지. 무어인의 찢겨진 터번을 통해 오셀로의 고귀한 분노를 이해하라고 요구하고, 태풍에 노출된 노망든 늙은이를 통해 리어 왕의 격렬한 광기를 이해하라고 요구하다니, 화가가 하는 일은 얼마나 부적절한가. 하지만 화가를 막을 방법은 없는 듯하네. 나이 든 영국 화가들은 시인의 영역을 침범하면서, 서투른 방법으로 자기들의 모티프를 망치면서 가시적 형태나 색채로 비가시적인 것의 경이와 보이지 않는 것의 영광을 형상화하려고 애쓰는 데 그네들의 사악하고 헛된 삶을 소모한다네. 당연한 결과로서, 그들의 그림은 참을 수 없을 정도로 진부하지. 그들은 가시적 예술을 명료한 예술로 강등시켰고, 명료한 것들이야말로 들여다볼 가치가 없는 것들이야. 시인과 화가가 같은 주제를 다루어서는 안 된다고 말하는 게 아니네. 그들은 늘 그래왔고 또 그럴 테니까. 하지만 시인은 선택에 따라 그림으로 나타낼 수도 있고 그렇지 않을 수도 있는 반면, 화가는 늘 그림으로 나타내야 한다네. 왜냐하면 화가는 자연에서 발견할 수 있는 것이 아니라 화폭에 보일 수 있는 것으로 제약을 받으니 말이야.

이보게 어니스트, 그러니 이런 종류의 그림이 비평가를 정말로 매혹시키지는 못할 것이야. 비평가는 그런 그림을 외면하고, 그로 하여금 생각하게 하고 꿈꾸고 상상하게 하는 작품들, 미묘한 암시적 특성을 지니고, 심지어는 그 작품에서 벗어나 더 넓은 세계로 나아갈 수 있다고 말하는 것 같은 그런 작품을 향하게 된다네. 때로 예술가의 삶의 비극은 자신의 이상을 실현시킬 수 없는 것이라고 하지. 하지만 대부분의 예술가들을 따라다니는 진짜 비극은 그들이 자신의 이상을 매우 절대적으로 구현한다는 것이야. 왜냐하면 그 이상이 현실화되면서 경이로움과 신비로움을 빼앗겨버려, 그것을 벗어난 다른 이상을 위한 새로운 출발점에 불과한 것이 되어버리기 때문이지. 이런 이유로 음악은 완벽한 유형의 예술이라네. 음악은 결코 그 궁극적인 비밀을 드러낼 수가 없으니까. 이는 예술에서의 한계가 지니는 가치를 설명해준다네. 조각가는 색채의 모방, 화가는 실제의 입체적 형태를 기꺼이 포기하는데, 그 이유는 그러한 포기에 의해 단지 모방에 불과한 것이 될 실제의 지나치게 명확한 제시, 또 순전히 지적인 것이 되어버릴 이상의 너무나 명확한 구현을 피할 수 있기 때문이지. 예술이 더 완벽한 아름다움을 갖게 되고, 인지능력이나 이성의 능력이 아닌 심미적 감각에 직접 호소하게 되는 것은 바로 예술의 불완전함을 통해서라네. 이 심미적 감각은 이성과 인지를 이해의 단계들로 받아들이면서, 그것들을 총체적인 예술작품의 순수한 종합적인 인상에 귀속시키고, 그 작품이 지닌 모든 낯선 감정적 요소를 받아들이면서 그 복잡성을 궁극적인 인상에 풍성한 통일성이 덧붙여지는 수단으로 활용한다네. 자, 그만 하면 자네는 어떻게 해서 심미적 비평가가, 전달할 메시지가 하나밖에 없고 그것을 전달하고 나면 둔해지고 불모의 것이 되어버리는 명료한 양식의 예술을 거부하고, 오히려 꿈과 분위기를 암시하고 그 상상적 아름다움에 의해서 모든 해석을 유효하게 하고 어떤 해석도 최후의 것으로 만들지 않는 그런 양식을 추구하는지 이제 알겠지? 물론 비평가의 창조적 작품은 그의 창조를 자극한 작품과 어떤 유사성을 지니고는 있을 거야. 하지만 그것은 풍경화가나 인물화가가 들고 있을 거울과 자연 사이의 유사성이 아닌, 장식적 예술가의 작품과 자연 사이의 그런 유사성일 거야. 페르시아의 꽃무늬 없는 양탄자 위에 튤립과 장미가 정말로 피어나서 가시적 형태나 선으로 재생되지 않아도 보기에 아름다운 것처럼, 진주와 바다조개의 진홍빛이 베니스의 성 마크 성당에 울려 퍼지는 것처럼, 라벤나(Ravenna)의 멋진 예배당의 둥근 지붕이 주노의 공작새들이 날아가지 않아도 금빛과 초록빛과 공작새 꼬리의 사파이어로 멋진 것이 되는 것처럼, 그렇게 비평가는 결코 모방이 아닌 방식, 오히려 그 매력의 일부는 유사성을 포기하는 데 있는 그런 방식으로 자신이 비평하는 작품을 재생산한다는 말이야. 이렇게 하여 비평가는 우리에게 아름다움의 의미뿐 아니라 그 신비를 보여주고, 각 예술을 문학으로 변형시킴으로써 예술의 통일성의 문제를 단번에 해결한다네.

한데 식사시간이 다 되었군. 우리 포도주와 멧새 요리에 대해 이야기를 나눈 후, 해설자로서의 비평가의 문제로 넘어가도록 하지.

어니스트: 아! 자네 그렇다면 비평가는 때때로 대상을 실제의 모습 그대로 봐도 된다는 걸 인정하는 거지.

길버트: 잘 모르겠네. 아마도 식사 후에는 인정할지도 모르지. 식사는 묘한 영향력이 있으니까.

예술가로서의 비평가

토론하는 것의 중요성에 관한
몇 마디 말과 함께

대화. 2부
인물: 같은 사람들
장소: 같은 장소

어니스트: 멧새 요리는 맛있었고, 포도주도 완벽했어. 그러니 이제 우리가 얘기하던 그 쟁점으로 돌아갈까.

길버트: 아! 안 그랬으면 좋겠는데. 대화는 모든 주제를 다루어야지 어느 하나에 집중해서는 안 되는 법이거든. 내가 써볼까 하고 생각 중인 "도덕적 분노, 그 원인과 치유" 같은 주제나 영국의 희극적 신문에 등장한 "현대판 테르시테스,"[86] 아니면 화제가 될 만한 아무 문제나 이야기

---

86) 테르시테스(Thersites): 트로이전쟁에 참가했던 불구에 독설가인 그리스 용사. 대체로 악의에 찬 무례한 비방가들을 일컫는다. 와일드는 한 편지에서 자신의 『도리언 그레이의 초상』을 혹평한 평론가들을 테르시테스라고 부른 바 있다.

하도록 하지.

어니스트: 아니야. 나는 비평가 그리고 비평의 문제를 논하고 싶어. 자네는 내게 최고의 비평은 예술을 표현하는 것으로보다는 순전히 인상적인 것으로 다루고, 따라서 창조적인 동시에 독자적인 예술이라고 말했지. 또 비평은 사실 그 자체가 하나의 예술로서, 창작품이 형태와 색채의 가시적 세계나 열정과 사상의 비가시적 세계에 대해 갖는 그런 관계를 창작품에 대해 갖는다고도 말했고. 자, 이제 비평가가 때로 진정한 해설자가 될 수는 없는 건지 말해주게.

길버트: 될 수 있지. 비평가는 원하면 해설자가 될 수 있어. 비평가는 한 예술작품의 총체적인 종합적 인상으로부터 작품 자체의 분석이나 해석으로 건너갈 수 있는 거지. 그리고 이 낮은 차원에서도——나는 이게 낮은 차원이라고 생각하는데——논의하고 행할 수 있는 즐거운 일들이 많이 있어. 하지만 비평가의 목적은 예술작품을 설명하는 데 그치지는 않지. 비평가는 오히려 신비감을 조성하고, 신들이나 신자들에게 똑같이 소중한 경이감의 안개를 예술작품이나 예술가의 주변에 일으키려고 할 거야. 보통사람들은 "시온에서 너무나 편안"[87]하다네. 보통사람들은 시인과 나란히 걷자고 제안하기도 하고, 무지하고 경박하게 "왜 우리가 셰익스피어와 밀턴에 대해 쓴 글을 읽어야 합니까? 우리는 극작품과 시를 읽을 수 있잖아요. 그거면 충분해요"라고 말하기도 하지. 하지만 작고한 링컨대학의 학장[88]이 전에 말했듯이, 밀턴에 대한 평가서는 완전

87) 아널드는 『문명과 무정부주의』(*Culture and Anarchy*)에서 헤브라이즘과 헬레니즘을 구분하기 위해 칼라일을 인용한 바 있다. "소크라테스는 시온에서 너무나 편안하다"(Socrates is terribly at ease in Zion). 예루살렘 신전이 있던 성지 시온(Zion)은 여기서 헬레니즘 문화가 꽃피기 이전을 말하는 듯하다.

88) 옥스퍼드의 링컨대학(Lincoln College)의 학장으로 선출된 패티슨(Mark Pattison)이라는 비평가. '문인 시리즈'의 일환으로 밀턴에 관한 글을 집필했다.

한 학식의 결실이라네. 그리고 셰익스피어를 진실로 이해하기를 원하는 사람은, 셰익스피어가 르네상스와 종교개혁 그리고 엘리자베스 시대와 제임스 시대와 갖는 관계를 이해해야만 하고, 옛날의 고전형식과 새로운 로맨스 정신 사이의 갈등, 시드니, 다니엘(Samuel Daniel), 존슨(Ben Jonson)의 학파와 말로의 학파 및 말로의 상속자 사이의 우위 다툼의 역사도 잘 알아야 하고, 셰익스피어가 마음대로 쓸 수 있는 제재, 그가 사용한 방법, 16세기와 17세기의 연극공연의 조건들, 그들이 받은 제약과 자유의 기회, 셰익스피어 시대의 문학비평의 목적과 양식과 정전도 알아야 하고, 영어의 변천과정도 연구해야 하고, 다양한 발전 단계의 무운시와 각운시도 연구하고, 그리스의 극을 연구하고 아가멤논을 창조해낸 작가[89]의 예술과 맥베스를 창조해낸 작가의 예술 사이의 관계도 연구해야 한다네. 한마디로 그는 엘리자베스 시대의 런던을 페리클레스의 아테네와 연결할 수 있어야만 하고, 유럽연극사와 세계연극사에서 셰익스피어의 진정한 위치가 무엇인지도 알아야 한다는 말일세. 비평가는 확실히 해설자가 되겠지. 하지만 그는 예술을, 자기 이름도 모르던 발에 상처가 난 그 인물[90]에 의해 추측되고 밝혀질 수 있는 얄팍한 비밀이나 내는 수수께끼의 스핑크스[91]로 간주하지는 않을 것이네. 오히려 그는 예술을 한 여신으로 간주하여 더욱 신비롭게 만드는 것이 자신

---

89) 그리스 비극의 아버지인 아이스킬로스를 말한다.

90) 오이디푸스를 말한다. 그의 생부 라이오스 왕은 아들에게 살해될 운명이라는 신탁을 듣고 아들이 태어나자 발에 상처를 내어 죽게 내버렸다. 양치기에 의해 구원되어 성장한 오이디푸스는 결국 길에서 마주친 라이오스를 죽이고 테베의 왕이 되었으나, 자신의 저주스러운 운명을 알게 되자 스스로 장님이 되어 방랑의 길을 떠났다.

91) 테베에서 지나가는 사람에게 수수께끼를 내던 전설적 괴물. 오이디푸스가 수수께끼를 풀었다.

의 본령이며 인간의 눈에 그 위엄이 더욱 경이로워 보이게 만드는 것이 자신의 특권이라고 생각할 거야.

그리고 어니스트, 여기서 이 이상한 일이 일어나게 되지. 비평가는 정말로 해설자가 될 것이야. 하지만 그의 입술이 반복하도록 주어진 메시지를 그저 다른 형식으로 반복하는 데 불과한 해설자는 되지 않을 거야. 왜냐하면 외국의 예술과 접촉함으로써만 한 나라의 예술이 우리가 민족성이라고 부르는 개별적인 별개의 생명을 얻게 되는 것처럼, 이상하게 역으로, 비평가는 자신의 개성이 강해야만 다른 사람들의 개성과 작품을 더 잘 해설할 수 있으며, 이 개성이 해설에 강하게 반영되면 될수록 해설은 더 현실감을 갖게 되고 더욱더 만족스럽고 설득력 있고 진실한 것이 된다네.

어니스트: 나는 개성이 방해가 되었을 거라고 생각했는데.

길버트: 아닐세. 개성은 오히려 드러내주는 요소라네. 자네가 다른 사람을 이해하고 싶다면, 자네 자신의 개성을 강화시켜야 한다네.

어니스트: 그러면 어떤 결과가 나오는데?

길버트: 잘 듣게. 아마 명확한 예를 들면 이해가 가장 쉬울 거야. 내가 보기에는 문학비평가가 좀더 범주도 넓고 안목도 높고 더 고상한 재료를 다루기 때문에 가장 우선적이긴 하지만, 각 예술에는, 말하자면 각각 할당된 비평가가 있지. 배우는 극의 비평가야. 배우는 시인의 작품을 새로운 상황 아래 자신만의 특별한 방법으로 보여주지. 그는 글을 받아들여서 행동, 제스처, 목소리 같은 매체로 드러내지. 가수 또는 현금이나 비올의 연주자는 음악의 비평가라네. 그림의 부식동판화가(銅版畵家)는 그림에서 아름다운 색채를 앗아가긴 하지만, 새로운 재료를 이용하여 우리에게 그림의 진정한 색감, 색조, 가치, 질량감을 보여주지. 그래서 나름대로 그는 그림의 비평가가 되는 거야. 비평가란 우리에게 예술작

품을 원래의 형태와 다른 형태로 보여주는 인물이고, 새로운 재료의 사용은 창조적인 요소일 뿐 아니라 비평적인 요소이기도 하니까 말이야. 조각 또한 비평가가 있다네. 그는 그리스 시대처럼 보석 조각가일 수도 있고, 조형적 선의 아름다움과 부조(浮彫)작품의 조화로운 위엄을 화포 위에 재생시키고자 하는 만테냐 같은 화가일 수도 있지. 그리고 모든 이러한 예술의 창조적 비평가들의 경우, 개성이 진정한 해설에 절대 필수적이라는 것은 분명하지. 루빈스타인[92]이 우리에게 베토벤의 「열정 소나타」를 연주할 때 그는 우리에게 베토벤뿐 아니라 자기자신 또한 내놓은 것이며, 그럼으로써 우리에게 진짜 베토벤, 즉 풍부한 예술적 특성을 통해 재해석되고 새롭고 강렬한 개성에 의해 생생하고 멋진 것으로 재탄생한 베토벤을 내놓는 것이라네. 위대한 배우가 셰익스피어를 연기할 때, 우리는 같은 경험을 하게 되지. 그 배우의 개성이 해설의 필수적인 부분이 되는 거야. 사람들은 때로 배우가 자기들의 햄릿을 우리에게 내놓을 뿐 셰익스피어의 햄릿을 내놓지는 못한다고 말하지. 그리고 이 오류는——이 말은 오류거든——유감스럽게도, 최근 소란스런 문학을 떠나 평화로운 영국 하원으로 가버린 그 매력적이고 우아한 작가——『부수적 의견들』(*Obiter Dicta*)의 저자[93] 말이야——도 반복하고 있어. 사실을 따져봐도, 셰익스피어의 햄릿이란 건 없어. 햄릿이 예술적으로 명확하게 형상화되었기는 하지만, 그 인물에는 삶에 필연적인 온갖 불확실성 또한 담겨 있거든. 우울증만큼이나 햄릿도 많다네.

어니스트: 우울증만큼이나 햄릿도 많다고?

길버트: 그렇다니까. 그리고 예술이 개성을 지닌 인물에서 나오는 것

---

92) 러시아의 피아니스트.

93) 영국의 정치가이자 저술가인 비렐(Augustine Birrell)을 말한다.

처럼, 예술은 개성을 지닌 인물에만 드러난다네. 그리고 두 만남에서 올바른 해설적 비평이 나오는 거야.

어니스트: 그렇다면 해설자로 간주되는 비평가는 받은 것보다 더 많이 줄 수가 없고, 빌려온 것만큼만 빌려주게 되겠군?

길버트: 그는 예술작품을 늘 새로이 우리 시대와 관련하여 보여줄 거야. 그는 늘 우리에게 위대한 예술작품은 살아 있는 것들이라는 사실을 상기시킬 거라네. 정말 위대한 예술작품이야말로 유일하게 살아 있는 것들이지. 사실 그가 어느 정도로 절실히 느끼는가 하면, 문명이 진보하고 우리가 더욱 조직화됨에 따라 각 시대의 선택된 정신을 지닌 사람들, 즉 비평적이고 개화된 정신을 지닌 사람들은 점차 실제의 삶에 흥미를 잃고 "거의 전적으로 예술이 손댄 것에서만 감명을 받으려고 하게 될 것"이 틀림없어. 왜냐하면 삶이란, 형식에서 끔찍할 정도로 불완전하기 때문이지. 삶에서는 잘못된 방식으로 엉뚱한 사람들에게 재앙이 일어나지 않는가. 삶의 희극에는 해괴한 공포가 감추어져 있고, 삶의 비극은 결국 소극으로 끝나버리는 듯하네. 사람은 삶에 접근하면 늘 상처를 받지. 상황이 너무 오래 지속되거나, 너무 짧거나 하거든.

어니스트: 삶이란 불쌍하군! 인간의 삶은 참으로 안됐어! 자네는 로마의 시인[94]이 우리에게 삶의 본질의 일부라고 말했던 눈물에도 감동되지 않는가?

길버트: 너무 순식간에 스쳐간다는 생각이라네. 생생한 감정적 강렬함과 환희와 기쁨의 열정적 순간들로 가득 찼던 삶을 돌이켜보면, 모든 게 꿈이나 환상 같지 않던가. 그 비현실적인 것들이 한때 사람을 불처럼 태

94) 로마의 위대한 시인 베르길리우스(Vergilius)를 말한다. 그는 로마의 전설적 영웅 아이네아스의 이야기를 다룬 서사시 『아이네이스』(*Aeneis*)로 유명하다.

웠던 열정이며, 그 믿을 수 없는 것들이 한때 사람들이 성심으로 믿었던 그런 것들이라네. 그 불가능해 보이는 것들이 무엇인 줄 아나? 사람들이 스스로 했던 일들이라네. 아니야, 어니스트. 삶은 꼭두각시를 조종하듯이 그림자들 같은 것들로 우리를 속인다네. 우리는 삶에 즐거움을 달라고 부탁하지. 그러면 삶은 우리에게 즐거움을 주되 비통함과 절망도 함께 준다네. 우리는 어떤 고귀한 슬픔에 마주치게 되면 그것이 우리 시대에 비극의 자줏빛 위엄을 부여할 것으로 생각하지. 하지만 그것은 곧 사라져버리고 그보다 덜 고귀한 것들이 그 자리를 차지하게 되고, 우리는 어느 뿌연 바람이 부는 새벽에 또는 어느 향기롭고 조용하며 은처럼 차가운 저녁에 우리가 한때 너무나 열렬히 숭배하고 미친 듯이 입맞추었던 금빛 털을 가진 나무를 경직된 의구심이나 돌처럼 우둔한 마음으로 바라보고 있는 자신의 모습을 보게 되지.

어니스트: 그렇다면 삶이란 실패란 말인가?

길버트: 예술적 관점에서 보면 그렇네. 그리고 이 예술적 관점에서 볼 때, 삶을 실패로 만드는 주된 요소는 사람은 정확히 똑같은 감정을 다시 느낄 수 없다는 사실인데, 이는 삶에 비천한 안정감을 부여하게 해주는 것이기도 하지. 예술의 세계에서는 얼마나 다른가! 자네 뒤편 서가에 『신곡』이 꽂혀 있네. 어디선가 그 책을 펼치면 나는 내게 결코 아무런 잘못을 저지른 적이 없는 어떤 사람에 대한 강렬한 증오에 휩싸이기도 하고, 결코 보지도 못할 어떤 사람에 대한 위대한 사랑에 전율하기도 할 거야. 예술이 우리에게 주지 못하는 그런 기분이나 열정이란 없다네. 그리고 예술의 비밀을 발견한 사람들은 앞으로 우리의 경험이 어떠할지 미리 파악하지. 우리가 스스로에게 "내일 새벽에 우리는 엄숙한 베르길리우스와 함께 죽음의 그림자의 골짜기를 걸으리라"라고 말하면, 보게나! 새벽에 우리는 희미한 숲에서 만투아 사람[95]과 나란히 서 있게 되

지. 우리는 희망을 산산이 부수는 전설의 문을 통과하고 저승의 끔찍한 광경을 동정심과 기쁨의 감정으로 바라볼 수 있다네. 위선자들은 색칠한 얼굴과 도금한 납으로 만든 두건을 쓰고 지나가지. 그들을 몰고 가는 그치지 않는 바람 속에서 육욕(肉慾)을 지닌 자가 우리를 바라보고 있고, 우리는 이단자가 자신의 육신을 찢고, 식탐을 한 자가 채찍 같은 비를 맞고 있는 것을 보게 되지. 우리가 하피[96]들의 숲에서 나무의 시든 가지를 꺾으면, 침침한 색깔의 독성 있는 나뭇가지들이 우리 앞에서 붉은 피를 흘리며 비통한 울음소리를 낸다네. 오디세우스가 뿔 모양의 불길에서 우리에게 말을 걸고, 위대한 황제당원[97]이 불길이 타오르는 무덤에서 일어날 때, 고문을 이겨낸 자부심이 잠시 우리 것이 되지. 희미한 자줏빛 공기를 통해 세상을 죄의 아름다움으로 물들인 사람들이 날아가고, 혐오스러운 질병의 구덩이 속에 수종에 걸려 육신이 부풀어 올라 기괴한 현금 비슷한 모습을 한 위조화폐 제조자 브레시아(Adamo di Bresia)가 누워 있지. 그가 우리에게 자신의 비참한 처지를 들어달라고 말하고 우리가 멈추어 서면, 그는 메마른 벌어진 입술로 밤낮으로 서늘한 이슬 같은 흐름을 이루며 녹색의 캐선틴(Casentine) 언덕을 콸콸 흘러가는 깨끗한 개울의 꿈을 꾼다고 말한다네. 트로이의 가짜 그리스인 시논(Sinon)이 그를 비웃고, 시논이 그의 얼굴을 세게 내리치자 언쟁이 벌어지지. 우리가 그들의 치욕을 흥미롭게 구경하며 배회하고 있으면, 베르길리우스가 꾸짖으며 거인 모양의 탑 위에서 위대한 니므롯[98]이 나팔을 불고 있는 도시로 우리를 인도해가지. 끔찍한 것들이 우리 앞에 쌓

---

95) 베르길리우스는 만투아 출생으로 단테의 『신곡』에 안내자로 등장한다.

96) 여자의 얼굴과 몸, 새의 날개와 발톱을 가진 흉악한 괴물.

97) 단테를 말하는 듯하다.

98) 니므롯(Nimrod): 노아의 자손으로 사냥의 명수.

여 있고, 우리는 단테의 옷을 입고 단테의 마음을 지닌 채, 그것들을 만나보러 가는 거야. 우리가 스틱스 강을 가로질러 가면 알젠티(Argenti)가 진흙투성이 파도를 헤치며 배로 헤엄쳐 오지. 그가 우리를 부르면 우리는 그를 밀쳐낸다네. 그의 고뇌의 목소리를 들으면 우리는 즐거워지고, 베르길리우스는 우리가 쓰디쓴 경멸을 보이는 데 대해 우리를 칭찬하지. 우리는 반역자들이 유리 속의 지푸라기처럼 꽂혀 있는 코키터스(Cocytus) 강의 찬 수정 위를 걸어다니지. 우리 발이 보카(Bocca)의 머리에 부딪히고 그가 우리에게 자기 이름을 말하려고 하지 않아 우리는 비명을 지르는 두개골에서 머리털을 한 줌 뜯어내지. 알베리고(Alberigo)는 우리에게 자신이 좀 울 수 있게 자신의 얼굴 위의 얼음을 깨달라고 간청하지. 우리가 약속을 하면 그는 자신의 고통스런 이야기를 해주고, 우리는 다 듣고 나서 약속했던 사실을 부인하며 그냥 가버리지. 그런 잔인성이 사실은 올바른 거야. 왜냐하면 신의 저주를 받은 자들에게 자비를 베푸는 자는 가장 비열한 자니까 말이야. 우리는 루시퍼의 이빨에서 그리스도를 팔아먹은 자를 보고 또 카이사르를 살해한 사람들을 보지. 우리는 몸을 부르르 떨고는 다시 별들을 보러 나온다네.

연옥의 땅에는 공기가 더 자유롭고 신성한 산이 낮의 순수한 빛 속에 솟아 있지. 우리는 평화를 느끼고, 한 계절 그곳에 거주하는 사람들에게도 어느 정도 평화가 있다네. 비록 마렘마(Maremma)의 독으로 창백해진 피아(Madonna Pia)가 우리 앞을 지나가고, 여전히 지상의 슬픔이 주변에 떠도는 이스메네(Ismene)가 그곳에 있기는 해도 말이야. 그곳에서는 만나는 영혼마다 어떤 후회와 기쁨을 우리와 함께 나누지. 자신의 미망인의 애도에서 고통의 달콤한 고뇌를 마시는 것을 배운 남자는 우리에게 외로운 침대에서 기도하는 넬라(Nella)의 이야기를 해주고, 뷰온콘트(Buonconte)는 우리에게 눈물 한 방울이 악마로부터 죽어가는 죄인 한 사람을 구원해낼 수 있다는 얘기를 해준다네. 고상하면서 오만한 롬바르드인 소델로(Sordello)는 누워 있는 사자처럼 멀리서 우리를 눈여겨보지. 그는 베르길리우스가 만투아 시민이라는 것을 알자 목을 껴안고, 그가 로마의 시인이라는 것을 알자 그의 발 앞에 털썩 주저앉는다네. 풀과 꽃이 쪼개진 에메랄드와 인도의 숲보다 더 아름답고, 주홍빛과 은색보다 더 밝은 골짜기에서 이 세상에서 왕이었던 자들이 노래를 하지. 합스부르크의 루돌프(Rudolph of Hapsburg)의 입술은 다른 사람들의 음악에 맞추지 않고, 프랑스의 필립은 자신의 가슴을 두드리고, 영국의 헨리는 홀로 앉아 있다네. 우리는 멋진 계단을 계속 올라가고, 별들이 평소보다 더 커지고 왕들의 노래가 희미해지면서, 마침내 우리는 일곱 그루의 황금나무에 이르고 지상의 천국의 정원에 이르게 되지. 그리핀이 끄는 마차를 타고, 이마에 올리브 가지를 두르고 하얀 베일을 쓰고 초록빛 망토를 두르고 생생한 불과 같은 색깔의 의복을 차려입은 사람이 나타나지. 태고의 불길이 우리 내부에서 확 일어나고, 우리의 피가 고동치기 시작하지. 우리는 그녀를 알아본다네. 바로 우리가 숭배하는 여인 베아트리체가 아닌가. 우리 심장 주변에 얼어붙었던 얼음이 녹게 되지. 우리는 죄를 지었다는 사실을 알기에, 고뇌의 거친 눈물을 마구 흘리고 이마를 땅에 댄다네. 우리가 고행을 끝내고 정화된 채 레테(Lethe)의 샘에서 물을 마시고 님프 유노에(Eunoe)의 샘에서 목욕을 하면, 우리 영혼의 여주인은 우리를 천상의 천국으로 끌어올리지. 도나티(Piccarda Donati)의 얼굴이 영원한 진주인 달에서 나와 우리 쪽으로 기대면, 그녀의 아름다움이 잠시 우리를 흔들어 놓는다네. 그리고 물속을 가르는 존재처럼 그녀가 스쳐갈 때, 우리는 동경하는 눈으로 그녀의 뒤를 응시하지. 달콤한 행성인 금성은 연인들로 가득 차 있어. 에젤린(Ezzelin)의 여동생으로 소델로의 사랑을 받는 쿠니자(Cunizza)

도 그곳에 있네. 아잘레(Azalais)에 대한 슬픔 속에서 세상을 저버린 프로방스의 열정적 가수 폴코(Folco)와 그리스도가 그 영혼을 구원한 최초의 여인 가나안의 창녀도 그곳에 있지. 플로라의 요아킴(Joachim of Flora)이 태양 속에 서 있고, 아퀴나스(Aquinas)는 태양 속에서 성 프란시스의 이야기를 하고, 보나벤투라(Bonaventura)는 성 도미닉(St. Dominic)의 이야기를 하고 있지. 화성의 불타는 루비를 통해 카키아귀다(Caciaguida)가 다가오지. 그는 우리에게 유배된 자의 활에서 날아온 화살얘기를 해주고, 다른 사람의 빵에서 소금 맛이 나고 낯선 이의 집에서 계단이 얼마나 가파른지 이야기해주지. 토성에서는 영혼이 노래하지 않아. 우리를 안내하는 그녀조차 웃지 못하지. 황금사다리 위로는 불꽃이 오르내린다네. 마침내 우리는 신비의 장미의 장관(壯觀)을 보게 되지. 베아트리체는 신의 얼굴에 시선을 고정시키고 다시는 시선을 돌리지 않아. 우리는 지복의 환상을 보게 되고, 태양과 모든 별들을 움직이는 사랑을 알게 된다네.

그래, 우리는 지구를 600년을 되돌려, 위대한 플로렌스 사람[99]과 하나가 되어 그와 함께 같은 제단에서 무릎을 꿇고 그의 환희와 경멸을 함께 나눌 수 있단 말이네. 그리고 우리가 과거에 염증이 나서 모든 권태와 죄 속에서 우리 시대를 실현해나가길 바란다 해도, 20년이란 수치스러운 세월을 살아가는 것보다 단 한 시간에 더욱더 충실하게 삶을 영위하게 해주는 그런 책들이 있지 않은가? 자네의 손 바로 옆에 금가루로 수련 모양이 뿌려져 있고 단단한 상아로 다듬어진 담녹색 가죽으로 제본된 작은 책이 한 권 있군. 그것은 고티에가 사랑했던 책으로 보들레르의 걸작이네.[100] 슬픈 연가가 다음과 같이 시작되는 그 페이지를 펼쳐보게나.

---

99) 단테를 가리킨다.

그대가 현명한 것이 나와 무슨 상관이냐?

아름다워라 그리고 슬퍼해라!

그러면 자네는 기쁨을 그렇게 숭배해본 적이 없을 정도로 슬픔을 숭배하고 있는 것을 깨닫게 될걸세. 자신을 스스로 괴롭히는 남자에 관한 시로 넘어가보게. 그 미묘한 음악이 자네의 두뇌에 스며들어 자네의 사상을 채색하게 놔두게. 그러면 자네는 잠시 그것을 쓴 사람의 내면에 들어가게 되지. 아니, 잠시만이 아니라 황폐한 달빛이 비치는 여러 밤 동안, 그리고 태양이 없는 불모의 여러 날 동안, 자네의 것이 아닌 다른 사람의 절망이 자네의 내부에 머물면서 다른 사람의 비참함이 자네의 심장을 갉아먹게 될 거야. 책 전체를 읽어보고, 그 책이 자네의 영혼에 그 비밀의 하나라도 말하도록 놔두게. 그러면 자네의 영혼은 기꺼이 더 많이 알려고 할 것이고, 해로운 꿀[101]을 먹고 살게 될 것이며, 죄가 아닌 이상한 죄에 대해 참회하려고 하고, 알지 못했던 무서운 쾌락에 대해 속죄하려고 하게 될 거야. 그러고 나서 자네가 이러한 악의 꽃에 싫증이 나면, 퍼디타[102]의 정원에 자라는 꽃들에게 돌아서게. 그리하여 그들의 이슬에 젖은 술잔에 자네의 달아오른 이마를 식히고, 그 아름다움이 자네의 영혼을 치유하고 회복시키도록 놔두게. 아니면 감미로운 시리아인 멜레아그로스[103]를 잊힌 무덤에서 깨우고, 헬리오도르[104]의 연인에게 음악을 연주해달라고 하게나. 왜냐하면 그의 노래에도 붉은 석류꽃, 박

100) 프랑스의 상징주의 시인 보들레르는 시집 『악의 꽃』을 고티에에게 헌정했다.

101) 「사무엘서」 14장 43절 참조.

102) 퍼디타(Perdita): 셰익스피어의 『겨울이야기』의 여주인공.

103) 멜레아그로스(Meleagros): 기원전 150년경 시리아의 왕 셀레우코스(Seleukos) 통치 하의 그리스의 시인.

104) 헬리오도르(Heliodore): 셀레우코스 왕의 총애를 받던 인물.

하향 냄새가 나는 아이리스, 방울이 달린 수선화, 짙푸른 히야신스, 마요라나, 곱슬곱슬한 금잔화 같은 꽃들이 있으니 말이네. 그에게는 저녁 무렵 콩밭의 향기가 소중하고, 시리아의 언덕에 자라난 향내 나는 이삭이 팬 감송(甘松), 신선한 녹색의 백리향, 당아욱의 매력이 소중하다네. 정원을 거니는 그의 연인의 발은 백합을 살짝 밟는 것이 백합 위의 백합 같아. 그녀의 입술은 잔뜩 잠이 온 양귀비 꽃잎보다 더 부드럽고 제비꽃보다 더 부드럽고 또 향기롭다네. 불꽃 같은 크로커스는 그녀를 바라보기 위해 풀 속에서 일어나지. 날씬한 수선화가 그녀를 위해 시원한 빗물을 모아두고, 그녀 때문에 아네모네는 자신에게 구애했던 시실리의 바람을 잊어버리지. 크로커스도 아네모네도 수선화도 그녀만큼 아름답지는 못하다네.

이상한 일이야, 이 감정의 전이(轉移)란. 우리는 시인이 앓는 그 병을 앓고, 시인은 자신의 고통을 우리에게 전해주지. 죽은 자의 입술이 우리에게 메시지를 전하고 재가 되어버린 심장이 기쁨을 전달해준다니까. 우리는 팡틴[105]의 피 흐르는 입에 입맞추러 뛰어가고, 마농 레스코[106]를 따라 전 세계를 돌아다니지. 아폴로니우스[107]의 광적인 사랑도 우리 것이 되고, 오레스테스[108]의 공포 또한 우리의 것이 된다네. 우리가 느낄 수 없는 열정이란 없으며 우리가 누릴 수 없는 쾌락도 없으며 우리는 우리의 통과의례의 시기와 자유의 순간도 선택할 수 있어. 삶! 삶! 우리는 성취나 체험을 위해 삶에 뛰어드는 일은 없도록 하세! 삶이란 상황에 의

105) 팡틴(Fantine): 위고의 『레 미제라블』에 등장하는 여성인물.

106) 프레보(Abbé Prévost)의 소설 『마농 레스코』(*Manon Lescaut*)의 여주인공.

107) 중세의 로맨스 작품의 주인공인 아폴로니우스(Apollonius of Tyre)를 말하는 듯하다.

108) 엘렉트라의 남동생으로 부친 아가멤논을 죽인 모친 클리템네스트라에게 복수를 함으로써 그 벌로 복수의 여신에게 쫓기는 고통을 당한다.

해 편협해지고, 표현에 일관성이 없고, 예술적이고 비평적인 기질을 충족시킬 수 있는 유일한 것, 즉 형식과 정신의 섬세한 대응이 없단 말이야. 삶은 그 제품을 사는 데 그 대가를 너무 비싸게 치르게 해. 우리는 인생의 비밀 가운데 가장 보잘것없는 것도 끔찍할 정도로 엄청난 비용을 치르고 사게 된단 말이야.

어니스트: 그러면 우리는 예술에서 모든 것을 얻는다는 말인가?

길버트: 바로 그래. 왜냐하면 예술은 우리를 다치지 않거든. 우리가 연극을 보며 쏟는 눈물은 미묘한 불모의 감정의 한 유형으로 이를 일깨우는 것이 예술의 기능이야. 우리는 울지만 상처받지 않고, 슬퍼해도 그 슬픔은 비통한 것이 아니지. 스피노자가 어디선가 얘기한 것처럼 실제의 삶에서 슬픔은 낮은 단계의 완성으로 가는 통로라네. 하지만 예술이 우리에게 주는 슬픔은, 다시 한 번 그리스의 위대한 예술비평가의 말을 인용하면, 정화시켜주고 통과의례를 치르게 해주지. 바로 예술, 예술을 통해서만 우리는 완벽해질 수 있다네. 바로 예술, 오직 예술을 통해서 우리는 실제로 존재하는 비천한 위험들로부터 우리를 보호할 수 있지. 이는 인간이 상상할 수 있는 어떤 것도 직접 행할 만한 가치가 없고 인간은 무엇이든 상상할 수 있다는 사실에서뿐 아니라, 물리적 힘과 마찬가지로 감정의 힘도 정도와 에너지에서 제약을 받는다는 미묘한 법칙에서 나오는 것이라네. 인간은 많은 것을 느낄 수 있지만, 그걸로 끝이지. 존재한 적이 없는 사람들의 화려한 생애에서 기쁨의 진정한 비밀을 발견할 수 있고, 코델리아와 브라반쇼의 딸[109]처럼 결코 죽지 않는 그런 인물의 죽음에 눈물을 줄줄 흘린다면, 인생이 어떤 쾌락으로 사람을 유혹하고 또 어떤 고통으로 인간의 영혼을 훼손하고 방해한들 무슨 상관이

109) 『오셀로』의 여주인공 데스데모나.

있겠는가?

어니스트: 잠시 멈춰보게. 내가 보기에 자네가 한 말 모두에서 뭔가 아주 부도덕한 것이 느껴져.

길버트: 모든 예술은 부도덕하지.

어니스트: 모든 예술이 말인가?

길버트: 그렇다네. 감정 그 자체를 위한 감정은 예술의 목표고, 반면 행동을 위한 감정은 삶의 목표이자 삶을 실용적으로 조직한 이른바 사회의 목표라네. 도덕의 출발이자 근간이 되는 사회는 단지 인간의 에너지를 집결하기 위해 존재하지. 그리고 그 자체의 존속과 건강한 안정성을 확보하기 위해 사회는――그러는 것이 정당하겠지만――각 시민에게 공동의 복지에 기여하기 위해 어떤 형태의 생산적 노동에 참여하여 하루의 작업량을 완수하는 노고를 하라고 요구하지. 사회는 종종 죄인을 용서한다네. 하지만 몽상가를 용서하는 법은 결코 없어. 예술이 우리에게서 일깨우는 아름다운 불모의 감정이 사회의 눈으로 보면 혐오스럽기 짝이 없고, 사람들은 이러한 지독한 사회적 이상의 독재에 철저하게 지배당하고 있어서, 사적인 견해에 몰두하고 있는 사람이든 일반대중에게 공개된 장소에 있는 사람이든 아무 수치심도 없이 다가와 요란하게 울리는 목소리로 "뭐 하고 있습니까?"라고 묻곤 하지. 교양을 갖춘 존재가 작은 목소리로 서로에게 물어보도록 허용되는 유일한 질문이 "무슨 생각을 하고 있습니까?"라는 말인데도 말이야. 물론 이 정직한 빛나는 민중들은 선의로 그랬겠지만. 그러니 사람들이 그렇게 따분할 수밖에. 하지만 사회적 견해로 볼 때 명상이 시민들이 범할 수 있는 가장 심각한 죄가 되지만, 반면에 최고의 교양을 갖춘 사람으로서 볼 때는 그것이야말로 인간 고유의 본령이라는 것을 누군가가 그들에게 가르쳐주어야 한다네.

어니스트: 명상이라고 했나?

길버트: 그래, 명상. 내가 자네에게 조금 전에 무엇인가를 행동으로 실천하는 것보다 그것에 대해 이야기하는 것이 훨씬 어렵다고 말했지? 이제 나는 자네에게 전혀 아무 일도 하지 않는 것이 세상에서 가장 어려운 것이며, 가장 어려운 동시에 가장 지적인 것이라고 말하려고 하네. 지혜에 대한 열정을 지닌 플라톤에게 이것은 가장 숭고한 형식의 활동이었지. 지식에 대한 열정을 지닌 아리스토텔레스에게도 마찬가지였어. 신성(神性)에 대한 열정을 지닌 성인과 중세 시대의 신비주의자들이 지향한 것도 바로 이 명상이었어.

어니스트: 그러면 우리는 아무 일도 하지 않기 위해 존재하는가?

길버트: 선택된 자들은 아무 일도 하지 않기 위해 존재하지. 행동이란 제약을 받고 또 상대적인 것이야. 반면에 편하게 앉아 바라만 보는 자, 고독과 꿈속에서 거니는 자의 시야는 무한하며 절대적이지. 하지만 이 멋진 시대의 말기에 태어난 우리는 너무나 교양을 갖추고 비평적이며 너무나 지적으로 예민하고 또 절묘한 쾌락에 너무나 호기심이 많은 나머지, 인생을 대가로 인생에 대한 사색을 받아들이는 그런 일을 못하고 있지. 우리에게 신의 도시(*Citta divina*)[110]는 재미가 없고, 신의 향유(*fruitio dei*)[111]는 무의미하다네. 형이상학은 우리의 기질을 충족시켜 주지 못하고 종교적 황홀경은 시대에 뒤떨어지니 말이야. 학구적인 철학자가 "모든 시대와 모든 존재의 구경꾼"[112]이 되었던 그 세계는 결코

---

110) 와일드 자신의 「영국 예술의 르네상스」에서 인용한 것으로 속세의 고통이나 두려움으로부터 잠시나마 떨어질 수 있는 신성한 도시를 말한다.

111) 아우구스티누스는 '신의 향유' 개념을 최고선의 향유라는 의미로 사용했다.

112) 「영국 예술의 르네상스」에서 인용. "like the philosopher of the Platonic vision, the poet is the spectator of all time and of all existence."

이상적인 세계가 아니며 단지 추상적 이념의 세계일 뿐이야. 우리가 그 세계에 들어서면, 우리는 사상의 싸늘한 수학 속에서 굶주리게 되지. 지금 신의 도시는 우리에게 열려 있지 않아. 그 문은 무지(無知)가 지키고 있어서, 그 문을 통과하려면 우리의 본성 가운데 가장 신성한 것들을 모두 포기해야 해. 우리 조상이 믿었으니, 그걸로 됐어. 우리 조상은 인류가 지닌 믿음의 능력을 소진시켜버렸어. 우리에게 남은 유산은 조상들이 두려워했던 회의론(懷疑論)이지. 그들이 그것을 언어로 표현했더라면, 우리 내면에 사상으로 남아 있지 못했을 거야. 아니야, 어니스트, 아니야. 우리는 성자(聖者)에게도 의지할 수 없어. 죄인에게서 배울 것이 훨씬 더 많거든. 우리는 철학자에게도 의지할 수 없어. 신비주의자가 우리를 잘못 인도할 테니 말이야. 페이터가 어디선가 얘기했듯이, 누가 장미꽃잎의 곡선을 플라톤이 그렇게 극찬했던 형태가 없고 만질 수도 없는 존재와 바꾸려고 하겠는가? 필로[113]의 계몽, 에카르트[114]의 심연, 보엠[115]의 비전, 스베덴보리[116]의 보이지 않는 눈에 계시된 기괴한 천국이 우리에게 무슨 의미가 있겠나? 그런 것들은 들판에 핀 수선화의 노란 트럼펫 모양의 꽃잎보다도 못하고, 가시적 예술 가운데 가장 보잘것없는 것보다도 훨씬 못하다네. 왜냐하면 자연이 정신에 호소하는 물질이듯이, 예술은 정신이 물질 상태로 구현되는 것이기에, 가장 형편없는 예술작품도 감각과 영혼 양쪽에 똑같이 호소하게 되어 있거든. 심미적 기

113) 필로(Philo): 헬레니즘 시기에 유대교의 대표적 인물. 그의 교리는 신은 실체가 없는 존재라는 관념으로 시작했다.

114) 에카르트(Eckhart): 14세기 독일의 신비주의 철학자.

115) 보엠(Böhme): 17세기 독일의 신비주의자. 사도 바울처럼 천국을 방문한다고 주장. 추종자들이 신비교파를 결성했다.

116) 스베덴보리(Emanuel Swedenborg): 18세기 스웨덴의 신비주의자. 정신세계와의 교감을 주장. 블레이크 등 낭만주의 시인에게 많은 영향을 주었다.

질을 가진 사람에게 흐릿한 것은 늘 못마땅하다네. 그리스인들은 예술가의 민족이었어. 왜냐하면 그들에게는 무한한 것에 대한 지각이 없었거든. 아리스토텔레스 또는 칸트를 읽은 후의 괴테처럼, 우리는 구체적인 것을 갈망하고, 또 구체적인 것만이 우리를 충족시킬 수 있다네.

어니스트: 그렇다면 자네가 주장하려는 것은?

길버트: 내가 보기에 비평정신을 갈고닦으면 우리는 자신의 삶뿐 아니라 인류의 집단적 삶도 인식할 수 있게 되고, 따라서 확실하게 근대적인 존재가——진정한 의미의 근대성 말이야——될 수 있을 거야. 왜냐하면 현재만이 유일하게 존재하는 거라고 믿는 사람은 자신이 사는 시대에 대해 아는 바가 전혀 없는 거니까. 19세기를 인식하기 위해서는 그 시대의 형성에 기여한 앞선 시대를 파악해야만 하는 거지. 자기자신에 대해 뭔가를 알려면 다른 사람들에 대해 모두 알아야만 하는 거고. 인간이 공감하지 못할 삶의 양식은 없지. 사라져버린 삶의 양식 가운데 우리가 되살릴 수 없는 것도 없고. 불가능해 보이나? 아닐세. 과학의 유전법칙은 행동의 절대적 메커니즘을 밝혀주고 우리 스스로 부과한 구속적인 도덕적 의무라는 짐에서 우리를 해방시킴으로써, 말하자면 관조하는 인생을 가능하게 해주는 보증서 같은 것이 되었지. 유전법칙은 우리가 무슨 행동을 하려고 할 때가 가장 자유롭지 못하다는 사실을 보여주었어. 유전법칙은 사냥꾼의 그물 같은 것으로 우리를 둘러싸고 벽에 우리 운명에 대한 예언을 적어놓았지. 그것은 우리 내부에 있기 때문에 우리가 볼 수는 없어. 영혼을 비추는 거울이 아니면 우리는 그것을 볼 수 없을 거야. 그것은 가면을 쓰지 않은 복수의 여신 네메시스라네. 그것은 운명의 여신들[117] 가운데 가장 무서운 막내이기도 해. 그것은 우리가 진짜

117) 생명의 실을 쥔 운명의 여신들. 클로토(Clotho)는 물레를 쥐고 라케시스

이름을 알고 있는 유일한 신이기도 하지.

그런데 유전법칙은 실제적이고 외적인 삶의 범주에서는 자유의 활력과 선택의 여지를 박탈하지만, 영혼이 작용하는 주관적 범주에서는 이 끔찍한 그림자는 손에 많은 선물, 즉 이상한 기질과 미묘한 감수성의 선물, 야성적 열성과 무관심의 냉정한 분위기의 선물, 서로 모순되는 복잡하고 복합적인 사상과 서로 겨루는 열정이라는 선물을 들고 우리에게 다가오지. 그러니 우리가 영위하는 삶은 우리 자신의 삶이 아니라 죽은 자들의 삶인 것이고, 우리 내부에 깃들어 있는 영혼은 단일한 정신적 실체가 아니야. 우리를 사적이고 개성적으로 만들고 우리에게 도움이 되도록 만들어지고 우리의 기쁨을 위해 우리에게 들어오는 그런 것이 아니란 말이지. 그것은 무서운 장소에 머물러 있었고 고대의 무덤에 거주해왔던 그 무엇이야. 그것은 많은 질병에 시달리고 이상한 죄악들을 기억하고 있지. 그것은 우리보다 현명한데, 그 지혜는 쓰디쓴 것이야. 그것은 우리를 불가능한 열망으로 채워놓아, 결코 얻을 수 없다는 것을 알고 있으면서도 그것을 추구하게 한다네. 그러나, 어니스트, 그것은 우리를 위해 한 가지 일은 할 수가 있어. 그것은 우리로 하여금 친근함이란 안개 때문에 아름다움이 보이지 않게 된 상황, 부끄러운 추함과 꾀죄죄한 주장으로 우리의 발전이 완성되는 것을 방해하는 상황을 벗어날 수 있게 해주지. 그것은 자신이 태어난 시대를 떠나 다른 시대로 건너가게 도와주고 또 그곳에서 추방되지 않는다는 걸 깨닫도록 도와준다네. 그것은 우리가 자신의 경험에서 벗어나고 우리보다 위대한 사람들의 경험을 깨닫는 법을 가르쳐줄 수도 있어. 삶에 항의하며 절규하는 레오파르

(Lachesis)는 실을 자아내며 아트로포스(Atropos)는 거대한 가위로 인간의 운명의 실을 자른다.

디[118]의 고통은 우리의 고통이 되지. 테오크리토스[119]는 피리를 불고 우리는 님프와 목동의 입술을 한 채 웃음을 터뜨리지. 우리는 비달[120]의 늑대가죽을 입고 사냥개 앞에서 도망치고, 랜슬롯의 갑옷을 입고 왕비의 내실을 벗어나지. 우리는 아벨라르[121]의 두건을 쓴 채 사랑의 비밀을 속삭이고, 비용[122]의 얼룩진 의상을 입고 우리의 수치를 노래로 표현하기도 해. 우리는 셸리의 눈을 통해 새벽을 바라볼 수 있고, 우리가 엔디미온과 함께 돌아다니고 있을 때 달은 이 청년에게 사랑을 느끼지. 아티스[123]의 고뇌도, 덴마크인[124]의 미약한 분노와 숭고한 슬픔도 우리 것이 된다네. 자네는 이 무수한 삶을 누릴 수 있도록 해주는 것이 상상력이라고 생각하지? 맞아. 상상력 덕분이야. 그런데 상상력은 유전의 결과란 말이네. 상상력은 바로 응축된 인류의 종족적 경험이란 말이야.

어니스트: 하지만 이 얘기와 비평정신의 기능이 무슨 관련이 있는가?

길버트: 단지 비평정신에 의해서만 이러한 종족적 경험의 전달로 가능해진 문명이 완벽해질 수 있다네. 사실 이 문명이 곧 비평정신이라고 말할 수 있어. 왜냐하면 진정한 비평가란 내면에 무수한 세대의 꿈 · 사상 · 감정을 지닌 사람이며, 어떤 사상의 형식도 낯설어하지 않고 어떤 감정의 충동도 이해하는 사람이기 때문이지. 또 진정한 교양인이란 훌

---

118) 레오파르디(Giacome Leopardi): 19세기 초 이탈리아의 시인. 말년에 병약하여 절망과 고뇌 속에서 지냈다.

119) 테오크리토스(Theocritos): 기원전 3세기 그리스의 전원시인.

120) 비달(Pierre Vidal): 사이프러스로 사자왕 리처드를 따라갔던 음유시인.

121) 아벨라르(Pierre Abélard): 엘로이즈를 사랑했던 사제.

122) 비용(François Villon): 악명 높던 프랑스의 시인.

123) 아티스(Atys): 소아시아 프리지아 왕국의 한 양치기로 연인에게 독신을 맹세했으나 그 맹세를 지키지 못하자 자살했다.

124) 햄릿을 가리킨다.

륭한 학문과 까다로운 거부를 통해 본능을 자의식적이고 지적인 것으로 만들고, 탁월한 작품과 그렇지 못한 작품을 구분할 수 있고, 그럼으로써 접촉과 비교를 통해 스스로 양식의 비밀과 학파의 비밀의 대가가 되고, 그 의미를 이해하고 그것에 귀 기울여 지적인 인생의 진정한 꽃이면서 진정한 뿌리기도 한 사심 없는 호기심을 키우고, 그리하여 지적인 명확성에 도달하고 "세상에 알려지고 세상에서 숙고된 것 가운데 최상의 것"[125]을 터득했기에——이런 말 하는 게 허황된 것이 아니야——불멸의 존재들과 함께하게 된 사람이니까.

그렇다네, 어니스트. 관조하는 삶, 즉 무엇을 행하는 것이 아니라 존재하는 것이 목적이고, 존재하는 것뿐 아니라 생성이 목적인 그런 삶이야말로 비평정신이 우리에게 줄 수 있는 것이라네.[126] 신들이 살아가는 방식이지. 아리스토텔레스가 말하듯이 자신의 완벽함에 대해 숙고하거나, 에피쿠로스가 상상하듯이 자기들이 만든 세계의 희비극을 차분한 관객의 위치에서 지켜보면서 말이야. 우리 역시 신들처럼 살 수 있을 거야. 인간과 자연이 제공하는 다양한 장면들을 적절한 감정을 지닌 채 관조하면서 말이야. 우리는 스스로를 행동에서 분리함으로써 정신적인 존재가 되고, 활력을 거부함으로써 완벽해질 수 있을 거야. 나는 브라우닝이 뭔가 이런 것을 좀 느끼지 않았나 생각하곤 한다네. 셰익스피어는 햄릿을 활동적인 삶을 살도록 내던져서 그가 노력을 통해 자신의 임무를 실천하도록 한다네. 브라우닝이라면 사고를 통해 자신의 임무를 실천하는 햄릿을 내놓았을 거야. 작은 사건이나 큰 사건이나 브라우닝에게는 모두 비현실적이고 무의미한 거였어. 그는 영혼을 삶의 비극의 주인공으

125) 아널드의 「우리 시대의 비평」을 인용하고 있다.
126) 장자와 에머슨의 영향.

로 설정하고, 행동은 극적 요소로 여기질 않았어. 어쨌든 우리에게 관조하는 삶은 진정한 이상이라네. 우리는 사상의 높은 탑에서 세상을 내려다볼 수 있어. 심미적 비평가는 차분하고 자기중심적이고 완벽한 채 삶에 대해 관조하지. 되는 대로 당겨진 화살 같은 건 그의 갑옷의 틈 사이로 뚫고 들어가지를 못한다네.[127] 최소한 그는 안전해. 그는 살아가는 법을 발견한 거야.

그러한 삶의 양식이 부도덕한가? 그래. 모든 예술은 다 부도덕해. 사악하거나 선한 행동을 조장하려는 저급한 형태의 관능적인 예술이나 교훈적인 예술은 제외하고 말이야. 모든 종류의 행동은 윤리의 범주에 속하는 거니까. 예술의 목표는 단지 어떤 분위기를 조성하는 것이네. 그 같은 삶의 양식은 비실용적이라고? 아! 비실용적이라는 게 무지한 속물[128]들이 상상하는 것만큼 그렇게 쉬운 게 아니네. 비실용적인 것이 쉬웠다면 영국으로서는 잘된 일이었을 텐데. 세상에서 우리나라만큼 비실용적인 사람들이 필요한 나라는 없다네. 우리에게 사고는 계속해서 실용성과 연관됨으로써 타락하게 되었어. 실제적 삶의 긴장감과 혼란 속에서 움직이는 사람——시끄러운 정치가건, 큰 소리로 떠드는 사회개혁가건, 자신의 운명을 내맡긴 공동체의 별로 중요하지도 않은 한 부분에 발생한 고통에 대해 맹목적인 가난하고 편협한 신부건——가운데 그 누가 사심 없는 지적인 판단을 내릴 수 있다고 진심으로 주장할 수 있겠는가? 각각의 직업은 곧 어떤 편견을 의미한다네. 직업을 가져야 한다는 생각에 사람들은 어느 쪽이든 편들지 않을 수가 없지. 우리는 과도하게 일만 하

127) 「열왕기」 22장 34절 참조.

128) 속물(Philistine). 원래 옛날 팔레스타인 남부에 살던 유대인에게 적대적인 민족을 의미하지만, 여기서는 아널드가 말한 속물, 교양 없는 사람 등을 말한다. 'Philistinism'은 속물근성, 무교양, 실리주의를 의미한다.

고 교육은 제대로 받지 못한 사람들의 시대에 살고 있어. 사람들이 너무 부지런하다보니 전적으로 어리석게 되는 그런 시대 말이야. 그리고 아무리 심한 말처럼 들려도, 나는 그런 사람들은 그렇게 되어 마땅하다고 말하지 않을 수 없어. 삶에 대해 아무것도 모르게 되는 확실한 방법은 자신을 쓸모 있게 만들려고 애쓰는 거라네.

어니스트: 멋진 주장이구먼, 길버트.

길버트: 멋진지 어떤지 몰라도, 최소한 그 말은 사실이야. 다른 사람들에게 좋은 일을 하려는 욕망이 젠체하는 자들을 양산하게 되는데, 이는 그 욕망이 초래하는 해악 가운데 가장 약한 것이야. 젠체하는 자는 매우 흥미로운 심리연구 대상이네. 그리고 모든 포즈 중에서 도덕적 포즈가 가장 불쾌하지만, 그래도 뭔가 포즈를 취한다는 것 자체는 의미가 있어. 그건 명확하고 이성적인 관점에서 인생을 대하는 게 중요하다는 것을 공식적으로 인정하는 거니까. 인도주의적 공감은 패자의 생존[129]을 지속시키는 것이기 때문에 자연에 어긋나는 것인데, 과학자는 이 같은 얄팍한 미덕을 혐오할 거야. 정치경제학자는 이 같은 이타주의적 태도가 미래를 신중하게 준비하는 자와 그렇지 않은 자를 동등하게 대함으로써 사람을 근면하게 만드는 가장 꾀죄죄하기에 가장 강력한 동기를 없애버리고 있다고 소리 높여 항의할 것이고. 하지만 사상가의 눈에 감정적 공감의 진짜 해악은 그것이 우리의 지식에 제약을 가져와 사회적 문제를 단 하나도 해결하지 못하게 하는 것이라네. 우리는 현재 다가오는 위기, 우리의 친구 페이비언 사회주의자들[130]이 혁명이라고 표현한 그 위기를

129) 다윈의 진화론 법칙인 적자생존을 변형시킨 것이다.

130) 질질 끄는 지구전(持久戰)을 통해 기원전 3세기에 로마를 카르타고에서 구했던 로마의 장군 파비우스(Fabius)의 이름을 딴 사회주의자들의 단체로 1884년에 결성되었다. 버나드 쇼 등이 유명하며 혁명이 아닌 의회의 개혁 등을 통

분배나 자선 따위로 막아보려고 애쓰고 있어. 글쎄, 혁명이나 위기가 닥치면 우리는 아무것도 모르니까 그저 무기력할 거야. 그러니 어니스트, 우리 속으면 안 되네. 영국은 그 영토에 유토피아를 덧붙이게 될 때까지는 결코 문명화되지 못할 거야. 영국에는 그 아름다운 유토피아를 위해 양도해버려도 손해가 안 되는 식민지가 많이 있어. 우리가 원하는 건 한 순간 너머를 볼 수 있고 하루를 초월하여 생각할 수 있는 그런 비실용적인 사람들이야. 다른 사람들을 인도하려고 애쓰는 사람들은 우중(愚衆)을 따라야만 그렇게 할 수 있지. 반면 신들의 길이 펼쳐지는 것은 아무도 없는 황야에서 외롭게 외치는 한 사람의 목소리를 통해서라네.

하지만 아마 자네는 그저 바라보는 기쁨을 위해 바라보고, 관조 자체를 위해 관조하는 것이 뭔가 자기중심적이라고 생각하겠지. 그렇게 생각한다 해도, 그렇다고 말하지는 말게. 자기희생이 신격화되는 건 우리 시대처럼 철저하게 이기적인 시대에서나 가능해. 즉각적인 실제적 이익이 되는 피상적이고 감정적인 미덕을 훌륭하고 지적인 미덕보다 우위에 올려놓는 것도, 우리가 살아가는 시대처럼 철저하게 탐욕스러운 시대에서나 가능하고 말이야. 다른 사람에게 늘 이웃에 대한 자신의 의무를 늘어놓는 우리 시대의 이러한 박애주의자들과 감상주의자들은 자신들의 목표 또한 놓치고 말아. 왜냐하면 인류의 발전은 개인의 발전에 의존하는 법이고, 자기수양을 이상으로 여기지 않는 곳에서는 지적 기준이 즉각 낮아지고 아예 사라져버리기도 하기 때문이지. 당신이 식사하는 자리에서 자신을 갈고닦는 데 평생을 바친 사람을 만난다면——우리 시대에 아주 드문 유형임을 인정하지만 그래도 때때로 마주칠 수 있는 유형이지——자네는 더 풍요해진 채로 식탁에서 일어나게 된다네. 고귀한

한 점진적 사회주의를 옹호했다.

이상이 잠시 자네에게 다가와 자네의 삶을 신성하게 해주었다는 것을 의식하면서 말이야. 하지만 아! 나의 친애하는 어니스트, 다른 사람을 교육시키려 하면서 평생을 보낸 사람 옆에 앉게 된다면! 그건 얼마나 끔찍한 경험이 되는지 아는가! 사견(私見)을 남에게 전달하려는 위험한 습관에 필연적으로 따라다니는 무지(無知)가 얼마나 끔찍한 것인지 아는가! 그런 인물의 정신은 매우 편협한 것으로 판명되고 만다네! 그것은 끝없는 반복과 역겨운 되풀이로 우리를 아주 지치게 하고 또 그러면서 자신 또한 지칠걸세! 그건 지적 성장의 요소가 너무나도 결핍되어 있는 거야! 그것은 늘 악순환 속에 갇혀 있지!

어니스트: 길버트, 자네는 그 얘기를 하면서 이상한 감정을 내보이는군. 최근에 자네가 그런 끔찍한 일을 당했던 모양이지?

길버트: 그것을 모면할 수 있는 사람은 거의 없다네. 사람들이 학교선생은 해외로 나갔다고 하던데.[131] 정말이지 그랬으면 좋겠어. 하지만 결국 학교선생은 그가 속한 유형, 우리의 삶을 지배하고 있는 것 같은 그 유형 가운데 확실히 중요성도 가장 떨어지는 한 예에 불과할 뿐이야. 그리고 마치 박애주의자가 윤리적 범주에서 장애가 되는 것처럼, 지적 범주에서는 다른 사람들을 교육시키려고 애쓰는 데 몰두한 나머지 스스로를 갈고닦을 시간이 전혀 없는 그런 학교선생 같은 사람들이 장애가 된다네. 아니야, 어니스트, 자기수양이야말로 인간의 진정한 이상이라네. 괴테는 그것을 깨달았지. 그리고 우리가 괴테에게 진 빚은 그리스 시대 이후 그 어떤 인물에게 진 빚보다 훨씬 크다네. 그리스인들은 그점을 잘 알고 있었기에 삶의 진정한 실현을 위한 유일한 방법인 비평적 방법뿐

131) 한 유명인사가 런던의 한 대학에서 "Look out, gentlemen, the school master is abroad!"라고 연설했다고 한다.

아니라 관조하는 삶이라는 개념을 현대의 사상에 유산으로 남겨준 거야. 그 자기수양이 르네상스를 위대하게 만들고 우리에게 휴머니즘을 부여해주었지. 그것은 우리 시대 또한 위대한 시대로 만들어줄 수 있는 유일한 것이기도 해. 왜냐하면 영국의 진짜 약점은 불완전한 군사력이나 방어가 약한 해안도 아니고, 햇빛도 들지 않는 골목에 스며드는 가난도 아니며, 혐오스런 법정에서 소동을 벌이는 술주정도 아니고, 그저 영국의 이상이 지적인 것이 아니라 감정적이라는 사실에 있다네.

나는 지적인 이상을 성취하기가 어렵다는 걸 부인하지 않거니와, 군중에게 인기가 없으며 아마 앞으로 수년 동안에도 그럴 거라는 사실은 더더욱 부인하지 않는다네. 사람들은 고통에는 무척 쉽게 공감하지. 사상(思想)에는 좀처럼 공감하지 못하고 말이야. 사실 보통 사람들은 사상이 무엇인지 좀처럼 이해하지 못하기 때문에, 어떤 이론을 위험하다고 말하는 건 곧 그것을 비난하는 거라고 상상하는 것 같아. 사실 그 위험한 이론들이야말로 진정한 지적인 가치를 지닌 것인데도 말이야. 위험하지 않은 사상은 사상이라고 불릴 가치도 없지.

어니스트: 길버트, 자넨 나를 당혹스럽게 만드는군. 자네는 내게 모든 예술은 본질적으로 부도덕하다고 얘기했지. 자네는 이제 모든 사상은 본질적으로 위험하다고 얘기하는 건가?

길버트: 그래, 실용적 범주에서 사상은 위험하다네. 사회의 안정은 관습과 무의식적인 본능에 의존하고, 건강한 유기체로서의 사회의 안정은 구성원 사이에 지성이 전혀 없는 데서 나온다네. 이 사실을 충분히 알고 있는 대다수의 사람들은 자신을 기계 정도의 위치로 분류하는 그런 놀라운 체제 쪽에 자연스럽게 가담하여, 삶에 관련된 어떤 문제에 지적 능력이 개입하려고 하면 하도 맹렬하게 분노하곤 해서, 인간을 이성(理性)의 명령에 따라 행동하라는 요구를 받으면 늘 화를 내는 그런 이성적 동

물로 정의하고 싶은 유혹을 느낄 정도라네. 하지만 실용적 범주에서 좀 시선을 돌리고, 사악한 박애주의자들에 대해서도 더 이상 얘기하지 마세. 그런 자들은 가느다란 눈을 가진 황하의 철학자 장자(壯者), 호의적이지만 불쾌한 참견을 좋아하는 사람들이 인간에게 내재한 단순하고 즉흥적인 미덕을 파괴해왔음을 증명해 보였던 그 현자에게 내맡기는 게 낫겠어. 그쪽 얘기는 너무 지루한 이야깃거리라서. 자유로이 비평을 할 수 있는 범주로 빨리 돌아가고 싶어.

어니스트: 지성의 범주 말인가?

길버트: 그래. 자네는 내가 나름대로 예술가처럼 창조적인 존재로서의 비평가 얘기를 한 걸 기억하겠지. 사실 예술가들의 작품은, 비평가에게 사상과 감정의 새로운 분위기를 암시해줌으로써 비평가가 이를 똑같거나 더 탁월한 형식으로 형상화하고, 새로운 표현매체를 사용하여 다른 방식으로 아름다우면서 더 완벽하게 만들어낼 수 있게 하는 한에서만 가치가 있을 것이네. 자, 자네는 그 이론에 다소 회의적인가 보군. 아니면 내가 자네를 잘못 봤나?

어니스트: 그 이론에 그렇게 회의적인 건 아니야. 하지만 자네가 설명한 비평가가 산출한다는 그런 작품은――물론 그 작품도 창조적이라는 것은 인정해야 하지만――어쩔 수 없이 순전히 주관적일 거라는 생각이 강하게 든다는 말은 해야겠는걸. 위대한 작품이라면 늘 객관적이고 몰개성적이어야 하는 데 말이야.

길버트: 객관적인 작품과 주관적인 작품의 차이점은 단지 외적인 형식의 차이뿐이야. 우연한 것이지 본질적인 것이 아니란 말이지. 모든 예술적 창조는 절대적으로 주관적이라네. 화가 코로가 바라본 그 풍경은 그가 스스로에게 말하듯이 코로 자신의 마음의 분위기일 뿐이었지. 그리고 형태를 부여하여 창조해준 작가들을 떠나 실제로 존재하는 듯이 보

이는 그리스와 로마의 극에 등장하는 위대한 인물들은, 궁극적으로 분석해보면, 작가 자신의 모습일 뿐이야. 작가들이 자신의 모습이라고 생각했던 그 모습이 아니라, 자신의 모습이 아니라고 생각했던 그 모습으로 말이야. 그리고 정말 그런 생각을 하면 잠깐뿐이기는 하지만 이상하게도 정말 그렇게 된다니까. 왜냐하면 우리는 우리 자신에게서 결코 벗어날 수가 없고, 창조자에게 없는 것이 창작품에 있을 수는 없는 것이니까. 아니, 나는 창조가 좀더 객관적인 것으로 보이면 보일수록, 그건 정말로 더 주관적인 것이라고 말하겠네. 셰익스피어는 런던의 눈 덮인 거리에서 로젠크랜츠와 길든스턴을 만났을지도 모르고, 광장에서 원수지간인 집안의 하인들이 서로 무시하며 다투는 것을 보았을지도 모르지. 하지만 햄릿은 그의 영혼에서 나왔고 로미오는 그의 정열에서 나왔어. 그 인물들은 셰익스피어가 자신의 본성에 가시적 형태를 부여함으로써 나타난 존재, 셰익스피어의 내면에서 너무도 강렬하게 움직이던 충동들이 필연적으로 스스로 구현된 결과 나타난 존재란 말이네. 구속적이고 강제적이어서 불완전하게 되었을 현실적 삶의 낮은 단계가 아니라 사랑이 죽음에서 풍요로운 성취를 이룰 수 있고, 커튼 뒤에서 엿듣는 자를 찌를 수도 있고, 새로 판 무덤에서 싸움을 벌일 수도 있고, 죄지은 왕이 자신을 해칠 술을 마시기도 하고, 달빛 아래 완전히 무장을 한 채 안개 자욱한 성벽을 은밀히 돌아다니는 부친의 영혼을 볼 수도 있는, 예술의 상상적 단계에서 말이야. 행위의 묘사에 제약을 받았다면, 셰익스피어는 만족하지 못하고 침묵하고 말았을 거야. 그가 모든 것을 성취할 수 있었던 것은 실제로 행동하지 않았기 때문이지. 그와 마찬가지로, 그의 극작품들이 작가를 우리에게 철저하게 드러내 보여주고, 심지어는 그 이상한 아름다운 소네트——소네트에서 그는 마음의 은밀한 벽장 속을 투명한 수정의 눈에 드러내 보이고 있지——보다도 더욱 철저하게 그의 진정한 본성과 기질을 보여주는 것도, 그가 극작품에서 자신에 관한 이야기를 결코 하는 법이 없기 때문이지. 그렇다네, 객관적 형식이 내용에 있어 가장 주관적이야. 인간은 직접 자기 이야기를 할 때 자신에게서 가장 멀어진다네. 그에게 가면을 주어보게, 그러면 그는 진실을 말할 거야.

어니스트: 그렇다면 비평가는 주관적 형식에 국한되니까, 몰개성적이고 객관적인 형식을 마음대로 사용할 수 있는 예술가보다는 자신을 충실히 표현하는 능력이 필연적으로 떨어지겠군.

길버트: 꼭 그렇지만도 않아. 아니, 전혀 그렇지 않아. 최고로 발전된 비평양식은 어떤 기분 같은 것이라는 사실, 그리고 우리가 뭔가 일관성이 없을 때 자신에게 가장 충실하다는 사실을 비평가가 인식하고 있다면 말이야. 모든 것에서 아름다움의 원칙에만 충실한 심미적 비평가는 다양한 학파로부터 그들의 매력의 비결을 배우고, 외국의 제단 앞에 절을 하고, 마음에 들면 낯선 이상한 신에게라도 미소를 지어 보이며, 늘 새로운 인상들을 추구하고 다닐 거야. 사람들이 어떤 인물의 과거에 대해 얘기할 때, 물론 그건 전적으로 자기들과 관계된 것이지 그 인물하고는 하등의 관계가 없는 것이라네. 자신의 과거에 집착하는 사람은 기대할 미래를 가질 만한 자격이 없는 인물이고. 누군가가 어떤 기분을 표현해내게 되면, 그때 그 기분은. 자네 웃는군. 하지만 내 말을 믿게. 정말로 그렇다니까. 어제만 해도 사람들을 매혹시킨 것은 리얼리즘이었지. 사람들은 리얼리즘에서 그것의 창작 목표이기도 한 새로운 전율(nouveau frisson)을 얻었어. 사람들은 그것을 분석했고, 설명했고, 그러자 싫증이 났지. 해질 무렵, 미술에서는 루미니스트,[132] 그리고 시에서는 상징주의 시인[133]이 나타났어. 그리고 중세의 정신, 시대가 아니라 기질 면

132) 빛의 영향에 관심을 둔 화파로 인상주의와 연관이 있다.

에서 중세적인 정신이 갑자기 상처 입은 러시아에서 일어나 고통이 주는 끔찍한 매력으로 잠시 우리를 자극했지.[134] 오늘날은 로맨스를 향한 절규가 들리네. 벌써 나뭇잎들이 계곡에서 전율하고 자줏빛의 언덕 꼭대기에서 날씬한 금빛 발을 가진 미녀가 걷고 있지. 물론 예전의 창작양식이 여전히 남아 있어. 예술가들은 지루한 반복으로 자신을 또는 서로서로를 재생산하고 있는 거야. 하지만 비평은 늘 앞으로 나아가고 비평가는 늘 발전한다네.

다시 말하는데, 비평가는 정말이지 주관적인 표현형식에 국한되어 있지 않다네. 비평가는 서사시의 방식뿐 아니라 극작품의 방식 또한 사용하지. 비평가는 대화를 사용할 수 있다는 말이네. 밀턴으로 하여금 마블[135]에게 희극과 비극의 성격에 대해 이야기하도록 하고, 시드니와 브룩 경으로 하여금 펜즈허스트의 떡갈나무 아래서 문학에 대해 강연을 하게 했던 그 사람처럼 말이야.[136] 또는 페이터가 즐겨 사용했던 서술을 채택할 수도 있지. 페이터의 『상상적 초상화』(*Imaginary Portraits*)——그 책의 제목이 맞지?——는 각각 우리에게 허구라는 기발한 가장 아래 훌륭하고 미묘한 비평작품을 제시해주고 있지 않은가. 예를 들면 화가인 와토[137]에 대한 비평 하나, 스피노자의 철학에 대한 비평 하나, 초기 르네상스 시대의 이교적 요소에 대한 비평 하나 그리고 어떤 면에서는 가

---

133) 보들레르에서 베를렌, 랭보, 말라르메에 이르는 프랑스의 시인들.

134) 러시아의 무정부주의자 크로포트킨(Peter Kropotkin)을 가리킨다. 와일드는 크로포트킨을 아름다운 그리스도의 영혼을 가진 인물로 예찬한 바 있다.

135) 마블(Andrew Marvell): 18세기 영국시인.

136) 19세기 시인인 랜더(Walter Savage Landor)는 『상상적 대화들』이라는 글에 밀턴과 마블의 대화, 그리고 켄트에 있는 시드니 경의 저택인 펜즈허스트에서 브룩 경과 시드니 경의 대화를 담았다.

137) 와토(Antoine Watteau): 18세기 초 프랑스의 화가.

장 시사하는 바가 많은 마지막 장은 계몽주의, 지난 세기 독일에서 싹텄으며 우리의 문명이 많은 빚을 지고 있는 계몽주의를 다루고 있지. 플라톤에서 루키아노스까지, 그리고 루키아노스에서 브루노에 이르기까지, 그리고 브루노에서 칼라일이 심취했던 위대한 옛 이교도[138]에 이르기까지, 세계의 창조적 비평가들이 늘 사용했던 놀라운 문학양식인 대화는 분명 사상가에게 표현양식으로서의 매력을 결코 잃지 않을 것이네. 대화라는 표현양식을 통해 비평가는 자신을 드러내기도 하고 감추기도 하고, 모든 공상에 형태를 부여하거나, 모든 분위기에 현실성을 부여하기도 하지. 또 비평가는 대화의 표현양식을 통해 대상을 다양한 관점에서 제시하고 조각가처럼 대상을 사방에서 볼 수 있게 제시할 수가 있어. 전개되고 있는 중심사상에서 갑자기 암시되면서 그 사상을 더 완벽하게 예시해주는 부수적 쟁점들, 또는 중심기획에 더 충실한 완벽성을 부여하지만 뭔가 우연이라는 미묘한 매력 같은 것을 전달하는 그 멋들어지고 적절한 재고(再考), 이런 데서 나오는 효과의 풍성함과 현실감을 획득하면서 말이야.

어니스트: 또한 대화의 양식을 통해 비평가는 가상의 상대역을 꾸며낼 수 있고, 마음 내킬 때 부조리한 궤변의 논쟁으로 그를 개종시킬 수도 있지.

길버트: 아! 다른 사람들을 개종시키는 건 너무나 쉽다네. 자기 스스로 개종하는 게 어려운 거지. 자신이 정말로 믿는 바에 도달하기 위해서는 다른 사람의 입술을 통해 얘기해야만 하네. 진실을 알기 위해서는 무수한 허위들을 상상해봐야만 하는 거야. 도대체 진리가 뭔가? 종교에서 진리란 간단히 말해 끝까지 남은 견해라네. 과학에서 진리는 궁극적인

---

138) 랜더를 가리킨다.

감각이고, 예술에서 진리는 마지막에 느끼는 기분이라네. 어니스트, 이제 자네는 비평가가 예술가처럼 여러 객관적인 표현형식을 마음대로 쓸 수 있다는 것을 알았겠지. 러스킨은 자신의 비평을 상상적 산문으로 표현했는데 변화와 반박을 하는 데 뛰어났지. 브라우닝은 자신의 비평을 무운시로 표현해서 화가와 시인이 우리에게 비밀을 털어놓게 만들었지.[139] 르낭[140]은 대화를, 페이터는 픽션을 사용했다네. 그리고 로제티는 다양한 발화양식을 지닌 자의 본능으로, 궁극적 예술은 문학이며 가장 섬세하고 충실한 매체는 언어라고 생각하면서, 조르조네의 색채와 앵그르(Ingres)의 디자인 그리고 자신의 디자인과 색채를 소네트의 음악으로 바꾸어놓았지.[141]

어니스트: 자, 자네는 비평가가 모든 객관적 형식을 마음대로 쓸 수 있다고 결론지었으니, 이제 진정한 비평가들의 특징이 무엇인지 말해주게.

길버트: 자네는 뭐라고 생각하나?

어니스트: 글쎄, 비평가는 무엇보다도 공평(公平)해야 한다고 말해야겠지.

길버트: 아! 공평하지 않다네. 비평가는 보통 쓰이는 의미의 공평함과 거리가 멀지. 사람들은 자기가 아무런 흥미도 느끼지 못하는 것에나 편견이 없는 견해를 제시할 수 있는 법이야. 그런 이유로 당연히 편견이 없는 견해는 전혀 가치가 없는 것이 되지. 어떤 문제의 양면을 보는 사람은 정말이지 아무것도 보지 못하는 사람이야. 예술은 정열이야. 예술

---

139) 브라우닝의 장시 『안드레아 델 사르토』와 『프라 리포 리피』는 화가를, 『클레온』은 시인을 극적 독백형식으로 다루고 있다.

140) 19세기 프랑스의 사상가. 『예수의 생애』 등으로 유명하다.

141) 로제티는 영국의 시인이자 화가로서, 조르조네와 앵그르를 다룬 소네트를 발표했다.

에서 사상은 어쩔 수 없이 감정으로 채색되는 법이고, 고정되기보다는 유동적인 것이며, 섬세한 기분과 미묘한 순간에 의존하기 때문에 딱딱한 과학적 공식이나 신학적 교리 같은 것으로 좁혀질 수가 없지. 예술은 바로 영혼에 호소하는 것이며, 영혼은 육체뿐 아니라 정신 속에 깃드는 것이지. 물론 사람은 편견을 가져서는 안 되겠지. 하지만 100년 전에 한 위대한 프랑스인이 말했던 것처럼, 무언가를 선호하는 것은 자기 마음인 게야. 그리고 뭔가 선호하는 게 있으면 더 이상 공평할 수가 없지. 경매인들만이 똑같이 공평하게 예술의 모든 학파를 찬양할 수 있다네. 아니야. 공평함은 진정한 비평가의 특성이 될 수가 없어. 그것은 비평의 조건에도 들지 못해. 우리가 접하게 되는 각각의 예술형식은 그 순간 다른 형식을 다 물리치면서 우리를 지배한다네. 우리는 어떤 작품이든 간에 그 작품의 비밀을 얻고 싶으면 절대적으로 그것에 몰두해야만 하네. 그 순간 잠시 우리는 정말 다른 것은 생각해서도 안 되고 생각할 수도 없는 거야.

어니스트: 진정한 비평가는 어쨌든 합리적이겠지?

길버트: 합리적이라고? 어니스트, 예술을 싫어하는 데는 두 가지 방법이 있네. 하나는 예술을 싫어하는 거고, 나머지는 예술을 합리적으로 좋아하는 거라네. 플라톤이 다소 유감스러워하며 파악했듯이, 예술은 청자(聽者)와 관객들에게 신성한 광기(狂氣)의 한 형식을 조성해준다네. 예술은 영감을 받아 저절로 창조되지는 않지만, 다른 사람에게 영감을 떠올리게 해주지. 예술은 이성의 기능에 호소하는 게 아니야. 정말 예술을 사랑한다면, 세상의 모든 다른 것들을 초월하여 예술을 사랑해야 한다네. 이성은, 우리가 잘 들어보면, 그런 사랑을 큰 소리로 반대하고 있어. 아름다움의 숭배에서 제정신인 것은 없다네. 아름다움은 매우 멋진 것이어서 제정신일 수가 없어. 아름다움이 인생의 지배적 음조가 되는 사

람들이 세상사람의 눈에는 늘 완전한 몽상가로 보일 거야.

어니스트: 글쎄, 비평가들은 최소한 성실하긴 하겠지?

길버트: 약간 성실하다면 위험하다 하겠고, 아주 성실하다면 절대적으로 치명적이라네. 사실 진정한 비평가라면, 늘 아름다움의 원칙에 헌신하는 데 성실하겠지만, 모든 시대와 모든 학파에서 아름다움을 추구하고, 어떠한 정해진 사고의 관습이나 사물을 바라보는 틀에 박힌 양식에 국한되지는 않을 것일세. 그는 많은 형식으로 또 수천의 다양한 방법으로 자신을 구현하고, 또 언제나 새로운 감각이나 참신한 관점들을 파악하려고 할 것이네. 지속적인 변화를 통해, 오직 지속적 변화만을 통해서, 그는 자신의 진정한 일관성을 찾아내게 될 것이야. 그는 자기 견해의 노예가 되는 데 동의하지 않을 것이네. 왜냐하면 정신은 바로 지적인 범주에서 지속적으로 움직이는 것이니까. 삶의 본질처럼 사고의 본질도 성장하는 것이야. 어니스트, 말만 듣고 겁먹지 말게. 사람들이 불성실이라고 부르는 것은 우리 자신의 개성을 배가시킬 수 있는 방법이 될 수도 있어.

어니스트: 나는 하는 말마다 운이 없구먼?

길버트: 자네가 언급한 세 가지 특성 가운데 두 가지, 즉 성실성과 공평함은 사실 도덕적인 것은 아니라 해도 최소한 도덕의 경계선상에 있지. 그런데 비평의 첫 번째 조건은 비평가는 예술의 범주와 윤리의 범주가 절대적으로 분리된 별개의 영역임을 인식하고 있어야 한다는 것이야. 그 두 가지가 혼동되면, 다시 혼란이 야기된다네.[142] 그 두 가지가 지금 영국에서 너무 자주 혼동되어서, 우리의 현대판 청교도들은 그들의

---

142) 『오셀로』에서 오셀로가 "And when I love thee not,/Chaos is come again"이라고 한 부분의 인용.

지나친 외설로 아름다운 것을 파괴까지는 아니라 해도 잠시 오염은 시키곤 하지. 이런 말을 해서 유감이지만, 그런 사람들이 말을 하는 것은 주로 저널리즘을 통해서야. 무척 유감이야, 현대의 저널리즘은 좋게 말할 장점도 많은데 말이야. 저널리즘은 교육받지 못한 사람들의 견해를 제시함으로써, 우리로 하여금 공동체의 무지와 계속 접촉하게 만든다네. 이 시대의 최근 사건들을 세심하게 연대순으로 기록함으로써, 저널리즘은 우리에게 그런 사건들이 정말 얼마나 사소한 것인지를 보여주지. 변함없이 불필요한 것을 얘기함으로써, 저널리즘은 문명에 어떤 것들이 필수적이고 어떤 것들이 필요 없는지를 우리가 이해하게 해주는 면도 있어. 하지만 저널리즘은 불쌍한 타르튀프[143]에게 현대 예술에 대한 글을 쓰도록 허용해서는 안 되네. 그렇게 하면 저널리즘은 망신을 당하게 될 테니까. 하지만 타르튀프의 글과 채드밴드[144]의 논평이 저널리즘에 최소한 이익이 될 수는 있을 거야. 윤리와 윤리적 고찰이 영향력을 행사하려고 들 수 있는 영역이 얼마나 극단적으로 한정되어 있는지를 보여주는 데 도움이 될 테니 말일세. 과학은 영원한 진리에 시선이 고정되어 있기 때문에 도덕이 미치지 못하지. 예술은 아름답고 불멸이며 지속적으로 변하는 것들에 시선이 고정되어 있기 때문에 도덕이 미치지 못하네. 지적 수준이 더 낮고 떨어지는 범주는 도덕에 속하지. 하지만 이 말 많은 청교도들은 그냥 지나치세. 그들은 나름대로 희극적인 면이 있어. 한 평범한 저널리스트가 진지하게, 예술가가 마음대로 쓸 수 있는 주제에 제약을 가하자고 제안할 때, 그 누가 웃지 않을 수 있겠나? 나는

143) 타르튀프(Tartuffe): 17세기 프랑스의 극작가 몰리에르의 작품에 나오는 위선자.

144) 채드밴드(Chadband): 디킨스(Charles Dickens)의 『황량한 집』(*Bleak House*)에 나오는 위선적인 성직자.

그런 제약은 신문과 신문기자들 몇몇에게 가하는 게 당연하며, 곧 그렇게 될 것이라 생각하네. 왜냐하면 그들은 우리에게 삶의 적나라한, 비열하고 혐오스러운 사실들을 제시하기 때문이지. 그들은 이류급의 죄악들을 수치스러울 정도로 열심히 기록하고, 교육받지 못한 자의 성실함 같은 것으로 아무런 흥미도 일으키지 못하는 사람들의 세세한 행동들을 꼼꼼하고 장황하게 묘사한다네. 그러나 예술가는 삶의 사실들을 수용하면서 그것을 아름다운 형체로 변형시키고 동정심과 경외감을 일으키는 수단으로 만들고 색채의 요소와 경이감과 또한 진정한 윤리적 의미를 보여주고, 실재 자체보다 더 진실된 세계, 더 고귀하고 고상한 의미의 세계를 만들어낸다네. 그런데 예술가에게 누가 제약을 가할 수 있다는 말인가? 옛날의 저속함이 "대서특필"[145]된 데 불과한 새로운 저널리즘의 추종자들은 절대 그럴 수 없지. 말이건 글이건 형편없이 위선자의 끙끙거리는 불평이나 늘어놓는 새로운 청교주의의 추종자들도 그럴 수 없어. 그런 생각을 하는 것만으로도 우습구먼. 이 사악한 사람들은 제쳐놓고 진정한 비평가에게 필요한 예술적 특성을 지닌 사람들의 얘기로 건너가보세.

어니스트: 그들은 어떤 사람들인가? 자네가 얘기해보게.

길버트: 기질이야말로 비평가의 주요한 필수요건이라네. 아름다움과 아름다움이 우리에게 주는 다양한 인상에 묘하게 민감한 기질 말이야. 이 기질이란 것이 어떤 상황에서 어떤 방법으로 인류에게 또는 개인에게 생기는지는 지금 논하지 않겠네. 기질이란 것이 있다고 말하는 걸로 충분하니까. 또 우리에게 다른 감각들과 구별되면서 그보다 우월하고, 이성과 구별되면서 그보다 고상한 의미가 담겨 있고, 영혼과 구별되면

---

145) 밀턴의 소네트에서 인용. "New Presbyter is but old Priest writ large."

서 그만한 가치가 있는 미적 감각, 즉 어떤 사람들은 창조하도록 이끌고, 또 내가 보기에 더 섬세한 정신을 지닌 어떤 사람들은 관조하도록 이끄는 그런 미적 감각이 우리에게 내재되어 있다는 사실을 지적하는 것으로 충분하니 말이야. 하지만 이 감각이 정화되고 완벽해지려면 어떤 미묘한 환경이라는 형식이 필요하지. 이것이 없으면 그 감각은 굶주리고 둔화되어버린다네. 자네는 플라톤이 그리스의 청년이 어떤 교육을 받아야 하는지를 묘사한 그 아름다운 구절 기억하지? 거기서 플라톤이 얼마나 집요하게 환경의 중요성을 말하던가! 구체적 사물의 아름다움으로부터, 그 청년의 영혼이 정신적인 아름다움을 수용하는 걸 배울 수 있도록, 청년은 아름다운 장면과 소리의 한가운데서 성장해야 한다고 말하지 않던가. 별 의식 없이 이유도 모른 채 그 청년은 아름다움에 대한 진정한 사랑을 터득하게 되지. 이 아름다움에 대한 진정한 사랑이, 플라톤이 우리에게 끊임없이 상기시키듯이, 교육의 진정한 목표라네. 조금씩 조금씩 그 청년은 자연스럽게 악보다는 선을 선호하고, 저속하고 조화롭지 못한 것을 거부하고, 섬세한 본능적 취향에 의해 우아함과 매력과 아름다움을 갖춘 것들을 추구하도록 하는 기질을 갖추게 되는 거지. 이 취향은 시간이 흐르면 궁극적으로는 비평적이고 자의식적인 것이 되겠지만, 처음에는 순전히 개화된 본능으로 존재한다네. 그리고 "내면적 인간의 이 같은 진정한 교양을 갖추게 된 사람은 명확하고 확신에 찬 시각으로 예술 또는 자연의 부족과 단점을 파악하게 되며, 이미 젊은 시절부터 이유를 굳이 따지지 않고도, 결코 실수라고는 모르는 그런 취향으로 선한 것을 찬양하고 그것에서 기쁨을 발견하고 그것을 영혼에 받아들이고 그럼으로써 선하고 숭고해지는 한편, 악은 마땅히 비난하고 또 증오하게 된다네." 그리하여 후에 비평적이고 자의식적인 정신이 내면에서 성숙하게 되었을 때, 그는 그것을 "교육을 통해 이미 친근해진 오랜 친구로 인정하고 받아들이게 될 거야." 어니스트, 우리 영국이 이러한 이상에 얼마나 뒤져 있는지는 굳이 말할 필요도 없겠지. 누군가 교양 없는 속물 같은 자에게, 교육의 진정한 목표는 아름다움에 대한 사랑이고, 교육이 진행되어야 할 방식은 기질을 키워주고 취향을 갈고닦고 비평 정신을 조성하는 것이라고 과감히 말한다면, 그자의 번드르르 윤이 나는 얼굴에 웃음이 쫙 퍼져나가리라는 게 상상이 가고도 남네.

그렇지만 우리에게도 아름다운 환경이 남아 있어서 맥덜린대학[146]에서 잿빛의 복도를 배회하거나, 웨인플릿(Waynfleete)의 예배당에서 노래하는 플루트 같은 목소리를 듣거나,[147] 푸른 목장에서 이상한 뱀무늬의 백합들 사이에 눕거나, 태양에 그을린 정오가 탑의 도금한 풍향계를 더 화려한 금빛으로 퍼뜨리는 것을 보거나, 크라이스트처치대학[148]에서 둥근 천장의 그늘진 부채 아래 계단을 이리저리 거닐거나, 세인트 존대학에서 로드 기념관[149]의 조각이 새겨진 입구를 통과할 수 있을 때면, 튜터나 교수들의 지루함은 거의 상관하지 않게 된다네. 옥스퍼드나 케임브리지에서만 미적 감각이 형성되고 훈련되고 완벽해질 수 있는 것은 아니네. 영국 전역에 걸쳐 장식예술의 르네상스가 싹트고 있지. 추(醜)함은 이제 지나갔어. 부자들의 집에조차 취향이 담겨 있고, 부유하지 않은 사람들의 집도 살기에 아름답고 아늑하고 즐거운 곳으로 만들어졌어. 칼리반, 불쌍하고 시끄러운 칼리반은 자기가 찌푸린 얼굴로 어떤 사물을 들여다보지 않으면, 그것은 더 이상 존재하는 게 아니라고 생각해.

---

146) 와일드는 1874년부터 78년까지 옥스퍼드의 맥덜린대학에서 수학했다.

147) 웨인플릿의 윌리엄은 맥덜린대학의 창립자를 말한다.

148) 맥덜린대학과 마찬가지로 옥스퍼드의 한 대학.

149) 캔터베리의 대주교였던 로드(William Laud)는 1611년 세인트 존 칼리지의 학장으로 임명되었다.

하지만 칼리반이 더 이상 조롱하지 않는다면, 그건 자기보다 더 빠르고 날카로운 조롱에 마주치게 되어, 잠시 침묵——그의 거칠고 비뚤어진 입술을 영원히 봉해버릴 침묵——을 지키도록 쓰라린 훈련을 받았기 때문이지.[150] 여태까지 이루어진 일은 주로 길을 내기 위해 치우는 거였네. 창조하는 것보다 파괴하는 것이 늘 훨씬 어려워. 그래서 파괴해야 할 대상이 비속함과 어리석음이라면, 용기를 낼 뿐 아니라 경멸하는 마음도 있어야 파괴가 가능하지. 하지만 이 일은 어느 정도 이루어진 것 같군. 우리는 나쁜 것을 제거해온 거야. 우리는 이제 아름다운 것을 만들어야 하네. 심미적 운동의 사명이 사람들을 창조로 인도하기보다는 관조하도록 유인하는 것이지만, 켈트족에게 창조적 본능이 강하고 예술에서 앞장서는 것도 켈트족이니, 앞으로 이 이상한 르네상스가 몇 세기 전에 이탈리아의 도시에서 일어났던 예술의 새로운 탄생만큼 나름대로 강력한 것이 될 수도 있지 않을까?[151]

분명히 기질을 갈고닦기 위해서는 장식예술 쪽으로 돌아서야 한다네. 우리를 가르치는 예술이 아니라 감동을 주는 예술 쪽으로 돌아서야 한다는 얘기지. 물론 현대의 회화는 보기에 즐거워. 최소한 몇몇 작품은 말이야. 하지만 그것들은 향유하기가 거의 불가능해. 현대의 회화작품은 너무 영악하고 주장이 강하고 또 지적이어서 말이야. 의미가 매우 분명하고 기법도 아주 명확히 설명되거든. 회화작품들이 전달해야 할 내용이 짧은 시간에 다 소진되어버려서, 작품이 사람들의 설명만큼이나

---

150) 와일드는 자신의 『도리언 그레이의 초상』의 서문에서 19세기 리얼리즘을 칼리반에 비유한 바 있다. 사회의 추한 면을 반영하는 리얼리즘은 더 나은 문학사조에 자리를 내주고 종말을 맞이했다는 내용이다.

151) 이상한 르네상스란 켈트족 중심의 르네상스. 와일드는 아일랜드 민족주의와는 거리가 있었으나 켈트족에 대한 자부심을 잃지 않았다.

지루한 것이 되어버리고 말지. 나는 파리와 런던의 인상파 화가[152]들의 그림을 매우 좋아한다네. 그 화파에는 아직 미묘함과 탁월함이 남아 있어. 그들 작품의 배열과 조화는 고티에의 불멸의 작품 『백색 장조의 교향악』(*Symphonie en Blanc Majeur*)——색채와 음악의 흠 없는 걸작품으로 인상파의 상당수 걸작들에게 제목뿐 아니라 유형도 암시해준 그 작품——의 빼어난 아름다움을 떠올리게 해주지. 무능한 자들에게 열렬히 영합하며 그들을 환영하는 계층, 기괴함을 아름다움으로 혼동하고 비속(卑俗)함을 진리로 착각하는 계층에게 그 그림들은 완성도가 너무 높은 것이야. 그 작품들은 경구(警句)의 재치를 에칭으로 표현하기도 하고 역설만큼 매혹적인 파스텔화를 그리기도 하며, 그들의 초상화에는 평범한 자들이 뭐라고 비판하건 간에 순수한 허구에 속하는 독특하고 놀라운 매력이 있음을 그 누구도 부인할 수가 없지. 하지만 아무리 진지하고 근면하다 해도 인상파 화가들 역시 많이 부족하다네. 나는 그들을 좋아하지. 그들의 하얀색의 기조(基調)는 옅은 자색의 변조와 함께 색채에서 한 시대를 이루었어. 그 순간이 인간을 만들어내지는 못했다 해도, 인상파 화가들을 만들어낸 건 확실하지. 그리고 예술에서의 그 순간, 로제티의 표현대로 "순간의 기념비"[153]에 대해 할 말이 무수히 많지. 인상파 화가는 또한 암시적이기도 해. 그들이 눈먼 자들의 눈을 뜨게 하지는 않았다 해도, 최소한 근시안들에게 상당한 격려를 해주었어. 그리고 그 화파의 지도자들은 세상물정을 모르는 경향이 있는 한편, 젊은이들은 너무 지혜로워서 늘상 신중하지는 못했지. 그들은 고집스럽게 그림을

152) 날씨, 계절, 빛의 영향에 대한 깊은 감성으로 그림을 그렸던 프랑스의 화가들로 모네, 마네, 시슬리, 르누아르, 드가 등을 통칭하는 용어.

153) 로제티는 시집 『인생의 집』(*The House of Life*)의 첫 소네트에서 "A Sonnet is a moment's monument"라고 노래했다.

문맹자들이 사용하도록 창안된 일종의 자서전 양식으로 간주하려 하고, 조야한 모래 같은 화폭을 통해 늘 우리에게 자신들의 불필요한 자아와 불필요한 견해를 떠들어대고, 저속하고 과장된 강조로 그들의 가장 나은 점이며 유일하게 온당한 점, 즉 자연을 무시하는 섬세한 태도를 망치고 말았어. 결국 사람들은 항상 시끄럽기만 하고 대체로 별 재미도 없는 개성을 지닌 각 개인들의 작품에 싫증이 나게 되지. 스스로 의고주의자(擬古主義者)로 칭하는 파리에 새로이 나타난 화파에 대해서는 칭찬할 말이 훨씬 많다네. 이들은 예술가가 전적으로 날씨에 좌우되는 것을 거부하고, 단순한 분위기의 효과에서 예술의 이상을 발견하는 게 아니라 디자인의 상상적 아름다움과 맑은 색채의 아름다움을 추구한다네. 그리고 이들은 단지 자기가 보는 것만 그리는 사람들의 진부한 리얼리즘을 거부하고, 볼 만한 가치가 있는 뭔가를 보려고 애쓴다네. 현실적이고 구체적인 시각에서가 아니라, 예술적 목적에서 훨씬 더 훌륭한 만큼 정신적 영역에서도 훨씬 폭넓은 영혼의 고상한 시각으로 말이야. 어쨌든 그들은 각 예술의 완벽을 위해 요구되는 장식예술의 조건을 따르고, 수많은 인상파 화가들의 몰락을 가져온 형식의 절대적 근대성이라는 꾀죄죄하고 어리석은 제약을 유감스러워할 만한 심미적 본능도 갖추고 있다네. 아직까지 순수하게 장식적인 예술은 향유할 만한 가치가 있는 예술이지. 그것은 모든 가시적 예술 중에서 유일하게 우리에게 분위기와 기질 모두를 조성해주는 것이야. 순수하게 색채만으로, 의미에 오염되지도 않고 명확한 형식과도 무관한 색채만으로, 수천의 다양한 방식으로 영혼에 호소할 수 있다네. 선과 덩어리의 미묘한 비례에 담겨 있는 조화로움은 정신에 반영되지. 패턴의 반복이 우리에게 휴식을 주고, 디자인의 놀라움은 상상력을 자극한다네. 단순히 사용된 재료의 아름다움에도 문화의 잠재적 요소들이 담겨 있어. 이것이 전부가 아니야. 평범한 화가의 모사적 방법을 거부할 뿐 아니라 아름다움의 이상으로서의 자연을 신중하게 거부함으로써, 장식적 예술은 영혼이 진정한 상상적 작품을 수용할 수 있게 준비시켜주고, 영혼에 비평적 성취 못지않은 창조적 성취의 근간이 되는 형식적 감각을 조성해준다네. 왜냐하면 진정한 예술가는 감정에서 형식으로 나아가는 것이 아니라 형식에서 사상과 열정으로 나아가기 때문이지. 그는 처음에는 어떤 아이디어도 생각해내지 못하다가, 스스로 "내 아이디어를 14행의 복잡한 운율로 표현하겠다"고 중얼거린다네. 하지만 그는 소네트 형식의 아름다움을 인식하면서, 음악의 한 방식과 운율의 방법을 생각해내게 돼. 그러면 바로 그 형식이 그것을 어떤 내용으로 채울지 또 어떻게 지적이고 감정적으로 완성된 작품으로 만들지를 암시해준다네. 때때로 세상은, 케케묵은 어리석은 표현을 쓰자면 그 시인이 "할 얘기가 없다"는 이유로, 어떤 매력적인 예술적 시인을 마구 비판하기도 하지. 하지만 그가 할 얘기가 뭔가 있으면 그는 아마도 그것을 이야기하게 될 거고, 그 결과 시는 따분한 것이 되어버리고 만다네. 그가 아름다운 작품을 만들 수 있는 것은 바로 그가 전할 새로운 메시지가 없기 때문인데 말이야. 그는 형식에서, 예술가라면 당연히 그래야 하는데, 순전히 형식에서 영감을 얻는다네. 실제의 열정은 그를 망치고 말 거야. 실제로 일어나는 것은 무엇이든 예술에는 쓰지 못해. 모든 형편없는 시들은 실제의 감정에서 나온 것들이야. 자연스럽다는 것은 명확하다는 것이고, 명확한 것은 예술적인 것이 못 된다네.

어니스트: 자네 모두 진심으로 하는 말인가?

길버트: 왜 못 믿겠는가? 예술에서만 육체가 곧 영혼이 되는 건 아니야. 인생의 모든 범주에서 형식은 사물의 출발점이 된다네. 리듬이 있는 조화로운 춤의 동작은, 플라톤이 말했듯이, 정신에 리듬과 조화를 옮겨다주지. 뉴먼은 우리로 하여금 그를 찬양하고 알도록 만들어준 그 위대

한 성실한 순간들 가운데, 형식이 믿음의 양식(糧食)이라고 외친 적이 있지. 그는 자신이 얼마나 옳은 말을 했는지 몰랐겠지만, 그의 말은 옳았다네. 무릇 신조(信條)란 합리적이기 때문이 아니라 반복되기 때문에 신봉된다네. 그렇다네. 형식이 전부야. 형식이야말로 인생의 비밀이야. 슬픔을 표현하려고 애써보게. 그러면 그 슬픔은 자네에게 귀중한 것이 될 거라네. 기쁨을 표현하려고 해보게. 그러면 그 환희가 훨씬 커질 테니까. 자네는 사랑하고 싶은가? 사랑의 기도를 써보게. 그러면 그 단어들이 사랑의 열망을 만들어낼 거야. 세상은 그 열망에서 단어가 생긴 거라고 착각하지만. 슬픔의 언어에 흠뻑 빠져보게. 햄릿 왕자와 콘스탄스 왕비[154]에게서 슬픔의 언어를 배워보게. 그러면 자네는 단순히 표현하는 것이 곧 위로의 한 방식이 된다는 것, 그리고 열정을 탄생시킨 형식이 곧 고통을 끝내버리기도 한다는 것을 알게 될 거야. 그래서, 예술의 범주로 다시 돌아가자면, 비평적 기질뿐 아니라 심미적 본능――모든 것을 미적 상황에서 드러내 보여주는, 그 실수하지 않는 본능――을 만들어주는 것은 바로 형식이라네. 형식을 숭배해보게. 그러면 모든 예술의 비밀이 자네에게 드러날 거야. 그리고 창작과 마찬가지로 비평에서도 기질이 전부라는 것을 기억하게나. 그리고 예술에서 유파는, 그것이 발생한 시기가 아니라 그것이 호소력을 갖는 기질에 의거하여, 역사적으로 분류되어야 한다는 것을 기억하게.

어니스트: 자네의 교육이론은 재밌군. 하지만 이러한 미묘한 환경에서 성장한 자네의 비평가는 어떤 영향력을 가질 수 있을까? 자네는 정말로 예술가가 비평의 영향을 받으리라고 생각하는가?

길버트: 비평가가 미칠 수 있는 영향력은 단지 자신이 존재한다는 사

---

154) 셰익스피어의 사극 『존 왕』에 등장하는 아서의 모친.

실뿐이라네. 그는 결함이 없는 완벽한 유형을 대표하게 되지. 그에게서 금세기의 문화가 실현될 거야. 자네는 비평가에게 자신을 완성시키는 것 이외의 다른 목표를 가지라고 요청해서는 안 되네. 표현 한번 잘했는데, 지성에 요구되는 바는 지성 그 자체가 살아 있음을 느끼라는 것뿐이야. 사실 비평가는 영향력을 행사하길 바랄 수도 있네. 하지만 그렇다면, 그는 개인이 아닌 시대에 관여하게 될 거야. 그는 시대에 새로운 열망과 욕구를 창조해내고 자신의 좀더 큰 비전과 좀더 숭고한 분위기를 불어넣으면서, 시대를 깨어나게 하고 반응하게 하려고 애쓸 거야. 그 비평가는 오늘날의 실제의 예술보다는 내일의 예술에 더 관심을 둘 것이고, 과거의 예술에 더욱 큰 관심을 둘 것이네. 그리고 현재 열심히 일하고 있는 이러저러한 사람들에 대해서 말하자면, 근면한 사람들이 뭐가 중요하겠는가? 물론 근면한 사람들은 최선을 다하지. 그 결과 그들은 우리에게 가장 형편없는 예술을 내놓는다네. 최선의 의도에서 늘 최악의 작품이 나오곤 하지 않던가.[155] 이보게 어니스트. 게다가 남자가 나이 사십이 되면, 또는 왕립예술원의 회원[156]이나 학술진흥회의 회원으로 선출되면, 또는 교외의 철도역에서 상당히 잘 팔리는 책을 쓴 인기 작가로 인정받게 되면, 그는 정체가 폭로되어 우리를 즐겁게 해줄 수는 있겠지만 절대 개심하거나 바뀜으로써 우리를 즐겁게 하는 일은 없을 거야. 아마도 그런 것이 그에게는 무척 다행일 거야. 왜냐하면 개심이라는 것이 형벌보다 훨씬 더 고통스러운 과정이며, 사실 가장 가혹하고 도덕적인 형식의 형벌이라는 건 의심의 여지가 없으니까. 바로 그 때문에

155) 와일드는 작가의 의도는 중요하지 않으며 비평가의 재창조가 중요하다고 주장한다.

156) 왕립예술원은 예술을 좀더 장려하기 위해 1768년에 창립되었으며, 까다롭게 40명의 회원을 선출하여 정평이 나 있는 인물이 선정되는 경향이 있었다.

공동체로서 우리 사회는 상습범이라는 흥미로운 존재를 교화시키는 데 전적으로 실패하곤 하지.

어니스트: 하지만 시인이 시의 가장 훌륭한 심판이며, 화가는 그림의 가장 훌륭한 심판이 아닐까? 각 예술은 그 분야에서 활동하는 예술가들에게 우선적으로 호소력이 있어야 하는 법이잖아. 그의 판단이 확실히 가장 가치 있는 것이 아닐까?

길버트: 모든 예술은 단지 예술적 기질에만 호소하는 법이야. 예술은 전문가를 겨냥한 것이 아니야. 예술이 주장하는 바는, 예술은 보편적인 것이며 또 어떻게 형상화되었든 예술은 하나라는 것이지. 사실 예술가가 예술의 가장 훌륭한 판정가라는 말은 결코 옳은 게 아니야. 진정으로 위대한 예술가는 다른 사람들의 작품을 결코 판단할 수가 없고, 사실상 자신의 작품도 좀처럼 판단할 수가 없어. 한 사람을 예술가로 만드는 것은 바로 통찰력의 집중인데, 예술가는 이것이 너무도 강하기 때문에 섬세한 평가를 위한 능력이 그만큼 제약을 받게 되지. 창조의 에너지가 그로 하여금 맹목적으로 자신의 목표를 향해 서둘러 가게 하는 거야. 그의 마차바퀴는 주변에 구름처럼 먼지를 일으킨다네. 신들은 서로를 알아보지 못해. 신들은 자신의 숭배자들만 알아볼 뿐이야.

어니스트: 위대한 예술가는 자기 작품과 다른 경향의 작품의 아름다움은 알아보지 못한다는 말이군.

길버트: 알아보는 게 불가능해. 워즈워스는 『엔디미온』(*Endymion*)을 그저 이교주의를 다룬 산뜻한 작품으로만 파악했어. 현실성을 싫어하는 셸리는 워즈워스 시의 형식을 혐오하여 그의 메시지를 제대로 듣지 못했고. 위대하고 열정적이고 인간적이면서 불완전한 존재인 바이런은 구름의 시인[157]도 호반 시인[158]도 제대로 평가할 수 없었고 키츠의 경이로움도 볼 수가 없었지. 에우리피데스[159]의 리얼리즘은 소포클레스에게는

밉살스럽기만 했어. 에우리피데스의 따스한 눈물방울이 소포클레스에게는 음악으로 들리지 않았던 게야. 또 레이놀즈 경[160]이 게인즈버러의 방법을 이해할 수 없었던 것처럼, 웅장한 문체의 감각을 지닌 밀턴은 셰익스피어의 방법을 이해할 수 없었지. 형편없는 예술가들은 늘 서로의 작품을 찬양한다네. 그러는 것을 마음이 넓고 편견이 없는 거라고 하면서 말이야. 하지만 정말 위대한 예술가는 자신이 선택한 것과는 다른 상황에서 제시된 삶이나 창출된 아름다움은 이해하지를 못한다네. 창조는 자신의 영역에서는 모든 비평적 능력을 활용하지만, 다른 사람의 영역에서는 전혀 그러질 못해. 누군가 어떤 것의 정확한 심판이 될 수 있는 것은 바로 그가 그 일을 할 수 없기 때문이라네.

어니스트: 진심으로 하는 말인가?

길버트: 그렇다네. 왜냐하면 관조는 시각을 폭넓게 해주지만, 창조는 그 시각을 제한하기 때문이지.

어니스트: 하지만 기법은 어떤가? 분명 개개의 예술에는 나름의 기법이 있지 않은가.

길버트: 물론이지. 개개의 예술은 나름의 문법과 재료가 있지. 문법과 재료 어느 쪽도 이해할 수 없는 건 없어. 그리고 무능한 사람들이 늘 정확한 법이고. 하지만 예술이 의존하는 법칙들이 고정되고 확실한 것일 수도 있겠지만, 반면에 그 법칙들이 진정으로 구현되려면 개개의 법칙

---

157) 낭만주의 시인 셸리를 말한다.

158) 윌리엄 워즈워스를 말한다.

159) 그리스의 3대 비극작가—아이스킬로스, 소포클레스, 에우리피데스—가운데 한 인물.

160) 레이놀즈 경(Sir Joshua Reynolds): 18세기 영국의 초상화가며 왕립예술원의 초대 원장. 동시대 화가인 게인즈버러(Thomas Gainsborough)에 대해 비판적이었다.

들이 모두 예외처럼 보일 정도로 상상력에 의해 아름다움으로 변형되어야 한다네. 기법은 정말이지 개성이야. 그런 이유로 예술가는 기법을 가르칠 수 없으며, 학생은 그것을 배울 수 없고, 심미적 비평가만이 그것을 이해할 수 있는 거라네. 위대한 시인에게는 바로 자신만의 단 한 가지 음악적 방법이 있을 뿐이야. 위대한 화가에게는 그 자신만이 사용하는 단 한 가지 화풍이 있을 뿐이고. 심미적 비평가, 단지 심미적 비평가만이 모든 형식과 양식들을 제대로 평가할 수 있다네. 예술은 바로 심미적 비평가에게 호소하는 것이지.

어니스트: 자, 나는 할 만한 질문은 다한 것 같네. 내가 이제 인정하는데……

길버트: 아! 자네 내 말에 동의한다는 말은 하지 말게. 누가 나한테 동의한다고 할 때마다, 난 내가 틀렸나 하는 생각이 들거든.

어니스트: 그렇다면, 자네 말에 동의하는지 어떤지 말하지 않겠어. 하지만 질문이 하나 더 있네. 자네는 내게 비평이 창조적 예술이라고 설명했지. 비평의 미래는 어떤가?

길버트: 미래가 비평에 달려 있는 거라네. 마음대로 창조에 활용할 수 있는 제재가 깊이와 다양성에서 하루가 다르게 제약을 받고 있지. 신의 섭리로 인해, 또 베전트 씨[161] 덕분에 명백한 것들이 모두 소진되어버렸네. 창작이란 것이 어쨌든 지속되려면, 현재보다 훨씬 더 비평적인 것이 되어야 한다는 조건에서만 가능하다네. 오래된 길들과 먼지 나는 큰 길은 사람들이 너무 많이 지나다녔어. 그 길들은 하도 많은 사람들이 밟고 다녀서 매력이 모두 닳아버렸기 때문에 로맨스에 필수요소인 새로움이

161) 베전트(Walter Besant): 19세기 후반에 영향력 있던 영국의 소설가로 사회 개혁을 주로 다루었다.

나 놀라움이 전혀 없다네. 이제 픽션으로 우리를 감동시키려는 사람은 우리에게 아예 새로운 배경을 제시하든지 아니면 가장 내밀한 데서 움직이는 인간의 영혼을 드러내야만 한다네. 처음 것은 키플링이 잠시 보여주고 있지. 키플링[162)]의 『언덕 위의 평범한 이야기들』(*Plain Tales from the Hills*)의 페이지를 넘길 때, 사람들은 종려나무 아래 앉아 저속하면서도 멋진 불빛에 비추어진 인생을 읽는 기분을 느끼지. 저잣거리의 현란한 색채는 사람들의 눈을 어지럽힌다네. 인도에 와 있는 닳고 닳은 이류 영국인들은 주위환경과 미묘한 부조화를 이루고 있어. 이야기꾼이 문체가 달리게 되면, 이야기에 야릇한 신문기사 같은 리얼리즘을 부여하게 된다네. 문학의 관점에서 볼 때, 키플링은 혀 짧은 발음을 하는 천재야. 인생의 관점에서 볼 때는 저속함에 대해 그 누구보다 훤히 꿰뚫고 있는 리포터 같고. 디킨스는 저속한 무리들을 바깥에서 희극적으로 묘사했는데, 키플링은 저속한 무리들의 본질과 진지함을 묘사했지. 그는 이류 인간들에 대한 최초의 권위자로서 열쇠구멍을 통해 경이로운 것들을 보았던 것이고, 그의 작품의 배경들은 진정한 예술작품이 되었어. 두 번째 것은 브라우닝이 잘 보여주지. 메러디스도 그렇고. 하지만 내성(內省)의 범주에서는 아직도 많은 것들이 이루어질 수 있어. 사람들은 때때로 픽션이 너무 병적인 것이 되어간다고 말하지. 심리에 관한 한, 아무리 병적이어도 괜찮네. 우리는 그저 영혼의 표면만 건드려왔을 뿐이야. 그게 전부야. 상앗빛의 뇌세포 하나에는, 『적과 흑』(*Le Rouge et le Noir*)[163)]의 저자처럼 영혼의 가장 은밀한 곳까지 추적하려

---

162) 키플링(Rudyard Kipling): 19세기 영국의 소설가로, 인도에서 교육받고 저널리스트로 활동했으며 인도를 배경으로 한 작품들을 많이 썼다.

163) 프랑스의 작가 스탕달의 소설(1830). 프랑스 대혁명 이후의 사회를 배경으로 출세지향적인 사회의 온갖 행위의 은밀한 동기를 풍자하고 인간 내면의

하고 인생의 큰 대가를 치러야 하는 죄들을 드러내려 했던 사람들이 생각해낼 수 있는 것보다, 훨씬 더 경이롭고 훨씬 더 끔찍한 것들이 축적되어 있다네. 그러나 낯선 배경을 시도해보는 데도 한계가 있고, 내성의 습관이 더 심해지면 창조적 능력에 공급할 새로운 재료도 곧 끝장이 날 거야. 나 자신은 창작은 이제 운을 다했다고 생각한다네. 창작은 너무나 원시적이고 자연적인 충동에서 발생하니까 말이야. 어떻든 간에 창작이 마음대로 쓸 수 있는 제재(題材)는 계속 줄어들고 있어. 반면에 비평의 제재는 날로 늘어나고 있지. 새로운 정신적 태도와 새로운 관점은 늘 존재하니까. 세상이 진보한다 해도, 혼돈에 형식을 부과하는 의무가 약해지지는 않는다네. 비평이 지금보다 더 필요한 때는 없었어. 단지 비평에 의해서만이 인류는 자신이 어디에 와 있는지 의식할 수 있게 된다네.

어니스트, 몇 시간 전에 자네는 비평의 용도에 대해 물어봤지. 자네는 사고의 용도에 대해 물어보는 편이 더 나을 거야. 아널드가 지적한 것처럼, 시대의 지적 분위기를 조성하는 것은 비평이라네. 언젠가 나 자신이 이 점을 분명히 지적하게 되길 바라는데, 정신을 훌륭한 도구로 만드는 것은 바로 비평이라네. 우리의 교육제도는 아무 연관성도 없는 사실들이라는 무거운 적재량을 기억에 짐지워주고, 고되게 일해서 얻은 지식을 나누어주려고 고된 노력을 하고 있다네. 우리는 사람들에게 기억하는 법은 가르치지만, 결코 성숙하는 법을 가르치진 않고 있어. 마음속에 이해와 분별이라는 좀더 섬세한 특성을 심어주려고 노력해야 한다는 생각을 해본 적이 없단 말이야. 하지만 그리스인들은 그렇게 했다네. 그리고 그리스의 비평적 지성에 접촉해보면, 제재는 모든 면에서 우리 것이 그들 것보다 훨씬 더 크고 더 다양하지만, 반면에 그들의 방법만이 이 제

영혼을 분석한 작품이다.

재를 해석할 수 있는 유일한 방법이라는 사실을 우리는 의식하지 않을 수 없지. 영국은 한 가지 일을 해냈어. 바로 여론이란 것을 만들어내서 정착시켰지. 공동체의 무지를 조직화해서 위엄 있는 물리적 세력으로 격상시켰다는 말일세. 하지만 여론에서 지혜를 찾아보긴 힘들어. 사고의 도구로 볼 때, 영국인의 정신은 조야하고 미성숙하기 짝이 없어. 그것을 정화시키려면 비평적 본능을 키우는 길밖에 없다네.

다시 한 번 말하는데, 집중을 통해 문명을 이루어내는 것은 바로 비평이라네. 비평은 창조적 작품의 다루기 힘든 덩어리를 취하여 그것을 좀 더 섬세한 본질로 정제해내지. 형식에 대한 감각을 유지하기를 갈망하는 사람 중에 누가 세상에 나온 끔찍한 수많은 책들, 사상도 신통치 않고 무지가 설치는 그런 책들을 읽으려고 하겠는가? 지루한 미로 속에서 우리를 인도할 실마리가 바로 비평의 손에 놓여 있다네. 그뿐 아니라 기록이 없는 곳, 역사가 잊히거나 씌어진 적이 없는 곳에서, 과학자가 매우 작은 뼈나 바위에 새겨진 발자국으로부터 날개 달린 용이나 한때 지구를 발밑에서 떨게 만들었던 거대한 도마뱀을 재창조해낼 수 있는 것만큼 확실하게, 비평은 언어나 예술의 한 작은 파편으로부터 과거를 재창조해낼 수 있으며, 비히모스(Behemoth)를 동굴에서 불러낼 수 있고 리바이어던(Leviathan)을 놀란 바다에서 다시 한 번 헤엄치게 만들 수도 있다네.[164] 선사시대의 역사는 문헌학적이고 고고학적 비평가의 일이지. 사물의 기원도 바로 그가 밝혀내고. 한 시대의 자의식적인 침전물은 거의 항상 잘못 인도하지. 문헌학적 비평을 통해서만이, 우리는 글 뭉치가 남겨진 시대보다 어떤 실제적 기록도 보존된 바 없는 시대들에 대해 더 많이 알게 된다네. 그것은 우리에게 물리학이나 형이상학이 해줄

164) 비히모스와 리바이어던은 『욥기』에 나오는 하마와 악어(또는 고래)를 의미.

수 없는 것을 해주지. 그것은 생성 중에 있는 정신을 정확하게 학문적으로 설명해줄 수 있다네. 그것은 역사가 우리에게 해줄 수 없는 것을 해주는 거지. 그것은 인간이 글쓰기를 배우기 이전에 무슨 생각을 했는지 우리에게 알려줄 수 있다는 말이야. 자네는 나한테 비평의 영향력에 대해 물어봤지? 나는 그 질문에 이미 대답한 것 같은데, 이 말도 해야겠네. 우리를 세계시민주의자로 만드는 것은 비평이라네. 맨체스터 학파[165]는 평화가 가져오는 상업적 이익을 지적함으로써 사람들로 하여금 인류의 형제애를 깨닫게 하려고 애썼지. 그 학파는 경이로운 세상을 물건을 사고 파는 사람들을 위한 흔한 저잣거리로 전락시키려고 했다네. 그 학파는 가장 저급한 본능에 호소한 것이며, 따라서 실패하고 말았지. 전쟁이 잇달아 일어났고, 무역상들의 신조는 프랑스와 독일이 서로 충돌하여 피로 얼룩진 전쟁[166]을 일으키는 것을 막지 못했지. 우리 시대에는 단순한 감정적 공감이나 추상적인 윤리학의 막연한 체계의 피상적인 교리에 호소하려는 다른 학파들도 나타났지. 그들은 나름의 평화협회――감상주의자들에게 매우 귀중한――도 갖추고 있고, 비무장의 국제중재단――역사를 전혀 읽은 적이 없는 사람들 사이에 아주 인기가 있는――을 결성하기도 했다네. 하지만 단순한 감정적 공감만으로는 안 되네. 너무 가변적이고 열정과 너무 긴밀하게 연관되어 있어서 말이야. 그리고 중재단도 별로 소용이 없을 것이야. 그 중재단은, 인류의 전체적 복지를 위해서는 그들의 결정을 실행에 옮기는 힘을 박탈당하는 게 차라리 나으니까. 불의보다 더 나쁜 것이 딱 한 가지 있지. 그건 손에 칼을 쥐고 있지 않은 정의라네. 옳은 것이 힘이 없으면 그건 악이 된다네.

---

165) 19세기 중반 영국의 자유방임주의 정책을 지지하여 자유무역, 외교상의 평화정책 등을 표방한 급진주의자들을 말한다.

166) 1870~71년의 프랑스와 프러시아 사이의 전쟁을 말한다.

안 되네. 감정은 이득을 취하려는 탐욕과 마찬가지로, 우리를 세계시민주의자로 만들어주지 못한다네. 우리가 인종적 편견을 극복할 수 있는 유일한 방법은 바로 지적인 비평의 습관을 갈고닦는 데 있다는 말이야. 괴테는──내 말을 오해하지 말게──독일인 중의 독일인이었지. 그는 자기 나라를 사랑했어. 그 누구보다도 더욱 말이야. 그는 독일 국민을 소중히 여겼고, 또 그들을 인도했지. 하지만 나폴레옹의 철로 된 말발굽이 포도 과수원과 옥수수밭을 짓밟을 때, 그의 입술은 닫혀 있었어. 그는 에커먼[167]에게 말했네. "증오하지 않는데 어떻게 증오의 노래를 쓸 수 있겠나? 그리고 문명과 야만의 문제만을 중시하는 나로서, 어떻게 지상에서 가장 문화가 발달한 나라 중의 하나며 나 자신의 교양에 크게 기여한 나라를 미워할 수 있겠나?" 근대 세계에서 괴테에 의해 처음으로 발표된 이 짧은 주장은 미래의 세계시민주의의 출발점이 될 거라고 생각되네. 비평은 형식은 다양하지만 인간의 정신은 단일하다는 주장을 통해 인종적 편견을 없애게 될 거야. 다른 나라에 전쟁을 일으키고 싶은 유혹을 느낄 때면 우리는 우리의 문명의 한 구성요소, 아마도 가장 중요한 구성요소 하나를 파괴하려고 한다는 사실을 기억하게 될 거야. 전쟁이 사악한 것으로 간주되는 한, 그것은 늘 사람을 매혹시키는 무엇이 있지. 하지만 전쟁이 저속한 것으로 간주될 때 그것은 더 이상 사람들의 마음을 끌지 못한다네. 물론 변화는 천천히 일어날 것이고, 사람들은 그것을 의식하지 못할 거야. 사람들은 "우리는 프랑스의 산문이 완벽하기 때문에 프랑스와 전쟁을 벌이지 않겠다"는 식으로는 말하지 않겠지. 하지만 프랑스의 산문이 완벽하기에 사람들은 프랑스의 땅을 미워

---

167) 에커먼(Johann Peter Eckermann, 1792~1854): 『괴테와의 대화』(*Conversations with Goethe*)를 썼다.

하지 못하게 될 거란 말이네. 지적인 비평은 상인이나 감상주의자가 만들어낼 수 있는 어떤 결속보다 더 가깝게 유럽을 한데 묶어주게 될 것이야. 그것은 우리에게 이해(理解)에서 우러난 평화를 주게 될 것이라네.

이것이 전부가 아닐세. 비평은 또한 어떤 주장도 궁극적인 것으로 받아들이지 않고, 어떤 분파나 학파의 피상적인 구호에도 구속되기를 거부하면서, 그 평온한 철학적 기질——진리를 그 자체로 사랑하고, 진리에 도달할 수 없다고 해서 진리를 덜 사랑하는 일이 없는——을 창조해낸다네. 영국에는 이러한 기질이 얼마나 부족한가! 그리고 우리에게 이 기질이 얼마나 필요한가 말이야! 영국의 정신은 늘 성을 내고 있지. 인류의 지성이 이류 정치가나 삼류 신학자의 비열하고 어리석은 언쟁 속에 낭비되고 있어. 아널드가 매우 현명하게 이야기했건만 슬프게도 별로 소용이 없었던 "즐거운 분별력"(sweet reasonableness)[168]의 최상의 예는 과학자들의 몫이 되어 있다네. 『종의 기원』의 저자는 어쨌든 철학적 기질을 지니고 있었지. 누군가가 영국의 일상적인 설교단과 연단을 관조할 때면, 율리아누스[169]의 경멸과 몽테뉴의 무관심을 느끼지 않을 수 없을 거야. 우리는 광신자들에게 지배되고 있는데, 이들의 가장 큰 악은 성실함이지. 그러니 정신의 자유로운 유희에 근접한 그 어떤 것도 실질적으로 우리에게 알려진 바가 없지. 사람들은 죄인에 대해 큰 소리로 비난하지만, 우리가 수치스러워할 것은 죄 지은 자가 아니라 어리석은 자들이라네. 어리석음 말고 죄란 없다네.

어니스트: 아! 자네는 도덕률 폐기론자군!

길버트: 예술비평가는 신비주의자처럼 늘 도덕률 폐기론자지. 선(善)

---

168) 아널드의 『문학과 교리』 7장의 인용.

169) 율리아누스(Flavius Claudius Julianus): 콘스탄틴 대제의 조카로 은밀히 이교도로 개종함으로써 변절자 율리아누스로 불렸다.

의 비속한 기준에 따르면, 선하다는 것은 분명 매우 쉬운 일이야. 그것은 단지 어느 정도의 비열한 공포, 상상적 사고의 부족, 중산층의 체면에 대한 저급한 열정만 있으면 된다네. 미학은 윤리학보다 우월하다네. 미학은 좀더 정신적인 범주에 속하지. 사물의 아름다움을 파악하는 것은 우리가 도달할 수 있는 최고의 지점이야. 개인의 발전에서, 옳고 그름의 감각보다는 차라리 색채감각이 더 중요하다네. 사실 의식이 있는 문명사회의 범주에서 미학과 윤리학의 관계는 외적 세계의 범주에서 성적 도태와 자연도태[170]의 관계와 같다네. 윤리학은 자연도태처럼 생존을 가능하게 해주는 것이고, 미학은 성적 도태처럼 삶을 사랑스럽고 멋진 것으로 만들고 새로운 형식으로 채워주며 진보와 다양성과 변화를 가져오는 것이지. 우리가 우리의 목표인 진정한 교양에 도달할 때 우리는 성인(聖人)들이 꿈꾸어온 완벽함, 금욕주의자로서 포기하기 때문이 아니라 영혼에 상처를 받지 않고 원하는 바 모든 것을 할 수 있기 때문에 또 영혼에 해를 끼칠 수 있는 어떤 것도 바라지 않기 때문에 죄를 짓는 것이 불가능한, 그런 사람들의 완벽함에 도달하게 된다네. 그 영혼은 매우 신성하여 좀더 풍요로운 경험과 좀더 섬세한 감수성의 요소들로 변형될 수 있고, 또 새로운 양식의 사고와 행동과 열정의 요소들로 변형될 수 있는 그런 것이라네. 그런데 그것이 평범한 사람들에게는 흔해빠진 것, 교육받지 못한 사람들에게는 천한 것, 수치스러운 사람들에게는 타락한 것으로 보이지. 이러한 사상이 위험한가? 맞아. 위험해. 내가 말했던 것처럼, 모든 사상은 다 위험하다네. 하지만 밤도 깊었고 램프의 불도 깜박거리는군. 자네에게 한 가지만 더 말해두어야겠네. 자네는 비평이 불모

170) 다윈은 1859년 『종의 기원』(*The Origin of Species*)에서 자연도태 이론을 주장하였으며, 1871년 『인간의 계보』(*The Descent of Man*)에서 성적 도태이론을 덧붙였다.

의 것이라고 말했지. 하지만 19세기는 단지 두 사람, 자연의 책에 대한 비평가인 다윈과 신(神)에 관한 책들의 비평가인 르낭의 업적 때문에 역사의 전환점이 되었어. 이를 깨닫지 못하는 것은 세계의 진보에서 가장 중요한 한 시대의 의미를 놓치는 것이야.[171] 창작은 늘 시대에 뒤진다네. 우리를 인도하는 것은 비평이지. 비평정신과 세계정신은 하나라네.

어니스트: 그리고 이 정신을 소유하고 있거나 이 정신에 사로잡힌 사람은 아무 일도 하지 않는 사람이란 말이지?

길버트: 랜더가 얘기해주는 페르세포네, 하얀 발 주변에 수선화와 아마란스가 피어 있는 사랑스럽고 생각에 잠긴 페르세포네처럼, 그는 만족한 채 "인간에게는 불쌍해 보이지만 신에게는 즐겁게 보이는, 저 깊고 움직임 없는 조용함" 속에 앉아 있을 거야. 그는 세상을 내다보고 그 비밀을 알게 될 거야. 신성한 것과의 접촉을 통해 신성하게 될 것이고. 그의 삶, 오로지 그의 삶만이 완벽한 삶이 될 것이야.

어니스트: 길버트, 자네는 내게 오늘 밤 이상한 얘기를 상당히 많이 해주었어. 자네는 어떤 일을 행하는 것보다 그것에 대해 말하는 것이 더 어렵다고 말하고, 아무 일도 하지 않는 것이 세상에서 가장 어려운 일이라고 말했지. 자네는 모든 예술은 부도덕하고 모든 사상은 위험하다고 말했고, 또 비평이 창작보다 더 창조적이며, 최고의 비평은 작품에서 예술가가 집어넣지 않은 것을 드러내는 것이라고 말했어. 그리고 인간이 어떤 것의 정확한 판정인이 될 수 있는 것은 바로 그가 그것을 할 수 없기 때문이라고 말했고, 진정한 비평가는 불공평하고 불성실하며 비합리적이라고 말했지. 이봐, 자네는 몽상가야.

---

171) 머레이(Isobel Murray)에 따르면, 와일드는 자신의 비망록에 각 문화에는 적합한 예술이 있는데, 이집트는 건축, 그리스는 조각, 중세는 미술과 음악과 시, 근대는 비평의 과학적 정신이 있었다고 기록한 바 있다.

길버트: 맞아. 나는 몽상가라네. 몽상가는 달빛으로만 길을 찾을 수 있는 사람이고, 그가 받는 벌은 다른 사람들보다 먼저 새벽을 맞이하는 것이니까.

어니스트: 그가 받는 벌이라고?

길버트: 그리고 상(賞)이기도 하지. 하지만 보게. 벌써 새벽이야. 커튼을 걷고 창문을 활짝 열게나. 아침 공기가 얼마나 시원한가! 피카딜리가 우리 발밑에 긴 은빛 리본처럼 놓여 있군. 희미한 보랏빛 안개가 공원에 내려앉아서 하얀 집들의 그림자가 온통 보랏빛이야. 잠자기에는 너무 늦었네. 코번트가든으로 내려가서 장미나 구경하지. 자! 나는 생각하는 데 지쳤어.

참고문헌

Beckson, Karl, ed. *Oscar Wilde: The Critical Heritage*, New York: Barns & Noble, 1970.

Bristow, Joseph, ed. *Wilde Writings: Contextual Conditions*, Toronto: University of Toronto Press, 2003.

Danson, Lawrence, *Wilde's Intentions: The Artist in His Criticism*, Oxford: Clarendon Press, 1997.

———, "Wilde as Critic and Theorist", in Peter Raby(ed.), *The Cambridge Companion to Oscar Wilde*, Cambridge: Cambridge UP, 1997: 80~95.

Ellmann, Richard, *Oscar Wilde*, New York: Vintage Books, 1988.

Gagnier, Regenia, ed. *Critical Essays on Oscar Wilde*, New York: Macmillan, 1991.

Hyde, H. Montgomery, ed. *The Annotated Oscar Wilde*, London: Orbis Publishing, 1982.

Keane, Robert N., ed. *Oscar Wilde: The Man, His Writings and His World*, New York: AMS Press, 2003.

Murray, Isobel, ed. *Oscar Wilde. The Oxford Authors*, Oxford: Oxford UP, 1989.

Raby, Peter, ed. *The Cambridge Companion to Oscar Wilde*, Cambridge: Cambridge UP, 1997.

Smith II, Philip E. and Michael S. Helfand, *Oscar Wilde's Oxford Notebooks: A Portrait of Mind in the Making*, Oxford: Oxford UP, 1989.

Varty, Anne, *A Preface to Oscar Wilde*, London: Longman, 1998.

Wilde, Oscar, *The Artist as Critic: Critical Writings of Oscar Wilde*, Ed. Richard Ellmann, Chicago: University of Chicago Press, 1968.

찾아보기

ㅁ

ㅂ

ㅇ

ㅌ

ㅍ

옮긴이 후기

반복되는 일상에 지쳤을 때 아름다운 크리스털 컵에 물을 따라 마시면 한껏 기분이 좋아진다는 한 여성의 말을 들은 적이 있다. 이는 노블레스 오블리주(nobless oblige)라는 엉뚱한 카피와 함께 여성 소비자들을 대상으로 값비싼 고급 식기를 팔려는 광고를 연상시키며, 내면의 깊은 성찰 없이 유행을 따르는 중산층 가정주부의 여유로운 발언으로 생각될 수 있다. 그런데 이는 영국의 버밍엄대학에서 오스카 와일드를 전공하고 캐나다의 한 대학에서 영문학을 강의하는 여성이 한 발언이었다. 이 여성은 아름다운 가구와 주방제품 등의 필요성을 역설하며 일상의 삶에서 예술을 추구하는 심미적인 취향을 강조하여 좌중을 즐겁게 한 적이 있다.

이는 오스카 와일드를 어떻게 볼 것인가의 문제와 연결된다. 와일드는 저널리스트, 동화 작가, 소설가, 희곡 작가, 예술 비평가로서 심미주의를 실제의 삶 속에서 실천한 인물이었다. 와일드는 19세기 중반 영국을 포함한 유럽에서 유행한 예술 지상주의를 세기말에 부각시킨 인물로, 미의 사도를 자처하며 검은색 실크 양말에 반바지, 흰 셔츠에 조끼, 또는 격자무늬 재킷에 초록색 넥타이를 매고 해바라기를 꽂고 다니며, 자신의 방을 치펀데일 가구[1]에 공작 깃털이나 백합으로 장식하고 청자

도자기로 차를 마시곤 했다. 와일드의 이러한 옷차림과 행동에 대해 일각에서는 아일랜드 출신으로 영국의 사교계에서 두각을 나타내기 위한 하나의 전략이었으며, 이러한 독특한 취향과 아울러 풍자와 재담 덕분에 유명인사가 될 수 있었다고 주장한다.

와일드는 유혹하는 모든 경험에 자아를 내던지는 것이 곧 인생이며 그런 경험을 하는 자아의 영혼의 기록이 최고의 비평이라고 주장하면서 온몸으로 심미주의를 실천한 인물이었다. 와일드는 알프레드 더글러스라는 젊고 아름다운 청년을 만나게 되자 당대 사회의 청교도적 분위기에 정면으로 부딪치며 그와 향락적 삶을 누리기 시작하고, 그 결과 한순간 영국 사교계의 정점에서 추락하게 된다. 사회는 마치 복수라도 하듯이 와일드를 책이나 필기도구도 없는 불결한 감옥으로 보내 2년간의 강제노역을 치르게 한다. 이 일로 와일드는 작가로서 완전히 몰락하게 되고 대중과 학계에서 잊히고 만다. 와일드 사후 어느 정도 세월이 지나고 나서야 그의 전기 등이 출간되기 시작하고 1970년대에 이르자 학계에서 다각적으로 연구되기 시작했으며, 최근에는 오히려 탈구조주의 이론의 선구자, 예술 지상주의의 순교자로 또는 동성애의 대변인으로 시대를 앞선 예언자적 인물로 숭배되기도 한다.

막연히 『행복한 왕자』를 쓴 동화 작가로만 알고 있던 와일드를 제대로 읽게 된 것은 『도리언 그레이의 초상』을 통해서였다. 이 작품은 한때 나를 사로잡았다. 서문에 제시된 심미주의 강령들을 하나씩 음미하기도 하고, 마법의 초상화, 도플갱어 등의 고딕 로맨스 요소, 아름다움과 젊음을 위해 영혼을 파는 도리언, 상류층의 삶에 권태를 느낀 지적이고 퇴폐적인 헨리 워튼 경, 도리언을 사랑하다가 그에게 살해당한 화가 배질

---

1) 영국의 유명한 가구 디자이너 이름에서 나온 로코코 양식의 가구.

을 이해하려고 노력하기도 했다. 그러다가 그의 천재성을 유감없이 보여주는 기지와 역설로 가득한 충격적인 비평 에세이 「거짓말의 쇠퇴」를 읽고는 세상을 거꾸로 읽는 능력을 가진 이 천재적인 작가에 매료되어 여러 차례 와일드에 대한 학구적인 접근을 시도했었다.

그러던 중에 학술진흥재단의 동서양학술명저번역지원 목록에서 『오스카 와일드의 문학예술 비평선집』을 발견한 것은 와일드에게 적극적으로 다가가는 계기가 되었다. 마침 안식년을 맞아 태평양이 바라다보이는 브리티시 컬럼비아대학의 뷰캐넌 건물에서 수업시간이 끝날 때마다 어디선가 쏟아져 나오는 총천연색의 학생들이 분주하게 오가는 광경을 내려다보며 와일드의 책을 번역했는데, 특히 「예술가로서의 비평가」에 나오는 수많은 고전의 인유와 해박한 지식은 나를 압도하기도 했고 절망시키기도 했으며 황홀하게 만들기도 했다. 나의 언어가 와일드의 모든 것을 제대로 담지 못하는 보잘것없는 것임을 한탄하면서 또 옆방의 영문과 교수들을 여러 인유 등에 대한 질문으로 귀찮게 하면서 힘겹게 때로는 즐겁게 번역한 결과 이 책이 나오게 되었다.

국내에 와일드에 대한 전기물이 여러 권 나와 있는데, 와일드의 손자인 멀린 홀랜드(Merlin Holland)가 참여한 50분짜리 영상자료가 여러 차례 방송되어 많은 사람에게 알려져 있다. 홀랜드는 애정 어린 시각에서 주로 불우한 천재라는 데 초점을 맞춰 와일드를 조명한다. 그리고 1998년 와일드의 생애가 영화로 제작되기도 했는데[2] 이는 주로 그의 동성애에 초점이 맞추어져 있다. 전기물 외에 동화가 여러 권 번역되어 있고, 단편집과 희곡집이 한두 권 있으며, 그의 재담을 여기저기서 발췌

2) 길버트(Brian Gilbert) 감독 아래 프라이(Stephen Fry)와 로(Jude Law)가 출연한 117분짜리 영화.

한 책들이 여러 권 있고, 소설 『도리언 그레이의 초상』이 몇몇 출판사에서 번역되었으며, 『심연으로부터』가 『옥중기』라는 제목으로 나와 있고, 비평선집이 한 권 정도 나와 있다. 와일드의 문학사적 의의를 볼 때, 국내에 나와 있는 문헌은 적은 편이며, 무엇보다 그의 예술 세계에 체계적으로 접근한 저서는 거의 없다고 할 수 있다.

책에 실린 일곱 편의 번역 가운데 「미국 인상」, 「미국 남성」, 「가면의 진리」, 「W. H. 씨의 초상화」는 최경도 교수님이 맡아 번역하였고, 「필립 시드니 경의 전기 두 편」, 「사회주의에서의 인간의 영혼」, 「예술가로서의 비평가」는 본인이 맡아 번역했다.

해박한 천재 오스카 와일드의 비평을 번역하는 데 각주는 필수적인 일이었다. 오히려 본문을 번역하는 시간보다 각주를 다는 작업이 더 시간을 요하기도 했다. 이 힘들고 지치는 작업을 기꺼이 도와준 백은숙 님에게 감사의 마음을 전한다. 와일드의 비평세계 전체를 보여주기에 터무니없이 적은 분량이지만, 이 예술비평 선집이 국내의 여러 독자가 오스카 와일드의 미학 이론을 접하고 또 이해하게 되는 데 조금이라도 기여하게 되기를 바란다.

2008년 12월

원유경

지은이 오스카 와일드

오스카 와일드(Oscar Fingal O'Flahertie Wills Wilde, 1854~1900)는 아일랜드 출신으로 문학에 조예가 깊은 부모에게서 태어났다. 트리니티 칼리지와 옥스퍼드 맥덜린 칼리지에서 그리스와 르네상스 고전문학을 공부하고 존 러스킨과 월터 페이터의 영향을 받아 심미주의에 심취한다. 학업을 마친 후 런던에서 독특한 옷차림과 재치 있는 화술로 사교계의 명사로 자리 잡고 주요 잡지에 서평과 『행복한 왕자』 같은 동화를 기고하면서 여성 잡지의 편집도 맡아 보는 등 글쓰기를 계속한다. 19세기 말 영국의 대표적인 심미주의 작가로서 와일드는 매혹적이고 상징적인 희곡 『살로메』, 아름다움과 젊음을 영원히 간직하기 위해 악마에게 영혼을 판다는 내용의 탐미적이고 퇴폐적인 소설 『도리언 그레이의 초상』, 개성을 예찬하며 거짓말과 죄가 인류의 진보에 기여한다는 역설적인 내용의 「거짓말의 쇠퇴」, 「예술가로서의 비평가」 등의 예술비평, 영국 상류사회의 위선적이고 까다로운 인습을 정면으로 풍자하는 『진지함의 중요성』 같은 희극 작품 등 문학사적으로 의의 있는 작품을 남긴다. 그러나 와일드는 『도리언 그레이의 초상』이나 「W. H. 씨의 초상화」에 암시된 바와 같이, 젊은 옥스퍼드 대학생 알프레드 더글라스 경과 만난 이후 동성애자로 사회의 지탄을 받게 되고, 평생 갈구하던 영혼의 자유와 아름다움의 추구가 철저히 배제된 감옥으로 보내져 2년간 강제노역에 처해진다. 출옥 후 비인간적 형벌체계에 분노를 담은 『레딩 감옥의 노래』가 발표되었을 뿐, 홀로 쓸쓸히 떠도는 생활을 하던 와일드는 영국으로 돌아오지 못한 채 1900년 파리의 한 호텔에서 병사한다. 슬픔과 절망의 나락에 빠진 와일드가 감옥에서 쓴 편지는 사후에 『심연으로부터』라는 제목으로 출간되었다.

옮긴이 원유경 · 최경도

원유경(元裕卿)은 1990년 한국외국어대학교에서 「조셉 콘라드의 서술기법」으로 박사학위를 받았다. 한국외국어대, 연세대 등에 출강했으며 브리티시 컬럼비아 대학 방문교수로 있었다. 현재 세명대학교 영어학과 교수로 재직 중이다.
모더니즘, 제국주의, 페미니즘, 디아스포라 등의 주제에 관심을 갖고 18세기에서 현대에 이르는 영미소설을 연구해왔다.
지은 책으로 『페미니즘, 어제와 오늘』(공저) 『영국소설 명장면 모음집』(공저)이 있으며, 옮긴 책으로 『영국문학사』(공역) 『영국소설사』(공역) 『당나귀와 떠난 여행』 『타임머신』 『도리언 그레이의 초상』 등이 있다. 그동안 써온 논문으로는 「소설, 로맨스, 여성의 글쓰기: 메리 셸리의 『프랑켄슈타인』」 「다시 읽는 『워더링 하이츠』: 캐서린의 유령」 「콘라드의 초기 단편소설에 나타난 제국주의의 문제」 「영화 속의 콘라드 읽기」 「로버트 루이스 스티븐슨의 재평가」 「월터 스콧의 『웨이벌리』에 나타난 민족정체성 문제」 「북미 이민 작가의 작품에 나타난 귀향의 문제」 등 수십 편이 있다.

최경도(崔景燾)는 1977년 한국외국어대학교 영어과를 졸업하고 미국 마이애미 대학에서 영문학 석사, 네브라스카 대학에서 영문학 박사를 받았으며, 예일 대학에서 풀브라이트 객원교수를 역임했다.
한국헨리제임스학회 회장을 지낸 바 있고, 1986년부터 영남대학교 영어영문학부 교수로 재직 중이다. 박사학위 논문으로 「헨리 제임스 문학의 실용주의적 도덕」이 있으며, 저서로 『헨리 제임스의 문학과 배경』이, 주요 번역서로 『아메리칸』 『나르시시즘의 문화』 『나사의 회전』, 그리고 강석경의 『가까운 골짜기』를 영어로 옮긴 *The Valley Nearby*가 있다. 연구 및 관심 분야는 19세기 미국소설, 법과 문학, 전기와 자서전 등이다.

한국학술진흥재단 학술명저번역총서
서양편 ● 54 ●

'한국학술진흥재단 학술명저번역총서'는
우리 시대 기초학문의 부흥을 위해
한국학술진흥재단과 한길사가 공동으로 펼치는
서양고전 번역간행사업입니다.

일탈의 미학
오스카 와일드 문학예술 비평선

지은이 · 오스카 와일드
옮긴이 · 원유경 최경도
펴낸이 · 김언호
펴낸곳 · (주)도서출판 한길사
등록 · 1976년 12월 24일 제74호
주소 · 413-756 경기도 파주시 교하읍 문발리 520-11
www.hangilsa.co.kr
E-mail: hangilsa@hangilsa.co.kr
전화 · 031-955-2000~3
팩스 · 031-955-2005

상무이사 · 박관순 | 영업이사 · 곽명호
편집 · 이현화 서상미 김진구 백은숙 | 전산 · 한향림 노승우
마케팅 및 제작 · 이경호 이연실 | 관리 · 이중환 문주상 장비연 김선희

출력 · 지에스테크 | 인쇄 · 현문인쇄 | 제본 · 경일제책

제1판 제1쇄 2008년 12월 20일

값 27,000원
ISBN 978-89-356-5919-7 94840
ISBN 978-89-356-5291-4 (세트)